Matthias Bürgel

Kalte Körper

W0278717

MIX
Papier aus verantwortungsvollen Quellen
Paper from responsible sources
FSC® C105338
FSC
www.fsc.org

Liebe Leserin, lieber Leser,

vielen Dank, dass du dich für ein Buch von beTHRILLED entschieden hast. Damit du mit jedem unserer Krimis und Thriller spannende Lesestunden genießen kannst, haben wir die Bücher in unserem Programm sorgfältig ausgewählt und lektoriert.

Wir freuen uns, wenn du Teil der beTHRILLED-Community werden und dich mit uns und anderen Krimi-Fans austauschen möchtest. Du findest uns unter be-thrilled.de oder auf Instagram und Facebook.

Du möchtest nie wieder neue Bücher aus unserem Programm, Gewinnspiele und Preis-Aktionen verpassen? Dann melde dich auf be-thrilled.de/newsletter für unseren kostenlosen Newsletter an.

Spannende Lesestunden und viel Spaß beim Miträtseln!

Dein beTHRILLED-Team

Weitere Titel des Autors

Dunkler Hass
Schrei nach Rache

Über den Autor

Matthias Bürgel, Jahrgang 1970, studierte an der Fachhochschule der Polizei Rechts- und Verwaltungswissenschaften. Als Kriminalhauptkommissar arbeitet er bei einem Kriminalkommissariat des Polizeipräsidiums in Konstanz. Trotz der menschlichen Abgründe, die er in seiner täglichen Arbeit erfährt, liebt er seit über 30 Jahren seinen Beruf. Seine langjährigen Erfahrungen inspirierten ihn zu seinen Psychothrillern »Dunkler Hass« und »Schrei nach Rache«, den ersten beiden Fällen für den Fallanalytiker Falk Hagedorn. »Kalte Körper« ist bereits der dritte Fall für den querschnittgelähmten Profiler.

Matthias Bürgel

Kalte Körper

Thriller

be THRILLED

Vollständige ePub-to-Print-Ausgabe des in der Bastei Lübbe AG erschienenen eBooks »Kalte Körper« von Matthias Bürgel.

beTHRILLED in der Bastei Lübbe AG

Textredaktion: Uwe Voehl
Lektorat/Projektmanagement: Rebecca Schaarschmidt
Covergestaltung: Guter Punkt, München unter Verwendung von Motiven von © Shutterstock
Satz: 3w+p GmbH, Rimpar
Druck: Books on Demand GmbH, Norderstedt

ISBN 978-3-7413-0325-8

be-thrilled.de
lesejury.de

»Wenn es eine Freude ist, das Gute zu genießen, ist es eine größere, das Bessere zu empfinden, und in der Kunst ist das Beste gut genug.«

Johann Wolfgang von Goethe

Prolog

Irgendwo in Konstanz
Einige Wochen früher

Kühl, grandios unspektakulär und funktional war der Raum, in dem er arbeitete. Kurz überlegte er, ob das nicht auf sein gesamtes Leben zutraf.

»Mag sein«, dachte er mit einem tiefen Seufzer.

Die Möglichkeit, dass sich eine Frau, abgesehen von spontanen sexuellen Avancen, ernsthaft für ihn interessieren könnte, schien ihm so abwegig wie der Beruf, den er ergriffen hatte. Und doch! Seit vier Monaten traf er sich mit einer hübschen Brünetten, die er vom letzten Weihnachtsmarkt kannte. Es störte sie offensichtlich nicht, womit er seine Brötchen verdiente.

Mit einer lustigen grünen Elfenmütze auf dem Kopf und angeklebten Spitzohren hatte sie in der Verkaufsbude der katholischen Frauengemeinschaft gestanden und verführerisch duftende Waffeln gebacken. Nebst dem Verzehr mehrerer Waffeln und zwei gut gefüllten Bechern Glühwein hatte sie ihm das Versprechen eines gemeinsamen Kinobesuchs abgerungen. Alles ließ sich gut an. Die Treffen wurden regelmäßiger, die Abstände kürzer, und er hatte zum allerersten Mal das Gefühl, so etwas wie eine Beziehung zu führen.

»Es ist dreiundzwanzig Uhr. Hier sind die Nachrichten«, schnarrte es aus dem kleinen Weltempfänger auf dem Fenstersims. Das einzig überflüssige Accessoire im Raum.

Der deckenhoch geflieste Raum maß vier mal vier Meter, und er nannte ihn Vorbereitungsraum. Die korrekte Bezeichnung lautete Versorgungsraum oder Präparationsraum. Eitlere aus seiner Gilde sprachen gar von einem Atelier.

Nein, nicht er. Weder versorgte er hier kleinere Blessuren, noch präparierte er etwas. Das erinnerte ihn zu sehr an das Ausstopfen erlegter Tiertrophäen. Er maß seinem Tun eine wesentlich größere Bedeutung bei. Anfangs hatte er ernsthaft an seinem Geisteszustand gezweifelt, als er vor einem Jahr, etwa zur selben Uhrzeit, seine erste Leiche vorzubereiten begann. Mittlerweile war das zu seiner gewohnten Zeit geworden. Kein Telefon, keine lästigen Anfragen oder Vertreter, die ihn unterbrechen konnten, während er konzentriert zu arbeiten versuchte. So wie heute.

In diesem Fall war es nicht einfach gewesen, die beiden Halsschlagadern freizulegen und die Schlauchdrainage einzuführen. Er korrigierte den Lichtkegel des an der Decke angebrachten Schwenkarmstrahlers und überprüfte erneut die Dichtigkeit der Drainage, ehe er sich der Pumpe zuwandte und sie einschaltete. Er wischte sich die Hände an der Schürze ab und lauschte gespannt. Leise zischend begann das Aggregat die Lösung in den leblosen Körper zu pumpen. Sein ureigenes Rezept, das mehrheitlich aus Wasser, Formalin und zwei geheimen Zutaten bestand, die mögliche Arterienverschlüsse lösten und der Haut ihre rosige Farbe zurückgeben sollten. In wenigen Augenblicken würde sich zeigen, ob er sauber gearbeitet hatte.

Weitere Sekunden vergingen. Der Kreislauf schien geschlossen. Erleichtert atmete er auf, als er zusah, wie zähflüssiges Leichenblut aus dem Ablaufschlauch zu fließen begann und in kurvigen Schlieren über den mattierten Edelstahl, der Schwerkraft folgend, blubbernd im Abfluss verschwand.

Eine Stunde würde es dauern, bis der Flüssigkeitsaustausch abgeschlossen sein würde.

Seine latexbehandschuhten Finger glitten über die Extremitäten, massierten die Lösung in das Gewebe ein. Zufrieden lächelte er, als die Haut sich rosig zu färben begann.

Das Geräusch der Pumpe änderte sich. Rasch warf er einen prüfenden Blick auf den Behälter, der sich bis auf einen kleinen Rest geleert hatte. Der Flüssigkeitstransfer war abgeschlossen.

Er hatte sich angewöhnt, alle Instrumente und Materialien sorgsam vorzubereiten, bevor er mit der Arbeit begann. Skalpelle, Scheren, Klemmen, unterschiedliche Nadeln und Faden lagen nach ihrer Größe sortiert auf dem Instrumententisch.

Tastend glitten seine Finger das Brustbein bis zu dessen Ende entlang. Zwei Fingerbreit unterhalb drang er mit dem Skalpell ein. Der Schnitt musste nicht groß sein, nur so breit, dass er mit dem Trokar würde eindringen können. Mit dem kleinen Finger bohrte er in die Öffnung und vergewisserte sich, dass sie groß und tief genug war.

Den Hydroaspirator hatte er bereits am Wasserhahn angeschlossen.

Kraftvoll stieß er den metallenen Dorn, dessen Spitze ebenso scharf wie seine Skalpelle war, in den Brustraum, stocherte darin herum, spürte den Widerstand und stach die Lanzette ins Herz. Schlürfend begann das Gerät das verbliebene Herzblut abzusaugen. Der Lunge und dem Magen-Darm-Trakt würde er sich danach widmen.

Erst wenn alles Verderbliche entfernt war, würde er mit seiner eigentlichen künstlerischen Arbeit beginnen können. Gebrochene Knochen verleimen, Schnitte und Risswunden verschließen. Einige würden sich mit Cyanacrylat-Klebstoff abdichten lassen, andere würde er vernähen müssen.

Mehr Kopfzerbrechen bereitete ihm der deformierte Schädel. Aber auch den würde er letztendlich perfekt rekonstruieren können.

Wenn die Nacht zu Ende ging und es zu dämmern begänne, würde niemandem mehr auffallen, dass der ausgemergelte Körper, der vor ihm auf dem Tisch lag, durch äußere Gewalt zu Tode gekommen war. Dafür würde er sorgen. Darin sah er seine Berufung. Er liebte, was er tat.

Kapitel 1

Konstanz, Rheinpromenade
Montag, 26. August

Viertel nach fünf. In einer halben Stunde würde die Sonne aufgehen und die nächtliche Kühle erneut einer drückenden Hitze weichen. Dieser August hatte es wirklich in sich. Bis auf ein, zwei bewölkte Tage, die nur wenig Linderung gebracht hatten, brannte die Sonne unbarmherzig.

Die Schwüle ließ ihn keinen Schlaf finden. Aber nicht nur die Hitze war daran schuld.

Mit arretierten Bremsen saß Hagedorn im Rollstuhl und blickte auf den gemächlich dahinfließenden Rhein hinunter. Die über einhundert sechzig Meter lange und vier Meter breite Fahrradbrücke überspannte den Fluss in einer sanften Wölbung. Sie verband den Herosé-Park im Stadtteil Petershausen mit der linksrheinisch gelegenen Altstadt und dem Konstanzer Paradies.

Die Unterarme auf dem Geländer abgestützt, das Kinn in der Armbeuge ruhend, betrachtete er die Lichtreflexe, die sich auf der kräuselnden Wasseroberfläche funkelnd brachen. Zwischen seinen Fingern glimmte ein bis zum Filter abgebrannter Zigarettenstummel.

Sein Begleiter, ein Golden Retriever, legte den Kopf schräg und sah ihn hechelnd an, als er über das Geländer spuckte und die Kippe hinterherschnippte. Wieder hatte er zu viel getrunken. Was versprach er sich davon?

Die betäubende Wirkung funktionierte bei ihm nicht wie erhofft. Weder nahm ihm der Alkohol die schmerzenden Erinnerungen, noch ließ er ihn besser schlafen. Monate waren vergangen, seit er das letzte Mal mehr als vier Stunden am Stück durchgeschlafen hatte. Wenn ihn die Unruhe und Rastlosigkeit überwältigten, fuhr er mit seinem Hund durch die Nacht. Nicht selten legten sie dabei mehrere Kilometer zurück. Dem Hund war die Ziellosigkeit seines Herrchens dabei herzlich egal, er genoss die nächtlichen Ausflüge sehr.

Die Hundemarke klimperte, als der Retriever sich schüttelte und sich mit einem Grunzen neben dem Rollstuhl niederließ.

Er fragte sich, wie lange diese Niedergeschlagenheit noch anhalten würde. Aus seinem Studium und seiner Praxiserfahrung wusste er um die verschiedenen Phasen des Trauerns. Die Phasen des Leugnens, des Zorns, des Verhandelns, der Depression bis zur Akzeptanz. Theoretisch war ihm das alles bewusst, und dennoch fühlte er sich gefangen in einer Depression. Nein! Er sah sich außerstande, seinen Verlust nur ansatzweise zu akzeptieren. Das kam ihm einem Verrat gleich. Zumindest empfand er das so.

Er blies die Luft aus und wischte sich die Tränen aus den Augen. Wie einfach es wäre, dachte er. Sich über die Brüstung zu beugen und einfach fallen zu lassen. Wie lange könnte ich mich an der Oberfläche halten ohne meine Beine? Wie lange, bis mir die Kraft ausgeht, die vollgesogene Kleidung und die Unterströmung mich hinabzieht? Die Strömung würde mich einfach mitreißen, vielleicht sogar hinunter bis zum Rheinfall in der Schweiz. Der Gedanke hatte etwas Tröstliches und doch: Davon war er noch weit entfernt. Ertrinken war ein schmerzhafter, qualvoller Tod. Dazu fehlte ihm schlicht der Mut.

Er beugte sich hinab und strich mit den Fingern über die Kruppe des Hundes.

»Wollen wir nach Hause gehen, hm?«

Widerwillig erhob sich das Tier.

Da ertönte ein Schrei aus dem nahen Park.

»Hast du das auch gehört, Sam?« Dem Hund sträubte sich das Nackenfell. Leise grollend bleckte er die Fänge.

»Lasst mich in Ruhe!«, schrie eine weibliche Stimme.

Bevor er die Bremsen des Rollstuhls löste, legte er dem Hund die Leine an, die mit dem Gestänge seines Gefährts verbunden war, stieß die Greifreifen an und hielt auf den Park zu, aus dem die Schreie kamen. Er nutzte das Gefälle der Brücke und beschleunigte weiter.

Zwei Männer machten sich an einer jungen Frau zu schaffen, die wild um sich trat und sich verzweifelt zu wehren versuchte. Als er sich ihnen näherte, erkannte er, dass sie höchstens fünfzehn oder sechzehn sein konnten. Sie trugen Baggies, Windelhosen, wie er sie nannte, weite T-Shirts und identische Basecaps, auf denen das Graffiti-Tag irgendeiner lokalen Gang eingestickt war. Der Anblick der beiden erinnerte ihn unwillkürlich an die Propheten Jay und Silent Bob aus dem Film *Dogma.*

»Hey, ihr Arschlöcher! Lasst sie in Ruhe!« Instinktiv glitt seine Hand zu einem Teleskopschlagstock, den er vor Wochen mittels einer Fahrradpumpenhalterung und zwei Kabelbindern an einer seiner Beinstützen angebracht hatte.

Überrascht fuhr der Kopf des Kleineren der beiden herum.

»Alter, was willst du?«, spuckte der Teenager ihm verächtlich entgegen.

»Ich will, dass ihr die Frau in Ruhe lasst«, versuchte er eine weitere Eskalation zu verhindern. Der Hund ließ ein tiefes, kehliges Knurren erklingen, was Jay, wie er den Kerl getauft hatte, überhaupt nicht zu beeindrucken schien, da er sich ihm bis auf wenige Schritte näherte. Jay ließ die Hand aus seiner Hosentasche fahren und öffnete klackend ein bedrohlich aussehendes Klappmesser.

»Mach dich vom Acker, du dreckiger Penner!«, zischte Jay gepresst. »Sonst mach ich dich fertig!«

Er bezweifelte, dass sein Gegenüber die Drohung wirklich ernst meinte, dennoch konnte er darauf verzichten, sich auf einen Clinch mit ein paar Halbstarken einzulassen.

»Komm schon, Junge! Steck das Messer weg!«

»Sag mal, Alter! Schnallst du es nicht? Verpiss dich!«

Die Knöchel knackten, als er die Hand fester um den gummierten Griff des Schlagstocks schloss. Drohend trat der Junge einen weiteren Schritt auf ihn zu.

Aus dem Augenwinkel sah er, dass Silent Bob, der andere, kräftigere Kerl, die junge Frau an der Gurgel gepackt hielt und sie gegen einen Baum drückte.

Als Jay einen weiteren Schritt auf ihn zukam, riss er den Schlagstock aus der Halterung und ließ ihn mit einer geschmeidigen Bewegung des Handgelenks ausfahren.

»Ich habe keine Zeit und keinen Nerv, euch Manieren und Anstand beizubringen.« Soweit es im Rollstuhl möglich war, beugte er sich vor und schlug Jay mit einer blitzartigen Bewegung gegen die Messerhand. Es knackte. Jaulend ließ der Junge das Messer fallen und starrte ungläubig auf seinen verkrümmt abstehenden Daumen.

Jay hüpfte wie ein Känguru auf und ab, die Hand zwischen die Beine geklemmt und heulte. Hätte sich Silent Bob in diesem Moment nicht von der Frau gelöst und eine bedrohliche Haltung eingenommen, hätte er laut aufgelacht.

»Du verdammter Krüppel!«, schnaubte Silent Bob und kam mit ausladenden Schritten auf ihn zugestürzt.

Sam bellte und zerrte wie ein Berserker an der kurzen Leine, als Bob zu einem gewaltigen Schwinger ausholte. Geschickt parierte er mit der Linken und ließ den Schlagstock krachend auf Bobs Unterarm niedersausen. Etwas brach mit einem widerlichen Knacken. Bob stieß die Laute eines brunftigen Hirsches aus, als er seinen Arm gegen die Brust presste. Für einen Moment schielte der Junge zu dem Messer und rechnete seine Chancen aus, wie schnell er sich danach bücken und ihn damit angreifen konnte.

»Haut endlich ab!«, brüllte er und riss Bob damit aus seinen Überlegungen.

Während Bob sich geschlagen gab und mit schmerzverzerrtem Gesicht den Rückzug antrat, stieß Jay wüste Drohungen aus.

»Du dreckiger Krüppel! Irgendwann sehen wir dich in der Stadt, und dann bist du fällig!«

Jay wich eingeschüchtert zurück, als er nur leicht seine Reifen anstieß und ein Stück auf ihn zurollte, den Schlagstock über dem Kopf schwingend.

»Verschwinde endlich!«, knurrte er drohend.

Jay spie aus, wandte sich um und folgte stolpernd seinem Kumpel.

Die junge Frau sammelte schluchzend ihre Habseligkeiten ein, als er sich ihr langsam näherte, die Waffe schlagbereit über den Schenkeln liegend. Wer wusste schon, ob die Idioten mit Verstärkung zurückkamen?

»Ist alles okay?«, erkundigte er sich. Er bückte sich nach einem Lippenstift, der mit dem Rest des Inhalts ihrer Handtasche verstreut auf der Wiese lag.

»Kennst du die Typen?«, erkundigte er sich.

Sie richtete sich auf und sah ihn aus verheulten Augen an. »Nein! Noch nie gesehen. Danke, dass Sie mir geholfen haben.«

Erst als er sie in voller Größe vor sich stehen sah, erkannte er eine etwa zwanzigjährige Südländerin. Ein Träger ihres knielangen Sommerkleids war über die Schulter gerutscht. Immer noch zitternd atmete sie mit geschlossenen Augen, gegen den Baum gelehnt, tief ein und aus.

»Ich weiß nicht, was passiert wäre, wenn Sie nicht gekommen wären«, sagte sie leise mit leichtem Akzent.

»Wie ist dein Name?«, erkundigte er sich. Ihr wachsamer Blick verriet, dass sie abzuschätzen versuchte, ob von ihm eine neue, andere Gefahr ausgehen würde.

»Valbona.« Allmählich ließ das Zittern nach. »Ich bin auf dem Weg zur Arbeit.«

»Wo arbeitest du denn?«, wollte er wissen.

Valbona deutete mit dem Kopf die Uferpromenade hinab. »Ich bin Kassiererin in der Tankstelle an der Reichenaustraße. Frühschicht«, fügte sie hinzu und schielte auf den Schlagstock, den er immer noch auf den Schenkeln liegen hatte.

Er betätigte einen Knopf im Griffstück, fuhr den Teleskopschlagstock ein und steckte ihn in die Halterung an seiner Beinstütze zurück.

»Ich begleite dich ein Stück«, sagte er bestimmt. »Es könnte sein, dass die Typen noch mal auftauchen.«

»Das ist nett von Ihnen.« Sorgenvoll ließ sie den Blick durch den Park schweifen. »Und es macht Ihnen wirklich nichts aus?«

»Ich habe denselben Weg«, schwindelte er. »Ich brauche noch Zigaretten.«

Geduldig wartete er, bis sie ihre Habseligkeiten in der

Handtasche verstaut und sich Haare und Kleid gerichtet hatte.

»Sie glauben nicht, wie froh ich bin, dass Sie zufällig im Park waren«, begann sie, nachdem sie eine Weile schweigend gegangen waren.

»Was wollten die Kerle? Geld? Dein Handy?«

»Nein! Ich vermute, die wollten mir einfach nur an die Wäsche«, kommentierte sie nüchtern.

»Du solltest sie anzeigen«, riet er.

»Ach, was bringt das schon. Das waren ja fast noch Kinder. Wahrscheinlich sind sie nicht einmal strafmündig. Außerdem ist ja nichts passiert. Dank Ihnen.«

Er konnte ihr nicht widersprechen. Schließlich hatte er seine Erfahrungen mit dieser Klientel. Vermutlich waren Jay und Silent Bob Stammgäste bei der hiesigen Polizei und Staatsanwaltschaft.

»Nichts zu danken«, entgegnete er stattdessen. »Geht's dir wieder besser?«

»Ja! Sehr viel besser!«

»Das freut mich!«, antwortete er aufrichtig und fingerte umständlich die letzte Zigarette aus einer zerknautschen Packung.

Sie erreichten das Bodenseeforum, ein vor einigen Jahren errichtetes Gebäude, das sich als Tagungs- und Eventstätte zunehmender Bekanntheit erfreute.

Valbona deutete auf einen Weg, der am Gebäude vorbeiführte. »Ich muss hier lang. Nochmals vielen Dank.«

»Noch mal, gern geschehen«, murmelte er abwesend. Etwas oder jemand in einiger Entfernung hielt seinen Blick gefangen.

Er kniff die Augen zusammen und versuchte sich darauf zu konzentrieren.

»Was zum Geier …!«, murmelte er.

»Wie heißen Sie eigentlich?«, fragte Valbona, die sich bereits von ihm abgewandt hatte.

»Was?«, brummte er geistesabwesend.

»Ihr Name?«

Er griff in die Reifen und stieß seinen Rollstuhl an. »Hagedorn. Mein Name ist Hagedorn.«

Angezogen von dem, was er entdeckt hatte, ließ er die junge Frau zurück, die ihm kopfschüttelnd hinterherblickte, ehe sie ihren Weg fortsetzte.

»Machen Sie's gut, Herr Hagedorn«, rief sie. Er hörte ihre Worte nicht mehr.

Achtlos schnippte er die Zigarette weg, als er wenig später mit offenem Mund vor dem dampfenden Gebilde stand.

»Verdammte Scheiße!«

Kapitel 2

Konstanz, Rheinpromenade, Bodenseeforum
Montag, 07:30 Uhr

Erster Kriminalhauptkommissar Marius Bannert pellte sich umständlich aus dem Mercedes und trat die Fahrertür ungehalten ins Schloss.

»Wie ich die Kiste hasse«, maulte er.

Eine junge Streifenbeamtin trat auf ihn zu und nickte zum Gruß.

»Was stimmt denn mit dem Auto nicht?«, erkundigte sich die uniformierte Brünette.

»Die Blechbüchse mag für kleinere Menschen angehen.« Bannert reichte ihr flüchtig die Hand. »Außerdem sitzt man darin so tief, dass man einen Schuhlöffel zum Aussteigen braucht.«

Ihre zierliche Hand versank vollständig in seiner. Bannert überragte die Beamtin um mehr als einen Kopf. Eingeschüchtert sah sie zu ihm auf.

»Sie sind Hauptkommissar Bannert?«, fragte sie unsicher.

»Hm!«, brummte er zustimmend. »Kennen wir uns?«

»Ähm, nein«, sagte sie irritiert. »Reiser, Mirjam Reiser. Einfach nur Mirjam, oder Miri. Ich sollte hier auf Sie warten und Sie sofort zum Tatort bringen, sobald Sie eingetroffen sind«.

»Bist du sicher, dass es der Tatort ist?«

»Na gut! Dann eben der Fundort«, korrigierte sie sich.

Bannert war nicht entgangen, wie sie ihn ansah. Er war sich der Wirkung seiner Augen bewusst und konnte sich ein Grinsen nicht verkneifen.

»Kontaktlinsen«, witzelte Bannert.

»Echt jetzt?« Die Beamtin fühlte sich ertappt.

»Nein. Ein Scherz! Bringst du mich jetzt hin, oder soll ich mich selbst auf die Suche machen?«

»Ähm, natürlich! 'tschuldigung!«

»Und nenn mich Marius«, bat er.

»Freut mich, Marius«, entgegnete sie strahlend, wandte sich um und ging ihm voraus.

Abgesehen von der Pistole, die Bannert im Gürtelholster trug, wies ihn nichts als Kriminalbeamten aus. Wenn es nach ihm ginge, könnte er auch auf das Tragen der Waffe verzichten. Die neue Chefin bestand jedoch vehement darauf, dass ihre Mitarbeiter, wenn sie das Dienstgebäude verließen, gefälligst die Dienstwaffe und Schutzweste mitzuführen hätten. Bannert dachte jedoch nicht im Traum daran, die kugelsichere Weste zu tragen. Einer der letzten Augusttage versprach ein schwülheißer Tag zu werden, und er würde sich damit nicht noch zusätzlich belasten.

Schweigend folgte er der jungen Beamtin.

Sie umrundeten das Bodenseeforum und näherten sich über die Promenade der Gebäuderückseite.

»Wann wurde sie gefunden?«, erkundigte sich Bannert.

»Vor etwa zwei Stunden. Wir waren relativ schnell vor Ort. Obwohl um diese Zeit schon viele Leute unterwegs sind, die ihre Hunde ausführen oder joggen, wurde sie erst kurz nach Sonnenaufgang entdeckt.«

»Wann war das?«

»Hm …« Reiser überlegte kurz. »Kurz nach halb sechs?«

»Ist das eine Frage oder eine Feststellung?« Bannerts Stimme klang harscher als beabsichtigt.

»Sorry! Es war ziemlich genau fünf Uhr dreißig.«

Das Gelände war großräumig mit Flatterband abgesperrt. Bannert zählte nicht weniger als drei Mannschaftstransportwagen der Bereitschaftspolizei, deren Einsatzkräfte den Fundort weiträumig absperrten.

Bannert kannte das Bodenseeforum nur von einem zufälligen Besuch. Er lächelte, als er sich erinnerte, vor drei Jahren mit einer Staatsanwältin das Forum für eine Live-Lyrix-Veranstaltung eines Radiosenders besucht zu haben. Sie hatte zwei Tickets für das Event, und angeblich war ihre Freundin kurzfristig abgesprungen. Im Anschluss daran waren sie die Promenade entlanggeschlendert und hatten wie Teenager auf einer Bank im Herosé-Park rumgeknutscht.

Vermutlich, weil er damals nur Augen für die attraktive Staatsanwältin und weniger für die neu angelegte Promenade gehabt hatte, konnte er sich an den Anblick, der sich ihm jetzt bot, nicht erinnern.

Kriminaltechniker tänzelten um eine Statue herum, die damals definitiv nicht dort gestanden hatte.

Ein Mann Ende fünfzig kam auf ihn zu und begrüßte ihn herzlich. Karsten Kieferle, der leitende Kriminaltechniker. Bannert kannte keinen besseren. Kieferles Schädel war wie immer in letzter Zeit frisch rasiert und schimmerte wie eine frisch gewachste Bowlingkugel in der morgendlichen Sonne.

»Marius. Gut, dich wieder im Team zu haben.«

»Danke!«, entgegnet Bannert abwesend. Er konnte kaum den Blick von der grotesken Statue abwenden.

»Als du sagtest, die Leiche sei tiefgefroren, konnte ich

mir kein Bild machen«, sagte Bannert leise, als er umständlich ein Paar Einweg-Handschuhe aus der Gesäßtasche fingerte.

»Ja, die Leiche ist hart wie Stein«, kommentierte Kieferle.

»Wo ist der Rechtsmediziner?«, erkundigte sich Bannert.

»Ist auf dem Weg. Nadine sollte in wenigen Minuten auch hier eintreffen.«

»Gut!«

Während Bannert die Finger in das Nitril zwängte, ging er langsam auf die Statue zu. Einen Meter davor hielt er inne. Der Anblick war bizarr und faszinierend zugleich. Unmittelbar vor der betonierten Kaimauer erhob sich auf einem kleinen Marmorsockel die Leiche einer in Eis erstarrten hübschen jungen Frau, die nicht viel älter als sechs- oder siebenundzwanzig Jahre alt zu sein schien. Bis auf einen weißen Tutu-Rock war sie nackt.

Die wärmenden Sonnenstrahlen hüllten den Körper in eine dampfende Aura diffundierenden Eises.

Die Beine überkreuzt, die Arme hoch über den Kopf erhoben und zu einem fast perfekten Kreis geformt, strahlte sie eine grazile Anmut aus. Das Kinn leicht erhoben, verlor sich ihr nach oben gerichteter Blick im wolkenlosen Himmel.

»Eine Ballerina?«, hörte er Kieferle neben sich mutmaßen.

»Jupp! In der fünften Position.«

»Was?«

»Ballett! Die fünfte Position. Eine von fünf Grundstellungen im Ballett« klärte Bannert ihn auf.

»Klugscheißer!«, spöttelte Kieferle. »Wieso kennst du dich denn mit Ballett aus?«

»Ich musste meine kleine Schwester öfter, als mir lieb war, ins Ballett begleiten.«

»Aha?« Kieferle grinste breit, der offenbar Bilder eines Ballett tanzenden, jungen Bannerts vor dem inneren Auge hatte.

»Idiot!«, brummte Bannert. »Hör auf, so blöd zu grinsen.«

Kieferle wand sich kichernd ab und ging auf das Tatortfahrzeug der Kriminaltechnik zu.

»He!«, rief Bannert ihm hinterher. »Kannst du etwas über die Todesursache sagen?«

»Nö, du wirst dich gedulden müssen, bis die Rechtsmedizin eintrifft.«

»Seid ihr fertig mit der Spurensicherung?«

Kieferle reckte den erhobenen Daumen in die Höhe.

Bannert seufzte, wandte sich der Statue zu und ließ den Blick akribisch über den nackten, toten Frauenkörper gleiten. Er konnte nicht erkennen, ob sie mit dem Marmorsockel verbunden war oder sich, perfekt ausbalanciert, alleine trug. Von den Knöcheln bis zu ihrer Scham wanden sich filigrane Ornamente. Bannert vermochte nicht zu beurteilen, ob sie in das gefrorene Fleisch gebrannt, geprägt oder geschnitzt worden waren. Die Verzierungen waren so fein, so kunstvoll, dass es den Anschein erweckte, als würde sie eine gemusterte Feinstrumpfhose tragen.

Im Abstand von wenigen Zentimetern ließ er seine offene Hand über ihrer Brust schweben.

Die Frau war nicht einfach nur tiefgekühlt – sie war weit über den Gefrierpunkt hinaus kryostatisch konserviert.

Sie zu berühren, wagte er nicht. Zu groß waren seine Befürchtungen, dass sie kippen und in mehrere Teile zerbrechen könnte.

Nachdem Bannert die eisige Statue einmal umrundet hatte, zog er ein kleines Diktiergerät aus der Brusttasche seines Hemds und verschränkte nachdenklich die Arme vor der Brust.

»Weiblicher Leichnam, circa fünfundzwanzig bis dreißig Jahre alt, augenscheinlich keine äußeren letalen Verletzungen«, diktierte er gedämpft in das Gerät.

»Stimmt!«, pflichtete ihm Kieferle bei, der unbemerkt zurückgekehrt war. »Sind dir ihre Beine aufgefallen?«

»Natürlich«, entgegnete Bannert. »Die Muskeln sind atrophiert.«

»Komisch. Was kann das sein?« Die uniformierte Beamtin war Kieferle gefolgt.

»Hast du nichts Besseres zu tun?«, fuhr Kieferle sie an.

»Irgendetwas absperren oder Reporter im Zaum halten?«

Beleidigt wandte sich die uniformierte Beamtin um und ging eilig den Weg zurück, den sie zuvor mit Bannert gekommen war.

»Findest du nicht, dass du etwas forsch zu ihr warst, Karsten?«

Kieferle schnaubte entnervt.

»Mirjam ist ein liebes Mädel, aber sie kann echt nervtötend sein.«

»Wieso?«

»In den vergangenen neun Monaten hat sie sich insgesamt viermal bei der Kripo beworben. Sie möchte unbedingt zur Kriminaltechnik.«

»Wo liegt das Problem?«

»Sie ist mir zu unerfahren. Sie ist nach dem Abitur direkt in den gehobenen Dienst eingestiegen, hat das Studium an der Fachhochschule absolviert und ist noch nicht mal ein Jahr im Streifendienst.«

»Bei den derzeitigen Nachwuchsproblemen sollten wir nehmen, was wir kriegen können«, bemerkte Bannert beiläufig, der nun auf allen vieren um den Sockel krabbelte.

»Vielleicht hast du recht, Marius. Du findest, ich sollte sie nehmen?«

»Wieso fragst du mich das?«, knurrte Bannert. »Wo bleibt denn der Rechtsmediziner, Herrgott noch mal!«

»Wenn Sie auch mit mir vorliebnehmen, stehe ich gerne zu Verfügung«, mischte sich eine weibliche Stimme ein.

Immer noch kniend, hob Bannert den Kopf, und sein Blick fiel geradewegs auf ein Paar pinkfarbener Leinensneaker. Perfekt geformte Beine steckten in einer Dreivierteljeans. Hastig erhob er sich und sah in das grinsende Gesicht einer attraktiven Frau in den Vierzigern. Ihr Gesicht war sonnengebräunt, das schulterlange blonde Haar wurde von einer Sonnenbrille gehalten, die sie auf dem Kopf trug.

»Doktor Lara Geermann, Rechtsmedizin Freiburg«, stellte sie sich ihm immer noch grinsend vor.

Bannert zog schnalzend die Gummihandschuhe ab, wischte sich die Hände an der Hose trocken und reichte ihr die Hand.

»Hallo, Frau Doktor«, erwiderte er lächelnd. »Schön, dass Sie kommen konnten. Bannert, Marius Bannert, Morddezernat.«

»Das ist ja abgefahren!«, entfuhr es ihr, als sie die Leichenstatue anstarrte und dabei Kieferle nur knapp die Hand schüttelte. »Weiß man schon, wer sie ist?«

»Nein.« Kieferle schüttelte beleidigt den Kopf. »Meine Leute checken gerade die Vermisstenmeldungen der letzten Wochen.«

Doktor Geermann stellte den Aluminiumkoffer, den

sie bei sich trug, auf der Kaimauer ab, ließ die Schlösser aufschnappen und zog ein Paar schwarzer Latexhandschuhe aus einer Pappschachtel.

Bannert ging einige Meter zurück, steckte sich einen Kaugummi in den Mund und beobachtete sie.

Nachdem sie den Leichnam ebenso akribisch wie zuvor er begutachtet hatte, streifte sie sich die Latexhandschuhe von den Händen.

»Und? Was denken Sie?«, hob Bannert an.

»So etwas habe ich noch nie gesehen.«

»Können Sie etwas zur Todesursache sagen?«

Sie bedachte ihn mit einem mitleidigen Blick.

»Herr Bannert, wie lange machen Sie das Geschäft schon?«

»Ja, schon gut«, lächelte er. »Mir ist klar, dass Sie, ohne die Leiche geöffnet zu haben, keine seriöse Aussage treffen können. Deutet wenigstens äußerlich etwas auf eine mögliche Todesursache hin?«

»Außer einer feinen Punktion der Haut an ihrer Halsschlagader konnte ich nichts feststellen. Möglicherweise wurde sie sediert. Jedenfalls finde ich keine Anzeichen äußerlicher Traumata.«

»Was können Sie mir zu den Beinen sagen?«

»Richtig! Die sind massiv atrophiert.« Um seiner Nachfrage vorzugreifen, fuhr sie fort. »Es gibt mehrere Ursachen, die einen derart massiven Muskelschwund hervorrufen können. Vielleicht eine genetische Erkrankung, wie zum Beispiel eine spinale Muskelatrophie oder ALS.«

»Oder eine Querschnittslähmung?«

»Auch das wäre denkbar«, pflichtete sie Bannert bei. »Haben Sie für mich auch einen?«, bat sie auf Bannerts Mund deutend.

»Klar«, brummte er und hielt ihr das Päckchen entgegen, aus dem sie einen Streifen zog.

»Hm, ich frage mich nur, wie wir die Leiche unbeschadet und unverändert in die Pathologie bekommen?«, rätselte sie und schob sich den Kaugummi zwischen die Zähne.

»Das habe ich schon organisiert«, schaltete sich Kieferle ein und schielte auf seine Armbanduhr. »In etwa zehn Minuten sollte ein kleiner Kühllaster eintreffen. Wir hatten geplant die Leiche samt Sockel auf Paletten abzulegen und zu verladen.«

»Hervorragend!«, lobte Doktor Geermann. »Bevor Sie sie kippen und ablegen, decken sie die Leiche bitte mit einer Folie ab. Ich will vermeiden, dass Fremdspuren übertragen werden.«

»Keine Sorge. Niemand wird die Leiche ohne entsprechende Schutzausrüstung berühren.«

»Danke. Im Augenblick gibt es für mich hier nichts mehr zu tun, ich fahre jetzt wieder nach Freiburg zurück«, sagte sie. »Sobald die Leiche im Institut ist, beginne ich mit der Obduktion. Das heißt, sobald sie aufgetaut ist.«

Sie verabschiedete sich, eilte den Weg zurück und hielt auf einen Wagen mit Freiburger Autokennzeichen zu.

Gedankenverloren blickte Bannert ihr nach, als sie ins Auto stieg und davonfuhr. Er konnte sich nicht erinnern, je mit ihr zu tun gehabt zu haben. Wahrscheinlich war sie neu am Institut.

»Guten Morgen, Marius.«

Bannert fuhr herum. »Guten Morgen! Ich habe dich gar nicht kommen hören.«

Nadine Adler sah wie frisch aus dem Ei gepellt aus. Die langen dunkelblonden Haare zu einem Pferdeschwanz gebunden, dezent aufgelegtes Make-up. Entgegen ihren sonstigen Gewohnheiten war sie heute, wie Bannert feststellte, leger mit Jeans, T-Shirt und einem Paar dieser neumodischen Merino-Wool-Sneakern bekleidet. Bannert überlegte, was ihr Outfit wohl gekostet haben mochte.

»Entschuldige, ich wollte dich nicht erschrecken. War das die Rechtsmedizinerin?«, erkundigte sich Adler.

»Hm!«, bestätigte Bannert.

»Kennst du sie?«

»Nein, aber sie macht einen kompetenten Eindruck.«

In wenigen Sätzen brachte Bannert sie auf den aktuellen Stand.

»Konnte man die Tote schon identifizieren?«

Bannert verneinte kopfschüttelnd. »Karsten hat aber schon ein paar Leute auf die Vermisstenmeldungen angesetzt«, fügte Bannert hinzu.

»Wer hat die Tote aufgefunden?«, wollte Adler wissen.

Bannert zuckte überfragt mit den Achseln und sah sich suchend um.

»Miri!«, rief er der uniformierten Beamtin zu, die gelangweilt neben dem Gebäude des Bodenseeforums auf und ab gegangen war. Als sie ihn hörte, beschleunigte sie ihren Schritt und näherte sich ihnen.

»Miri, wer hat die Leiche eigentlich gefunden?«, erkundigte sich Bannert, als Mirjam Reiser sie erreicht hatte.

»Ein ziemlich abgerissener Typ im Rollstuhl. Den Namen hat ein Kollege meiner Schicht bestimmt notiert. Ich meine, er hatte einen beigefarbenen, mittelgroßen Hund dabei. Im Herosé-Park …« Sie deutete die Promenade hinunter. »Da treiben sich ja ständig Obdachlose rum. Hinterlassen ihren Müll und machen uns jede Nacht …«

»Wie sah er aus?« Bannert und Adler fielen ihr unisono ins Wort.

»Was?« Der Blick der Beamtin pendelte unsicher zwischen Bannert und Adler hin und her.

»Wie sah der Penner aus?«, drängte Bannert.

»Na ja, wie ein Penner halt.«

»Geht es vielleicht etwas präziser, Frau …?«

»Mein Name ist Reiser, Mirjam Reiser, Frau Adler.«

»Also, Frau Reiser?«

»Der Typ war groß, sehr groß, hatte lange, dunkle, zottelige Haare. Und einen nicht minder ungepflegten Vollbart. Ich glaube, er trug eine Jogginghose und ein buntes T-Shirt. Ach ja«, fügte sie hastig hinzu. »Seine Augen waren irgendwie komisch.«

Bannert und Adler tauschten einen vielsagenden Blick.

»Willst du, oder soll ich?«, fragte Nadine Adler, wobei die Frage eher rhetorisch klang.

»Ich kümmere mich darum«, gab Bannert klein bei.

Verwirrt blickte die Beamtin zwischen den beiden hin und her.

»Kennen Sie den Mann?«

»Allerdings!«, konstatierte Bannert.

»Na dann. Viel Glück, Marius!« Bannert vermochte Adlers schiefes Grinsen nicht zu deuten.

»Danke, Glück allein wird dazu nicht ausreichen.« Er kramte den Schlüssel seines Dienstwagens aus der Hosentasche, nickte Adler und Reiser zu und ging.

Kapitel 3

Konstanz, Universität, Gebäude H
Zehn Monate zuvor

»Was ist Kunst? Was macht Kunst aus?«, fragte er in die Runde der etwas mehr als ein Dutzend Zuhörer, die förmlich an seinen Lippen hingen.

»Kunst ist nicht, nackt mit Schweineblut besudelt über eine am Boden liegende Leinwand zu robben«, fuhr er fort, ohne eine Antwort abzuwarten.

»Oder seinen Pimmel, wahlweise die Brüste, mit Farbe zu bestreichen und so lange gegen eine Leinwand zu klatschen, bis hernach etwas Abstraktes dabei herauskommt«.

Ein Kichern ging durch die Reihen.

»Das, meine Damen und Herren, hat mit Kunst nichts, aber auch rein gar nichts, zu tun. Zumindest nicht nach meinen Maßstäben. Wenn Sie also glauben, der Aktionskunst etwas abzugewinnen, sind Sie in meiner Vorlesung fehl am Platz.«

Geduldig ließ er seine Worte wirken und war gespannt, ob jemand den Saal verlassen würde. Nicht dass es jemals vorgekommen wäre.

»Kunst, meine Damen und Herren, erfordert Talent und jahrelange Übung. Nur gut zu zeichnen, ein Gespür für die Komposition von Farben zu besitzen oder Geschick im Umgang mit einem Feinmeißel zu haben, das macht aus Ihnen noch lange kein Künstler.«

Langsam schritt er die erste Reihe ab und sah dabei jedem einzelnen Studenten in die Augen.

»So wahr Sie hier vor mir sitzen, sage ich Ihnen, dass es statistisch gesehen höchstens einem von Ihnen gelingt, als Künstler oder Künstlerin erfolgreich zu sein. Und dem Rest möchte ich dringend davon abraten, meine Augen und die der Welt mit schnöder Aktionskunst zu beleidigen. Ich wiederhole mich. Das ist keine Kunst! Das ist der jämmerliche und bemitleidenswerte Versuch, auf geschmacklose Art und Weise mit seiner Talentlosigkeit Schlagzeilen zu machen.«

Ein Student rutschte unruhig auf seinem Platz hin und her.

»Haben Sie etwas zu meinen Ausführungen anzumerken?«, sprach er den jungen Mann an.

»Ist Kunst nicht ungeachtet dessen, was Kritiker, Sachverständige oder Galeristen für wertvoll erachten, all das, worin der Künstler sich mit seiner ganzen Hingabe eingebracht hat?«

»Diese Wikipedia-Definition haben Sie aber schön rezitiert«, lobte er spöttisch. Wieder machte ein Kichern die Runde.

Der junge Student senkte errötet den Kopf.

»Aber Sie haben recht«, fuhr er fort. Das Kichern verstummte augenblicklich.

»In seinem Schaffen versucht jeder Künstler vergängliches Leben zu verewigen, indem er totem Material Leben einhaucht und dabei seine Lebenszeit und oftmals sich selbst opfert. Ganz egal, ob Sie eine Leinwand befüllen, aus einem Sandsteinblock eine Statue herausarbeiten oder ein Stück Holz bearbeiten. Jedes Werk, das Sie künftig erschaffen, muss Ihre Seele widerspiegeln, muss Zeugnis Ihrer inneren und äußeren Konflikte sein, damit der Betrachter sich im besten Fall durch Identifikation selbst darin wiederfinden kann. Das, und nichts weniger, erwarte ich von Ihnen!«

Kapitel 4

Konstanz – Musikerviertel
Montag, 26. August, 08:20 Uhr

Nach seinem letzten Fall, bei dem ein Serienkiller junge Frauen getötet, ausgeweidet und sich damit geschmückt hatte, war Marius Bannert auf eigenen Wunsch in die Verwaltung versetzt worden, was ihm nur selten die Möglichkeiten eines Außeneinsatzes bot.

Nachdem man den vorherigen Leiter wegen unzähliger Vergehen aus dem Dienst entfernt hatte, war die Führung des Kriminalkommissariats Konstanz erst vor drei Monaten wieder besetzt worden. Mit Nadine Adler, einer noch jungen Kriminaloberrätin, deren Bekanntschaft er vor knapp einem Jahr gemacht hatte. Monatelang hatte sie ihn bearbeitet, wieder ins Kommissariat zu wechseln. Wenn er es recht bedachte, hatte er nicht lange mit sich ringen müssen. Aber es hatte ihm gefallen, wie sie sich um ihn bemüht hatte. Das machte es ihm leichter, seine Rückkehr ins Kommissariat an einige Bedingungen zu knüpfen, auf die sie überraschenderweise schnell eingegangen war. Nie wieder wollte er die Leitung einer Ermittlungsgruppe oder Sonderkommission übertragen bekommen. Eine junge Frau war gestorben, an deren Tod er sich die Schuld gab. Und sein bester Freund hätte ebenfalls beinahe sein Leben verloren.

Bannerts Zeigefinger schwebte über dem Klingelknopf,

als es im Lautsprecher knackte und Hagedorns sonore Stimme durch die Türsprechanlage drang.

»Verschwinde, Marius! Lass mich in Ruhe!«

»Komm schon, Falk. Lass mich rein!«

Hagedorn schien mit seinem Kommen gerechnet zu haben.

Jedoch überraschte und kränkte ihn dessen jähe Abweisung. Seit mehr als drei Jahren waren sie gute Freunde, zumindest waren sie das bis vor nicht allzu langer Zeit gewesen. Wenngleich Hagedorn immer betont hatte, ihm keine Schuld an Karinas Tod zu geben, tat er es unterbewusst wahrscheinlich doch.

Ein neuerliches Knacken aus dem Lautsprecher ließ erkennen, dass die Konversation für Hagedorn offenbar beendet war.

Scheiße! Banner stieß einen tiefen Seufzer aus. Er trat aus dem Hauseingang zurück und betrachtete die Fassade des Häuschens. Bannert beneidete ihn um dieses zauberhafte Schmuckkästchen. Hagedorn hatte es vor etwas mehr als einem Jahr gekauft und aufwendig an seine Bedürfnisse angepasst. Nie würde er sich so ein kleines Haus leisten können, schon gar nicht in dieser ufernahen Lage.

Nicht einmal eine Eigentumswohnung in Konstanz lag in seinem Budget.

Bannert begann langsam das Anwesen zu umrunden. Fast alle Rollläden daran waren geschlossen.

Was genau in Hagedorn vorging, konnte er nur vermuten, aber die zunehmend verwilderte Außenanlage spiegelte offenbar seinen Seelenzustand wider. Die Ligusterhecke gehörte wie der kniehohe Rasen dringend geschnitten. Sträucher und Buschwerk wucherten über den Staketenzaun und ragten in den Gehsteig. Offensichtlich machte Hagedorn sich nicht einmal mehr die

Mühe, Sams Hundehaufen auf dem Rasen zu beseitigen, da Bannert beim Übersteigen der Staketen beinahe in eine enorme Hinterlassenschaft des Golden Retrievers trat. In der Hoffnung, die Terrassentüren offen vorzufinden, kämpfte er sich durch das Dickicht einer Forsythie. Sam, der einmal Karinas Hund gewesen war, stand schwanzwedelnd und mit heraushängender Zunge erwartungsvoll auf der mit Bangkirai belegten Terrasse. Wie erhofft, waren die beiden mächtigen Schiebetüren zu Hagedorns Wohnzimmer zurückgeschoben. Bannert strich Sam im Vorbeigehen über die Stirn, der sich sogleich trollte und an einem der Sträucher das Bein hob. Als er sich der Schwelle näherte, stieg ihm muffige, abgestandene Luft in die Nase. Kalter Zigarettenrauch hatte sich in den vom Nikotin vergilbten Gardinen eingenistet. Vorsichtig spähte er in das abgedunkelte Innere des Hauses. Geleerte Whiskey- und Wodkaflaschen reihten sich auf dem kleinen Couchtisch.

Dass es so schlimm um Hagedorn stand, hatte Bannert nicht erwartet. Ein Geräusch aus der Küche ließ ihn herumfahren. Hagedorn hockte im Dunkeln in seinem Rollstuhl und suchte klirrend in dem sich türmenden Geschirr nach einer sauberen Tasse.

»Falk?«, rief Bannert zögerlich in die dunkle Behausung hinein.

»Mach dich vom Acker, Marius! Und ich sage es nicht noch einmal.«

»Einen Scheiß werde ich!«. Bannert spürte, wie seine Fassungslosigkeit einem Zorn wich, wie er ihn lange nicht mehr verspürt hatte. »Von mir aus kannst du dich hier weiter eingraben und totsaufen. Das ist deine Sache. Ich bin dienstlich hier. Übrigens, hier stinkt es wie in einem Puma-Gehege.«

Hagedorn war fündig geworden und knallte eine

Tasse unter den Kaffeevollautomaten und drückte einen Knopf. Das Mahlwerk setzte sich ratternd in Betrieb.

»Wie du schon sagtest. Es ist meine Sache, und nun scher dich raus!«

Hagedorns massiger Umriss schälte sich aus der ihn umgebenden Dunkelheit, als er die Greifreifen seines Rollstuhls anstieß und langsam auf ihn zurollte.

»Die Kollegin hat dich ziemlich treffend beschrieben«, sagte Bannert kopfschüttelnd.

Bannert vermochte kaum den Abscheu bei seinem Anblick zu verbergen.

»Ah, ja? Wie hat sie mich denn beschrieben?«, knurrte Hagedorn.

»Wie einen Penner. Und offen gestanden riechst du auch wie einer.«

Hagedorns schulterlanges Haar stand verfilzt und wirr in alle Richtungen ab.

Ein ebenso verfilzter Vollbart, den graue Fäden durchwoben, umrahmte das kantige Gesicht. Obwohl er etliche Kilos verloren haben musste, wirkte sein Körper immer noch athletisch und muskulös. Hagedorn war groß. Er maß fast an die zwei Meter, und seine frühere Karriere als Gewichtheber sah man ihm immer noch an.

Vor seinem Unfall, der ihn seitdem an den Rollstuhl fesselte, war er ein Hüne von einem Mann gewesen. Schon damals hatte man im LKA gefrotzelt, wenn Hagedorn einen Raum betrete, würde er die Sonne verdunkeln.

Nun saß er da im Rollstuhl vor ihm, ein Häufchen Elend. Bekleidet mit einem verblichenen, ärmellosen Shirt, einer speckigen grauen Jogginghose und offenen Gummi-Crocs an den dürren Füßen.

»Was ist nur aus dir geworden?«, flüsterte Bannert.

»Stell deine Fragen, und dann verschwinde wieder!«

Bannert versuchte sich zu fassen. »Du hast die Leiche gefunden?«

»Bescheuerte Frage! Wenn du das nicht wüsstest, wärst du nicht hier!«, knurrte Hagedorn gereizt. Er entnahm der Kaffeemaschine die mittlerweile gefüllte Tasse und rollte damit an Bannert vorbei auf die Terrasse hinaus. Hagedorn umgab die olfaktorische Aura eines säuerlichen Gemischs aus Schweiß, Alkohol und Urin. Bannert rümpfte angewidert die Nase.

»Ist dir in ihrer Umgebung irgendetwas Verdächtiges aufgefallen?«

»Nein! Aber auch das habe ich den Streifenbeamten schon mitgeteilt.«

Hagedorn griff unter sich und förderte eine Schachtel L&M und ein Feuerzeug zutage.

Bannert beobachtete, wie er zitternd die Flamme zur Zigarette führte, tief inhalierte und den Rauch in den morgendlichen Himmel blies.

»Ist dir an der Toten selbst etwas aufgefallen?«

»Lass es, Marius! Mich interessiert das nicht mehr.«

»Komm schon. Du hast sie sicher eingehend angesehen«, mutmaßte Bannert.

»Sie ist mir nur aufgefallen, weil an der Stelle noch nie eine Statue gestanden hat, ich habe den Notruf gewählt, und das war es! Sind wir dann fertig?«

Hagedorns Zigarettenspitze deutete zum Gartenzaun. »Nimm denselben Weg zurück!«

Bannert versuchte es ein letztes Mal. »Was ist eigentlich los mit dir?«

Hagedorn sah ihn nur durchdringend an und neigte den Kopf, als verstünde er nicht, wovon Bannert sprach.

»Du warst ein brillanter Ermittler und herausragender Fallanalytiker. Und was ist aus dir geworden? Ein abgefuckter, stinkender Penner in schmutzstarrenden

Klamotten, der sich einigelt und in Selbstmitleid suhlt.« Bannert drohte sich immer weiter in Rage zu reden. Ihm war klar, dass Hagedorn keinem anderen diese Direktheit und Wortwahl ungestraft durchgehen lassen würde.

Stoisch lächelnd schnippte Hagedorn die Asche von der Zigarette und sog daran.

Bannerts Kopf war hochrot angelaufen. Er hatte die Hände zu Fäusten geballt, während Hagedorn ihn nur mit demselben überheblichen Grinsen ansah.

»Was erwartest du? Dass ich oder Nadine Adler auf Knien angekrochen kommen und dich um deine Mithilfe anflehen? Hast du dir das so vorgestellt? Nein, mein Freund. Wir brauchen dich nicht.«

Bannert überlegte kurz, ehe er fortfuhr. »Wenn ich mich recht erinnere, sind noch keine neun Monate vergangen, seit ich dir einen durchaus lukrativen Posten in der operativen Fallanalyse angeboten habe. Du hattest nicht mal den Anstand abzusagen.«

Bannert fuhr sich wütend mit den Fingern durch die Haare.

»Was mir ja prinzipiell gleichgültig ist. Aber du hast dich nicht ein einziges Mal in den vergangenen sechs Monaten gemeldet, hast auf keine meiner Nachrichten oder Anrufe reagiert. Aber weißt du, was am miesesten von dir war? Nicht zur Taufe der kleinen Karina zu erscheinen. Ich bereue, dich gebeten zu haben, die Patenschaft für meine Tochter zu übernehmen.«

Bannert sah zu Boden, weil er Hagedorn nicht sehen lassen wollte, dass ihm Tränen des Zorns und der Enttäuschung in den Augen standen.

»Weißt du noch, was du deiner Tochter ein Leben lang gepredigt hast? Hm? Weißt du es noch?« Bannert wandte sich ab und ging auf eine Lücke zwischen den Forsythien zu, an denen der Zaun leichter zu übersteigen sein würde, und spürte im selben Moment etwas Weiches unter seinem Schuh.

»Aufgeben ist niemals eine Option! Das war immer dein Credo, Falk. Aber es sagt sich leichter, als es selbst zu leben. Nicht wahr? Karina würde sich in Grund und Boden schämen, dich so zu sehen.«

»Verschwinde!«, zischte Hagedorn.

»Leck mich, Falk!«

Kapitel 5

Konstanz, Seestraße
Sechs Wochen zuvor

José Garcia hievte sich schwer atmend in seinen Elektrorollstuhl. Dabei achtete er sehr darauf, dass die Bremsen angezogen waren. Ein Sturz würde ihm gerade noch fehlen.

In der Kanzlei brauchte er den Rolli nicht. Kurze Distanzen wie zur Toilette oder zur Kaffeemaschine konnte er problemlos auf eigenen Beinen zurücklegen. Weitere Wege brachten ihn jedoch derart außer Atem, als würde er den Nanga Parbat ohne Sauerstoffgerät besteigen.

In den vergangenen Wochen hatte sich seine Kurzatmigkeit besorgniserregend verschlimmert. Mit einem Stofftaschentuch tupfte er sich den Schweiß von der Stirn und versuchte seinen Atem auf eine normale Frequenz zu drosseln.

Der Sommer schien sich dieser Tage noch ein letztes Mal aufbäumen zu wollen, denn die Luft war drückend heiß, und es roch nach Gewitter.

»Hoffentlich hält das Wetter noch zwei Stunden«, murmelte er.

Nach einem letzten prüfenden Blick durch das Büro betätigte er den Kippschalter neben der Tür und ließ die elektrischen Jalousien herunter. So wie er es immer tat, seit fünfzehn Jahren. Gerade als er sich abwenden wollte, klingelte das Telefon. Er ließ den Rollstuhl um die eigene Achse rotieren und war für einen kurzen Augenblick versucht, den Anruf anzunehmen, überlegte es sich jedoch anders.

Für siebzehn Uhr hatte er für sich in einem der besten Restaurants in Konstanz einen Tisch auf der Terrasse reservieren lassen.

»Normalerweise reservieren wir keine Tische auf der Terrasse«, war die häufigste Antwort auf Gästeanfragen.

Für ihn galt das nicht. Seit zehn Jahren war er Stammgast dort. Obgleich seine Einkünfte als Steuerberater bescheiden, wenn auch regelmäßig waren, genehmigte er sich an vier Tagen im Monat ein opulentes Mahl im Ophelia. Der einzige Luxus, den er sich leistete. Er hatte ja sonst nichts, wofür es sich zu leben lohnte.

Gedankenverloren verschloss er die Kanzlei und schlug den Weg Richtung Seestraße ein.

So viele Dinge waren ihm zeitlebens verwehrt geblieben. Weder eine normale Kindheit noch eine unbeschwerte Teenager-Zeit war ihm vergönnt gewesen. Seine überbehütende Mutter hatte es nicht einfacher gemacht. Letztes Jahr war sie gestorben. Plötzlich und unerwartet. Sie war einfach in der Küche in sich zusammengesunken und hatte keinen Mucks mehr von sich gegeben. Herzinfarkt, diagnostizierte der Notarzt. Wie oft hatte er ihr gepredigt, sie solle mehr auf ihr Gewicht achten und die verdammte Raucherei sein lassen.

»Ich weiß doch, mein Engel«, hatte sie immer abzulenken versucht. »Ich habe doch sonst nichts und niemanden. Nur dich, mein kleiner Engel«, hatte sie gescherzt und ihm einen Kuss auf die Stirn gedrückt. Mit einundvierzig Jahren mochte er das leiden wie ein Furunkel am Hintern.

Mit achtundsechzig Jahren war sie viel zu früh gestorben. Zumindest war das für ihn nicht absehbar gewesen, weil sie eigentlich immer gesund war.

Noch viele Wochen danach waren seine Gefühle zwiespältig gewesen. Einerseits fehlte sie ihm, auf der anderen Seite fühlte er sich erleichtert und befreit. Und dieses Gefühl war stets von einem schlechten Gewissen begleitet.

»Es besteht überhaupt kein Grund, sich deswegen Schuldgefühle zu machen«, hatte sein Arzt gesagt, nachdem er sich ihm offenbart hatte. »Niemand, der Ihre Lebensumstände kennt, würde Ihnen deswegen Vorwürfe machen. Sie haben jetzt die Chance, alles zu tun, was Sie schon immer machen wollten. Natürlich im Rahmen Ihrer Möglichkeiten und aller gebotenen Vorsicht«, hatte ihn sein Arzt gemahnt.

»Guten Tag, Herr Garcia«, begrüßte ihn der Chef de Rang, als er sich der Terrasse des Ophelia näherte.

»Hallo, Steve!«, erwiderte Garcia den Gruß des Oberkellners.

»Haben Sie schon auf mich gewartet?«

»Wie jeden Freitag, Herr Garcia.« Steve nickte lächelnd zu ihm hinunter. »Einen Martini als Aperitif?«

»Gerne!« Der Ober geleitete ihn zu seinem Tisch, von dem aus er ungehinderten Ausblick auf die Promenade der Seestraße, den dahinterliegenden See und den Konstanzer Trichter haben würde.

Mein kleiner Engel! So hatte ihn seine Mutter immer genannt. Engel hatten Flügel. Und was taten Engel? Sie flogen. Zumindest waren sie im Gegensatz zu ihm dazu in der Lage. Immer wenn sie mit ihm in die Kirche gegangen war, hatte er fasziniert die Engelsfiguren betrachtet. Wie gerne wäre er damals ein Engel gewesen. Ein richtiger Engel. Wie oft hatte er davon geträumt, Flügel zu besitzen, sie auszuspreizen und sich in die Luft zu erheben.

Garcias Mund umspielte ein bitteres Lächeln, als er auf den See hinausblickte.

All ihren Widerständen zum Trotz hatte er sich zum fünfunddreißigsten Geburtstag einen Tandemdrachenflug geschenkt. Während des Fluges hatte er sich wie ein Engel gefühlt. Der Flugwind, aber auch seine ihn überwältigenden Gefühle, hatten seine Augen tränen lassen. Bei der Landung allerdings hatte er sich drei Knochenbrüche zugezogen.

»Das hast du nun davon«, hatte sie gezetert, als sie ihn im Krankenhaus besucht hatte. »Du wolltest ja nicht auf mich hören!«

»Egal, das war es mir wert!«

Kopfschüttelnd war sie damals aus dem Krankenzimmer gestürmt und hatte wochenlang nicht mehr mit ihm geredet.

Zumindest eine Erkenntnis hatte es ihm damals gebracht. Die Hoffnung, eines Tages vielleicht selbst ein solches Fluggerät zu steuern, war mit einem Schlag zerplatzt. Es ging einfach nicht. So wie viele Dinge. Er wischte sich fahrig über die Stirn, als könnte er damit seine trüben Erinnerungen wegwischen. Aufgrund der Sehnenverkürzung des rechten Arms und des ständig entzündeten Shunts darin, eine mühselige Bewegung.

Steve kam mit dem bestellten Martini zurück.

»Sehr zum Wohl, Herr Garcia!«

»Danke, Steve.«

»Haben Sie schon gewählt?«

Die Speisekarte lag unberührt vor ihm auf dem Tisch. José Lopez Garcia wusste genau, was er wollte.

»Ich hätte gerne das Sieben-Gänge-Menü mit Gänseleber und dazu eine Flasche des Grauburgunders.«

»Sehr wohl!« Der Oberkellner entfernte sich mit einer angedeuteten Verbeugung.

José Garcia tippte auf sein Smartphone und las die Uhrzeit ab. Mit zusammengekniffenen Augen kalkulierte er. Dann tippte er eine Nachricht in sein Handy.

»Alles liegt um zwanzig Uhr zur Abholung bereit! JLG«

Zufrieden wandte er sich dem Amuse-Bouche aus Rinderbrust und Kataifi zu, das der Oberkellner einen Augenblick später lächelnd vor ihm abstellte.

Kapitel 6

Konstanz, Polizeipräsidium
Montag, 26. August, früher Nachmittag

Bannert trat aus dem Besprechungsraum und glaubte aus dem Augenwinkel einen Rollstuhlfahrer im Aufzug am Ende des Gangs verschwinden zu sehen. Er musste sich getäuscht haben. Das konnte unmöglich sein.

»Wie war die Besprechung?« Nadine Adler riss ihn aus seinen Überlegungen, als sie gerade aus ihrem Büro trat.

»Nicht sehr ergiebig, um die Wahrheit zu sagen. Sag mal, sehe ich Gespenster, oder war das eben Hagedorn?«

»Komm!«, sagte sie und deutete in ihr Büro.

Bannert nahm auf einem der Stühle in ihrer Besprechungsecke, wie Sie sie nannte, Platz. Sie bestand aus einem wunderschönen alten Holztisch mit Intarsien und drei ebenso alten Stühlen, die sie auf einem Flohmarkt ergattert hatte.

»Ja und nein. Ja, es war Hagedorn, und nein, du siehst keine Gespenster.«

»Was wollte er?«, erkundigte sich Bannert vorsichtig.

»Sich über dich beschweren.«

»Soso?« Bannert lehnte sich zurück und verschränkte trotzig die Arme vor der Brust.

»Er wollte dich wegen Hausfriedensbruchs anzeigen, weil du in sein Haus eingedrungen bist. Ach ja, und wegen Beleidigung. Du hättest ihn einen Penner genannt.«

Bannert konnte sich ein Grinsen nicht verkneifen. »Stimmt! So habe ich ihn genannt. Einen stinkenden, abgefuckten Penner.«

»Das ist nicht witzig, Marius!«

Bannert bemühte sich um Ernsthaftigkeit. »Und? Hast du seine Beschwerde aufgenommen?«

»Natürlich. Muss ich ja!«

Bannert bedachte sie mit einem wütenden Blick, obwohl seine Wut einem anderen galt.

»Und nun? Leitest du ein Disziplinarverfahren gegen mich ein?«

»Das wird vielleicht gar nicht nötig sein.«

»Wie bitte?«

»Hagedorn hat seine Hilfe angeboten.«

»Du verscheißerst mich!« Bannert verstand gar nichts mehr. »Das ist nicht wahr!«

Nadine Adler machte keine Anstalten ihm zu widersprechen.

»Mit anderen Worten – er braucht einen Job. Du hast das hoffentlich abgelehnt?«

»Nein«, entgegnete Adler knapp.

»Das kann nicht dein Ernst sein, Nadine! Sieh ihn dir doch an. Hagedorn ist restlos fertig. Er trinkt, und so wie der aussieht, kannst du ihn doch nicht auf die Menschheit loslassen!«

»Das lass mal meine Sorge sein.«

»Oha! Ober sticht Unter!«, kommentierte Bannert gereizt. »Läuft das jetzt so?«

»Nein, Marius.« Adler versuchte ihn zu beschwichtigen. »Wenn du ehrlich bist, könnten wir seine Hilfe vielleicht wirklich gut brauchen. Denkst du nicht?«

»Möglicherweise.«

»Außerdem wäre er bereit, auf eine Dienstaufsichtsbeschwerde zu verzichten«.

»Das ist Erpressung«, knurrte Bannert.

Er kratzte sich an der Stirn und dachte nach. »Na gut. Begeistert bin ich davon aber nicht. Ich werde Falk genau im Auge behalten, nur damit du es weißt. Falls er Scheiße baut, schmeiße ich ihn eigenhändig raus, und seine Dienstaufsichtsbeschwerde kann er sich sonst wo hinstecken.«

»Gut! Damit kann ich leben. Ich möchte, dass er bei der Obduktion dabei ist, sobald Frau Doktor Geermann bereit ist, mit der Sektion zu beginnen. Kümmere dich um ihn.«

»Dein Wunsch ist mir Befehl.« Übertrieben rollte er mit den Augen, um sie aufzuziehen

»Verschwinde, du Idiot, und mach deinen Job.« Sie knuffte ihn freundschaftlich in die Rippen.

Kurz darauf saß Bannert in seinem Büro und versuchte sich auf die Arbeit zu konzentrieren. Wieder und wieder überflog er die vorliegenden Berichte. Es war zum Verrücktwerden. Niemand hatte etwas gesehen oder gehört.

»Verdammt! Wie ist die Leiche dorthin gekommen?«

Einem Fischer war die Statue aufgefallen, als er mit seinem Boot den Rhein Richtung Alte Rheinbrücke stromaufwärts geschippert war. Das war kurz vor halb sechs gewesen.

In keinem der umliegenden Gebäude gab es Kameraüberwachungen, die ihnen Hinweise auf einen Transporter oder Kleinlaster hätten liefern können. Die Tote, deren Identität immer noch nicht geklärt war, war beinhart gefroren. Fast alle in der Soko waren sich einig, dass sie stehend oder liegend transportiert worden sein musste. Einige gingen sogar von zwei oder mehr Tätern aus. Er hielt das zwar für möglich, wollte aber nicht ausschließen, dass auch ein einzelner kräftiger Mann oder eine

Frau es bewerkstelligen könnte, den tiefgefrorenen Leichnam ein Stück weit zu tragen und auf den Sockel zu stellen, den der- oder diejenige vielleicht mit einer Sackkarre zuvor dort positioniert hatte. Kieferles KT-Bericht war ebenso knapp wie nichtssagend. Keinerlei relevante Spuren. Selbst am Marmorsockel befanden sich keine. Rückstände eines Lösungsmittels ließen darauf schließen, dass er gründlich gereinigt worden war. Alle weiteren Standardermittlungen waren in die Wege geleitet worden.

Die IT-Forensiker waren bereits unterwegs, um Videoaufnahmen der umliegenden Tankstellen zu sichern. Ebenso würden die Aufnahmen der Geschwindigkeitsüberwachungsanlagen und Funkzellendaten im Tatortbereich der letzten vierundzwanzig Stunden erhoben. Mehr, als das Ergebnis der Obduktion abzuwarten, konnten sie jetzt nicht mehr tun.

Bannert schob die Papiere zur Seite und lehnte sich zurück. Er sah zum Fenster hinaus. Sein Blick verlor sich über dem Bodensee, an dessen Horizont sich diesig die gezackten Gipfel der Schweizer und österreichischen Alpen abzeichneten.

Es gefiel ihm nicht, Hagedorn in seiner momentanen Verfassung in den Fall miteinzubeziehen. Labil und unberechenbar, wie er war, könnte er mehr Schaden als Nutzen bringen. Zudem standen sie erst ganz am Anfang ihrer Ermittlungen. Aber warum machte er sich darüber eigentlich Gedanken? Das war eine seiner Bedingungen gewesen, eben nicht mehr entscheiden zu müssen. Adler hatte jetzt die Leitung über die Sonderkommission. Er sah sich nur als ausführendes Mitglied der Soko.

Ein Rädchen im Polizeigetriebe, nicht mehr und nicht

weniger. Nur dass er jetzt Hagedorns Babysitter spielen sollte, behagte ihm nicht.

Bannert glaubte nicht, dass Hagedorn ihm wirklich schaden wollte. Das würde er ihm nicht zutrauen.

Im Kollegenkreis hatte man vor Monaten schon gemunkelt, dass Hagedorn seine psychotherapeutische Praxis in der Innenstadt aufgegeben habe. Wenn dem so wäre, vermutete Bannert, blieb ihm selbstverständlich noch seine Frührente. Aber würde die ausreichen, das Haus zu halten und seinen Lebensunterhalt zu bestreiten? Wohl kaum.

Das Schicksal hatte Hagedorn in vielerlei Hinsicht hart getroffen. Seine Frau war in einer Nacht-und-Nebel-Aktion ausgezogen und hatte ihn von einem auf den anderen Tag zum alleinerziehenden Vater gemacht. Karina war damals erst acht Jahre alt gewesen. Irgendwie hatte er es in dieser Zeit geschafft, Beruf, Psychologie-Studium und Vaterrolle unter einen Hut zu bringen, ohne dass es Karina je an etwas gefehlt hätte. Dann sein Dienstunfall, der den Hünen Falk Hagedorn, der er seinerzeit gewesen war, in den Rollstuhl katapultiert hatte. Als wäre das nicht alles schon Strafe genug, war seine Tochter vor einem Jahr von einem durchgeknallten SEK-Beamten, der Hagedorns Aussage vor einem Untersuchungsausschuss verhindern wollte, versehentlich erschossen worden.

Bannerts schwelende Wut auf ihn verebbte und wich einem tiefen Gefühl des Mitleids und Bedauerns. Vielleicht war er zu hart mit ihm ins Gericht gegangen.

Das Klingeln des Telefons ließ ihn zusammenfahren.

»Bannert, Kripo Konstanz«, meldete er sich.

»Doktor Geermann hier. Hallo, Herr Bannert! Ich wollte Ihnen nur mitteilen, dass der Leichnam morgen früh so weit aufgetaut sein wird, dass wir die Obduktion durchführen können. Ich wollte um zehn Uhr beginnen. Passt Ihnen das?«

»Das passt mir sehr gut, Danke. Dann sehen wir uns morgen.«

Bannert verabschiedete sich und tippte eine knappe Nachricht an Hagedorn in sein Handy.

»Obduktionsbeginn 10 Uhr. Abfahrt um 8 Uhr. Pünktlich!«

Kapitel 7

Konstanz, Polizeipräsidium
Dienstag, 27. August, 07:55 Uhr

Nach der Geburt ihrer Tochter Karina, sie hatten sie nach Hagedorns Tochter benannt, waren Jule und er in eine größere Wohnung umgezogen, in ein älteres Mietshaus im Stadtteil Egg. Obwohl etwas außerhalb gelegen, verzichteten sie weitgehend darauf, das Auto zu benutzen. Es gab in der Nähe Einkaufsmöglichkeiten, Ärzte, Apotheken, und wenn sie in die City wollten, benutzten sie die Räder. Unter normalen Umständen machte es ihm nichts aus, mit dem Fahrrad zur Arbeit zu fahren. Nur an einem Tag wie diesem, der einem schon beim Nichtstun den Schweiß aus den Poren trieb, war es eine Qual.

Hagedorn wartete bereits auf ihn, als Bannert mit dem Fahrrad um die Ecke des Präsidiums schoss. Spontan stellte sich ein flaues Gefühl im Magen ein. Er hatte die halbe Nacht wach gelegen, weil er nicht wusste, wie er ihm begegnen sollte. Hagedorns Gefühlsregungen waren unberechenbar, deshalb hatte er entschieden, es einfach auf sich zukommen zu lassen. Erst danach war er eingeschlafen.

»Guten Morgen«, flötete Hagedorn. Er war offensichtlich bester Laune.

Bannert verschloss sein Mountainbike, ehe er sich Hagedorn zuwandte und abrupt innehielt. Hagedorn sah völlig verändert aus. Dem filzigen Wildwuchs in seinem Gesicht war ein ordentlich getrimmter, konturierter Fünftagebart gewichen. Frisch gewaschen und ein wenig gekürzt, waren das Deckhaar und die Seiten zu einem halben Pferdeschwanz nach hinten gebunden. Der Gewichtsverlust ließ Wangen und Kinn noch kantiger, noch maskuliner erscheinen, und die unterschiedlichen Irisfarben seiner angeborenen Heterochromie taten ein Übriges. Bannert starrte ihn sprachlos an.

Hagedorns Anblick erinnerte ihn spontan an den Hexer Geralt von Riva, den fiktiven Charakter einer Buchreihe.

Er hatte mit Jule, die total auf den Schauspieler Henry Cavill abfuhr, die gleichnamige Netflix-Serie anschauen müssen. Videospielen und Gamingkonsolen hatte er noch nie etwas abgewinnen können, aber die adaptierte TV-Serie war gut gewesen.

»Hallo, Falk!«

Hagedorn breitete die Arme aus, drehte den Oberkörper hin und her und präsentierte sich ihm mit neuer Bluejeans und einem modischen, sommerlichen Leinenhemd, das über seinem mächtigen Bizeps spannte.

»Na? Nimmst du den abgefuckten Penner so mit zur Obduktion?«

»Spar dir deinen Sarkasmus.« Bannert hatte keine Lust auf eine weitere spitze Bemerkung Hagedorns, weshalb er sich verkniff, ihm zu sagen, dass er gut aussah.

»Warte hier, ich geh den Wagen holen.«

»Ich lauf nicht weg«, kommentierte Hagedorn.

Er konnte es einfach nicht lassen.

Zehn Minuten später hatten sie den Rollstuhl und Bannerts Einsatztasche nebst Kameraausrüstung auf dem

Rücksitz des E-Klasse-Mercedes verstaut und rollten vom Hof des Polizeipräsidiums.

»Hör zu, Falk«, hob Bannert an, als sie aus der Stadt herausfuhren. »Tut mir leid, dass ich dich gestern einen abgefuckten Penner genannt habe. Aber offenbar hat es Wirkung gezeigt.«

»Glaubst du, ich hätte mich für dich so in Schale geworfen?«, antwortete Hagedorn mit einem schiefen Grinsen.

»Adler?«, mutmaßte Bannert.

»Natürlich Adler.«

»Das war übrigens eine ganz miese Tour von dir, deine Hinzuziehung zu dem Fall mit einer Dienstaufsichtsbeschwerde gegen mich zu erpressen.«

»Mag sein«, brummte Hagedorn, der die vorbeiziehende Landschaft zu betrachten schien. »Wie du gestern schon sagtest, Marius. Adlers Angebot, als Berater für besonders bedeutsame Fälle zu fungieren, war ja nie vom Tisch.«

»Ach so! Du meinst, du hast einfach nur etwas länger gebraucht, dir die Sache zu überlegen?« Bannert schüttelte verständnislos den Kopf. »Ich warne dich, Falk. Ich war strikt dagegen, dich in die Ermittlungen miteinzubeziehen. Sollte ich nur einmal Alkohol an dir riechen oder wenn du sonst in irgendeiner Form Scheiße baust, bist du raus!«

Hagedorn nickte, ohne ihn anzusehen.

»Gut.«

»Es wird weitergehen«, sagte Hagedorn, nachdem sie fast eine Stunde schweigend gefahren waren.

»Was?« Bannert wusste nicht, worauf er hinauswollte.

»Es wird weitere Leichen geben«, murmelte Hagedorn mehr zu sich selbst.

»Wie kommst du darauf?« Hagedorn sprach das aus, was Bannert, seitdem er die Statue gesehen hatte, insgeheim befürchtete.

»Es ist die Art, wie die Leiche exponiert war. Sie wurde nicht einfach nur abgelegt«, führte Hagedorn seine Gedanken weiter aus. »Jemand hat sie in Szene gesetzt. Ich befürchte, das war nur der Auftakt.«

Kapitel 8

Konstanz, Altstadt
Acht Monate zuvor

Es war schon weit nach Mitternacht. Obwohl die Tage bereits milder zu werden begannen, hatte der Professor den kleinen gusseisernen Ofen bereits vor Stunden angefeuert. Leise knackend verbreitete er eine wohlige Wärme.

Bedächtig schritt der Professor durchs Atelier, trat hin und wieder hinter sie und beäugte kritisch die Entwürfe seiner fünf vielversprechendsten Studenten, als es plötzlich neben ihm klapperte. Jiri, ein Erasmus-Student von der Prager Uni für Kunst und Design, hatte fluchend seinen Pinsel gegen die Leinwand gepfeffert, sodass er erst darin stecken blieb und dann zu Boden fiel und einen eidottergelben Farbfleck darauf hinterließ.

»Es ist spät. Lassen Sie uns Schluss machen für heute«, sagte der Professor, der sich die Hände vor dem Ofen wärmte.

Alle wussten, dass er keinen Widerspruch duldete. Hastig begannen sie ihre Pinsel und Mischpaletten zu reinigen und zu verstauen.

Die Hände auf dem Rücken verschränkt, wartete der alte Mann geduldig, bis alle fertig gepackt hatten.

»Jiri! Auf ein Wort«, hörte er den Professor sagen, während sie aus dem Atelier drängten.

Jiri Kosta, ein introvertierter zwanzigjähriger Tscheche, der für sein junges Alter bemerkenswert alte Augen besaß, sah den Professor schüchtern an.

Sein Deutsch war gebrochen, und wenn er sprach, tat er es mit dem typischen slawischen Akzent, der weich und gesungen dem Ohr schmeichelte.

Jiri war irgendwie komisch. Die meiste Zeit verbrachte er in seiner Studentenbude, die ihm von der Uni Konstanz zur Verfügung gestellt worden war, und dort vergrub er sich hinter seinen Büchern.

Nachdem die anderen den nächtlichen Heimweg bereits angetreten hatten, schlug er sich neben dem Atelier in die Büsche und spähte durch ein blindfleckiges Fenster. Er war neugierig. Was hatte der Professor Jiri zu sagen, was er oder die anderen nicht hören sollten? Was war an diesem Jiri so Besonderes? Ständig hatte er das Gefühl, der Professor würde ihn bevorzugt behandeln. Jiri war nicht schlecht, aber keineswegs besser als er!

Er stellte sich unter dem gekippten Fenster auf die Zehenspitzen und lauschte angestrengt.

»Tut mir leid«, hörte er Kostas Entschuldigung, betroffen zu Boden blickend. »Mein Entwurf war Scheiß. Scheiße«, korrigierte er sich.

»Stimmt. Er war nicht gut. Das kannst du besser«, brummte der Professor bestätigend.

Kosta nickte beflissen.

Alle aus dem Kurs wussten, dass der Professor aus jedem Jahrgang immer nur eine Handvoll der talentiertesten und vielversprechendsten Kandidaten auswählte und in sein Atelier einlud, um sie zu fördern. Er war aber auch berüchtigt dafür, sie genauso rigoros fallen zu lassen, wenn sie seinen Ansprüchen nicht genügten.

Jiri, wie auch er selbst, hatten es kaum fassen können,

dass der Professor sie auserwählt hatte. Eine Chance, die er auf keinen Fall zu verspielen gedachte. Und schon gar nicht wollte er ins Hintertreffen geraten.

Jiri ackerte wie ein Tier, er war wie besessen.

Bereits an der Uni in Prag sei Jiri mit den frühen Werken des Professors in Berührung gekommen. Nicht nur einmal hatte er damit geprahlt, dass er für eine Seminararbeit über das Leben und künstlerische Schaffen des Professors eine Auszeichnung bekommen habe. Jiri verehrte ihn, und er wollte auf keinen Fall in Ungnade fallen.

Vielleicht hättest du dich besser beherrschen sollen, Jiri.

»Sie denken zu viel«, fuhr der Professor an Jiri gewandt fort. »Sie müssen sich mehr Ihrer Kunst, Ihrem Werk, hingeben.«

Kosta sah ihn fragend an.

»Machen Sie sich frei von Ihren Zweifeln. Sie müssen lernen, sich von der öffentlichen Akzeptanz zu befreien. Um Neues zu schaffen, gehört es auch dazu, in der künstlerischen Darstellung Tabus zu brechen. Natürlich auf eine ästhetische Art und Weise.«

»Ich glaube, mir mangelt es an Talent«. Kosta kämpfte mit den Tränen.

»Das ist nicht Ihr Problem. Sie haben sogar sehr viel Talent. Das sehe ich. Ihren Entwürfen entspringt eine Klarheit, eine Empathie, wie man sie nur selten sieht.«

»Ja, klar!«, dachte er, gespannt vor dem Fenster lauschend, verächtlich.

Jiri sah überrascht auf. Offenbar hatte er mit dieser Einschätzung seines Idols nicht gerechnet.

»Glauben Sie denn, ich war immer zufrieden mit meinen Werken? Als Künstler müssen Sie Rückschläge und Frustration zu überwinden lernen.«

Kosta rang die Hände und versuchte mit dem Daumennagel Farbreste an den Fingern zu entfernen.

»Vielleicht sind Pinsel und Leinwand ja auch nicht Ihr bevorzugtes Medium. Finden Sie einen Weg sich auszudrücken. Aber ganz egal, wie Sie es tun, vergessen Sie niemals, dass Sie die Essenz Ihrer Werke, die Seele, wenn Sie so wollen, das Flüchtige in allem konkretisieren. Fragen Sie sich dabei immer, welches sinnliche Erleben Sie mit Ihrem Werk beim Betrachter auslösen wollen. Überwinden Sie Ihre Hemmungen, Ihre Angst, Scham und Schuld. Sie haben, nach allem, was Sie mir über sich erzählt haben, schon so viel erlebt. Schöpfen Sie daraus Inspiration, aber um Gottes willen, legen Sie Ihre Selbstzweifel ab.«

Jiri bedankte sich knapp bei dem alten Mann und trat ins Freie.

Er hörte, wie die Tür quietschend ins Schloss fiel, als Jiri heraustrat, und folgte ihm mit einigem Abstand.

»Hey, Jiri!«, rief er ihm nach. »Warte mal!«

Jiri war überrascht. »Hast du auf mich gewartet?«

»Ja, wir haben denselben Weg. Ich dachte, du hast vielleicht noch Lust auf ein Bier im Klimperkasten.«

»Keine schlechte Idee. Ich könnte auch zwei vertragen.«

»Jiri, ich habe gehört, was der Professor eben zu dir gesagt hat«, fing er an, als sie ein Stück gegangen waren.

»Hm«, brummte Jiri.

»Eigentlich trifft das auch auf mich zu«, sagte er.

Eigentlich trifft es sogar hundertprozentig auf mich zu.

»Wie zum Teufel soll ich meine Zweifel ablegen? Was genau meint er damit? Das hört sich bei ihm so leicht an«, dachte Jiri laut nach. »Ich bin mir nicht mehr sicher, ob es die richtige Entscheidung war, Kunst zu studieren.

Es ist eine Sache, Kunst als Hobby zu betreiben, aber eine andere, auch davon leben zu wollen. Vielleicht hatte mein Vater ja doch recht.«

»Womit?«, erkundigte er sich und sah dabei Jiri von der Seite an.

»Zu Hause könnte ich das Geschäft meines Vaters übernehmen. Er hat mittlerweile drei Filialen, zwei in Prag und eine in Brünn. Hat ganz schön expandiert, mein alter Herr. Schon seit meiner Jugend bin ich meinem Vater und meinem Onkel, der gelegentlich mithalf, wenn er denn nicht zu betrunken war, zur Hand gegangen. Alles, was ich dazu bräuchte, habe ich gelernt. Für meinen Vater hat es nie einen Zweifel gegeben, dass ich in seine Fußstapfen treten würde.« Jiri blies resigniert die Luft aus. »Was meinst du, was zu Hause los war, als ich meinen Eltern von meinen Plänen erzählt habe? Das war, nachdem ich mich an der Uni für Kunst und Design in Prag eingeschrieben hatte. Mein Vater ist damals völlig ausgerastet. Du wirst es nie zu etwas bringen«, hatte er gebrüllt. »Kunst ist brotlos und macht dich nicht satt. Wie willst du denn eine Familie ernähren?«, ahmte Jiri mit tieferer Stimme seinen Vater nach. Jiri blies sich fröstelnd in die Hände und stöhnte. »Vielleicht hat er ja recht!«

»Nicht unbedingt!«, versuchte er Jiri zu beruhigen und beobachtete ihn aufmerksam von der Seite.

»Wie der Professor schon sagte. Du hast Talent.«

Jiri verneinte mit gesenktem Haupt. »Wahrscheinlich ist es vernünftiger, wenn ich nach Hause zurückgehe und das Geschäft in Prag übernehme. Mein Vater würde mich mit offenen Armen empfangen.« Jiri blieb unvermittelt stehen und sah ihm direkt in die Augen. »Die Sache ist entschieden. Ich werde mich morgen exmatrikulieren lassen.«

Er widerstand dem Impuls, Jiri zu widersprechen. Für einen kurzen Augenblick meldete sich sein schlechtes Gewissen. Egal ob der Professor sie nun zusammen in den erlauchten Kreis der besonderen Studenten berufen hatte, so blieben sie doch Konkurrenten. Es war nicht gelogen, als er sagte, dass Jiri Talent besaß. Ein außergewöhnliches Talent sogar, das er sich zu gegebener Zeit noch zunutze machen würde.

Kapitel 9

Institut für Rechtsmedizin, Freiburg
Dienstag, 27. August, 09:55 Uhr

Der Sektionssaal 4 war angenehm klimatisiert.

Da sie vor dem Institut keinen freien Parkplatz fanden, war Bannert zu Hagedorns Leidwesen gezwungen gewesen, den Dienstwagen am St. Josefskrankenhaus abzustellen. Obwohl der Weg zum Gebäude der Rechtsmedizin weniger als dreihundert Meter betrug, war Hagedorn beim Pushen seines Rollstuhls ins Schwitzen gekommen. Das Gebäude war nicht barrierefrei, daher nutzten sie den Kellereingang, über den die Bestatter üblicherweise die Leichen anlieferten. Den Temperatursturz, den sie mit Betreten des Sektionsbereiches erfuhren, betrug gut und gerne fünfzehn Grad, schätzte Bannert. Während er sich schnell akklimatisierte, zog Hagedorn ein Papiertuch aus einem der vielen Spender und tupfte sich, immer noch schwer atmend, den Schweiß aus Stirn und Augen.

»Guten Morgen!«, rief ihnen die Ärztin entgegen. Über ihrem blauen Kassak trug sie eine weiße Gummischürze. Die Hände steckten in grünen Latexhandschuhen, die sie entschuldigend in die Höhe hob. »Wir verzichten auf einen Händedruck.«

Bannert fand, dass sie darin nicht weniger attraktiv aussah als in ihrem gestrigen Sommeroutfit.

»Guten Morgen, Frau Doktor Geermann! Darf ich vorstellen? Falk Hagedorn.«

»Hallo, Doc«, erwiderte Hagedorn knapp. Er hatte sich leicht nach links gebeugt und schielte an ihr vorbei auf den Frauenkörper, dessen Torso bereits vom Hals abwärts bis zum Schambereich geöffnet auf dem Sektionstisch lag.

Doktor Geermann folgte seinem Blick. »Äh ja. Ich habe bereits mit der Autopsie begonnen. Ich hoffe, die Herren nehmen es mir nicht übel, aber ich habe heute noch fünf Sektionen vor mir. Keine Sorge, Sie haben nichts verpasst«, fügt sie rasch hinzu.

Bannert fand auf einem der Sideboards einen freien Platz für seine Fototasche. Während er Objektiv und Blitzgerät auf die Kamera zu stecken begann, hatte sich Hagedorn dem Leichnam bis auf wenige Zentimeter genähert und betrachtete den leblosen Körper eingehend.

»Können Sie denn schon etwas zur Todesursache sagen, Frau Doktor?« Hagedorn hatte sich so weit es ging im Rollstuhl aufgerichtet und blickte in den offenen Leichnam.

»Das wäre noch zu früh«, gab Doktor Geermann zu bedenken. »Nach einer Computertomografie habe ich zunächst die äußere Leichenschau durchgeführt. Sie lagen mit Ihrer Vermutung übrigens richtig«, fuhr sie an Banner gerichtet fort. »Sie war tatsächlich querschnittsgelähmt«.

»Sie stinkt nicht«, stellte Hagedorn platt fest. Hagedorn schnüffelte an der Leiche wie ein Hund. »Was ist das?«

Bannert verzog angewidert das Gesicht. Der Anblick von Leichen machte ihm nichts aus. Ihr Geruch jedoch drehte ihm jedes Mal den Magen um.

»Auf jeden Fall Formalin und andere Chemikalien,

die ich noch analysieren lassen muss«, antwortete Geermann.

Bannert stand am Fußende des Sektionstisches, hielt die Kamera über den Kopf und versuchte über das Display der Canon eine formatfüllende Ganzaufnahme des Körpers zu schießen.

Hagedorn starrte immer noch fasziniert in den geöffneten Körper. »Wo sind Magen und Darm?«, wunderte er sich murmelnd.

»Wurden offensichtlich entfernt«, entgegnete die Rechtsmedizinerin. »Viel mehr beschäftigt mich jedoch die Frage, wie sie entfernt wurden. Ich habe auf den ersten Blick noch keine größeren Einschnitte im Gewebe gefunden, durch welche die Organe exploriert worden sein könnten.«

Doktor Geermann griff sich eine chirurgische Pinzette vom Instrumentenaufsatz, der den Sektionstisch überspannte, und beugte sich über den Leichnam.

Hagedorn hatte sich den Beinen zugewandt und strich über die Reliefs, die der Toten in die Haut geschnitten worden waren.

»Hier!«, rief Doktor Geermann aus, als sie die zurückgeklappte Unterhaut inspiziert hatte. »Oberhalb des Abdomens ist ein mehrere Zentimeter langer Schnitt, den man äußerlich nicht sehen konnte.«

»Was bedeutet das?«, wollte Hagedorn wissen.

»Lassen Sie mich kurz nachdenken«, bat die Ärztin.

Hagedorn beobachtete sie gespannt, mit vor der Brust verschränkten Armen, während sie im Raum auf und ab ging, sagte jedoch nichts.

Bannert beäugte Hagedorn argwöhnisch. Er bemühte sich und verkniff sich bislang seine sonst bissigen Kommentare. Möglicherweise lag Adler, was Hagedorn betraf, doch nicht so falsch. Vielleicht hatte er ja eine zweite Chance verdient.

Doktor Geermann beendete ihr Schweigen. »Also: Unbestritten ist, dass der Leichnam konserviert wurde. Schon als die Leiche so weit aufgetaut war und wir sie hier hereinbrachten, piepste der Formalin-Detektor.«

Sie deutete auf einen kleinen viereckigen Kasten über der Tür.

Hagedorn beäugte argwöhnisch das elektronische Gerät, auf das Doktor Geermann zeigte. »Warum ist das erforderlich?«

»2016 wurde Formaldehyd als krebserregend eingestuft. Im Laboralltag und auch in der Rechtsmedizin ist der Umgang mit Formalin unvermeidbar. Um die toxische Konzentration zu überwachen, wurden vor ein paar Jahren diese Detektoren platziert. Keine Sorge, Herr Hagedorn. Die Geräte sind sehr sensibel kalibriert. Es ist sicherlich keine Konzentration, derentwegen wir uns Sorgen machen müssten.«

»Beruhigend zu wissen«, murmelte Hagedorn.

»Ich bin keine Expertin, was die Konservierung von Leichen anbelangt«, fuhr Geermann fort, »aber da besonders die Darmbakterien die Fäulnis der Leiche begünstigen, ergibt es Sinn, Darm und Magen zu entfernen. Ich nehme an, dass daher auch der Schnitt unterhalb des Brustbeins erfolgte. Das Herz sowie die Lunge weisen mehrere grobe Einstiche auf. Ich vermute, dass die Perforationen mit einem Trokar erfolgten, um Lungenflüssigkeit und Herzblut abzusaugen.«

»Was aber noch keine Rückschlüsse auf die Todesursache zulässt?«, riet Hagedorn.

»Richtig! Da das Gewebe, vermutlich auch die Organe, vollständig mit diesem Formalingemisch durchtränkt sind, wird es auch nicht einfach sein, irgendwelche Substanzen in der toxikologischen Untersuchung nachzuweisen.«

»Was ist mit den Verzierungen an den Beinen?«

»Sie setzen mich ganz schön unter Druck.« Sie warf Hagedorn einen genervten Blick zu. »So weit war ich noch nicht. Aber da die Wundränder sehr scharf konturiert sind, würde ich vermuten, dass sie in das gefrorene Fleisch geschnitten wurden. Und um Ihre nächste Frage gleich vorwegzunehmen: Ich habe keine Ahnung womit. Vielleicht mit einem Hohlbeitel. Wissen Sie, so ein Stemmeisen, das …«

»Danke, ich weiß, was ein Hohlbeitel ist«, fiel Hagedorn ihr ins Wort.

Bannert, der konzentriert den Ausführungen gelauscht und sich Notizen gemacht hatte, schrak zusammen, als sein Handy zu brummen begann.

»Bannert!«, meldete er sich. »Scheiße!«, entfuhr es ihm. Er lauschte noch weitere Sekunden und beendete wortlos das Gespräch.

»Falk, du hattest recht. Es gibt eine weitere Leiche.«

Kapitel 10

Konstanz, Innenstadt
Dienstag, 11:45 Uhr

Nadine Adler telefonierte und wirkte gestresst, als Bannert und Hagedorn eintrafen. Der Stephansplatz war durch Feuerwehr und Verkehrspolizei großräumig abgesperrt worden.

»Endlich! Da seid ihr ja«, stöhnte Adler.

»Wir sind mit Sondersignal zurückgefahren. War nicht ganz einfach, durch den Verkehr zu kommen«, entschuldigte sich Bannert.

Der Sankt-Stephansplatz befand sich inmitten der Konstanzer City. Flankiert von einer Schule und mehreren Ladengeschäften, lag an dessen nördlichem Ende die Sankt-Stephanskirche. Dienstags fand regelmäßig der Wochenmarkt statt, der von Schweizern wie von Einheimischen gleichermaßen zahlreich besucht wurde. Heute war Markttag.

Adler hatte schon vor ihrem Eintreffen veranlasst, den Marktplatz zu räumen und die Betreiber ihre Stände abbauen zu lassen.

»Es ist gut, dass ihr hier seid. Der Oberbürgermeister und die Presse rücken mir permanent auf die Pelle.«

»Wann wurde die Leiche gefunden?«, wollte Hagedorn wissen.

Adler schnaubte. »Das ist ja das Problem. Die kann

schon etliche Stunden dagestanden haben, bis man sie als menschlichen Körper erkannt hat.«

»Bring uns hin«, verlangte Hagedorn.

Sie näherten sich der südlichen Flanke der Stephanskirche. Der Bereich war großräumig mit Flatterband abgesperrt.

Mehrere Kriminaltechniker in weißen Einmal-Schutzanzügen liefen geschäftig hin und her. Von Weitem war Kieferles blanker Schädel auszumachen. Sie schlüpften unter dem Flatterband hindurch, und Adler hielt direkt auf ihn zu.

Noch bevor sie ihn erreicht hatten, fiel Bannerts Blick nach links auf einen Mauervorsprung, auf dem ein viereckiges Gebilde thronte. Bannert hielt in der Bewegung inne und erstarrte zur Salzsäule.

»Was verdammt …?« Er glaubte seinen Augen nicht zu trauen. Während Adler sich bereits an den Anblick gewöhnt zu haben schien, starrten Bannert und Hagedorn fassungslos auf einen matt schimmernden, glasartigen Quader, in dessen Innerem die Gestalt eines grotesk entstellten Mannes hockte, aus dessen Rücken ein Paar mächtiger Schwingen entsprangen.

Kapitel 11

Konstanz, Sankt-Stephansplatz
Zur selben Zeit

Zusammen mit den gut zwei Dutzend Schaulustigen stand er hinter dem Flatterband. Während sie alle versuchten, einen Blick auf den Toten zu erhaschen, galt sein Interesse etwas anderem. Gerade waren sie damit beschäftigt, Paravents aufzustellen, um ihn vor den vielen neugierigen Blicken zu verbergen. Einige hielten ihre Handys in die Höhe gestreckt und fotografierten aufs Geratewohl, andere versuchten an die Szenerie heranzuzoomen, um noch einen Schnappschuss zu ergattern, bevor die Paravents das vereiteln würden.

Die Bilder, die er selbst gefertigt hatte, gingen bereits viral durchs World Wide Web. Dafür hatte er schon gesorgt.

Und dennoch war es ärgerlich, dass der Kubus nicht länger dort bleiben würde. In vielerlei Hinsicht ein Meisterwerk.

Das Exponat in der richtigen Position zu halten, während das Epoxidharz in mehreren Schichten eingebracht und ausgehärtet war, hatte einige Tage gedauert. Die größte Schwierigkeit bestand darin, Einschlüsse von Blasen oder sonstigen Fremdkörpern zu verhindern, die sich störend auf das Gesamtkunstwerk ausgewirkt hätten.

Die Reaktionen in den einzelnen Foren waren bislang

vielfältig. Von krank und pervers bis zu überschwänglichen virtuellen Begeisterungsausbrüchen war fast alles dabei.

Obwohl der Platz für den Kubus nicht der schlechteste war, würde er für das nächste Exponat einen noch besseren Ausstellungsort wählen. Zwei oder drei Locations kämen in Betracht.

Es kostete ihn einige Mühe, sich seine Freude und seinen Stolz nicht anmerken zu lassen, weshalb er wie die anderen Gaffer auszusehen versuchte. Gespielt interessiert reckte er den Hals und fuchtelte mit dem Handy herum, als eine Frau mittleren Alters zu der Gruppe von Ermittlern trat und sich die Hand auf den Mund drückte, als sie einen Blick auf den Kubus geworfen hatte.

Jetzt musste er schmunzeln. Die Reaktion war bei fast allen dieselbe gewesen.

Die Worte des Profs kamen ihm in den Sinn. *»Fragen Sie sich dabei immer, welches sinnliche Erleben Sie mit Ihrem Werk beim Betrachter auslösen wollen.«*

Was er zu erreichen gedachte, war ihm gelungen.

Kapitel 12

Konstanz, Sankt-Stephansplatz

»Hallo, Doc, was machen Sie denn hier?«, rief Hagedorn überrascht aus, als sich Doktor Lara Geermann dem abgesperrten Bereich näherte. »Ich dachte, Sie hätten zu tun?«

»Ich habe immer zu tun, Herr Hagedorn«, konterte sie lächelnd. »Mein Chef war so freundlich, mir die anderen Autopsien abzunehmen. Ich hielt es für wichtiger hierherzukommen. Deshalb habe ich mich kurz nach Ihnen sofort auf den Weg gemacht.«

Hagedorn geleitete sie zu Bannert, Adler und den anderen, die hinter dem Sichtschutz gedämpft, aber heftig diskutierten.

Kaum dass sie die Absperrung umrundet hatten, drückte sich die Rechtsmedizinerin die Hand auf den Mund.

»Grundgütiger«, murmelte sie durch die Finger. »Welcher Irre macht denn so etwas?«

Bannert nickte ihr zu und gab ihr mit einer Geste zu verstehen, dass er sich gleich um sie kümmern würde.

Sie stellte ihren Koffer an Ort und Stelle ab und trat auf den Kubus zu. Hagedorn folgte ihr in geringem Abstand.

»Faszinierend, nicht wahr?«

»Allerdings, Herr Hagedorn.«

»Falk, bitte nennen Sie mich Falk.«

Sie wirkte unschlüssig, ob sie ihm ebenfalls das Du anbieten sollte, streckte ihm dann aber die Hand hin. »Lara.«

»Ich hab's nicht so mit dem Gesieze«, schmunzelte Hagedorn.

Lara Geermann nickte und bedachte ihn mit einem wissenden Blick, der keinen Zweifel aufkommen ließ, dass sie schon wesentlich mehr über ihn gehört hatte.

»Ich weiß«, sagte sie. »Ihnen …, dir eilt ein gewisser Ruf voraus.«

»Der eilt mir nicht voraus«, grunzte Hagedorn, »der hängt mir nach wie die Duftfahne eines Güllewagens.«

Die Rechtsmedizinerin ging nicht näher darauf ein und wandte sich wieder dem gläsernen Würfel zu.

Hagedorn beobachtete ihr Gesicht, in dem sich Abscheu und Faszination gleichermaßen widerspiegelten.

»Ich habe, weiß Gott, schon vieles gesehen. Aber das toppt alles bisher Dagewesene.« Geermanns Blick war gefangen von dem, was sie sah.

Im Inneren kniete ein kleinwüchsiger Mann, dessen Proportionen unnatürlich deformiert waren. Der Schädel wirkte vergrößert und ging übergangslos in einen gedrungenen Brustkorb über, als hätte man ihn auf einen viel zu kleinen Körper verpflanzt. Die Gestalt kniete auf dem linken Bein, während das rechte um neunzig Grad abgewinkelt und aufgestellt war. Den rechten Ellbogen darauf abgestützt, ruhte dessen Stirn in einer verzweifelten Geste auf dem Handballen. Irgendwo aus dem Rücken erwuchsen ein paar weißer Flügel, die halb entfaltet waren. Das Gebilde schwebte scheinbar im Zentrum des Würfels.

Doktor Geermann trat einen Schritt zur Seite und änderte die Perspektive, um zu sehen, woher die Schwingen kommen mochten und wie sie befestigt waren.

Die Flügelknochen schienen ansatzlos aus seiner Haut gewachsen zu sein. Sie vermutete, dass sie irgendwie mit den Schulterblättern des Mannes verbunden worden waren.

»Was soll das sein?«, fragte sie, als sie einen Schritt zurücktrat. »Die makabre Darstellung eines gefallenen Engels?«

»Eher ein müder Kriegerengel«, mutmaßte Hagedorn.

»Wie kommst du darauf?«

Hagedorn zuckte mit den Achseln. »Mir kommt die Pose sehr pathetisch vor. Ein müder Engel, der entweder des Kämpfens überdrüssig ist, den Kampf aufgegeben oder die Schlacht verloren hat. Findest du nicht?«

»Hm.« Geermann rieb sich übers Kinn. »Könnte sein.«

»Was kannst du mir über den Zwergenengel sagen?«

»Falk!«, raunte Bannert, der wieder zu ihnen getreten war. »Kannst du eigentlich so etwas wie Pietät wahren?«

Hagedorn breitete theatralisch die Arme aus. »Wie soll ich ihn sonst nennen? Ich meine es ja nicht böse«, versuchte Hagedorn sich zu rechtfertigen.

»Hallo, Frau Doktor! Falks Frage ist berechtigt. Können Sie uns irgendetwas über den Mann da drin sagen?«

Lara Geermann ließ die Hand über das glatte, kühle Material gleiten. »Was ist das eigentlich?«

»Epoxidharz. Ein Kunstharz, das mit einem Härter vermischt wird. Das Zeug wird hart wie Glas, ist aber um ein Vielfaches flexibler. Häufig wird es im Formen- und Flugzeugbau verwendet«, führte Bannert aus.

Die Ärztin wischte sich mit einer fahrigen Bewegung eine Haarsträhne aus der Stirn. »Wie um Himmels willen soll ich denn die Leiche aus dem Block bekommen?«, murmelte sie mehr zu sich selbst.

Bannert und Hagedorn warfen einander einen fragenden Blick zu.

»Vielleicht sollten wir einen Chemiker oder Ingenieur hinzuziehen«, schlug Bannert vor.

»Ein Schreiner sollte genügen«, unterbrach Hagedorn ihn.

»Ehrlich, Falk?«, schnaubte Bannert.

»Was denn?«, entrüstete sich Hagedorn.

»Was sollte denn ein Schreiner dazu beitragen können?«

»Ich kenne einen begabten Schreiner, der viel mit Kunstharz arbeitet. Macht übrigens wunderschöne Tische.« Hagedorn grinste.

Geermanns Blick huschte zwischen den beiden hin und her, als würde sie einem Tennismatch folgen.

Bannert schüttelte den Kopf.

»Vielleicht ist Falks Vorschlag gar nicht so doof«, gab sie zu bedenken.

»Aha … Falk … Habe ich etwas verpasst?«, schoss es Bannert durch den Kopf.

»Das klären wir später! Also, können Sie uns zu dem Mann etwas sagen?«, drängte Bannert.

»Wenn ich den Toten da nicht herausbekomme, kann ich Ihnen gar nichts sagen«, beklagte sich Geermann. »Zumindest nicht zur Todesursache«, schränkte sie ein. »Der arme Kerl da drin ist kleinwüchsig. War kleinwüchsig. Mikro- oder Nanosomie, früher auch bekannt als Zwergenwuchs. Das Wort Zwerg wird heute von vielen Betroffenen als diskriminierend empfunden.« Sie zwinkerte Hagedorn zu.

»Siehst du, Falk, das meinte ich!«, maßregelte ihn Bannert.

»Mir egal«, knurrte Hagedorn trotzig. »Solange der

Kerl keinen Namen hat, bleibt er für mich der Zwergenengel«

Bannert verkniff sich einen weiteren Kommentar.

»Ich weiß nicht, wie sehr das Harz die Optik beeinträchtigt oder verzerrt, aber ich würde den Mann kaum größer als einhundertzehn Zentimeter schätzen«, fuhr Doktor Geermann fort. »Da die Knochen stark deformiert wirken, vermute ich mal, dass der Mann die Glasknochenkrankheit hatte.«

»OI«, kommentierte Hagedorn.

»OI?« Bannert sah Hagedorn fragend an.

»Osteogenesis Imperfecta«, nickte Hagedorn. »Mein Ex-Schwager leidet daran. Keine Ahnung, in welche Typen sich das untergliedert, aber er hat eine relativ leichte Form davon.«

»Ich fürchte, der arme Kerl hatte die Krankheit in ihrer schwersten Form«, fuhr Doktor Geermann fort. »Sehen Sie?«, fuhr sie nach einer kurzen Pause fort. »Auf der Brust, Schulter und Rücken? Das sind die gleichen Ornamente wie an der Ballerina.«

»Hey, Leute! Ich unterbreche eure Fachsimpelei ja äußerst ungern«, mischte sich Kieferle ein. »Aber habt ihr mal in den Himmel geschaut?«

Hagedorn richtete seinen Blick nach oben und sah mit einigem Unbehagen, dass dunkle Gewitterwolken aufzogen.

»Gibt es hier jetzt noch Spuren zu sichern?«, erkundigte sich Bannert an Kieferle gewandt.

»Nein. Der Harzwürfel ist genauso blank poliert, wie es der Sockel unter der Ballerina gewesen ist. Und alles, was drum herum ist, lässt sich nicht abgrenzen. Keine Chance!«

»Also, dann lassen wir den Würfel aufladen und erst mal zur Dienststelle bringen«, schlug Bannert vor.

»Ich habe eine bessere Idee«, sagte die Rechtsmedizinerin. »Lassen Sie mich nur schnell telefonieren.«

Hagedorn und Bannert beobachteten gespannt, wie sie sich einige Meter entfernte und in ihr Handy sprach.

Nach einigen Minuten kehrte sie zufrieden lächelnd zurück.

»Ein alter Studienkollege ist Pathologe hier am Klinikum. Er stellt mir seine Räume zur Verfügung. So brauchen wir die Leiche nicht erst umständlich nach Freiburg zu transportieren, und ich kann die Autopsie quasi vor Ort durchführen.«

»Großartig!«, lobte Hagedorn. »Ich verständige den Schreiner, und dann überlegen wir, wie wir den Zwergenengel aus seinem Glaskasten befreien können.«

Bannert warf Adler, die sich im Hintergrund gehalten hatte, einen Blick zu, der zu sagen schien: »Ich hab's dir doch gleich gesagt!«

»Gut! Dann kümmert ihr euch um Transport und Autopsie der Leiche«, meldete sich Adler zu Wort. »Ich werde indessen eine gemeinsame Pressekonferenz mit der Staatsanwaltschaft vorbereiten. Die Medien rennen uns die Bude ein.« Adler nickte in die Runde und empfahl sich.

Kapitel 13

Konstanz, Altstadt
Dienstag, 13:15 Uhr

Das winzige, heruntergekommene, windschiefe Häuschen, in dem Romuald von Dvorniak seit fast zwanzig Jahren lebte, besaß nicht einmal mehr Liebhaberwert. Vermutlich war das Grundstück inmitten der Konstanzer Altstadt noch das Wertvollste. Eine Mäzenin, die ihm und seiner Kunst zugetan war, hatte es ihm kurz vor ihrem Tod testamentarisch vermacht. Wenngleich er vermutete, dass es ihr nie um sein künstlerisches Schaffen gegangen war. Vielmehr schien sie in ihm ihren im Zweiten Weltkrieg gefallenen Ehemann zu sehen.

In den vergangenen vier Jahrzehnten war das Grundstück Stück für Stück umbaut worden. Umzingelt von hässlichen Mehrfamilienbauten, stand es in einer wild bewucherten, urbanen Oase, die, so vermutete er, nach seinem Tod einem weiteren Mehrfamilienhaus weichen würde. Er fände den Gedanken schön, auf dem Grundstück entstünde ein Kinderspielplatz, noch besser, sein Haus würde zu einer Pilgerstätte wie das Otto-Dix-Haus in Gaienhofen. Aber was kümmerte es ihn heute noch?

Romuald von Dvorniak hatte sich eine Tasse Pfefferminztee aufgebrüht, die er mit arthritischen Fingern umklammert hielt, während er vorsichtig ins Wohnzimmer schlurfte. Jede seiner Bewegungen schmerzte, sie alle waren in den letzten Jahren zur Qual geworden.

Immer häufiger beschäftigte ihn die Frage, was er hier auf Erden eigentlich noch zu suchen hatte?

Ob es nicht längst Zeit wäre, das Diesseits zu verlassen? Nein, er hatte hier nichts mehr verloren. Was auch? Er war nutzlos geworden. Seine Zeit des Schaffens war längst zu Ende. Obwohl er es immer wieder versuchte, gelang es ihm nicht mehr, einen Meißel, geschweige denn einen Pinsel zu führen. Was dabei herauskam, war das infantile Gekrakel eines Kleinkindes. Die einzig verbliebene Sinnhaftigkeit seines Daseins bestand darin, zumindest an die wenigen Studenten, die sich heute überhaupt noch für ein Kunststudium entschieden, sein Wissen und seine Erfahrungen weiterzugeben. Aus allen Kursen, die er gab, pickte er die Talentiertesten heraus und förderte sie. Einmal die Woche lud er sie zu sich in sein Atelier ein, das er sich vor vielen Jahren draußen im Schuppen eingerichtet hatte.

Von Dvorniak blies eine zitternde Mulde in seinen Tee, nippte vorsichtig daran und ließ seinen Blick durch den Raum gleiten, der das kosmische Zentrum seines Lebens darstellte. Auf einem runden Esstisch in der Ecke, mehreren Regalen und einer Zweiercouch türmten sich Stapel von Büchern, Broschüren, Kunstkatalogen und ausgelesenen Tageszeitungen. Er hatte längst vergessen, wie oft er sich vorgenommen hatte, das Chaos zu beseitigen, dann aber beschlossen, dass er sich eigentlich ganz wohl darin fühlte. Wem es nicht gefiel, sollte bleiben, wo der Pfeffer wächst.

Zitternd stellte er die Tasse beiseite und modellierte sein Hinterteil tiefer in seinen Lieblingssessel, in dem er hin und her rutschte, bis es ihm behagte.

Dann griff er nach dem Laptop, den ihm ein längst vergessener Student für ein paar Euro überlassen hatte, und öffnete seinen E-Mail-Account.

Dieser ganze neumodische Internetmist! Aber sosehr er die Errungenschaften des Internets auch verteufelte, konnte er sich ihm nicht gänzlich entziehen. Ab und an war er darauf angewiesen, um mit seinen Studenten in Kontakt zu bleiben oder Kurse mit den Hochschulen und Kunstakademien zu planen.

»Mist! Mist! Unwichtig! Werbemist!«, brabbelte er, als er den Posteingang durchging. Er markierte alle Nachrichten und hielt inne. Eine stach ihm ins Auge. Er demarkierte sie und löschte die anderen.

Die Absenderadresse the_admirer.com war ihm völlig unbekannt.

»So, so. Ein Bewunderer«, murmelte er und klickte auf die Nachricht. Sie enthielt weder einen Betreff noch einen Text.

Einzig einen Link, der blau unterlegt war.

Von Dvorniak waren die Gefahren des Internets nur vage bekannt. Klar hatte er von Viren und Trojanern gehört, die man sich beim Öffnen anonymer E-Mails einfangen konnte. Und wenn schon! Es gab nichts auf dem Computer, was ihm wichtig und teuer war. Er bewegte den Cursorpfeil auf den Link. Sein häuslicher Internetzugang lief sehr langsam, weshalb es einige Sekunden dauerte, bis sich nach und nach eine Seite zu öffnen begann.

Kein Text. Nur Bilder. Fasziniert starrte von Dvorniak auf den Bildschirm, griff nach seinem Tee, nippte daran und verbrannte sich die Lippen.

Kapitel 14

Klinikum Konstanz, Pathologie
Dienstag, 14:30 Uhr

Hagedorn saß mit festgestellten Bremsen in seinem Rollstuhl auf der Rampe zur Pathologie. Er hatte eine kurze Pause gebraucht. Mit den Zähnen klaubte er eine Zigarette aus der Schachtel, zündete sie an und inhalierte den Rauch. Eine Unart, derer er sich bald wieder entledigen würde. So viel stand fest.

Er wusste nicht, warum er gerade jetzt an Nadine Adler denken musste. Er mochte sie. Sehr sogar. Sie war im gleichen Alter, und in mancherlei Hinsicht erinnerte sie ihn an Karina. Äußerlich hätten sie jedoch unterschiedlicher nicht sein können.

Karina hatte schwarzes Haar und tiefgründige grüne Augen gehabt. Sie war umwerfend schön gewesen. Oh Gott, wie sehr er sie vermisste. In jungen Jahren war es nicht immer leicht mit Karina gewesen. Ständig hatte sie neue Flausen im Kopf, war wankelmütig und hatte nur selten durchgezogen, was sie begonnen hatte. Bis auf die Schauspielschule. Sie hatte eine Zielstrebigkeit und einen Ehrgeiz an den Tag gelegt, die ihm imponiert hatten. Adler war Karina in dieser Hinsicht sehr ähnlich. Nadine war ebenso zielstrebig und ehrgeizig, und er mochte, wie sie das Kommissariat leitete. Er hatte sie heute aus der Distanz beobachtet. Sie war unaufgeregt, verstand es, Ruhe und Gelassenheit auszustrahlen, die sie unweigerlich an ihr Team weiterzugeben vermochte. Wenn sie sich informieren ließ, tat sie das sehr aufmerksam, wägte ab und verteilte die notwendigen Aufgaben äußerst strukturiert und effizient. Und das gelang ihr, ohne das Gefühl zu vermitteln, alles an sich reißen oder kontrollieren zu wollen. Soweit er das beurteilen konnte, hatte Hagedorn den Eindruck, dass sie zumindest innerhalb ihrer Mannschaft eine hohe Akzeptanz und viel Respekt genoss.

Eine Lichtreflexion erregte Hagedorns Aufmerksamkeit. Er ließ seinen Blick über das Gelände gleiten, als er einen jungen Mann entdeckte, der sich schnell entfernte, als Hagedorn ihn wahrnahm. Ein Fernglas baumelte vor seiner Brust.

Vermutlich ein neugieriger Journalist, ging es Hagedorn durch den Kopf. Er zog ein weiteres Mal an seiner Zigarette und schnippte sie angewidert in einen wenige Meter entfernten Gullyschacht, den er auf Anhieb traf.

Er stand auf der Rampe zur Pathologie und genoss die Luft, die der kurze, aber heftige Gewitterschauer ein wenig gereinigt und abgekühlt hatte. Dunstig stiegen die letzten Schauerreste vom heißen Asphalt auf.

Harry, der Schreiner, den Hagedorn hinzugezogen hatte, arbeitete seit eineinhalb Stunden hoch konzentriert. Er war seit Jahrzehnten bei der freiwilligen Feuerwehr und hatte offenbar schon vieles gesehen. Hagedorn war nicht überrascht gewesen, dass er den Leichnam innerhalb des Harzblocks zwar fasziniert betrachtete, aber sonst sehr gelassen die vor ihm liegende Aufgabe anging.

Zunächst hatte er begonnen mit einer elektrischen Kettensäge die Umrisse des Mannes aus dem Block zu arbeiten. »Der leichteste Teil der Arbeit«, hatte der Schreiner angemerkt.

Mit der Präzision eines Chirurgen trug er seit dreißig Minuten mit einem Dremel Schicht für Schicht das Kunstharz ab, das den armen Kerl darin umgab.

»Hey, da bist du ja!« Lara Geermann war neben ihn getreten und wischte sich mit dem Ärmel Schweißperlen von der Stirn.

Zischend öffnete sie den Verschluss einer Flasche Mineralwasser, die sie Hagedorn anbot.

»Es gibt Schwierigkeiten bei den Flügeln«, sagte sie.

»Was für Schwierigkeiten?«, wollte Hagedorn wissen.

Die Ärztin wendete sich um und stieß einen scharfen Pfiff aus, der sogleich das durchdringende Kreischen des Dremels, das Hagedorn zwangsläufig an seinen letzten Zahnarztbesuch erinnerte, zum Verstummen brachte.

»Hm, was gibt es«, brummte der Schreiner, als er auf die Rampe trat.

»Der Doc sagt, es gibt Schwierigkeiten bei den Flügeln. Was für welche?«, fragte Hagedorn.

Der Schreiner wischte sich die Hände an seinem hervorstehenden Bauch ab. »Ich kann sie nicht freilegen, ohne sie zu beschädigen.«

Hagedorn sah in Doktor Geermanns fragendes Gesicht. »Dann trenne sie ab, Harry. Wir brauchen die Flügel nicht.«

»Gut«, kommentierte der Schreiner. »Wenn ich den Saukerl erwische …«, maulte er, als er sich anschickte, in die Pathologie zurückzukehren.

»Was meinst du damit?«, rief Hagedorn ihm nach.

Der Schreiner hielt inne. »Na, wegen der Flügel.«

Hagedorn blickte den Mann irritiert an.

»Das sind die Flügel eines Schwans«, klärte der Schreiner ihn auf.

Hagedorn rieb sich nachdenklich über das Kinn. »Ich hatte vermutet, dass die Flügel künstlich sind oder eher von einer Gans stammten.«

»Neeee!«, ereiferte sich der Handwerker. »Das sind richtige, echte Schwanenflügel.« Kopfschüttelnd verschwand der Mann im Gebäude.

Hagedorn machte sich eine gedankliche Notiz. Möglicherweise war Harrys Hinweis gar nicht so unwichtig.

»Manche Menschen sind schon eigenartig«, sagte Doktor Geermann plötzlich. Sie nahm einen weiteren Schluck aus der Wasserflasche und rülpste wenig damenhaft.

»Dem Typen da drin …« Sie deutete mit dem Daumen Richtung Pathologie. »… erscheint es grausamer, einen Schwan zu töten als einen Menschen, um ihn dann in Harz zu gießen und auszustellen. Beides krank, keine Frage!«, fügte Geermann hinzu.

»Jaaa«, antwortete Hagedorn gedehnt.

Die Rechtsmedizinerin hatte etliche Telefonate geführt, während Hagedorn dem Schreiner zusah, wie er den Leichnam des Zwergenengels, wie er ihn nannte, Stück für Stück aus seinem harzigen Gefängnis befreite.

Offenbar hatte Geermann ein gut funktionierendes Netzwerk, bestehend aus Chemikern, Physikern, Ingenieuren und Werkstoffspezialisten. Die Idee eines Fachmanns, den Leichnam in essiggetränkte Umschläge zu packen, um das Epoxidharz aufzuweichen, erwies sich als überflüssig.

Nachdem der Schreiner die Flügel, wenige Zentimeter über den Schulterblättern des kleinen Mannes, abgetrennt hatte, sah der Tote aus wie eine grob aus dem Stein gehauene, skurrile Putte.

Danach hatte der Schreiner eine Diamanttrennscheibe

auf den Dremel montiert und sich am Kopf des Mannes zu schaffen gemacht. Hagedorn konnte sich ein Lächeln nicht verkneifen, als Harry wie ein kleiner Junge freudig auf und ab gehüpft war.

»Es geht! Es geht!«, hatte er wiederholt ausgerufen. »Wir brauchen die Essigumschläge nicht«, frohlockte er. »Seht ihr! Wenn ich die noch verbliebene Harzschicht vorsichtig einschneide, lässt sie sich aufbrechen und von der Haut ablösen, ohne sie zu verletzen. Das Harz klebt nicht auf der Haut.«

»Das ist großartig«, kommentierte Geermann. »Dann holen wir den Mann da mal heraus.«

Kapitel 15

Polizeipräsidium
Dienstag, 15:00 Uhr

Hagedorn hatte keine Lust mehr gehabt, in der Pathologie zu warten, und war ins Präsidium zurückgefahren. Obgleich die Strecke nicht sehr weit war, schmerzten seine Hände vom Anstoßen der Greifreifen. Doktor Geermann und er hatten die Handynummern ausgetauscht und vereinbart, dass sie sich gegenseitig informierten, falls es Neuigkeiten gäbe.

Die Hitze war mörderisch. Der kurze Gewitterschauer hatte es nicht erträglicher gemacht, im Gegenteil. Hagedorn schätzte die Temperatur auf achtunddreißig Grad bei einer Luftfeuchtigkeit von über neunzig Prozent. Alles an ihm klebte, und er sehnte sich nach einer Dusche, die hoffentlich in nicht allzu ferner Zukunft läge.

Er tupfte sich den Schweiß von der Stirn, während er auf den Aufzug wartete. Gerade als die Lifttür aufglitt, kam Bannert mit ausladenden Schritten um die Ecke gelaufen. Er wirkte gehetzt. Sein Hemd klebte schweißnass auf der Brust.

»Die Schwüle macht mich fertig«, schnaubte er.

»Wem sagst du das! Sieh mich an!«, entgegnete Hagedorn, der sich immer noch das Gesicht abtrocknete.

»Wo ist eigentlich deine Höllenmaschine?«, erkundigte sich Bannert und spielte auf Hagedorns Hightech-Steh-Rollstuhl an.

»Braucht neue Batterien.«

»Oh, und die sind sicher extrem teuer?«, mutmaßte Bannert.

»Was denkst du, weswegen ich hier bin?« Hagedorn grinste provokant.

»Wir wissen beide, dass du dich Adler nicht allein des Geldes wegen angebiedert hast. Dich reizt der Fall. Hab ich nicht recht?«

Hagedorn blieb Bannert die Antwort schuldig, zuckte stattdessen nur mit den Achseln. »Die Akkus sind bestellt. Ich warte täglich auf die Lieferung«.

»Wollen wir mal wieder zusammen essen gehen? Morgen? Übermorgen?«, fragte Bannert nach einer kurzen Pause.

Hagedorn überlegte einen Moment. »Klar! Warum nicht? Ist Jule mit dabei?«

»Wenn es dir nichts ausmacht? Vorausgesetzt, ich finde auf die Schnelle einen Babysitter.«

»Warum bringst du Karina nicht auch mit? Ich hab die Kleine noch nie gesehen.«

»Na, das ist ja nicht meine Schuld, Falk.«

Hagedorns Antwort bestand aus einem kehligen Brummen, was Bannert fürchten ließ, ihm schon wieder auf die Füße getreten zu sein.

»Okay! Lass uns das ins Auge fassen«, fügte Hagedorn hinzu.

Als der Lift in der dritten Etage anhielt, trat Bannert mit einem Lächeln aus der Kabine.

Die Besprechung, an der sie teilnahmen, brachte keine wesentlichen Erkenntnisse. Ein Durchbruch in diesem Fall schien noch in weiter Ferne zu liegen.

Der Reihe nach berichteten alle aus ihren jeweiligen Einsatzabschnitten von ihren mageren Ergebnissen.

Es gebe einen vagen Hinweis auf die noch unbekannte Balletttänzerin, hatte eine Kollegin eingeworfen.

Bannert erklärte sich bereit, der Spur nachzugehen, und warf einen fragenden Blick in Hagedorns Richtung.

Hagedorn stimmte nickend zu. »Bin dabei!«

Adler berichtete aus der Pressekonferenz, die vor einer halben Stunde geendet hatte.

»Die Staatsanwaltschaft und die Medien sitzen uns schwer im Nacken«, erklärte Adler. Mit dem Fuß schob sie ihren Stuhl zurecht und ließ sich schwer darauf nieder.

»Leute! Wir brauchen Ergebnisse.«

Das war das erste Mal, dass Hagedorn sie so abgeschlagen erlebte. Aus ihrem Pferdeschwanz hatten sich einige Strähnen gelöst und standen wirr zur Seite ab. Irgendwie tat sie ihm leid. Beim LKA hatte sie immer noch einen Entscheidungsträger über sich, nun stand sie allein im Kreuzfeuer und würde sich bewähren müssen.

»Die halbe Welt spottet über uns. Ich weiß nicht wie, aber ein Dutzend Bilder und Videos unserer beiden Toten gehen viral durchs Internet. Ein Spezialistenteam vom LKA versucht den Ursprung nachzuverfolgen. Vielleicht kommen wir so weiter«, sagte Adler. Sie wandte sich an Kieferle. »Liegt uns der Obduktionsbericht schon vor?«

Der Kriminaltechniker rieb sich über die Glatze. »Nur der vorläufige.« Er verlas das Gutachten der Rechtsmedizin Freiburg, das kurz und bündig ausgefallen war. »Todesursache bislang unklar. Toxikologische Befunde stehen noch aus. Wie Doktor Geermann schon festgestellt hatte, wurden Magen und Darm entfernt. Der Leichnam war konserviert. Doktor Michalski, das war der Obduzent, meinte, dass die Art der Konservierung ungewöhnlich sei und besonderer Eignung und Befähigung bedürfe.«

»Hm, ein Thanatopraktiker«, nuschelte Hagedorn eine Spur zu laut, der bis zu diesem Moment schweigend neben Adler gesessen und die Besprechung aufmerksam verfolgt hatte.

Adler horchte auf. »Was hast du eben gesagt?«, wollte sie wissen.

»Ein Bestatter mit einer hochspezialisierten Ausbildung«, erklärte Hagedorn. »Man nennt sie Thanatopraktiker. Die Konservierung von Leichen ist nicht sehr weit verbreitet in Deutschland, zumal die Bestattung von konservierten Toten nach den meisten Friedhofssatzungen unzulässig ist.« Hagedorn wedelte mit der Hand herum. »Irgend so ein Umweltschutzding. Unwichtig! Die Ausbildung zum Thanatopraktiker ist langwierig und kostspielig, deshalb gibt es nur eine Handvoll in Deutschland. Ja gut, vielleicht mehr als eine Handvoll. Keine Ahnung.«

»Das ist ein guter Ansatz«, lobte Adler. »Ich will vier Leute, die sich darum kümmern. Versucht herauszufinden, ob und wie viele Bestatter es bei uns gibt, die über eine solche Ausbildung verfügen. Falls es die gibt, checkt ihr sie auf Herz und Nieren durch. Überprüft ihre Finanzen, geht sie offensiv an. Falls nötig, holt sie zur Vernehmung. Wenn sie ein Alibi angeben, will ich das verifiziert haben. Lasst euch was einfallen. Los!«

Adler hatte ihren Elan wiedergefunden. Sie raffte ihre Unterlagen zusammen und klemmte sie sich unter den Arm.

»Falk, Marius, auf ein Wort in meinem Büro«, sagte sie knapp und stürmte aus dem Besprechungsraum.

Kapitel 16

Polizeipräsidium, Adlers Büro
Dienstag, 15:20 Uhr

»Wann kann ich denn mit einer ersten Expertise von dir rechnen?«, nahm Adler das Gespräch wieder auf, nachdem sie die Bürotür geschlossen hatte.

»Nadine, komm schon! Du weißt, dass es noch zu früh ist, für eine seriöse Analyse.«

»Ich habe nur keine Lust, noch weitere Leichen wegzuräumen, die irgendein irrer Bastard der Öffentlichkeit präsentiert«, seufzte sie und zupfte an einem Träger ihres BHs.

»Ich fürchte nur, dass es nicht bei den zwei Leichen bleiben könnte«, gab Hagedorn zu bedenken.

»Du musst doch irgendeine Vorstellung haben?«, bohrte Bannert nach.

Hagedorn hob sich mit den Armen leicht aus dem Sitz und bewegte den Hintern ungalant hin und her. »Diese Scheißhitze.«

Adler unterdrückte ein Lachen. Sie stand auf, umrundete den Schreibtisch und öffnete einen Fensterflügel. Obwohl ihr Büro auf der Schattenseite des Gebäudes lag, brachte es keine Linderung. Drückende, schwülheiße Luft schwappte ins Zimmer, die einen schwachen Ozonduft mit sich trug.

Hagedorn wischte mit dem Daumen eine Schweißperle aus dem Auge. »Okay! Gib mir alle Unterlagen, die ihr bislang habt. Ich schau es mir an und versuche bis morgen etwas Brauchbares zusammenzutragen.«

»Gut!« Adler schenkte ihm ein Lächeln und reichte ihm einen USB-Stick. »Darauf findest du alles, was wir bisher haben. Aber viel ist es nicht, weißt du ja«.

»Was ist nur aus den guten alten Papierakten und Leitz-Ordnern geworden?« Hagedorn verzog den Mund zu einem schiefen Grinsen. »Aber gut! So ist es leichter zu tragen.«

»Wie weit sind wir mit der Identifizierung, Marius?«

»Falk und ich gehen dem Hinweis auf unsere Balletttänzerin nach. Sascha, Kieferles Zögling, bearbeitet ein paar Bilder des Engels für eine Öffentlichkeitsfahndung und für die Datenbank Vermisste/unbekannte Tote.«

»Nein. Ich will mit dem Bild noch nicht an die Öffentlichkeit«, unterbrach Adler ihn. »Sascha soll das Bild zunächst nur ins polizeiinterne Netz stellen. Ich will erst sehen, ob wir so weiterkommen.«

Bannert nickte zustimmend.

Hagedorn fischte sein Smartphone aus der Brusttasche seines Shirts, wischte das feuchte Display am Bauch ab und schien eine eingegangene Nachricht zu überfliegen.

»Oh, gut!«, kommentierte er.

Bannert blickte ihn fragend an. »Nachricht von Frau Doktor Geermann?«

Hagedorn verneinte. »Meine Batterien sind angekommen.«

Adler verstand nicht und warf Bannert einen fragenden Blick zu.

»Längere Geschichte. Erzähl ich dir später. Also, wie ist der Plan?«, fuhr Bannert an Hagedorn gewandt fort.

»Ich will erst nach Hause. Ich brauche dringend eine

Dusche, frische Klamotten, einen Snack und meinen elektrischen Rolli.«

Adler tippte sich mit dem Zeigefinger an die Stirn, da sie plötzlich den Zusammenhang verstand.

Bannert warf einen Blick auf seine Armbanduhr. »Jetzt ist es kurz vor halb vier. Reicht dir eine Stunde?«

»Hm«, brummte Hagedorn.

»Gut. Dann um 17:30 Uhr hier im Präsidium?«

»Nein. Das ist umständlich. Ich schlage vor, du kommst zu mir. Von meinem Haus ist es nicht weit bis zu der Wohnanschrift der Ballerina«.

»Falls sie es denn ist.«

»Ja. Falls sie es ist!«, bestätigte Hagedorn.

Hagedorn wendete seinen Rollstuhl dem Flur entgegen. »Ach, ehe ich es vergesse, Nadine. Vielleicht könnte jemand aus deinem Team Nachforschungen anstellen, ob in der letzten Zeit ein toter Schwan aufgefunden wurde.«

Adler sah ihn ungläubig an. »Wie kommst du darauf?«

»Die Flügel unseres Zwergenengels«, fuhr Hagedorn fort, »sind echte Schwanenflügel.«

»Scheiße! Ich kümmere mich darum«, versprach Adler.

Kapitel 17

Irgendwo in Konstanz
Drei Wochen zuvor

Es lief gut für ihn. Wider Erwarten gut sogar. Neben der üblichen Routinearbeit war dies der dritte Auftrag innerhalb weniger Wochen, was ihn mit Freude und Zuversicht erfüllte.

Bereits während des Umbaus und der Einrichtung der Räume hatte er großen Wert auf die Installation einer Klimaanlage gelegt. Sie diente weniger seinem persönlichen Wohlbefinden, sondern war für seine Arbeit einfach unerlässlich. Wenngleich die Anschaffungskosten einen erklecklichen Teil seines Budgets aufgefressen hatten, zahlte sich die Investition bei den hochsommerlichen Temperaturen nun doppelt aus.

Er hatte die Leiche vor fünfzehn Minuten aus dem Kühlfach geholt und in den Vorbereitungsraum geschoben, war kurz in seine darüberliegende Wohnung geeilt, wo er sein verschwitztes Hemd gegen ein frisches Shirt wechselte. Er hatte keine Lust, sich im stetig kühlen Luftstrom, den die Anlage in den Raum blies, zu erkälten. Das konnte er sich auf keinen Fall leisten. Nicht jetzt, wo alles so gut lief.

Er warf sich die Gummischürze über und begann bedächtig alle Instrumente bereitzulegen.

Wüsste er nicht, wie alt die Frau geworden war, würde er sie auf über sechzig schätzen. Der Körper von Krankheit ausgezehrt und ausgemergelt. Tatsächlich hatte sie die fünfzig noch nicht erreicht.

Man hatte ihm den Leichnam erst spät zugänglich gemacht, sodass der Verfall schon deutlich sichtbar eingesetzt hatte. Es würde nicht einfach werden, aber einfach war langweilig und reizlos. Thanatopraxie war nicht bloß ein Handwerk. Nein! Sie war viel, viel mehr. Sie war Berufung, erforderte Hingabe, Geschick und künstlerische Kreativität gleichermaßen.

Die Beseitigung der beginnenden Fäulniserscheinungen würde ihm keine Schwierigkeiten bereiten. Die Augen und die Zunge hingegen würden eine Herausforderung sein. Sie wiesen bereits erhebliche Vertrocknungen auf, und die Linsen waren stark eingetrübt.

Mit Daumen und Zeigefinger spreizte er die Lider und betrachtete nachdenklich die Augäpfel, deren Iris ehemals einen warmen Braunton gehabt haben mussten. Er würde es versuchen. Er musste es versuchen. Andernfalls bliebe ihm immer noch die Option, die echten durch ein paar Glasaugen zu ersetzen. Schon seit geraumer Zeit unterhielt er gute Kontakte zu einigen Ocularisten in ganz Deutschland, die ihn mit hochwertigen Augenprothesen aus Kryolithglas belieferten. Sicher, nicht alle Kunden verlangten das, aber selbst wenn es nicht explizit erwünscht wurde, sah er es als besondere Dienstleistung an.

Er strich der Toten zärtlich über die eingefallene Wangen. »Dann lassen Sie uns beginnen, gnädige Frau. Ich lasse Sie wieder aufblühen, vertrauen Sie mir.«

Routiniert setzte er die ersten Schnitte am Hals und legte die Halsschlagadern frei, wie er es schon über hundertmal zuvor getan hatte.

Da kaum Fettgewebe den Zugang versperrte, gestaltete sich die Freilegung einfach und reibungslos.

In wenigen Stunden schon würde die wächserne, grünlich schimmernde Haut wieder rosig erscheinen.

Hoch konzentriert vertiefte er sich in seine Arbeit.

Kapitel 18

Konstanz, Musikerviertel
Dienstag, 27. August, 17:25 Uhr

Bannert hatte Hagedorns Zaun an derselben lichten Stelle im Gestrüpp überstiegen, wo er ihn bei der letzten Gelegenheit verlassen hatte. Dieses Mal achtete er jedoch sehr darauf, in keine von Sams Hinterlassenschaften zu treten. Neulich war ihm das gründlich misslungen, und es hatte ihn so geekelt, dass er die mit Hundescheiße verschmierten Schuhe postwendend in Hagedorns Mülltonne entsorgt hatte und barfuß zum Präsidium zurückgefahren war. Um die ausgetretenen Halbschuhe war es ohnehin nicht schade gewesen.

Die Hitze hatte in den Nachmittagsstunden noch zugelegt. Vom See her blies eine föhnheiße Brise.

Bannert betrat das Wohnzimmer durch die weit geöffneten Terrassenflügel und hielt verblüfft inne.

»Was ist denn hier passiert?«

Sam, der es vorzog, in einer Ecke des Raums auf den kühlen Dielen zu liegen, hatte zwar Notiz von ihm genommen, fühlte sich aber weder bemüßigt zu bellen, noch ihn schwanzwedelnd zu begrüßen, wie er es sonst tat.

»Ich bin gleich unten«, drang Hagedorns sonore Stimme aus der oberen Etage.

Fassungslos ließ Bannert den Blick durch den Raum schweifen. Die Wohnzimmermöbel waren neu arrangiert, die zwei Dutzend leer getrunkener Schnaps- und Bierflaschen waren verschwunden, die Gardinen gewaschen, Böden und Fenster gereinigt, und die angrenzende Küche erstrahlte in neuem Glanz. Sogar ein frischer Strauß Blumen stand auf der Anrichte.

Bannert wusste nicht, was Hagedorns Sinneswandel hervorgerufen haben könnte, aber er schrieb es, zumindest teilweise, seiner derben Ansprache zu.

Er ging in die Küche, nahm aus einem der Schränke ein Glas und füllte es mit Wasser aus dem Hahn, als Hagedorn gerade mit dem Treppenlift nach unten glitt.

»Sieht gut aus«, lobte Bannert, leerte das Glas in einem Zug und rülpste verhalten in die geschlossene Faust.

»Ja danke! Können wir?«, drängte Hagedorn ausweichend.

»Wie ich sehe, hast du deinen Turbo-Rolli wieder fit gemacht?«

Hagedorn schwang sich kraftvoll vom Lift in den elektrischen Rollstuhl und fixierte Becken und Beine mit den gepolsterten Klettbändern.

»War auch teuer genug, die Kiste wieder flottzubekommen. Hast du eine Ahnung, was zwei Akkus für das Teil kosten?«

Natürlich hatte Bannert keine Ahnung.

»Tausendzweihundert Euro«, ereiferte sich Hagedorn.

»Die Kasse …«

»Die Krankenkasse übernimmt einen Scheiß!«, spie Hagedorn aus. »Was soll ich machen? Ich bin nun mal darauf angewiesen.«

Zehn Minuten später erreichten sie eine kleine, gepflegte Wohnanlage, bestehend aus mehreren neu errichteten

Mehrfamilienhäusern, an die sich ein kleiner Spielplatz anschloss. Kinder tobten umher, bestiegen die Rutsche oder den Kletterturm, während die Mütter im Schatten junger Stieleichen und Rosskastanien saßen und tratschten.

Die fünf Häuser, von denen jedes maximal vier Parteien zu enthalten schien, erweckten einen exquisiten und teuren Eindruck. Großzügige Balkone mit verglasten Brüstungen und breiten Fensterfronten stachen prominent heraus. Bannert schätzte, dass eine Eigentumswohnung in dieser Lage locker eine halbe Million erreichte, vielleicht sogar überstieg.

»Wie seid ihr eigentlich auf den Namen der Toten gekommen?«, erkundigte sich Hagedorn.

»Hm, ganz genau weiß ich das gar nicht«, antwortete Bannert, dessen Finger über die Klingelleiste glitt. »Ein Typ hat sich gemeldet und gemeint, dass er mit ihr zusammen studiert habe und ihr Name Cornelia Palmeri sei. Mehr weiß ich auch nicht.«

Hagedorn beobachtete die spielenden Kinder.

»Hier! C. Palmeri«, murmelte Bannert und drückte den Klingeltaster. »Eine Cornelia Palmeri liegt übrigens mit zehn Vorstrafen bei uns im Datensystem ein.«

»Aha! Hast du ein Bild von ihr?«

»Klar!« Bannert zog ein zusammengefaltetes DIN-A4-Blatt aus der Gesäßtasche.

Hagedorn zupfte ihm das schweißklamme Papier aus der Hand und rollte in Richtung des Spielplatzes davon.

Die Kinder stellten schlagartig ihr Spiel ein, als Hagedorn über den mit feinem Rindenmulch ausgelegten Spielplatz rollte und sich den Müttern näherte. Ein etwa vierjähriges Mädchen floh schützend in die Arme ihrer Mutter.

Ein freundliches »Vor mir brauchst du keine Angst zu haben« machte es nicht besser.

»Guten Tag, die Damen«, grüßte Hagedorn, als er die Gruppe erreicht hatte.

Verhalten grüßten die fünf jungen Frauen zurück. »Ich nehme an, Sie wohnen alle hier?«

Nur eine der Frauen, eine hübsche Dunkelhaarige, überwand ihre Skepsis und schaute Hagedorn direkt in die Augen. »Das ist richtig. Warum interessiert Sie das?«

»Mein Name ist Hagedorn. Ich bin Psychologe und arbeite für das Polizeipräsidium Konstanz«, antwortete er wahrheitsgemäß und faltete den Ausdruck, den Bannert ihm gegeben hatte, auseinander.

»Würden Sie sich bitte dieses Bild anschauen und mir sagen, ob Sie die Frau darauf erkennen?«

Hagedorn hielt das Bild hoch und schwenkte es im Halbkreis, sodass alle Frauen es sehen konnten.

Einmütiges Nicken machte die Runde. Wieder war es die Dunkelhaarige, die das Wort ergriff.

»Conny! Sie wohnt in der Hausnummer 4, im Erdgeschoss.« Sie deutete mit dem Kinn zu dem Haus, vor dem Bannert mit dem Handy am Ohr auf und ab tigerte.

»Conny Palmeri?«

»Ich glaube, Cornelia lautet ihr richtiger Vorname. Wir kennen sie aber alle nur als Conny.«

Hagedorn war der verkniffene Ausdruck in den Augen einer dicklichen Rothaarigen nicht entgangen, die lautstark ihren Sprössling Linus ermahnte, nicht so hoch zu klettern.

»Sie kennen Frau Palmeri?«, sprach er die Rothaarige direkt an.

»Hm«, nickte sie zustimmend. »Ich wohne eine Etage über ihr.«

»Sie mögen sie nicht?«, schoss Hagedorn ins Blaue.

»Was?«, zuckte die Rothaarige zusammen. »Nein, so würde ich das nicht sagen. Sie ist – wie soll ich es ausdrücken? – komisch.«

»Ach komm schon, Franka!«, fiel die Dunkelhaarige ein. »Du kannst ruhig sagen, dass sie eine Giftnudel ist. Die Palmeri fühlt sich durch alles und jeden belästigt.«

»An einem Tag sind es die Kinderwagen im Hausflur, am anderen ein weinendes Kind. An manchen Tagen hat sie sich schon aufgeregt, nur weil ein Kind mit einem Eis in der Hand durchs Treppenhaus ging. Die Frau ist unmöglich«, stöhnte die Dunkelhaarige. »Ich mag sie nicht! Wieso interessieren Sie sich für Frau Palmeri?«

Hagedorn lächelte gütig. »Das darf ich Ihnen leider nicht sagen. Verraten Sie mir Ihren Namen?«

»Hauke, Karolina Hauke, aus der Nummer 6.«

»Ich danke Ihnen.« Hagedorn nickte den Frauen zu und blinzelte dem vierjährigen Mädchen zu, das ihn argwöhnisch betrachtete. »Wissen Sie zufällig, ob Frau Palmeri zu Hause ist?«

Einmütiges Kopfschütteln war die Antwort.

»Oder wann Sie sie zuletzt gesehen haben?«

Franka, die Rothaarige aus Nummer 4 sagte: »Das muss mindestens schon fünf Wochen her sein. Wissen Sie, die ist was Wichtiges in einem Schweizer Bio-Tech-Unternehmen. Zumindest behauptet sie das immer«, fügte sie mit einem Augenrollen hinzu. »Die ist oft wochenlang nicht da. Meistens irgendwo im asiatischen Raum. Japan, China, Korea, Indonesien, was weiß ich.«

»Sie haben mir sehr geholfen, vielen Dank!« Hagedorn zog am Joystick seines Rollstuhls, wendete und fuhr langsam zur Hausnummer 4 zurück.

»Mama, wieso hat der Mann so komische Augen?«

»Pst, nicht so laut!«

Hagedorn lächelte.

Kapitel 19

Musikerviertel, Palmeris Wohnung
Dienstag, 18:10 Uhr

Bannert war es gelungen, über die Hausverwaltung einen Wohnungsschlüssel zu organisieren. Cornelia Palmeris Zweieinhalb-Zimmer-Wohnung bestand aus einem großzügigen und hellen Wohn-/Essbereich, an den sich eine kleine Küchenzeile anschloss. In einem etwa zwanzig Quadratmeter großen Schlafzimmer standen neben einem Doppel-Futon-Bett ein Kleiderschrank und ein Schreibtisch. Das Tageslichtbad war, ähnlich wie Hagedorns Badezimmer, barrierefrei gestaltet. Mit der Ausnahme, dass Palmeri über eine edle Badewanne mit gläserner Eingangstür verfügte. Neben der Dusche stand ein moderner Rollstuhl aus schwarz-eloxiertem Aluminium, mit goldenen Hinterradspeichen und Vorderfelgen, der eher an ein Hightech-Rennrad erinnerte denn an einen Standardrollstuhl.

Bannert hatte beim Betreten der Wohnung darauf bestanden, dass sie Gummihandschuhe trugen und nichts berührten.

Hagedorn saß im Zentrum des Wohnzimmers, die Hände im Schoß ruhend, und sah sich um.

Nach den Bildern, die überall an den Wänden hingen, bestand kein Zweifel. Die tote Ballerina war Claudia Palmeri gewesen. Die meisten Aufnahmen zeigten eine hübsche junge Frau beim Surfen, Tauchen, Snowboarden oder einem bevorstehenden Fallschirmsprung. Anscheinend alles vor ihrer Querschnittslähmung.

Wer oder was mochte sie in den Rollstuhl gebracht haben?, ging es Hagedorn durch den Kopf.

Die Wohnung war puristisch, aber mit exklusiven Möbeln von Rolf Benz eingerichtet.

»Was geht dir durch den Kopf?«, fragte Bannert, der neben ihn getreten war.

Hagedorn schüttelte nachdenklich den massigen Schädel.

»Ich weiß nicht«, antwortete Hagedorn. »Die Wohnung ist pedantisch aufgeräumt. Alles scheint mir schablonenartig arrangiert. Nichts liegt oder steht zufällig an seinem Platz. Wie mit einem Lineal gezogen, du verstehst, was ich meine?«

»Hm, ich glaube schon«, murmelte Bannert.

»Auf allen Bildern sieht man sie nur alleine«, fuhr Hagedorn nach einer kurzen Pause fort.

»Ist mir auch aufgefallen«, stimmte Bannert zu. »Sie scheint keine Freunde gehabt zu haben.«

Hagedorn ließ seinen Rollstuhl langsam um die eigene Achse kreisen. »Gibt es einen Computer? Ordner mit Unterlagen?«, wollte er wissen.

»Im Schlafzimmer steht ein Laptop auf dem Schreibtisch. Ordner habe ich noch keine gesehen«, entgegnete Bannert. »Ich will jetzt auch nicht danach suchen, bevor die Spurensicherung hier war.«

»Weswegen liegt sie eigentlich ein, Marius?«

»Ach, kleinere Delikte. Mehrere Ladendiebstähle in der Jugendzeit, Warenkreditbetrug, und ich glaube einmal wegen Unterschlagung oder Veruntreuung.«

Hagedorn kratzte sich mit dem Zeigefinger über die Schläfe. »Okay. Wenn die KT kommt, vergesst den Keller nicht. Irgendwo muss sie ja ihre Unterlagen aufbewahren. Versicherungspolicen, Bankdokumente, Kaufvertrag der Wohnung et cetera.«

»Bleibst du nicht hier?«, erkundigte sich Bannert.

»Nein! Es hat keinen Sinn, dass wir jetzt beide hier Zeit vertrödeln. Ich fahre in die Pathologie, um zu sehen, wie weit Doktor Geermann mit der Autopsie des Zwergenengels ist.«

»Sie gefällt dir, nicht wahr?«

»Was?« Hagedorn stutzte.

»Doktor Geermann. Du stehst auf sie!« Bannert grinste auf Hagedorn nieder.

Hagedorn ging nicht darauf ein. Stattdessen drückte er den Steuerhebel des Rollstuhls und glitt auf die Wohnungstür zu, als es plötzlich klingelte.

Hagedorn öffnete die Wohnungstür und ließ die beiden Kriminaltechniker ein, die bereits in weißen Schutzanzügen und Füßlingen steckten.

»Du fährst total auf sie ab!«, rief Bannert ihm nach, als er aus der Wohnung fuhr.

Hagedorn hatte die linke Hand erhoben und winkte mit ausgestrecktem Mittelfinger zum Abschied. Aber er tat es mit einem Lächeln auf den Lippen.

Kapitel 20

Konstanz, Polizeipräsidium, Besprechungsraum der Soko
Dienstag, 18:30 Uhr

Nadine Adler hatte die Soko kurzfristig zusammengerufen. Siebzehn Kriminalbeamtinnen und -beamte hatten sich eingefunden und unterhielten sich angeregt, als sie den Besprechungsraum betrat, die Tür hinter sich schloss und ihren Platz am Besprechungstisch ansteuerte.

»Die zweite Leiche ist identifiziert«, verkündete sie. »Zehn Minuten nachdem Mike von der IT das Bild im Intranet veröffentlicht hatte, meldete sich eine Kollegin vom Polizeirevier.«

Adler drückte einen Knopf auf der Fernbedienung des Beamers, der unter der Decke hing. Auf dem Whiteboard an der Stirnwand des Raumes erschien ein Bild. Es handelte sich um den Screenshot einer Homepage, der einen kleinwüchsigen Mann im dunklen Anzug mit Krawatte zeigte. Er hatte dichtes, schwarzes, zur Seite gescheiteltes Haar. Eine rahmenlose, offenbar starke Brille ließ seine Augen unnatürlich vergrößert erscheinen. Sein leicht zur Seite geneigter Kopf steckte tief zwischen den Schultern und wirkte halslos, wie aufgepfropft.

»Der Mann heißt José Lopez Garcia, zweiundvierzig Jahre alt, ledig. Keine uns bekannten oder lebenden Angehörigen. Er war Steuerberater und unterhielt in Konstanz eine kleine Steuerkanzlei.«

Adler ließ einen Stapel Papier reihum gehen. »Alles, was ich auf die Schnelle über den Mann gefunden habe, steht auf dem Personagramm, das ihr nun vor euch habt. Teilt euch auf und findet alles über den Toten heraus. Wer waren seine Mandanten? Wann wurde er zuletzt lebend gesehen? Mit wem hatte er Umgang? Seine Lebensgewohnheiten! Finanzen, Freunde, Lebenspartner, egal was. Alles könnte wichtig sein!«

Die Männer und Frauen erhoben sich, nickten Adler zu und machten sich an die Arbeit.

Adler blieb mit aneinandergelegten Fingerspitzen noch einige Minuten sitzen, bis sich der Raum geleert hatte, und dachte nach. Sie hoffte inständig, dass sie nun endlich vorankämen. Vor allem hoffte sie, dass der Irre keine weiteren Leichen in der Stadt ablegen würde.

Bitte nicht!

Kapitel 21

Konstanz, Pathologie des Klinikums
Dienstag, 18:45 Uhr

»Ich hatte recht«, begann Lara Geermann, kaum dass Falk Hagedorn mit dem Rollstuhl in den Sektionsraum gefahren war. Harry und dessen Werkzeuge waren verschwunden, mit ihm auch die Bruchstücke und der staubige Schleier des Epoxidharzes, aus dem er den Leichnam befreit hatte.

»Recht womit?«, erkundigte er sich und wischte sich erneut Schweißperlen von der Stirn. »Herrgott noch eins!«, fluchte er. »Es will einfach nicht abkühlen«.

»Na, mit der Glasknochenkrankheit.«

Die Rechtsmedizinerin trug eine weiße Gummischürze, ärmellange Gummihandschuhe und einen Face-Shield. Mit einem Diktiergerät in der Hand umkreiste sie den Leichnam des Mannes, dessen kindlicher Körper winzig und verloren auf dem großen Seziertisch lag.

Hagedorn fühlte sich unausweichlich an die Obduktion eines Kleinkindes erinnert, der er vor vielen Jahren beiwohnen musste. Es war ein Fall von fahrlässiger Tötung gewesen, bei dem das damals einjährige Mädchen nach einem Schütteltrauma gestorben war. Die psychisch labile Mutter, selbst noch ein Kind, war hoffnungslos überfordert gewesen und hatte das Kind immer wieder hin und her geschüttelt, bis es schließlich aufhörte zu weinen und zu atmen. Bei der Obduktion waren einige ältere, verheilte Knochenbrüche und unzählige Prellungen zutage gekommen. Das war etwas, was man als Polizist nie vergaß, auch er nicht.

Hagedorn verdrängte den Gedanken daran und näherte sich langsam dem Tisch.

Geermann unterbrach die Sprachaufnahme und blickte zu ihm auf.

»Hallo«, sagte sie grinsend.

»Hey! Und?«

»Also«, begann sie. »Der arme Kerl litt, so wie ich vermutete hatte, an Osteogenesis Imperfecta, der Glasknochenkrankheit, in einer Form, wie ich sie noch nicht gesehen habe. Ich habe wenigstens dreiundvierzig alte Knochenbrüche gefunden. Ich mag mir gar nicht vorstellen, wie viele davon er allein bei der Geburt erlitten haben muss.«

Hagedorn lauschte ihr aufmerksam.

»Die Todesursache war sehr wahrscheinlich ein massiver Blutverlust. Siehst du? Hier am rechten Unterarm?« Sie deutete auf den Arm des Mannes, dessen Haut von der Schulter bis zum Handgelenk aufgeschnitten und aufgeklappt war. »Aufgrund einer chronischen Nierenfunktionsstörung musste er regelmäßig zur Dialyse. Um ein großvolumiges Blutgefäß dafür zur Verfügung zu haben, wurde ihm ein Dialyse-Shunt angelegt. Jemand hat, ich vermute mit einem Skalpell, den Shunt durchtrennt und ihn ausbluten lassen.«

Hagedorn schnalzte mit der Zunge und schüttelte verständnislos den Kopf.

»Was hast du noch herausgefunden?«

Geermann zog sich den Face-Shield vom Kopf und legte ihn beiseite. »Nun!«, fuhr sie fort und blies sich eine blonde Haarsträhne aus der Stirn. »Aufgrund der Krankheit waren seine Extremitäten stark deformiert.

Sein eingeschränkter Bewegungsapparat hätte die Position, in der er in dem Würfel eingegossen war, gar nicht zugelassen.«

»Das heißt?« Hagedorn betrachtete sie gespannt.

»Dass man ihm die Hüfte, Beine und den rechten Ellbogen brechen musste, um ihn – wie soll ich sagen? – so zu modellieren, wie wir ihn gefunden haben.«

»Und die Flügel?«

»Ach ja! Die Flügelknochen waren mit einem speziellen Kleber auf den Schulterblättern verleimt. Umliegendes Gewebe und Haut waren sauber, sind wahrscheinlich mit Sekundenkleber, verschlossen worden.«

Hagedorn fuhr sich nachdenklich mit den Fingern durch den Bart. »Also war massiver Blutverlust die Todesursache. Gab es sonst Anzeichen von äußerer Gewalt?«

»Nein. Zumindest habe ich noch keine gefunden. Der Mann dort …«, sie schien nach den richtigen Worten zu suchen, »… war ein armer Teufel, das kann ich dir sagen.«

Hagedorn sah sie mitfühlend an. Es war offensichtlich, dass ihr das Schicksal des Mannes zu schaffen machte.

»OI ist eine heimtückische Geißel«, fuhr sie fort. »Eine genetisch bedingte Stoffwechselerkrankung, die den Betroffenen das Leben zur Hölle macht. Falls sie sich nicht ohnehin ständig irgendwelche Knochen brechen, haben sie mit all den üblen Nebenerscheinungen zu kämpfen.« Sie deutete eine Kopfbewegung auf den geöffneten Körper des Mannes an und fuhr seufzend fort: »Die Wirbelsäule verbogen wie ein Korkenzieher, skelettale Deformierungen der Brust und Extremitäten, geschwächte Muskulatur, Lungeninsuffizienz und eine offene Herzkammerscheidewand – ein Wunder, dass der Mann überhaupt so alt geworden ist.«

Hagedorn legte sacht die Hand auf ihren Unterarm, und sie ließ es zu.

»Vielleicht hat ihm ja jemand damit einen Gefallen erwiesen.«

»Wer weiß das schon«, flüsterte sie.

Ertappt schüttelte sie den Kopf und entzog sich Hagedorns Berührung.

»Ich habe Hunger!«, konstatierte sie. »Aber erst brauche ich eine Dusche.« Rasch warf sie einen Blick auf die hässliche runde Bahnhofsuhr über der Tür. »Bis ich wieder in Freiburg bin, ist es fast zu spät, um einzukaufen«, stellte sie seufzend fest.

»Ich habe ein Gästezimmer. Wieso, bleibst du heute Nacht nicht in Konstanz? Wir machen uns nachher etwas frisch und gehen Essen. Ich würde dich gerne einladen.«

Hagedorn zog die Stirn kraus, als könnte er selbst nicht glauben, was er gerade vorgeschlagen hatte. Egal, es war gesagt.

Gespannt wartete er ihre Antwort ab.

»Warum nicht?«, sagte sie lächelnd, nachdem sie einen Augenblick über seinen Vorschlag nachgedacht hatte. »Aber ich muss schnell telefonieren. Und ich bezahle!«

Hagedorn erhob keine Einwände.

Kapitel 22

Konstanz, Bahnhofsplatz
Dienstag, 19:40 Uhr

Mehrere Tage lang hatte er das Bahnhofsgebäude von einem gegenüberliegenden Café aus beobachtet. Stunde um Stunde hatte er dort gesessen und das Treiben auf dem Vorplatz genauestens observiert. Dieses Mal, so hatte er entschieden, sollte das Exponat an einer noch belebteren Stelle stehen.

Spektakulär und aufsehenerregend sollte es sein.

Das ständige Kommen und Gehen der Bundespolizei bereitete ihm allerdings etwas Kopfzerbrechen, zumal er kein Muster darin erkannte. Obwohl er sich akribisch notierte, wann und wie viele uniformierte Polizisten Streife liefen, erschloss sich ihm der Anlass dafür nicht. Waren es der grenzüberschreitende Zugverkehr? Oder lag es an der Frequentierung der Züge, die zu den Arbeitszeiten natürlich höher war als dazwischen? Ihm war jedoch aufgefallen, dass zur Mittagszeit und abends zwischen neunzehn und zwanzig Uhr kaum ein Bundespolizist zu sehen war. Vermutlich lag das an den Ablösezeiten der Schichten, die sich, so vermutete er, kaum von denen der Landespolizei unterschieden.

Er rückte seine Sonnenbrille zurecht und rührte einen Beutel Zucker in seinen Latte macchiato. Bereits das vierte Glas, seit er sich auf die Terrasse gesetzt hatte.

Es war geradezu lächerlich einfach gewesen, an die

Pläne des Bahnhofsgebäudes zu gelangen. Im Landesarchiv konnte er online nach allem recherchieren, wonach er suchte.

Im Baumarkt hatte er dieser Tage, nebst zwei batteriebetriebenen LED-Flutlichtern, alles erstanden, was für das Vorhaben unerlässlich war. Die Fluter hatten zwar nur dreißig Watt, würden ihren Zweck jedoch erfüllen.

Mehr noch als die ständig patrouillierende Bundespolizei bereitete ihm das Wetter Sorge. Die Wettervorhersagen schlossen vereinzelte Wärmegewitter nicht aus. Aber das Vorhaben zu verschieben, kam nicht infrage. Es musste heute Nacht über die Bühne gehen. Schließlich hatte er das Datum nicht wahllos festgelegt. Der 28. August war ein besonderes Datum, und er würde den Tag noch bedeutender machen.

In Gedanken spielte er den Plan wieder und wieder durch, rief sich die Grundrisspläne ins Gedächtnis und versuchte alle Unwägbarkeiten mit ins Kalkül zu ziehen. Sein Plan war perfekt! Er konnte ihn allerdings nicht alleine in die Tat umsetzen. Und genau darin lag die Gefahr. Wenn ein Plan nicht reibungslos funktionierte, lag das, zumindest war das seine Überzeugung, nicht am Planenden selbst, sondern an der potenziellen Fehlerquelle »Mensch«. Nur wenn jeder genau wusste, was er zu tun hatte, und Anweisungen präzise befolgte – nur dann konnte ein Plan funktionieren.

War er ein Perfektionist? Ein Pedant? Mit Sicherheit war er das. Wie sein Idol duldete er weder bei sich noch bei anderen Nachlässigkeiten. Sein Mentor wusste das, und er würde ihn nicht enttäuschen.

Kapitel 23

Konstanz – Polizeipräsidium
Dienstag, 20:00 Uhr

Erschöpft sank Adler in ihren ledernen Bürostuhl hinter dem Schreibtisch. Sie löste das Haargummi, schüttelte die langen dunkelblonden Haare aus und streifte die Pumps von den schmerzenden Füßen. Mit geschlossenen Augen genoss sie die kurzzeitige Erleichterung. Ihr Handy brummte und zeigte den Eingang einer neuen Nachricht.

Vier Nachrichten, drei Anrufe in Abwesenheit. Jess musste stinksauer sein.

Nadine und Jess, Jessica Felbes, wie ihr vollständiger Name lautete, waren seit vier Jahren ein Paar. Nach einem heftigen Schusswechsel vor einem Jahr, bei dem Adler wie durch ein Wunder unverletzt geblieben war, hatten sie geheiratet. Adlers Zweifel, ob der Schritt richtig gewesen war, waren nie ganz verschwunden. Sie liebte Jess. Zumindest glaubte sie das. Dennoch plagte sie die ständige Ungewissheit, ob ihre Wochenendbeziehung auf Dauer würde funktionieren können. Jess war Soldatin mit Leib und Seele. Als Liaison-Offizierin für das US-Amerikanische Verteidigungsministerium, so zumindest ihre offizielle Stellenbeschreibung, war sie ständig zu irgendwelchen Krisenherden der Welt unterwegs. Iran, Irak, Afghanistan, Kosovo, Somalia, Südkorea und wusste der Teufel, wo sonst noch. Adler erinnerte sich schon gar nicht mehr, wann sie zuletzt mehr als eine Woche zusammen verbracht hatten. Das war ungerecht!

Sie hatten sich einen Monat vor der Schießerei in Stuttgart auf dem Flughafen spontan auf Malta getroffen.

Jess hatte einige Tage in der Botschaft in Bengasi zu tun gehabt. Sie hatte Nadine aus Libyen angerufen und vorgeschlagen, sich für einen Kurzurlaub auf Malta zu treffen. Ansonsten beschränkte sich ihre Beziehung auf die Wochenenden, die spärlich genug waren. Wenn Adler, so wie im Augenblick, in einem Fall gebunden war, konnte es sein, dass sie sich wochenlang nicht sahen oder sich zu Hause die Klinke in die Hand gaben, wenn Jess wieder auf dem Sprung in irgendein gottverlassenes Krisengebiet war. Nein, Angst trieb Adler nicht um. Jess konnte sehr gut auf sich selbst aufpassen. Schließlich übten sie beide einen gefährlichen Beruf aus, der Gefahren und unwägbare Risiken barg. Sie wusste einfach nur nicht, ob sie so weitermachen konnten. Jess versicherte ihr, dass sie sie liebte. Aber genauso sehr liebte Jess ihren Job und ihre Freiheit. Und in der Beziehung waren sie grundverschieden. An normalen Tagen liebte Adler ihren Job genauso sehr wie Jess den ihren. Nur an solchen Tagen wie heute war sie geneigt, Jessicas Vorschlag, ihren Dienst zu quittieren, um sie zu begleiten, nur für Jess da zu sein, ernsthaft in Betracht zu ziehen.

Obwohl der Umgang mit Presse- und Medienanfragen Teil ihres Master-Studiums in Münster gewesen war, würde sie sich erst an den Druck, der damit einherging, gewöhnen müssen. Es war etwas anderes, Journalisten Informationen aus ermittlungstaktischen Gründen vorzuenthalten, als mit Fragen bombardiert zu werden, auf die man selbst keine Antworten wusste. Das war frustrierend.

Jessica hatte sie erst vor wenigen Wochen zu überzeugen versucht. »Wir brauchen deinen Job nicht. Ich würde gut für dich sorgen.« Jess verdiente exorbitant gut. Zugegeben, auf der einen Seite hatte die Idee, durch die Welt zu tingeln, einen gewissen Reiz. Auf der anderen Seite, was sollte sie unternehmen, wenn sie in der kolumbianischen US-Botschaftsresidenz im kriminalitätsverseuchten Bogotá festsaß und diese nur unter strengsten Sicherheitsvorkehrungen würde verlassen dürfen?

Jessicas Arbeitsplätze waren nun nicht die bevorzugten Urlaubsziele, wo sie ungefährdet shoppen oder am Strand würde liegen können.

Aber an Tagen wie diesem …

Adler entsperrte den Bildschirm und rief die gespeicherte Nummer auf.

»Hey, Darling. Wo bist du?«

Kapitel 24

Irgendwo in Konstanz
Zur selben Zeit

»Hm, tut das gut«, stöhnte Geermann. Das Glas Weißbier zur Hälfte geleert, wischte sie sich mit dem Handrücken den Bierschaum von der Oberlippe.

Die Temperatur war nur allmählich auf ein erträgliches Maß gesunken. Sie hatten sich für ein etwas abseits gelegenes Tischchen unter einer ausladenden Kastanie entschieden. Der Sommerabend lud zum Genießen ein.

Nachdem beide geduscht hatten – Hagedorn hatte ihr den Vortritt gelassen –, waren sie schnell übereingekommen, dass sie ins Brauhaus Albrecht gehen würden. Ihr gelüstete es nach einem guten, medium gebratenen Steak, hatte sie lachend verkündet.

Geermann hatte im Schrank des Gästezimmers einige Kleidungstücke entdeckt, nachdem er ihr angeboten hatte, sich daraus zu bedienen. Es waren Sachen seiner Tochter. Er hatte es bis jetzt nicht übers Herz gebracht, sich der Sachen zu entledigen. Geermann fand eine Bluejeans, die ihr wie angegossen gepasst hätte, entschied sich dann aber für ein sommerliches blaues Spaghettiträger-Kleid. Er konnte sich nicht daran erinnern, Karina je in dem Kleid gesehen zu haben, aber Lara Geermann hätte darin auf jedem Catwalk brilliert.

»Es macht dir sicher nichts aus?«, hatte Geermann

zweifelnd gefragt, als sie seine in Falten gelegte Stirn sah.

»Was? Nein! Absolut nicht!«, stammelte er. »Ich habe mich nur zu erinnern versucht, ob und wann Karina das Kleid je getragen hat.«

Das petrolblaue Kleidchen endete knapp über Geermanns Knien. Der V-Ausschnitt betonte ihre Brüste zusätzlich. Offenbar hatte sie sich gegen einen BH entschieden.

Obwohl er sich alle Mühe gegeben hatte, war er sich sicher, dass ihr sein begehrlicher Blick nicht entgangen sein konnte.

Während des Essens hatten sie sich angeregt unterhalten. Das zweite Glas Weizenbier schien sie redselig zu machen, da sie gelöst drauflosplapperte. Hagedorn wagte nicht, sie zu unterbrechen, und hörte ihr interessiert zu. Seit drei Jahren glücklich geschieden, wie sie es ausdrückte, genieße sie ihr neues Leben mit Zoé, ihrer fünfzehnjährigen Tochter. Wenngleich Zoé in einer schwierigen pubertären Phase sei, seien sie doch ein Superteam. Zoé sei sehr selbstständig und komme gut zurecht. Ihr habe der Anruf gegolten, den sie aus der Pathologie geführt hatte, erklärte sie.

Hagedorn war fasziniert von Lara Geermann. Sie war außergewöhnlich attraktiv, klug, witzig, und er mochte ihre unprätentiös burschikose Art.

Was er noch mehr zu schätzen wusste, war die Tatsache, dass sie ihn noch kein einziges Mal auf Karina, deren Todesumstände oder seine Behinderung angesprochen hatte. Hagedorn redete über all das nicht gerne. Besonders über Karinas Tod nicht. Es war sein Schmerz, den er mit niemandem teilen mochte.

Er wusste nicht, wie manche seiner Berufskollegen

auf die Idee kamen, es helfe, über seinen Schmerz zu reden.

Für ihn war das etwas sehr Intimes, an dem andere keinen Anteil zu haben brauchten.

»Wann warst du zuletzt im Urlaub?«

»Was?« Hagedorn fuhr aus seinen Gedanken auf. »Mein letzter Urlaub?«, murmelte er. »Lass mich überlegen!«, bat er.

»Vor sieben Jahren«, sagte er leise. »Karina und ich haben einen vierzehntägigen Tauchurlaub in Hurghada verbracht«.

Lara Geermann schien zu spüren, dass sie eine Erinnerung wachgerufen zu hatte, die Äonen zurück in einem anderen Leben lag, und ging nicht weiter darauf ein.

Sie orderte ein weiteres Glas Weißbier, während Hagedorn bei Apfelschorle blieb.

»Ich habe gehört, du betreibst eine Praxis für Psychotherapie?«

»Ja und nein!« Hagedorn verzog den Mund. »Die Praxis habe ich noch, bin aber nur noch selten dort. Ich habe einen jungen Partner gefunden, der sich in die Praxis eingekauft hat. Ein junger Berliner. Er ist der Liebe wegen in den Süden gekommen. Seine Lebensgefährtin lehrt an der Uni Konstanz.«

Geermann hatte das Kinn auf den Handballen gestützt. »Praktizierst du irgendwann wieder?«, wollte sie wissen.

Hagedorn zuckte überfragt mit den Achseln. »Ehrlich? Ich weiß es nicht. Es gab eine Zeit, wo ich angenommen habe, schwer traumatisierten Menschen helfen zu können und …«

Er stockte und schluckte schwer. »Ich weiß nicht, ob ich das heute noch kann«, beendete er den Satz.

Geermann sah ihn mitfühlend an. »Na ja«, sagte sie lächelnd nach einer kurzen Pause, »bis du wieder Lust hast zu praktizieren, mimst du so lange den Profiler.«

»Was heißt hier mimen?«, antwortete Hagedorn mit gespielter Empörung. »Ich bin Profiler. Eigentlich heißt es Fallanalytiker«, ergänzte er.

Deutlich verhaltener nahm Geermann einen weiteren Schluck von ihrem Weißbier und sah ihn forschend an.

»Was denkst du über den Fall?«

Hagedorn war unsicher, ob er wirklich jetzt darüber reden wollte und gab die Frage zurück.

»Was denkst du denn?«

»Das fragst du mich? Hallo? Ich bin Ärztin und Rechtsmedizinerin. Auch wenn ich beinahe täglich eines in den Händen halte, habe ich keine Ahnung, was im Hirn eines Menschen vorgeht, der Menschen tötet und sie auf skurrile, effektheischende und entwürdigende Art und Weise der Öffentlichkeit zeigt.«

»Und genau da liegt des Pudels Kern«.

»Klären Sie mich auf, Doktor Faust«, neckte sie ihn grinsend.

»Hm«, brummte Hagedorn, während er einen großen Schluck seiner Apfelschorle nahm, um Zeit zu gewinnen. »In allem, was er tut, müssen wir uns fragen, warum er es tut. Was ist seine Motivation, sein Antrieb? Bis jetzt haben wir zwei Tote, die offenbar körperliche Behinderungen aufweisen.«

»Du sagtest bis jetzt?«, unterbrach ihn Geermann.

»Ja! Weil ich davon ausgehe, dass es nicht bei den zwei Toten bleiben wird. Es würde mich nicht wundern, wenn in den nächsten Tagen eine weitere Leiche auftaucht, die wiederum auf irgendeine Weise eine Behinderung oder Krankheit aufweist.«

»Worauf spielst du an, Falk?«

Hagedorn schüttelte leicht den Kopf, als würde er einem völlig abwegigen Gedanken folgen.

»Die Welt ist voller Idioten«, sagte er stattdessen. »Sexuell entartete Spielarten, die dem normalen Menschen, will ich mal sagen, die Sprache verschlagen.«

Hagedorn zeichnete bei dem Begriff »normale Menschen« imaginäre Gänsefüßchen in die Luft. »Hast du schon mal was von Amelotatismus gehört?«

Geermann verneinte kopfschüttelnd.

»Ein Fetisch. Eine sexuelle Präferenz für körperliche Verstümmelungen oder Missbildungen.«

»Echt? So was gibt es?«, entgegnete sie fassungslos.

»Ja, so etwas gibt es tatsächlich«.

Geermann starrte ihn mit offenem Mund an. »Und du glaubst, er, also der Täter, tut das aus sexuellen Gründen?«

»Darüber bin ich mir eben noch nicht im Klaren.« Hagedorn rieb sich über die Stirn. »Eine der wichtigsten Fragen in der Fallanalyse ist die nach dem Mordmotiv«, fuhr er nach einer kurzen Pause fort. »Du kennst sicher die häufigsten Beweggründe?«

»Klar!«, entgegnete Geermann. »Habgier, Heimtücke, Rache«, begann sie aufzuzählen.

»Befriedigung des Geschlechtstriebes, Grausamkeit oder einfach nur Mordlust«, vervollständigte Hagedorn die Reihe.

»Der Jurist spricht hier von den niederen Beweggründen.«

»Und du glaubst, er tut es der sexuellen Befriedigung wegen?«

»Nein! Zumindest nicht ausschließlich«, schränkte Hagedorn ein. »Vielleicht glaubt der Täter ja, den Opfern einen Gefallen zu tun?«

»Verstehe ich nicht«, entgegnete Geermann.

»Nein? Du hast mich erst auf die Idee gebracht.«

»Ich?«, rief sie erstaunt aus.

»Du hast in der Pathologie gesagt, dass du dir nicht erklären kannst, wie der arme Kerl überhaupt so alt werden konnte. Da kam mir der Gedanke, was, wenn es sich um eine pervertierte Form von Euthanasie handelt? Was, wenn er sich die Opfer genau danach aussucht und sich dazu berufen fühlt, sie von ihrem Leiden zu erlösen?«

»Das ist ja krank!«, kommentierte Geermann verstört.

»Natürlich! Der Bastard ist total krank!«, warf Hagedorn ein. »Ein anderer Aspekt ist mir ebenfalls noch nicht klar.«

»Du spielst auf die Leichenablage an?«, spekulierte sie.

»Richtig! Warum legt er die Leichen nicht einfach irgendwo ab? Warum diese kunstvolle Inszenierung?«

»Weil er sie ausstellt!«, stellte Geermann fest.

»Hm«, stimmte ihr Hagedorn brummend zu.

Lara Geermann richtete sich kerzengerade auf und fuhr sich mit den Händen durch die langen Haare. »Ich glaube, ich habe einen Schwips«, verkündete sie kichernd mit deutlich geröteten Wangen.

Er zwang sich, ihr nicht allzu offensichtlich in den Ausschnitt zu starren, als sich das Kleid über ihren Brüsten spannte und sich die kleinen Brustwarzen darunter abzeichneten. Als er es doch tat, spielte er verschämt mit einem Bierdeckel.

»Wollen wir?«

Hagedorn nickte verlegen und sah ihr nach, als sie mit der Geldbörse in der Hand zum Tresen ging.

Lara Geermann, ich begehre dich!, ging es ihm durch den Kopf. Nicht lange nach Karinas Abschluss an der Schauspielschule hatte sie versucht, ihn mit der Mutter einer Schauspielkollegin zu verkuppeln. Er war zweimal mit ihr ausgegangen und hatte sich danach nicht mehr bei ihr gemeldet. Ja, sie war nett, attraktiv, aber auch langweilig. Seitdem hatte er keine Frau mehr gedatet. Das lag nun schon mehr als zwei Jahre zurück.

»Bereit?«

»Klar!«

Sie eilte voraus und hielt ihm das Terrassentürchen auf.

Kapitel 25

Konstanz, Bahnhofsgebäude
Mittwoch, 28. August, kurz nach Mitternacht

Er wischte sich mit dem Ärmel den Schweiß aus dem Gesicht. Es hatte merklich abgekühlt, und doch hing die Luft wie eine pastöse, dunstige Glocke über der Stadt. Weit über dem See kündigte flackerndes Wetterleuchten das vom meteorologischen Dienst vorausgesagte Gewitter an. Von Donner war weit und breit nichts zu hören, was ihn hoffen ließ, die Installation beendet zu haben, bevor das Unwetter hereinbrechen würde.

Keuchend kauerte er hinter der sandsteinernen Balkonbrüstung und warf einen Blick auf seine Armbanduhr. Als die Reinigungskräfte ihre Arbeit aufnahmen, war er wie geplant ins Gebäude geschlüpft. Es wieder unbemerkt zu verlassen, würde keine Schwierigkeiten bereiten.

In der letzten halben Stunde hatte sich der Bahnhofsvorplatz merklich geleert, auch waren keine Bullen mehr aufgetaucht. Ein Streifenwagen des örtlichen Polizeireviers war einmal mit flackerndem Blaulicht vorbeigefahren, entfernte sich aber schnell stadtauswärts.

Ihren ursprünglichen Plan, das Exponat auf einen Sockel zu stellen, mussten sie verwerfen. Er allein hätte ihn niemals auf die Brüstung ziehen können, und es kam nicht infrage, dass sie zu zweit den Turm bestiegen.

Stattdessen war ihm eine einfachere Konstruktion eingefallen.

Das Risiko, diesmal entdeckt zu werden, war ungleich größer als die letzten beiden Male, und dennoch überwog die Vorfreude auf das, was sie der Welt präsentieren würden.

Eigentlich, so dachte er, dürfte nichts schiefgehen. Sie hatten es geübt, die Abläufe wieder und wieder besprochen. Erneut warf er einen Blick auf die Uhr. Drei Minuten noch. Leise begann er den Rucksack zu öffnen. Die beiden LED-Strahler, die obenauf lagen, holte er zuerst heraus und stellte sie auf die Position, die ihm am besten schien. Er hatte sie etwas modifiziert und die Elektronik mit einer einfachen Zeitschaltuhr verbunden. Dazu hatte er zwei einfache digitale Küchentimer benutzt. Für Korrekturen gab es keinen Spielraum. Um den richtigen Lichteffekt zu erzielen, würde er die Fluter aufs Geratewohl positionieren müssen, da die Timer die Lampen erst fünf Minuten, nachdem er den Balkon verlassen haben würde, einschalteten.

Schraubzwingen, Seil, Handschuhe, Abseilachter, ein Fläschchen mit Waschbenzin und ein Mikrofasertuch – alles lag bereit.

Noch eine Minute.

Wenn alles lief wie geplant, würden sie in weniger als drei Minuten fertig sein.

Er richtete sich ein wenig auf und spähte über den Rand der Brüstung, als er den nahenden Dieselmotor hörte.

Der Transporter war pünktlich. Perfekt!

Kapitel 26

Konstanz, Musikerviertel
Mittwoch, zur selben Zeit

Auf dem Weg zurück zu Hagedorns Haus waren sie gemütlich die Promenade entlanggeschlendert und hatten sich ausgiebig über den Fall unterhalten. Er hätte gerne so viel mehr über Lara Geermann erfahren, aber er wollte nicht aufdringlich erscheinen, zumal sie für den Fall zu brennen schien.

Eine Zeit lang hatten sie sich über die Schnitzereien unterhalten, mit denen die Haut der Toten verziert worden war. Sie war erstaunt darüber gewesen, wie filigran die Schnitzereien ausgeführt worden waren. Die Haut, gab Geermann zu bedenken, sei kein Werkstoff, der wie Holz oder Stein einfach zu bearbeiten sei. Das Gewebe sei weich und nachgiebig. Sie spekulierte, dass dies bloß in tiefgefrorenem Zustand zu bewerkstelligen sei. Was sie sagte, hatte ihn lange beschäftigt.

Vor vielen, vielen Jahren habe sie die Vernissage eines damals sehr bekannten Künstlers besucht, der hauptsächlich durch seine Malerei zu Ruhm gekommen sei. Ronald oder Romuald von Irgendwas sei sein Name gewesen, und er habe an einigen seiner Skulpturen und Plastiken ebensolche Schnitzereien angebracht. Der Sinn habe sich ihr nicht erschlossen. »Wahrscheinlich wollte er damit einen besonderen Akzent setzen«, hatte Geermann vermutet. An mehr konnte sie sich nicht erinnern.

Sam hatte sie schwanzwedelnd begrüßt und sich ausgiebig von ihr hinter dem Ohr kraulen lassen, bevor er in den Garten gestürmt war, um sich zu erleichtern.

Er hatte vorgeschlagen, eine Flasche Wein zu öffnen und den Abend auf der Terrasse ausklingen zu lassen.

»Ich leihe dir auch gerne mein Autan«, hatte er schmunzelnd angeboten, als sie versuchte, sich der Mücken zu erwehren, die wie ein Kampfgeschwader über sie herzufallen begannen.

»Das ist sehr nett, Falk. Aber bitte sei mir nicht böse. Ich bin müde und werde mich hinlegen«. Der Kuss, den sie ihm zum Abschied auf die Wange hauchte, machte seine Enttäuschung wett. Verträumt sah er ihr nach, als sie die Treppe nach oben ging.

Da er ohnehin nicht würde schlafen können, entschied er, sich mit dem Laptop auf die Terrasse zu setzen und zu arbeiten. Er klemmte sich eine Flasche Wasser unter den Arm, schnappte sich im Vorbeifahren den Laptop und rollte nach draußen. Er steckte den USB-Stick, den Nadine ihm gegeben hatte, in den Port und startete den Computer. Während der hochfuhr, zündete er sich eine Zigarette an und dachte über ihr letztes Gespräch nach. Lara hatte einige interessante Aspekte ins Spiel gebracht, die weitere Fragen aufwarfen.

Der Dateiordner des USB-Sticks öffnete sich automatisch. Die gesamte Fallakte war säuberlich in Unterordnern kategorisiert. Er klickte auf die erste Datei und begann zu lesen.

Kapitel 27

Konstanz – Altstadt
Mittwoch, 01:20 Uhr

Bedächtig schlurfte von Dvorniak, mit einer Tasse Tee in den knochigen Fingern, zurück ins Wohnzimmer. Der alte Laptop stand surrend auf dem Beistelltisch. Bald würde der Lüfter seinen Geist aufgeben, und das wäre es dann gewesen. Einen neuen würde er sich nicht leisten können.

Zwei Stunden war es her, dass er die Mail vom Bewunderer erhalten hatte. In der Anlage wieder nur ein Link, der auf eine Seite führte, die sich quälend langsam aufgebaut hatte. Seit der Zeit hatte er kaum den Blick von der kurzen Videosequenz abwenden können, die in Endlosschleife über das Display flimmerte. Die Arbeit war unbestritten großartig. Das neidlos anzuerkennen, fiel ihm nicht schwer, und trotzdem fragte er sich, warum er die Mails bekam und wer sich hinter dem Absender the_admirer.com verbarg.

Oh, er wusste sehr genau, wo die Aufnahme entstanden war, und wäre er besser zu Fuß, hätte er sich aufgemacht, um es mit eigenen Augen zu sehen.

»Wer bist du?«, murmelte er, während er das Video wieder und wieder ansah. »Kenne ich dich?«

Zitternd glitt sein Finger über das Touchpad. Die Kommentare zu den Bildern und Videos überschlugen sich. Allein in der letzten halben Stunde waren über einhunderttausend Klicks dazugekommen. Kommentare mit unflätigen Bemerkungen überging er. »Die haben doch keine Ahnung!«

Einigen jedoch schenkte er mehr Aufmerksamkeit. Er lächelte in sich hinein.

Kapitel 28

Konstanz, Musikerviertel
Mittwoch

Es war kurz nach halb acht, als Bannert bei Hagedorns Haus ankam. In der Küche brannte Licht. Statt zu klingeln, entschied er sich für den Weg über die Terrasse und war überrascht zu sehen, dass sich an der Stelle, an der er die letzten Male den Staketenzaun überstiegen hatte, nun ein Gartentürchen befand. Das frisch gehobelte Holz hob sich vom Rest des bereits nachgedunkelten Zauns ab.

Die Terrassenflügel waren weit geöffnet. Aus einem Bluetooth-Lautsprecher hämmerte der Song *Lick It Up* von KISS. Bannert betrat das Wohnzimmer. Weder von Sam noch von Hagedorn war etwas zu sehen.

»Falk?«, rief er ins Innere. »Hallo? Ist jemand zu Hause?«

Hagedorn kam aus dem Flur gerollt und fuhr erschrocken zusammen.

»Herrgott noch eins! Hast du mich erschreckt.«

»Tut mir leid, das war nicht meine Absicht«, entschuldigte sich Bannert aufrichtig.

»Was machst du denn schon so früh hier?«

Bannert kam gleich zur Sache. »Der Zwergenengel ist identifiziert«, sagte er und unterdrückte ein Gähnen.

»Ich dachte, du hasst diesen Ausdruck?«

»Ja, ja!«, knurrte Bannert.

Hagedorn schmunzelte. »Kaffee?«

»Gerne.«

Hagedorn rollte in die Küche und stellte eine Tasse unter den Vollautomaten. »Und wer ist er?«

Bannert sah sich im Wohnzimmer um, als er glaubte, eine Person über die Maisonettegalerie huschen zu sehen. Eine weibliche Person mit Handtuchturban und einem um die Brust geschlungenem Badetuch.

»Wer ist der Mann, Marius?«

Verdattert wandte sich Bannert Hagedorn zu. »War das eben die Geermann?«

»Willst du dich jetzt über meinen Damenbesuch unterhalten oder mir endlich sagen, wer der Mann war«, forderte Hagedorn feixend.

Bannert nahm die Tasse entgegen, die Hagedorn ihm hinstreckte und folgte ihm auf die Terrasse. Er ließ sich in einen der gepolsterten Loungesessel fallen.

»War sie die ganze Nacht hier?«

»Nein. Sie kam heute Morgen nur hierher, um zu duschen. Marius!«

Bannert hob die Schultern, ehe er seine Fassung wiederfand.

»Der Mann hieß José Lopez Garcia, war zweiundvierzig Jahre alt und ledig. Er war Steuerberater mit einer eigenen kleinen Kanzlei. Hat sehr zurückgezogen mit seiner Mutter zusammengelebt. Sie starb vor einem Jahr. Wie Frau Doktor Geermann richtig vermutet hatte, litt Garcia tatsächlich an einer sehr schweren Form der Glasknochenkrankheit, zudem war er ein paarmal Patient im Zentrum für Psychiatrie gewesen. Die Krankenakten sind bereits angefordert und sollten uns heute noch zugehen«, schloss Bannert.

»Wir sollten mehr über den Mann in Erfahrung bringen.«

Bannert nickte zustimmend. »Nadine hat bereits vier Leute darauf angesetzt.«

»Gut«, entgegnete Hagedorn abwesend.

Bannert folgte seinem Blick.

»Guten Morgen, Frau Doktor!«, grüßte er sie, als sie mit einem zur Hälfte geleerten Glas Tee in der Hand auf die Terrasse trat.

»Guten Morgen, Herr Bannert!«

Ihre Haare waren noch feucht, und sie roch dezent maskulin nach Duschgel. Sie nahm ihm gegenüber Platz und lächelte Hagedorn zu.

»Gibt es etwas Neues in dem Fall?«, erkundigte sie sich.

»Unser Zwergenengel ist identifiziert«, kam Hagedorn ihm zuvor.

»Könnten wir uns darauf einigen, den Toten nun beim Namen zu nennen?«, sagte Bannert.

»Na schön. Der Mann hieß José Garcia. Ein hiesiger Steuerberater.«

»Wann ist die nächste Besprechung?«

»Nadine möchte uns alle um halb neun im Soko-Raum sehen.«

»Das ist gut«, entgegnete Hagedorn. »Davor muss ich dir noch einige Dinge erzählen.«

Bannert warf Hagedorn einen erwartungsvollen Blick zu.

»Ich unterbreche Sie nur ungern, meine Herren, aber ich werde mich jetzt aus dem Staub machen. Ich muss zurück nach Freiburg.« Doktor Geermann legte die Hand auf Hagedorns Unterarm. »Ich melde mich, sobald ich angekommen bin.«

Hagedorns Lächeln sprach Bände. Bannert konnte sich ein Grinsen nicht verkneifen, als er ihr nachsah.

»Erspar mir bitte jeglichen Kommentar«, sagte Hagedorn streng, gerade als Bannert zu einem anzusetzen gedachte, kaum dass Lara Geermann die Tür hinter sich ins Schloss gezogen hatte.

Bannert hob kapitulierend die Arme. »Schon gut.« Bannert verzog das Gesicht zu einem breiten Grinsen und nippte an seiner Tasse.

Sam, der Geermann bis zur Tür gefolgt war, trottete zurück in den Garten und wälzte sich wohlig im Gras.

»Was wolltest du mir erzählen?«, fragte Bannert ungeduldig.

Hagedorn zündete sich eine Zigarette an und blies den Rauch aus. »Lara hatte gestern Abend einen interessanten Gedanken«, fing Hagedorn zu erzählen an. »Die Ornamente, die man den Opfern in die Haut geschnitzt hat, erinnern sie an einen Künstler, um den es seit vielen Jahren still geworden ist. Ich habe mir heute Nacht die Mühe gemacht, den Mann zu googeln.«

»Um wen geht es?«, unterbrach ihn Bannert.

»Der Mann heißt Romuald von Dvorniak«, erwiderte Hagedorn. »Der Kerl ist schon alt, geht auf Mitte siebzig zu. In den Siebzigern bis Anfang der Achtzigerjahre war er eine richtig große Nummer in der Kunstwelt. Bekannt wurde er durch seine besonderen Techniken, unter anderem aufwendige Ornamente, mit denen er seine Plastiken verziert hatte. Was genau ihn so kläglich in der Versenkung verschwinden ließ, habe ich noch nicht herausgefunden. Laut einigen alten Zeitungsartikeln soll er einen kolumbianischen Künstler öffentlich niedergemacht oder sich über seine Kunst lustig gemacht haben. Fernando irgendwas.«

»Fernando Botero?«, fragte Bannert mit hochgezogenen Augenbrauen.

»Genau der«, räumte Hagedorn ein. »Du kennst ihn?«

»Nur dem Namen nach. In Bamberg steht eine Skulptur von ihm, die ich auf der Durchreise einmal gesehen habe. Schreckliches Ding.«

»Kunstbanause«, lachte Hagedorn.

»Und was hat dieser Dvorniak mit unserem Fall zu tun?«, wollte Bannert wissen.

»Das weiß ich noch nicht«, gab Hagedorn zu. »Ich habe die halbe Nacht damit verbracht, die unzähligen Foren, in denen die Bilder und Videos unserer Toten zu sehen sind, zu sichten – und weißt du was? Ständig taucht in den Kommentaren der Name Romuald von Dvorniak auf.«

»Und?« Bannert konnte Hagedorn nicht folgen.

»Dvorniak lebt hier in Konstanz.«

»Ach was!«, stieß Bannert aus. »Du machst Witze?«

»Keineswegs! Und er lehrt als Gastdozent an der hiesigen Uni. Ich würde mich gerne mit dem Mann unterhalten.«

»Und worüber, Falk?«

»Du kennst mich, Marius. Ich glaube nicht an Zufälle.«

Bannert musste ihm zustimmen. Hagedorn besaß ein untrügliches Gespür.

»Dann lass uns den Mann besuchen«, schlug Bannert vor. »Aber erst nach der Besprechung im Präsidium.«

Kapitel 29

Konstanz, Präsidium
Mittwoch, 08:30 Uhr

Nur etwa die Hälfte der Soko-Mannschaft war anwesend.

»Wo ist denn der Rest?«, erkundigte sich Bannert, als Nadine Adler den Raum betrat.

»Die sind unterwegs.«

»Was heißt unterwegs?«, fragte Hagedorn nachhakend.

Adler verzog das Gesicht, ehe sie antwortete. »Möglicherweise haben wir noch eine Leiche.«

Bannert und Hagedorn tauschten fragende Blicke.

»Und wieso erfahre ich das erst jetzt?«, fragte Hagedorn sichtlich verärgert.

»Weil ich dich erst hier brauche.«

Bannert knurrte missmutig und nahm auf einem Stuhl neben Adler Platz. Hagedorn steuerte mit seinem futuristischen Rollstuhl-Ungetüm eine Ecke an, wendete und legte die Hände in den Schoß.

»Guten Morgen«, begrüßte Adler das verbliebene Team. »Leider gibt es von der IT-Forensik aus dem LKA noch keine Erfolgsmeldungen, was die Rückverfolgung des Accounts betrifft, von dem die Leichenbilder und Videos online gestellt wurden«, begann Adler. »Ich rechne ehrlich gesagt auch nicht damit.« Sie wandte sich fragend an Sascha, den einzigen Vertreter der Kriminaltechnik. »Hat die Spurensicherung neue Ergebnisse?«

»Nein, Frau Adler. Leider nicht. Weder an Conny Palmeri vom Bodenseeforum noch am Zwer…, an Garcia, konnten wir Fremdspuren sichern. Da hat sich jemand ungeheuer Mühe gegeben, wenn Sie mich fragen«, schloss der junge Kriminaltechniker.

»Scheiße!«, stöhnte Adler und ließ sich in ihren Stuhl fallen.

»Was habt ihr, Marius?«

Bannert horchte auf und warf einen Blick auf seine Notizen.

»Frau Doktor Geermann fühlte sich bei der Untersuchung der Leichen und den Ornamenten, die ihnen beigebracht wurden, an einen Künstler erinnert.«

»Die Rechtsmedizinerin?«, erkundigte sich Adler erstaunt.

»Genau! Sie meinte, dass dieser Maler und Bildhauer früher einige Statuen mit ähnlichen Ornamenten verziert hat. Sein Name ist Romuald von Dvorniak. Er wird in den Foren, in denen die Aufnahmen kursieren, öfter erwähnt. Und zufälligerweise lebt er seit vielen Jahren zurückgezogen hier in Konstanz.«

»Das ist wirklich ein Zufall«, murmelte Adler sinnierend.

»Falk und ich werden Dvorniak im Anschluss an diese Besprechung aufsuchen.«

»Sehr gut«, lobte Adler.

»Das heißt, erst will ich mir die neue Leiche ansehen«, ergänzte Hagedorn. »Dann besuchen wir den Künstler.«

Adler nickte zustimmend, dann nahm die Kriminaloberrätin das Wort wieder auf. »Für alle noch zur Kenntnis: Ich habe vier Kollegen auf Bestattungsunternehmen angesetzt, die sich auch auf die Konservierung von Leichen spezialisiert haben. Es gibt nur drei in Baden-Württemberg, und eines davon ist hier in Konstanz. Eine Bitte noch!« Sie wandte sich an Bannert. »Glaubst du, es ist möglich, dass Doktor Geermann wieder nach Konstanz kommt, um die Autopsie der neuen Leiche hier durchzuführen?«

»Darum kümmere ich mich«, fiel Hagedorn Bannert ins Wort, ehe der etwas erwidern konnte. Bannert verkniff sich ein Lächeln, als Hagedorn bereits eine Nachricht auf seinem Handy zu tippen begann.

Adler nickte in die Runde der Anwesenden und gab damit zu verstehen, dass die Besprechung beendet war.

Während der Raum sich leerte, wartete Adler geduldig, bis Hagedorn seine Nachricht versendet hatte.

»Du hast mir eine Analyse versprochen«, erinnerte sie ihn. Hagedorn ließ sein Handy in die Brusttasche seines Hemdes gleiten. »Das weiß ich, und ich habe es nicht vergessen.«

»Prima! Dann gib mir bitte einen kurzen Abriss. Aber wirklich kurz«, bat Adler.

Hagedorn blähte die Backen und sammelte sich.

»Zuerst nahm ich an, der Täter könnte sexuell motiviert handeln. Ein Psychopath mit einer Vorliebe für körperliche Missbildungen und Verstümmelungen.« Hagedorn schüttelte den Kopf. »Aber das ist es nicht. Der Täter glaubt, den Opfern einen Gefallen zu tun. Eine pervertierte Form von Euthanasie, wenn du so willst. Indem er sie ausstellt, macht er aus ihren Leiden oder Makeln etwas Besonderes. Er verhilft ihnen zu Berühmtheit. Aber nicht nur ihnen, sondern sich selbst ebenso. Was mich zu dem Schluss bringt, dass er komplexbehaftet ist, dadurch eigene Makel zu kompensieren versucht.«

»Wen also suchen wir?«, drängte Adler.

Hagedorn fuhr sich nachdenklich durch den Bart. »Über das mutmaßliche Alter des Täters kann ich nichts sagen. Wir suchen einen pathologischen Narzissten, der an einer tiefgreifenden Persönlichkeitsstörung leidet. Ich nehme an, dass er intelligent und gebildet ist. Vermutlich hat er ein körperliches Leiden oder einen sichtbaren Makel. Seine Kunst spiegelt seinen Zustand. Trotz des eigenen Makels unterstelle ich ihm ein übersteigertes Grandiositätsempfinden und den Wunsch nach Unsterblichkeit. Und«, fuhr Hagedorn nach einer kurzen Pause fort, »er ist äußerst manipulativ.«

Adler bedachte Hagedorn mit einem resignierten Blick. »Das heißt, ich muss nach einem hinkenden Bekloppten mit Gotteskomplex Ausschau halten?«

»Tut mir leid. Ich kann dir im Moment nicht mit einem detaillierten Täterprofil dienen. Ich müsste mich dazu intensiver mit den Opfern auseinandersetzen. Lass mir noch ein paar Tage Zeit«, bat er.

»Okay. Wollen wir hoffen, dass bis dahin nicht noch mehr Leichen auftauchen.« Adler erhob sich und verließ den Besprechungsraum.

»Ist sie jetzt sauer?«, fragte Hagedorn an Bannert gewandt und hob in einer verzweifelten Geste die Arme.

»Mach dir keinen Kopf«, versuchte Bannert ihn zu beschwichtigen. »Sie steht enorm unter Druck. Ich kenne das aus eigener Erfahrung.«

»Hm. Ja, ich weiß«, brummte Hagedorn zustimmend.

»Dann statten wir diesem Romuald von Dvorniak jetzt einen Besuch ab«, schlug Bannert vor.

»Erst will ich zum Fundort der dritten Leiche«, widersprach Hagedorn und nahm sein Handy aus der Brusttasche.

»Richtig! Nachricht von der Geermann?« Bannert deutete auf Hagedorns Handy. »Kommt sie?«

Hagedorn hob, die Nachricht lesend, den Daumen. »In zwei Stunden ist sie da. Wir sollen den Leichnam in die Pathologie bringen lassen.«

»Sehr gut«, merkte Bannert anerkennend an. »Die Frau gefällt mir!«

»Ja, mir auch! Mir auch!«

Kapitel 30

Konstanz, Altstadt
Mittwoch, einige Stunden früher

Die Mail des Bewunderers war mit dem Betreff »Happy Birthday« versehen. Die jüngsten Aufnahmen hatten von Dvorniak schon früh in der Nacht erreicht, und er hatte nicht lange gezögert. Er wusste genau, wo er hinmusste.

Rasch war er in eine leichte Hose und ein T-Shirt geschlüpft. Etwas länger hatte er für die Auswahl der Schuhe gebraucht. Seine arthritischen Finger ließen es nicht mehr zu, dass er die guten Halbschuhe mit den Schnürsenkeln anziehen konnte. Stattdessen war er in ein paar brauner Loafer geschlüpft, deren Wildleder abgewetzt und wasserfleckig war.

Die Nacht war schwül und dämpfig. Eine Jacke hatte er nicht gebraucht, obwohl er mit zunehmendem Alter leichter fror. Als junger Kerl hatte ihm Kälte nie etwas anhaben können. Bei eisigen Temperaturen war er tagelang durch die Waldgebiete der Westkarpaten gestreift, ständig auf der Jagd nach einem Wild, das die hungrigen Mägen seiner Familie sättigen würde. Die Kälte war damals im Nachkriegspolen sein geringstes Problem gewesen.

Die von den Wetterdiensten verheißene Abkühlung entpuppte sich als die reinste Lüge.

Feuchtwarme Luft ohrfeigte ihn, als er aus dem Haus trat.

Er hatte einige Augenblicke innehalten müssen, um sich daran zu gewöhnen. Im Haus war es immer schön kühl.

Das war ein Grund, warum er bei dieser Hitze das Haus selten verließ. Eigentlich verließ er es überhaupt nie mehr, wenn er es recht bedachte.

Langsam ging er auf den Stock gestützt die Bodanstraße hinunter. Er musste sich hüten, nicht zu stürzen. Wenn er sich ein Bein bräche, würde er sich davon nicht mehr so schnell erholen. Das wusste er. Schweißgebadet kam er auf dem Bahnhofsplatz an und hielt schlagartig in der Bewegung inne.

»Es ist atemberaubend!«, schoss es ihm durch den Kopf.

Langsam näherte er sich der Szene.

Einige wenige Passanten standen davor, hoben den Blick und wandten sich sogleich wieder ab.

»Ihr verfluchten Banausen«, knurrte er und trat näher.

Er hielt nach einer Sitzgelegenheit Ausschau, um sich auszuruhen, und wurde an einem dem Bahnhof gegenüberliegenden Gebäude fündig. Das Sims eines Schaufensters würde ihm genügen.

Ohne den Blick abzuwenden, torkelte er wie betrunken weiter und ließ sich auf dem Sims nieder. Den Gehstock stellte er zur Seite und legte schwer atmend die Hände in den Schoß.

Den Kopf leicht zur Seite geneigt, betrachtete er die Szene eingehend, ergab sich ganz dem Augenblick. Er fühlte seine sich widerstreitenden Empfindungen, und dennoch …!

»Das ist wahre Kunst!«, seufzte er. Eine Träne kullerte ihm über die knochige Wange.

Kapitel 31

Konstanz, Bahnhofsgebäude
Mittwoch, 09:30 Uhr

»Wie zum Teufel hat er sie dort hochbekommen?«, entfuhr es Hagedorn, als sie den Bahnhofsvorplatz erreichten.

Den Bahnhof hatte man bereits seit Stunden weiträumig abgesperrt. Unzählige Uniformierte blockierten alle möglichen Zugänge und versuchten die Schaulustigen hinter den Absperrbändern im Zaum zu halten. Den Bus- und Zugverkehr hatte man umgeleitet, und ein Schienenersatzverkehr war eingerichtet worden.

»Unfassbar!«, murmelte Hagedorn. Er fuhr sich mit den Händen durch die langen Haare und starrte, den Kopf in den Nacken gelegt, den Glockenturm des Bahnhofsgebäudes empor. Die Statue war mit einem grauen Etwas, Hagedorn vermutete eine Branddecke der Feuerwehr, abgedeckt und stand in zehn Metern Höhe auf einem Balkon.

Bannert sah sich suchend um und entdeckte das Team der Kriminaltechniker etwas abseits neben dem Haupteingang hinter einer erst teilweise errichteten Wand aus Paravents.

»Komm!«, fordert er Hagedorn auf.

Hagedorn betätigte den Joystick seines Rollstuhls und folgte Bannert in geringem Abstand.

Einige Übertragungswagen mit Sendeantennen auf

den Dächern hatten sich unweit am Marktplatz positioniert. Nun würden sich die Bilder noch schneller verbreiten und das öffentliche Interesse anheizen.

Hagedorn glaubte das Logo eines bekannten Privatsenders und eines der Öffentlich-Rechtlichen erkannt zu haben.

Trotz der großräumigen Absperrung war es einigen Hundert Gaffern doch gelungen, sich einen Platz hinter den Absperrungen zu ergattern, um die Bergung der Leiche hautnah mitzuerleben.

Hagedorn schüttelte verständnislos den Kopf, als sie den abgesperrten Bereich der Kriminaltechnik erreichten.

»Guten Morgen«, grüßte Bannert in die Runde. »Wie lange noch?«, erkundigte er sich auf das Drehleiterfahrzeug der Feuerwehr deutend.

»Ein paar Minuten«, beruhigte ihn Kieferle. »Die Feuerwehr ist gleich so weit. Sie fahren mit dem Korb nach oben und bergen die Leiche mit der Krankentrage.«

»Sehr gut!«, lobte Bannert. »Ihr könnt sie dann direkt in die Pathologie bringen. Frau Doktor Geermann ist schon auf dem Weg nach Konstanz.«

Kieferle nickte bedächtig.

Bannert schoss ins Blaue. »Lass mich raten. Wieder keine Spuren?«,

»Richtig!« Kieferle wischte sich glänzende Schweißperlen vom rasierten Schädel. »Ich habe so etwas noch nie erlebt. Wenn die Leiche geborgen ist, will ich mit der Drehleiter noch mal auf den Balkon. Man kommt da nicht rauf oder runter, ohne eine Spur zu hinterlassen. Ausgeschlossen!«

Aller Augen waren nun auf das Fahrzeug der Feuerwehr gerichtet. Langsam hob sich der Leiterarm der Brüstung entgegen.

Die beiden Feuerwehrleute hatten einige Mühen, die verhüllte Statue mit dem Leichnam auf die Bare zu befördern und festzuzurren.

Wenige Minuten später stand sie hinter dem Sichtschutz. Fassungsloses Kopfschütteln machte die Runde, einer der Feuerwehrmänner würgte unschlüssig, entschloss sich dann doch, zwischen die Zwillingsbereifung des Drehleiterfahrzeugs zu kotzen.

Bannert tippte Kieferle auf die Schulter. »Bringt sie in die Pathologie.«

Kapitel 32

Konstanz, Altstadt
Mittwoch, 10:40 Uhr

Sie vernahmen schlurfende Schritte, während sie darauf warteten, dass ihnen die Tür geöffnet wurde.

»Einen Augenblick«, rief eine brüchige Stimme aus dem Inneren.

Mehrere Riegel wurden zurückgeschoben, ehe sich die Tür einen Spaltbreit öffnete.

»Ja, bitte?«

Bannert widerstand dem Impuls, einen Schritt zurückzutreten, als ein ausgemergeltes Gesicht im Spalt erschien. Die Haut war mit dunklen Pigmentflecken überzogen und wirkte wie abgewetztes Leder, das man unsauber über einen zu großen Totenschädel gespannt hatte. An einigen Stellen war sie zum Bersten gedehnt, während sie an anderer Stelle unnatürliche Falten warf. Tief in den Höhlen liegende, graubraune Augen musterten sie argwöhnisch.

»Wer sind Sie?«, fragte der Mann unwirsch.

»Herr von Dvorniak? Romuald von Dvorniak?«, erkundigte sich Bannert förmlich. »Mein Name ist Bannert, Kriminalhauptkommissar. Das ist mein Kollege Hagedorn«, fuhr er auf Hagedorn deutend fort. »Wir sind von der Kripo Konstanz und hätten uns gerne mit Ihnen unterhalten.«

»Worüber?«, erkundigte sich der Mann einsilbig.

»Wollen wir das nicht drinnen besprechen?«, mischte sich Hagedorn ins Gespräch.

Von Dvorniak überlegte einen Augenblick. Schließlich zog er die Tür auf, deren einstmals beige gestrichenes Türblatt genauso rissig und verwittert war wie sein Gesicht.

»Na gut! Kommen Sie herein.«

Der Mann wandte sich ab und schlurfte davon.

Bannert und Hagedorn tauschten einen skeptischen Blick. Hagedorns Rollstuhl rumpelte mühelos über den Tritt und die Türschwelle, dann folgten sie dem alten Mann auf dem Fuß in ein Zimmer, in das er ihnen vorausgegangen war.

»Wenn Sie sich setzen wollen, müssen sie sich etwas freiräumen«, bemerkte Von Dvorniak räuspernd. Mit einem Blick auf Hagedorn fuhr er fort: »Sie haben Ihre Sitzgelegenheit ja schon dabei.« Er ließ ein heiseres Gackern erklingen. Hagedorn überging die Bemerkung.

»Danke, schon gut. Ich stehe ohnehin lieber«, warf Bannert ein. »Herr Von Dvorniak. Sie haben sicher von den Leichen gehört, die hier im Stadtgebiet aufgefunden wurden.«

»Selbstverständlich!« Von Dvorniak wedelte mit den Seiten einer ausgelesenen Tageszeitung. »Scheint ja immerhin das Top-Thema dieser Tage zu sein. Und was wollen Sie nun von mir?«

Von Dvorniak lehnte den Stock an die Lehne eines abgewetzten, fadenscheinigen Sessels und ließ sich selbst darin nieder. Er raffte eine karierte Wolldecke über die knorrigen Beine und legte die Hände in den Schoß.

»Nun, die Leichen sind nicht einfach nur abgelegt worden. Man hat sie kunstvoll in Szene gesetzt und in der Öffentlichkeit ausgestellt. Sie haben vielleicht davon gehört?«

Von Dvorniak nickte bedächtig. »Ist mir bekannt.«

»Ist Ihnen auch bekannt, dass sich Bilder und Videos davon viral im Internet verbreiten?«

»Davon verstehe ich nichts, wissen Sie.«

Hagedorn schielte zu Bannert und deutete mit einer Kopfbewegung auf einen geöffneten Laptop, der auf einem Beistelltischchen neben von Dvorniaks Sessel stand.

»Aber Sie haben Bilder davon gesehen, vermute ich?«

Von Dvorniak folgte Bannerts Blick, der auf dem alten Laptop ruhte.

»Mag sein, dass ich irgendwo ein Bild davon gesehen habe«, räumte er ein. »Aber das ist keine Kunst, meine Herren, und zudem widerwärtig.«

»Hm. Sie haben vollkommen recht«, stimmte ihm Bannert mit gespielter Empörung zu. »Auf verschiedenen Foren ist im Zusammenhang mit dieser sogenannten Kunst immer wieder Ihr Name gefallen. Wir hatten die Hoffnung, dass Sie uns etwas darüber sagen könnten?«

»Ich?« Von Dvorniak kicherte heiser. »Was sollte ich Ihnen dazu sagen können?«

»Die Leichen waren äußerst kunstvoll exponiert. Auffällig dabei war die Herausarbeitung, sagen wir, höchst detailreicher Attribute. Überdies war jede einzelne mit Ornamenten verziert, die an einige Ihrer vergangenen Arbeiten erinnern.«

»Tut mir leid. Da kann ich Ihnen wirklich nicht helfen.«

Hagedorn maß von Dvorniak mit einem durchdringenden Blick.

»Warum sind Sie in der Versenkung verschwunden?«, platzte Hagedorn heraus. »Wann sind Sie, nachdem Sie ein weltweit gefeierter Star waren, in der Bedeutungslosigkeit gelandet?«

Von Dvorniak zuckte fast unmerklich zusammen.

»Vielleicht habe ich mich bewusst aus der Öffentlichkeit zurückgezogen?«, erwiderte er lächelnd.

»Wir wissen beide, dass es so nicht gewesen ist. Nicht wahr?«. Hagedorn zwinkerte provozierend. »Sie haben vielmehr den Zorn der Kunstwelt auf sich gezogen, nachdem Sie versucht haben, einen anderen Künstler zu diskreditieren und seine Arbeit ins Lächerliche zu ziehen.«

Von Dvorniak hielt Hagedorns durchdringendem Blick stand.

»Waren nicht Sie es, der im Juli 1986 in München während einer Vernissage von Fernando Botero gegen dessen Bilder gepisst hat?«, fuhr Hagedorn lächelnd fort.

Bannert rollte mit den Augen und hatte die Hände in den Hosentaschen zu Fäusten geballt.

»Falk, denkst du nicht …«

Hagedorn brachte Bannert mit einer knappen Handbewegung zum Schweigen. »Was gefällt Ihnen denn an Boteros Arbeiten nicht?«, fuhr Hagedorn an von Dvorniak gerichtet fort.

»Alles!«, brummte der alte Mann zögerlich. »Der Kerl wird seit Jahrzehnten dafür gefeiert, dass er Gemälde und Plastiken von fetten Menschen, Vögeln oder Pferden anfertigt. Völlig überzeichnete Proportionen, keine Details, keine Konturen. Nichtssagender, gefühlloser Schund.«

»Kunst ist halt nicht, wenn man in die Stube scheißt. Kunst ist, wenn man unter Beifall in die Stube scheißt! Richtig?«

»Ich bin überrascht, dass Sie Bertolt Brecht kennen«, konterte von Dvorniak herablassend.

»Hm«, brummte Hagedorn und zeichnete mit dem

Zeigefinger Kreise vor dem eigenen Gesicht. »Haben Sie das schon länger?«

»Das ist angeboren, Sie Kretin!«.

Hagedorn sah von Dvorniak einige Sekunden abschätzig an, ließ dann den Blick durch den Raum und über die Regale schweifen.

Ein Buch, das auf einem völlig überfrachteten Esstisch lag, erweckte seine Aufmerksamkeit. Aus den Seiten ragte eine Vielzahl von Zetteln und Schnipseln heraus.

»Ah. Philip Roth. Haben Sie es gelesen?«, erkundigte sich Hagedorn, mit dem Daumen hinter sich auf den Tisch deutend.

»Ja, und? War's das dann?«, drängte von Dvorniak. »Wenn Sie sonst keine Fragen haben, möchte ich Sie nun bitten, mein Haus zu verlassen. Ich brauche meine Ruhe.«

Bannert schien zu einer weiteren Frage anzusetzen. Hagedorn zupfte ihn jedoch am Ärmel seines T-Shirts. »Lass uns gehen!«, forderte Hagedorn seinen Freund auf.

»Sie haben uns trotzdem sehr geholfen«, log Hagedorn. Er nickte von Dvorniak zu. »Bemühen Sie sich nicht, wir finden den Weg.«

»Bist du eigentlich noch bei Trost?«, wetterte Bannert los, nachdem sie von Dvorniaks Haus hinter sich gelassen hatten. Hagedorn betrachtete ihn mit einer Unschuldsmiene, als wüsste er nicht, wovon er überhaupt sprach.

»Musstest du den Mann so provozieren? Sieh ihn dir an. Der ist dem Tode ja näher als dem Leben.«

»Und?«, entgegnete Hagedorn trotzig. »Dennoch hat er uns belogen.«

»Und was sollte die Anspielung auf seine Pigmentflecken? Wirklich, du bist unmöglich. Hast ein Feingefühl wie ein Elefant im Porzellanladen.« Bannert hatte sichtlich Mühe, seine Wut auf Hagedorn unter Kontrolle zu bringen.

Hagedorn zuckte gelangweilt die Achseln. »Ich will jetzt was essen.«

Kapitel 33

Konstanz, Innenstadt
Mittwoch, etwa zur selben Zeit

Er hatte die beiden Männer aus von Dvorniaks Haus kommen sehen und war ihnen unauffällig gefolgt.

Das gefiel ihm nicht. Eine Entwicklung, die er so nicht vorhergesehen hatte.

Auf dem Marktplatz hatten sich die beiden Männer getrennt. Der eine Typ war kurz darauf mit einem zivilen Mercedes davongedüst, während der Typ im Rollstuhl Richtung Stadtmitte gefahren war. Dem Kennzeichen und der auffälligen Funkantenne auf dem Wagendach nach konnte es sich nur um einen zivilen Polizisten handeln.

Der elektrische Rollstuhl war verdammt schnell, sodass er seinen Schritt beschleunigen musste, um überhaupt folgen zu können. Es war erstaunlich, wie geschickt der Riesenkerl Personengruppen umfuhr, sich durch die Fußgänger schlängelte, ohne jemandem zu nahe zu kommen.

Stellenweise verfiel er in einen leichten Trab, um mit ihm Schritt zu halten. Als der Rollstuhl scharf um eine Ecke bog, befürchtete er, ihn aus den Augen zu verlieren, weshalb er abermals zu rennen begann. Seine Sorge war unbegründet. Er spähte um die Ecke und stellte erleichtert fest, dass er den Abstand sogar etwas verringern konnte. Nun steuerte er die Gartenwirtschaft eines

Restaurants an. Aus sicherer Entfernung beobachtete er, wie er einen Stuhl zur Seite rückte und sein Gefährt an den Tisch bugsierte.

Abgesehen davon, dass der Kerl im Rollstuhl saß, sah er unglaublich gut aus.

Die lockigen, zu einem halben Pferdeschwanz zusammengebundenen Haare hätten vermutlich an jedem anderen Mann in seinem Alter lächerlich ausgesehen. Er schätzte ihn auf Mitte fünfzig. Ihm, so ging es ihm durch den Kopf, verlieh es etwas Wikingerhaftes. Graue Bartstoppeln überzogen die kantigen Wangen und das Kinn. Die Augen, die unterschiedliche Farben zu haben schienen, hatten etwas Durchdringendes, Stechendes. So als könnten sie direkt in das Innere eines Menschen blicken. Keine Frage, der Typ war in vielerlei Hinsicht faszinierend. Dennoch, es beunruhigte ihn, dass er zusammen mit dem Bullen bei Dvorniak aufgetaucht war.

Er beschloss, sich gegenüber in ein Café zu setzen und ihn weiter zu beobachten.

Kapitel 34

Konstanz, Fußgängerzone
Mittwoch, 12:10 Uhr

Bannert zog sich einen Stuhl heran und ließ sich neben Hagedorn nieder, der mit einem langstieligen Löffel in einem Macchiatoglas rührte.

Mit einer Serviette, die er aus dem Tischständer gezupft hatte, tupfte sich Bannert Schweißperlen von der Stirn.

»Und? Gibt es was Neues?«, wollte Hagedorn wissen.

»Gleich. Ich will erst wissen, was dich vorhin bei Dvorniak geritten hat. Was ist eigentlich los mit dir?«

»Wieso? Was soll mit mir los sein? Was ist los mit dir? Warum bist du plötzlich so dünnhäutig?«

»Du hast den Mann völlig grundlos provoziert und beleidigt. Von dem erfahren wir doch jetzt nichts mehr«, schnaubte Bannert und überging Hagedorns Vorhaltung. Was wusste der schon über den augenblicklichen Zustand seines Nervenkostüms.

»Hätten wir ohnehin nicht«, kommentierte Hagedorn. »Der weiß was, sage ich dir.«

»Wie kommst du denn darauf?« Bannert winkte nach der Kellnerin und bestellte eine große Cola.

»Ist dir das Blitzen in seinen Augen nicht aufgefallen, als du ihn gefragt hast, ob er Bilder oder Videos von den Leichen gesehen hat? Er ist begeistert davon. Er findet es großartig. Wahrscheinlich geht ihm einer ab dabei.

Ich unterstelle ihm sogar, dass er weiß, wer dahintersteckt, zumindest dahinterstecken könnte.«

»Das ist reine Spekulation, Falk.«

»Mag sein!«, pflichtete Hagedorn bei. »Ich habe mich eingehend mit Dvorniaks Werken beschäftigt. In einem Interview hat er mal erwähnt, dass seine Kunst nicht darauf abziele, alles beschönigend darzustellen. Er mag das Unperfekte, das Makelbehaftete. Seine Gemälde und Bildhauerarbeiten zeichnen sich dadurch aus, dass sie sehr detailreich und in ihren Ausführungen extrem realitätsnah sind.«

Die Kellnerin erschien und stellte ein großes Glas Coca-Cola mit Eiswürfeln darin vor Bannert ab.

Bannert verzog die Lippen, als er einen Schluck daraus nahm. »Ich habe keine Ahnung von Kunst«, räumte Bannert ein.

»Aber deinem Profil nach zu urteilen, könnte von Dvorniak als Täter in Betracht kommen.«

Hagedorn schüttelte den Kopf. »Tut er nicht.«

»Hast du nicht gesagt, dass der Täter ein krankhafter Narzisst sei und selbst eine Behinderung oder einen sichtbaren Makel haben müsste?«

»Ach, du spielst auf seine Pigmentstörung an?«, entgegnete Hagedorn lächelnd. »Vitiligo nennt sich seine Krankheit. Eine Pigmentstörung der Haut, die sich oft über den gesamten Körper erstreckt. Sicher, das mag ihn beeinträchtigen. Heute vielleicht weniger als noch vor fünfzig Jahren«, vermutete er. »Hm, nein«, fuhr Hagedorn fort. »Was ihm wirklich zu schaffen macht, ist seine Bedeutungslosigkeit.«

»Und seine Armut«, stellte Bannert zwischen zwei weiteren Schlucken fest.

»Das auch.«

»Wieso hast du ihn auf das Buch angesprochen? Ich meine, dort gab es ja Hunderte von Büchern.«

Bannert bedeutete der Kellnerin, dass sie ihm ein weiteres Glas Coca-Cola bringen sollte.

»Philip Roth – *Der menschliche Makel*«, klärte Hagedorn ihn auf.

»Worum geht es darin?«

»Dazu wollte ich gerade kommen, Marius. Geduld!« Hagedorn steckte sich eine Zigarette an. »Es geht im Wesentlichen um einen Professor Coleman Silk, der aufgrund einer unbedachten, unbedeutenden Äußerung als Rassist abgestempelt wird. Damit geht seine glanzvolle Karriere zu Ende. Die karrieresüchtige Professorin Delphine Roux bringt Silk in einer Hexenjagd endgültig zu Fall, nachdem sie seine Liaison zu einer sehr viel jüngeren Frau angeprangert hat. Der Roman bedient sich so ziemlich jedes amerikanischen Klischees«, schmunzelte Hagedorn. »Es geht um die Folgen sexuellen Missbrauchs, Antisemitismus, Feminismus, handelt von der Trostlosigkeit akademischer Karrieren, dem Zerfall alternder Männer und dem Mord aus Verzweiflung.«

»Aha!«, kommentierte Bannert gelangweilt. »Und wo siehst du dort die Parallelen?«

Hagedorn hob überfragt die Schultern. »Offensichtlich hat Dvorniak sich intensiv mit dem Roman beschäftigt. Er hadert mit seinem körperlichen Zerfall, seiner Vitiligo und seinem Karriereaus. Ich vermute, dass er, als er vor sechsunddreißig Jahren gegen Boteros Gemälde gepinkelt hat, genauso unbedacht, vielleicht sogar im Suff, gehandelt hat. Und dass er beim Entleeren seiner Blase noch unflätige Beleidigungen von sich gegeben hatte, dürfte der Todesstoß für seine Karriere gewesen sein. Romuald von Dvorniak war von dem Tag an verstorben, na ja, zumindest nachdem die Schlagzeilen darüber verblasst waren. Aus dem kollektiven Gedächtnis getilgt. Und damit kommt er nicht klar.«

Bannert nuckelte an seiner kalten Cola und blickte Hagedorn dümmlich an.

»Sag mal, Marius! Checkst du es immer noch nicht?« Hagedorn bedachte ihn mit einem Blick, als wäre Bannert in einer Welt voller Idioten der Anführer. Hagedorn zerquetschte die aufgerauchte Kippe im Aschenbecher, dass die Funken stoben. »Das Ausstellen der Leichen, deren Verzierungen seine Handschrift tragen, die virale Verbreitung im Internet, die Foren, in denen Dvorniaks Name immer wieder auftaucht – ist dir das schon entfallen? Und glaubst du, es war Zufall, dass die dritte Leiche heute Nacht aufgetaucht ist? Mitnichten, mein Freund. Dvorniak wurde heute Nacht fünfundsiebzig Jahre alt. Der alte Mann erlebt seine Renaissance. Noch ein paar Tage, und er ist wieder in aller Munde.«

Bannert bedacht Hagedorn mit einem nachdenklichen Blick. »Du denkst also …«

»Hey, das Ganze ist eine Hommage an den vergessenen Altmeister Romuald von Dvorniak. Und der alte Zausel würde einen Teufel tun, uns zu verraten, wer dahintersteckt. Hast du es jetzt gecheckt?«

Bannert dachte über Hagedorns Ausführungen nach. »Stimmt, du hast recht. Von ihm erfahren wir nichts. Was schlägst du vor?«

»Lass ihn unter Beobachtung stellen. Schau zu, dass du über die Staatsanwaltschaft einen Beschluss für die Überwachung seines Internetverkehrs bekommst. Ich würde meinen knochigen Hintern darauf verwetten, dass der Kerl Kontakt zu unserem Täter hat.«

»Hm«, knurrte Bannert gedehnt. »Eine Vernissage des Todes? Was für eine Scheiße!«

»Wem sagst du das!«, pflichtete Hagedorn bei.

»Was hast du eigentlich über die Palmeri in Erfahrung gebracht?«, wechselte Hagedorn das Thema.

»Nun, mit wenigen Worten: Sie scheint nicht sehr beliebt gewesen zu sein«, begann Bannert. »Palmeri studierte hier in Konstanz Wirtschaftssinologie und war zuletzt für ein Schweizer Bio-Tech-Unternehmen in Tägerwilen tätig. Sie sprach fließend Mandarin, weshalb sie für den kompletten asiatischen Raum zuständig war.«

»Wo hat sie vorher gearbeitet?«, hakte Hagedorn nach.

»Das weiß ich noch nicht. Eine Sekretärin ihrer letzten Firma hat mir gesteckt, dass sie dort angeblich wegen Unterschlagung oder Veruntreuung geschasst wurde. Egal mit wem ich gesprochen habe – alle hielten sich sehr bedeckt. Vereinzelt fielen Worte wie karrieregeil, rücksichtslos und skrupellos.«

»Ungewöhnlich für eine Frau, die an den Rollstuhl gefesselt ist. Hast du was über die Umstände erfahren, die sie in den Rolli brachten?«

»Ein Lawinenunfall beim Snowboarden in den französischen Alpen. Liegt schon zehn Jahre zurück. Ihre Eltern und ihr Bruder konnten nur noch tot aus den Schneemassen geborgen werden.«

»Keine weiteren Verwandten oder Angehörige?«

»Nö«, brummte Bannert verneinend.

»Na schön«, sagte Hagedorn. »Bevor ich in die Pathologie fahre, will ich mir noch Garcias Wohnung anschauen. Wie komme ich da rein?«

»Ich sag einer Streife Bescheid, die sollen dir den Schlüssel vorbeibringen, sobald du vor dem Haus stehst. Kann sein, dass du ein paar Minuten warten musst.«

»Prima! Was machst du?«

Bannert warf einen flüchtigen Blick auf seine Armbanduhr.

»Ich habe gleich einen Zahnarzttermin.« Bannert klemmte einen Zehneuroschein unter den Aschenbecher und verabschiedete sich.

Hagedorn sah ihm sinnierend nach.

Vernissage des Todes, eine treffende Bezeichnung, dachte Hagedorn. *Erschreckend treffend.*

Kapitel 35

Konstanz, Klinik, Pathologie
Mittwoch, 14:00 Uhr

Garcias Wohnung, die des zweiten Opfers, war völlig unauffällig gewesen. Hagedorn hatte das Klebe-Siegel, das die Kriminaltechniker an der Wohnungstür angebracht hatten, nachdem sie die Spurensicherung abgeschlossen hatten, mit dem Daumennagel zerschnitten und sich in der Wohnung umgesehen. Aus den Berichten wusste er, dass es keine Kampfspuren gegeben hatte. Wenn Garcia in seiner Wohnung getötet worden war, musste der Täter sie sehr gründlich gereinigt haben.

Hagedorn hatte sich durch einen Stapel ungeöffneter Post gewühlt, die sich den Poststempeln nach über einen Zeitraum von drei Wochen angesammelt hatte. Er vermutete, dass die Kollegen der KT den Briefkasten geleert und sie auf dem Küchentisch hinterlassen hatten.

Garcia schien sehr belesen gewesen zu sein. Neben Biografien, einigen alten Klassikern und Sachbüchern fand sich in seinen Regalen eine stattliche Sammlung namhafter deutsch- und englischsprachiger Thriller-Autoren und Autorinnen. An einer Magnettafel in der Küche hingen einige festgepinnte Rechnungen von Telefon- und Internetprovidern und Prospekte von Sonderausstellungen und Museen in der Schweiz. Den Kopf zur Seite geneigt, betrachtete Hagedorn die Flyer, wandte sich dann ab und durchsuchte die angrenzenden Zimmer.

Ins Auge stach ein halb leer geräumtes Schlafzimmer. Helle Flecken an den Wänden ließen darauf schließen, dass dort bis vor Kurzem Bilder gehangen hatten.

Mehrere Plastiksäcke enthielten Kleidungsstücke, die einen unangenehm modrigen Duft verbreiteten, als er einen davon öffnete. Hagedorn glaubte sich zu erinnern, dass Garcia mit seiner Mutter zusammengelebt hatte. Obgleich er sich mehr davon versprochen hatte, konnte er sich zumindest einen kleinen Eindruck von Garcia verschaffen. Die Wohnung war altbacken und schlicht möbliert. In keinem der Räume fand er ein Fernsehgerät. Lediglich ein altes Kofferradio auf einem Fenstersims in der Küche schien für Unterhaltung gesorgt zu haben. Hagedorns Eindruck, dass Garcias Mutter über die Maßen dominant gewesen sein musste, verstärkte sich, als er ein altes Fotoalbum durchgeblättert hatte. Auf den Aufnahmen war ausschließlich die posierende Mutter mit ihrem gequält lächelnden Sohn abgelichtet.

Zwanzig Minuten später versah Hagedorn die Wohnungstür mit einem frischen Klebesiegel, das ihm die Streifenbesatzung zusammen mit dem Wohnungsschlüssel übergeben hatte, und machte sich auf den Weg zur Pathologie.

»Hey, Falk, schön, dich zu sehen.«

Lara Geermann saß mit übereinandergeschlagenen Beinen auf der Rampe zur Pathologie und knabberte die letzten Reste eines Apfels. Ihr Lächeln wirkte ehrlich erfreut. Hagedorn entging nicht, dass sie dieselbe Dreivierteljeans und die pinkfarbenen Leinensneaker trug, die sie vor drei Tagen am ersten Leichenfundort am Bodenseeforum getragen hatte, als er sie aus der Ferne beobachtet hatte.

Erst beim Näherkommen konnte er den Schriftzug auf ihrem weißen T-Shirt erkennen, der sich über ihre Brust spannte: *Einzelstück.*

»Auch schön, dich wiederzusehen«, begrüßte er sie schmunzelnd. »Wenngleich ich nicht damit gerechnet habe. Umso mehr freut es mich!«, Hagedorn lächelte breit. »Kann ich sie sehen?«

»Klar, komm!« Geermann sah sich verstohlen um, ehe sie das abgenagte Kerngehäuse in eine Hecke warf und ihm dann vorausging.

»Ist das nicht schräg?«, bemerkte er, als sie kurze Zeit später vor der Leiche standen und sie eingehend betrachteten.

»Schräg?«, echote Geermann.

»Ja! Auf der einen Seite hat die Darstellung etwas sehr Ästhetisches, auf der anderen wiederum ist es makaber, abartig, düster – ich finde gar nicht die richtigen Worte.«

Es war ein ebenso bizarrer Anblick wie bei den letzten beiden Leichen.

Der nackte, ausgemergelte Leib einer vielleicht fünfzigjährigen Frau stand aufrecht, mit züchtig überkreuzten Beinen, um ihre Scham zu verbergen. Der linke, um die Brust geschlungene Arm sollte auch die Brüste verdecken, sofern welche vorhanden gewesen wären. Der rechte Arm war in einer willfährigen Geste nach vorne ausgestreckt, auf der offenen Hand eine einzelne Brust, als wollte die Frau sie jemandem oder etwas opfern.

Obwohl ihr sämtliche Haare fehlten, strahlte sie eine einzigartige Anmut und Schönheit aus. Ihr in die Ferne gerichteter Blick spiegelte Verzweiflung, Trauer, aber auch eine erlösende Erleichterung, die in Hagedorn eine tiefe Traurigkeit und Mitleid hervorriefen. Er fragte sich, wie man einer Toten eine solch ausdrucksstarke Mimik verleihen konnte.

»Traurig, nicht wahr?«, sagte Geermann leise, die mit verschränkten Armen neben ihm stand.

»Hm, ja, sehr«, stimmte Hagedorn zu. Seufzend wandte er sich Geermann zu. »Und? Was kannst du mir sagen?«

»Nun«, begann die Rechtsmedizinerin zögernd. »Die Frau hieß Rena Kopatzke und war siebenundvierzig Jahre alt …«

»Wie hast du das so schnell herausgefunden?«, unterbrach er sie erstaunt.

»Ich hatte sie in der Computertomografie. Über die Seriennummer ihrer rechten Knieprothese bin ich an ihren Namen gekommen. Der Rest war einfach. Sie war Hebamme und seit ihrer Krebsdiagnose immer wieder Patientin hier in der Klinik.«

»Sehr, sehr gut«, lobte Hagedorn anerkennend.

»Das Innere der armen Frau ist über und über mit Metastasen durchsetzt, kein Organ, das nicht davon befallen wäre. Vor einem Jahr hat man ihr in einer Mastektomie beide Brüste entfernt.«

Hagedorn deutete auf die Brust in der Hand der Frau. »Das ist aber keine davon, oder?«

Geermann verneinte tonlos. »Das ist eine Nachbildung aus Polyresin, einem zementgebundenen Werkstoff, habe ich mir sagen lassen.«

»Womit ist sie überzogen?« Hagedorn ließ die Fingerkuppen über ihren ausgestreckten Arm wandern.

»Schellack, würde ich annehmen.«

»Meiner Einschätzung nach hätte die Frau höchstens noch drei bis vier Monate zu leben gehabt.«

»Über die Todesursache wirst du mir vermutlich erst nach Öffnung der Leiche etwas sagen können?«, mutmaßte Hagedorn.

»Wenn überhaupt, Falk«, gab sie zu bedenken. »Wie die anderen Leichen wurde sie postmortal konserviert. Magen und Darm wurden ebenso wie das gesamte Blut entfernt.«

»Fuck!«, stieß Hagedorn flüsternd aus.

»Vielleicht lässt sich toxikologisch ein Nachweis erbringen«, versuchte Geermann ihn zu beschwichtigen.

»Keine der Leichen wies prämortale Verletzungen auf. Von Garcia wissen wir nur, dass er verblutet ist. Wir können also definitiv nicht sagen, ob die anderen beiden Opfer eines natürlichen Todes gestorben sind oder ermordet wurden. Korrigiere mich, wenn ich falschliege.«

Geermann schüttelte den Kopf. »Wären sie eines nicht natürlichen Todes gestorben, hätte man sie der Polizei, im Falle eines natürlichen Todes zumindest den Standesämtern gemeldet. Ich habe mich erkundigt. Bei keinem der Opfer fand eine ärztliche Leichenschau statt, noch wurde ein Totenschein aktenkundig.«

»Was den Schluss nahelegt, dass sie getötet wurden und nicht nachweisbar ist, auf welche Weise.« Hagedorn strich sich nachdenklich über die Wange.

»Gut, okay!«, sagte er schließlich. »Ich muss zurück ins Präsidium. Gibst du mir Nachricht, wenn du was herausfindest?«

»Klar«, entgegnete Geermann lächelnd. »Wenn ich hier fertig bin, muss ich dringend zurück nach Freiburg.«

Hagedorn nickte und drehte den Rollstuhl dem Ausgang zu. Auf der Schwelle hielt er plötzlich inne.

»Lara?«

»Hm?«, brummte sie abwesend über die Leiche gebeugt.

»Ach nichts«, wich Hagedorn aus.

Eine Minute später rollte er von der Rampe der Pathologie und schalt sich selbst einen Idioten.

Kapitel 36

Konstanz, Rheinuferpromenade
Mittwoch, Nachmittag

»Was nur? Was hatten die Opfer gemein«, ging es Hagedorn permanent durch den Kopf. »Wo sind die Schnittstellen?«

Wieder und wieder rief er sich deren Lebensläufe und Lebensumstände in Erinnerung. Äußerlich konnten sie unterschiedlicher nicht sein. Waren ihre Leiden und Krankheiten das Einzige, was sie verband? Die Ballerina, so wie er selbst, durch einen tragischen Unfall an den Rollstuhl gefesselt. Der gläserne Zwergenengel und die Hebamme, deren Tage offenbar gezählt waren. Cornelia Palmeri war erst dreißig Jahre alt gewesen und hatte das Leben noch vor sich, mit oder ohne Rollstuhl. Lopez Garcia, ein armer Teufel, von seiner überbehütenden Mutter dominiert, der, nach allem, was man wusste, keiner Fliege etwas zuleide hätte tun können. Ganz anders als Palmeri. Egozentrisch, rücksichtslos, karrieregeil, vielleicht auch narzisstisch.

Aus seiner Praxis wusste Hagedorn, dass pathologischer Narzissmus oftmals von weiteren Krankheitsbildern begleitet wurde. Nicht selten litten diese Menschen, auch wenn man es ihnen nicht ansah, an tiefen Depressionen, mangelndem Selbstwertgefühl, Versagensängsten und ausgeprägter Kritikempfindlichkeit.

Über die Hebamme wusste er noch zu wenig, um sich ein Bild von ihr machen zu können.

»Komm schon, Falk! Denk nach.«

Hagedorn spürte, dass er auf der richtigen Fährte war, ohne jedoch den Faden aufnehmen zu können, der ihn ans Ziel bringen würde.

Gedankenversunken fuhr er zurück zum Präsidium. Da er keine Eile hatte, nahm er einen Umweg über die Rheinuferpromenade. An manchen Stellen hielt er inne und blickte auf das glitzernde, schillernde Wasser hinaus, beobachtete vorbeifahrende Motorboote, die stromaufwärts Richtung Konstanzer Trichter fuhren. Ein Vierer-Ruderer zog, flankiert von einem kleinen Beiboot, mit kraftvollen Schlägen an ihm vorbei rheinabwärts.

Neid keimte in ihm auf, als er eine Gruppe von Stand-up-Paddlern beobachtete, die sich auf ihren Brettern stehend gemächlich mit der Strömung treiben ließ. Könnte er seine verfluchten Beine benutzen, wäre das ein Sport, der ihm zusagen würde.

Wasser war sein Element. Er liebte das Meer und Seen. Ein Grund, warum er nach Konstanz gezogen war. Vor einem Jahr hatte sich die Chance auf eine kleine, günstige Motoryacht mit Liegeplatz ergeben. Er hatte sich sogar schon für das Bodenseeschifferpatent angemeldet. Karinas gewaltsamer Tod hatte alles aus dem Lot gebracht, hatte ihn aus der Bahn, in einen klebrigen Sumpf aus Taubheit und Lethargie gestoßen. Sein Innerstes hatte sich ebenso eingeschlafen angefühlt wie seine kribbligen Beine. Bis zu dem Morgen, als er die Leiche der Ballerina Cornelia Palmeri gefunden hatte.

Ob das Boot schon verkauft war?, kam es ihm in den Sinn. Das Schifferpatent erwarb man hauptsächlich im Selbststudium. Irgendwo mussten die Lernunterlagen noch rumliegen, er hoffte bloß, dass die Putzfrau, die Ordnung in seinem Schweinestall geschaffen hatte, sie nicht weggeworfen hatte.

Lächelnd betätigte er den Joystick, und sein Rollstuhl setzte sich summend in Bewegung. Das erste Mal seit einer gefühlten Ewigkeit reifte in ihm so etwas wie ein Plan. Ein Vorhaben, das er in naher Zukunft schon in die Tat umzusetzen gedachte.

Kapitel 37

Konstanz, Rheinuferpromenade

Was tat er denn da?

Ständig hielt der Typ im Rollstuhl an, was es ihm schwer machte, ihm unauffällig zu folgen. Wenn das so weiterging, würde er gezwungen sein, an ihm vorbeizugehen, um nicht aufzufallen.

Der Zivilbulle schien ziemlich wütend gewesen zu sein, als er sich im Straßencafé zu dem Hünen im Rollstuhl gesellt hatte. Anfangs konnte er nicht verstehen, worüber die beiden stritten. Erst als er sich an einen Tisch in deren Nähe gesetzt und sich einen Eistee bestellt hatte, hatte er sie problemlos belauschen können. Und was gesprochen wurde, ließ Panik in ihm aufkeimen. Wer der Kerl im Rollstuhl war, hatte er immer noch nicht in Erfahrung bringen können. Aber der Scheißkerl war clever.

Nachdem der Hüne den Zehner, den der Bulle unter den Aschenbecher gesteckt hatte, um einen weiteren Zehneuroschein aufgestockt hatte, war er losgefahren. Dem ganzen Weg zum Krankenhaus war er ihm gefolgt, was sich als äußerst schwierig erwiesen hatte, da er mit dem verdammten Rollstuhl flink wie ein Wiesel war.

Atemlos und schweißtriefend hatte er sich hinter einem Strauch versteckt, als der Typ kurz mit einer hübschen blonden Frau gesprochen hatte und ihr eine Stahlgitterrampe hinauf in ein Nebengebäude gefolgt war.

Von seinen morgendlichen Beobachtungen wusste er, dass sie darin seine letzte Arbeit aufbewahrten, sie untersuchen, aufbrechen und entweihen würden.

Wenn der Bulle und der Rollstühlhüne schon von Dvorniak belästigten, würde es nicht mehr lange dauern, bis sie ihnen auf die Spur kommen würden.

Er biss sich auf die Unterlippe und dachte angestrengt nach. Zeit war ein wichtiger Faktor. Die Vernissage war noch nicht vollendet. Er müsste nur etwas Zeit gewinnen, vielleicht reichten ein paar Tage.

Hinter seinem geistigen Auge begann ein Plan Gestalt anzunehmen.

Als sich der Mann im Rollstuhl wieder in Bewegung setzte, folgte er ihm.

Kapitel 38

Konstanz, Polizeipräsidium
Mittwoch, Nachmittag

»Was ist denn hier los?«, erkundigte sich Hagedorn erstaunt, als Adler an ihm vorbei über den Gang hetzte. Aufgeregtes Stimmengewirr, schrillende Telefone und schwer bewaffnete SEK-Beamte, die an ihm vorbeieilten.

Nadine Adler wedelte abwehrend mit den Händen, während sie aufgeregt in ihr Handy sprach, das sie mit der Schulter an ihr Ohr gepresst hielt. Sie deutete Hagedorn ihr zu folgen.

Er wartete geduldig, bis Adler ihr Handy vom Ohr nahm und sich lächelnd in ihren Bürostuhl fallen ließ.

»Wir haben ihn, Falk!«

»Wen habt ihr?« Hagedorn verstand nicht.

»Na, unseren Täter!«

Hagedorns Mund klappte auf. Ungläubig sah er sie an, als hätte sie eben die Ankunft eines Alien-Raumschiffs verkündet.

»Der Mann heißt Cornelius Dekker, ist neunundzwanzig Jahre alt und ledig«, fuhr Adler fort, ehe Hagedorn etwas erwidern konnte.

»Ein selbstständiger Bestatter und Thanatopraktiker. Für keine der Tatzeiten kann er ein Alibi …?«

»Was redest du denn da?«, ereiferte sich Hagedorn. »Was für Tatzeiten? Wir wissen noch nicht einmal, wann die drei Menschen genau getötet wurden, geschweige denn, wann man ihre Körper in der Stadt aufgestellt hat!«

Adler sah ihn überrascht an. »Für die letzte Nacht können wir das sehr wohl, und Dekker verfügt über die erforderlichen Kenntnisse. Und …«, fuhr sie lauter fort, als Hagedorn ihr ins Wort zu fallen beabsichtige, »seine Fingerabdrücke sind auf den LED-Flutern, die wir heute Morgen bei der dritten Leiche am Bahnhof sichergestellt haben.«

»Woher habt ihr denn seine Fingerabdrücke?«

»Er wurde vor Jahren wegen des Verdachts des Diebstahls erkennungsdienstlich behandelt.«

»Und wenn schon! Die können sonst wie darauf gekommen sein«, gab er zu bedenken. »Das beweist gar nichts.«

»Wir haben in einem Behälter im Kühlhaus seines Bestattungsinstituts Organe oder Gewebereste gefunden.«

Adler hielt die Hand hoch und bediente sich der Finger, um mit der Aufzählung fortzufahren.

»In seinem Lager stehen mehrere Flaschen Flüssigstickstoff und einige Kanister eines Kunstharzes. Ferner haben wir an der Brüstung des Balkons Faserspuren gesichert.«

»Die erst noch ausgewertet und genauso wie die Organe humangenetisch untersucht werden müssen, ob sie überhaupt zu einem unserer Opfer passen.«

»Alles richtig, was du sagst. Dennoch, Dekker ist dringend verdächtig und wird um siebzehn Uhr der Haftrichterin vorgeführt. Dekker geht in U-Haft.«

Hagedorn schüttelte genervt den Kopf. Adler schien sich völlig verrannt zu haben. »Hat man ihn denn schon vernommen?«

»Nein, noch nicht. Ich dachte, wir warten bis zur Vorführung, dann kann er, wenn er denn etwas zu sagen hat, es gleich der Richterin mitteilen.«

»Ich rede mit ihm«, schnaubte Hagedorn wütend. »Wo ist er?«

»Falk, warte!« Adler sprang auf und eilte ihm nach.

Hagedorns Vermutung, der Festgenommene würde in einem der beiden Vernehmungszimmer festgehalten, erwies sich als richtig.

Vor einem der beiden Zimmer waren ein Paar Halbschuhe und ein Gürtel abgelegt, den man dem Verdächtigen aus Sicherheitsgründen abgenommen hatte.

Er öffnete die Tür, die innen keine Klinke besaß, und nur ins Schnappschloss gezogen worden war.

»Falk, warte!«, zischte Adler, die ihn mittlerweile eingeholt hatte.

»Lass mich meine Arbeit machen, wenn ihr es schon nicht macht«, knurrte Hagedorn drohend.

Hagedorn fand in dem fensterlosen Raum einen in sich zusammengesunkenen jungen Mann vor. Als er aufsah, blickte Hagedorn in ein ängstliches Gesicht. Mit den kurzen rötlich blonden Haaren und den Sommersprossen wirkte er sehr jugendlich. Trotz der unsäglichen Hitze trug er eine für Bestatter typische lange schwarze Hose und ein weißes Hemd mit einer schwarzen Krawatte, die an dem schmächtigen, schmalschulterigen Kerl viel zu groß wirkten. Auf der linken Brustseite war das Emblem *Dekker Bestattungen* eingestickt.

»Mein Name ist Hagedorn«, stellte er sich vor. »Wissen Sie, weswegen Sie hier sind?«

Der junge Mann sah ihn mit klaren blauen Augen fragend an.

»Man hat …« Er räusperte sich. »Man sagte mir, ich sei verdächtig, irgendwelche Leute ermordet und sie ausgestellt zu haben. Sie müssen mir glauben, ich habe damit nichts zu tun.«

Hagedorn erkannte die Aufrichtigkeit in seinen Augen.

»Ihr Name ist Cornelius?«, fuhr Hagedorn ruhig fort. »Darf ich sie Cornelius nennen?«

»Niemand nennt mich so«, entgegnete Dekker leise. »Cees. Alle nennen mich Cees.«

»Sie sind Holländer?«, riet Hagedorn.

Dekker schüttelte beinahe unmerklich den Kopf. »Meine Mutter war Holländerin. Ich wurde zwar in Antwerpen geboren, aber aufgewachsen bin ich in Mönchengladbach. Vor zwölf Jahren bin ich mit meinem Vater in den Süden gezogen.«

»Deine Mutter lebt nicht mehr?«

»Sie starb, als ich sieben war. Krebs.«

Dekker rieb sich die Handgelenke. »Könnte man die nicht abnehmen?«, bat er auf die Handschließen deutend. »Die sind ganz schön eng.«

»Bleiben erst mal dran«, ergriff Adler zum ersten Mal das Wort, seit sie mit Hagedorn das Vernehmungszimmer betreten hatte.

Hagedorn warf ihr einen verständnislosen Blick zu.

»Du bist also Bestatter und Thanatopraktiker?«, nahm Hagedorn das Gespräch wieder auf.

Dekkers Miene erhellte sich. Er wirkte überrascht, dass Hagedorn zu wissen schien, was er tat. Dennoch pendelte sein Blick unstet zwischen Adler und Hagedorn hin und her.

»Was ist los, Cees?«, fragte Hagedorn.

»Ich weiß nicht, ob ich noch weiter mit Ihnen reden sollte.«

»Hat dir das dein Anwalt geraten?«

»Hab noch keinen«, bemerkte der junge Mann kleinlaut. »Ich habe bisher nie einen gebraucht«, fügte Dekker mit weinerlicher Stimme hinzu.

»Schon gut, Cees«, beruhigte ihn Hagedorn. »Du musst tatsächlich nicht mit uns reden. Das ist dein gutes Recht. Darf ich dir dennoch ein paar Fragen zu deiner Arbeit stellen?«

»Hm«, brummte Dekker nachdenklich, als wöge er ab, ob die Beantwortung der Fragen verfänglich sein könnte. »Okay. Fragen Sie.«

»Als Thanatopraktiker konservierst du die Körper Verstorbener. Ist das richtig?«

Dekker nickte zustimmend.

»Ist es üblich, den Toten Magen und Darm oder überhaupt irgendwelche Organe zu entnehmen?«

»Das kommt darauf an«, erwiderte Dekker.

»Worauf, Cees?«

»Wie lange der Leichnam konserviert werden soll.«

»Erklär's mir«, bat Hagedorn und rollte etwas näher an den jungen Mann heran.

»Na ja.« Dekker kratzte sich, so gut es die Handschellen erlaubten, umständlich am Kinn. »In Deutschland ist die Konservierung von Toten unüblich und nicht sehr weit verbreitet, manchenorts sogar per Bestattungsordnung verboten. Dennoch kommt es immer wieder vor, dass Tote in ihre Heimatländer überführt und dort beigesetzt werden sollen. Für den Transport, je nachdem, wie lange der dauert, werden die Körper konserviert, sodass sie dort für die Trauerfeier aufgebahrt werden können, sofern es die Angehörigen wünschen.«

»Und wie gehst du dabei vor?«, wollte Hagedorn wissen.

»Das hängt sehr vom Zustand der Leiche ab und ob eine kosmetische Wiederherstellung erwünscht wird«, erklärte Dekker. »Bei kürzlich Verstorbenen tausche ich die Körperflüssigkeit gegen ein Wasser-Formalin-Gemisch aus. Ich präpariere dazu an beiden Seiten die Carotis, die Halsschlagadern, frei und installiere einen Zulauf und eine Drainage. Das Blut wird herausgepresst und gegen das Wasser-Formalin-Gemisch ausgetauscht. Herzblut und Lunge werden danach mit einem Trokar, das ist ein Hohldorn, der an eine Unterdruckpumpe angeschlossen ist, abgesaugt. Solange der Flüssigkeitsaustausch läuft, massiere ich den Körper und die Extremitäten, damit sich das Gemisch gleichmäßig verteilt.«

»Für wie lange wäre ein so behandelter Körper konserviert?«, hakte Hagedorn nach.

»Ach, bei der herkömmlichen Aufbereitung höchstens drei bis vier Wochen.«

Hagedorn lehnte sich nachdenklich in seinem Rollstuhl zurück.

»Und wann wäre die Entnahme von Organen erforderlich?«, fragte Hagedorn.

»Nun, wenn Sie eine langfristige Konservierung anstreben, dann werden die Organe, hauptsächlich Magen und Darm, entfernt.«

»Die Kollegen haben in deinem Kühlhaus in einem Behälter Organe gefunden. Willst du dazu etwas sagen?«, warf Adler ein.

Dekker bedachte Hagedorn mit einem fragenden Blick, ehe er zögerlich antwortete. »Letzte Woche habe ich, übrigens erst zum zweiten Mal, eine Organentnahme für eine langfristige Konservierung durchgeführt.«

»Wozu?«, drängte Adler.

»Die Tote, eine Australierin, sollte nach Sydney und von dort weiter ins Landesinnere überführt werden. Ich wollte sicherstellen, dass sie den Transport ohne auftretende Fäulniserscheinungen überstehen würde.«

»Angenommen, du müsstest einen Leichnam für

mehrere Monate konservieren. Wie würdest du vorgehen?«, mischte sich Hagedorn wieder ein.

»Für mehrere Monate?«, rief Dekker erstaunt aus. »Wer sollte so was wollen?«

»Nur mal angenommen«, beruhigte Hagedorn den jungen Mann, der nervös auf seinem Stuhl hin und her zu rutschen begann.

»Die Vorgehensweise wäre die gleiche. Nur müsste das Wasser-Formalin-Gemisch viel, viel konzentrierter sein. Ich weiß nicht«, stockte Dekker, »mindestens dreißig Prozent, würde ich schätzen. Ich würde den Abdomen öffnen, das gesamte Verdauungssystem entfernen, die Speiseröhre abbinden, danach alles mit Watte und Paraformaldehyd-Pulver auffüllen und den Körper wieder verschließen. Vielleicht würde ich die Körperoberfläche noch mit einer formalinhaltigen Paste eincremen. Aber das ist nicht meine Arbeitsweise«, fügte Dekker rasch hinzu.

Hagedorn betrachtete den hageren Mann mit vor der Brust verschränkten Armen. »Gäbe es noch eine andere Möglichkeit, einen Körper für einen längeren Zeitraum haltbar zu machen?«, erkundigte sich Hagedorn.

Dekker fixierte nachdenklich einen imaginären Punkt vor sich und gab die Frage zurück. »Hm, wenn Sie eine Plastination meinen?«

»Wie sähe die aus, Cees?«

Dekker blies die Backen auf und ließ die Luft langsam entweichen. »Das ist ein sehr langwieriger Prozess über vier, eher fünf Monate, wenn nicht länger. Dem Körper müsste alles Wasser entzogen werden. Dazu wird der Körper bei minus fünfundzwanzig Grad Celsius in ein Acetonbad gelegt. Später würde er vakuumforciert mit Silikon imprägniert. Gunther von Hagens hat diese Technik entwickelt.«

»Das war sehr informativ, Cees. Vielen Dank!«

Hagedorn wendete bereits seinen Rollstuhl, als Adler zu sprechen begann.

»Herr Dekker, wir haben an zwei LED-Strahlern, die wir an einem Tatort aufgefunden haben, Fingerabdrücke gesichert, die mit Ihren übereinstimmen. Ich möchte wissen, wie Ihre Fingerabdrücke auf die Lampen gekommen sind.«

Dekker sah Hilfe suchend zu Hagedorn.

»Nadine!«, mahnte Hagedorn. »Er muss darauf nicht antworten. Du weißt das!«

Adler sah Dekker herausfordernd an.

»Ich glaube, ich möchte erst mit einem Anwalt sprechen.«

»Ich frage mich …«

»Nadine!«, fuhr Hagedorn sie schärfer als beabsichtigt an.

Adler riss die Tür auf und stapfte wütend davon.

»Wie geht es denn jetzt weiter?«, verlangte der junge Mann zu erfahren. »Kann ich gehen?«

»Ich kläre das«, versuchte er ihn zu beruhigen, als er die Tür ins Schloss zog. Hagedorn beschleunigte und eilte Adler hinterher.

»Was sollte das denn eben?«, begann Hagedorn, als er Adlers Bürotür ins Schloss gedrückt hatte.

»Wieso fällst du mir in den Rücken?«, zischte Adler ihn wütend an.

»Wenn du dabei bist, gegen geltendes Recht zu verstoßen, falle ich dir jederzeit in den Rücken, meine liebe Nadine.«

»Ja, wie du es schon einmal getan hast«, seufzte Adler.

Hagedorn schwieg, bis sich ihre Wut etwas gelegt hatte.

»Und nun?«, wollte Hagedorn wissen. »Sperrst du ihn ein?«

»Das liegt nicht mehr in meiner Verantwortung«, gestand Adler kleinmütig. »Das wird die Richterin entscheiden.«

»Das ist doch Mist«, empörte sich Hagedorn. »Sieh dir den Knaben an! Er war's nicht.«

»Trotzdem! Solange ich keine plausible Erklärung habe, wie seine Fingerabdrücke auf die Fluter gekommen sind, bleibt er dringend tatverdächtig.«

»Wie du meinst!«, knurrte Hagedorn und betätigte den Steuerhebel seines Rollstuhls.

»Wo willst du hin?«

»Pissen, eine rauchen und mich abregen, wenn du es genau wissen willst.«

»Wir machen in einer halben Stunde Besprechung!«, rief sie ihm nach, unsicher, ob er sie noch gehört hatte.

Kapitel 39

Konstanz, Altstadt
Mittwoch, später Nachmittag

Romuald von Dvorniak saß auf dem Bänkchen hinter dem Haus. Das kleine Gartengrundstück drohte völlig zu verwildern, und wenn er nicht bald etwas dagegen unternahm, würde er nicht mehr in sein Atelier gelangen. Es war zwar nur ein alter Schuppen, nicht sehr groß, aber mit einem gusseisernen Holzofen ausgestattet, der im Winter immer gute Dienste geleistet hatte. Eine Auftragsmalerei, die seit Monaten in der Staffelei stand, wartete dort auf ihre Vollendung. Wahrscheinlich würde das Gemälde wegen seiner Arthritis für immer unvollendet bleiben.

Trotz der Hitze hatte er sich eine leichte Decke über die Beine gelegt. Die Augen geschlossen, sog er die Luft tief in die Nase. Eine leichte Brise trug den typischen Seegeruch heran, der nach verblühenden Algen duftete.

Heute war sein Geburtstag. Zur Feier des Tages hatte er eine kleine Flasche Sekt geöffnet, die seit vielen Jahren im Keller geschlummert hatte. Ein Gastgeschenk – an den Gast konnte er sich schon lange nicht mehr erinnern.

Auf der Suche nach einer passenden Sektflöte war ihm eine Holzschatulle in die Hände gefallen, in der sich zwei noch in Zellophan eingeschweißte Zigarren befanden. Er hatte Grund zu feiern, weshalb er sich eine davon mit auf die Veranda genommen hatte. Sein Geburtstag allein wäre allerdings für ihn kein Grund zu feiern gewesen.

Niemand hatte in den letzten Jahren an ihn gedacht, und irgendwann war er ihm selbst gleichgültig geworden. Nicht nur das. Er war sich selbst überdrüssig geworden. Niemals hätte er sich träumen lassen, dass sich das in absehbarer Zeit ändern könnte. Doch das tat es. Obwohl er ein strikter Gegner von Aktionskunst war, bescherte ihm die Vernissage des Todes, wie sie seit wenigen Stunden medial hochgekocht wurde, eine Aufmerksamkeit, an die er nie zu hoffen gewagt hatte.

Er nippte an der Sektflöte und paffte die Zigarre, die nach all den Jahren in der Schatulle immer noch Würze und Gehalt besaß. Obwohl die Exponate recht wenig mit seinen frühen Arbeiten gemein hatten, verbarg sich in ihnen eine überzeugende Klarheit, wenngleich ihm die Darstellung des Engels im Glasblock eine Spur zu pathetisch war. In ihrer Schlichtheit und unbeholfenen Anmut offenbarten die Ballerina und die Gepeinigte eine erstaunliche Wirkung, deren Ausdrucksstärke sich besonders durch die Herausstellung ihrer Attribute auszeichnete. Und genau hierin spiegelten sich seine frühen Werke. In der Klarheit, Ausdrucksstärke und Wirkung, die man ihnen zuschrieb.

Er hatte nur wenig geschlafen. Die halbe Nacht hatte er damit zugebracht, sich mit dem Bewunderer auszutauschen, der ihm versprach, ihn in einer ungeahnten Weise wiederauferstehen zu lassen. Seine Werke und sein Name würden wie Phönix aus der Asche auferstehen und wieder in aller Munde sein. Der Bewunderer versicherte, dass er es aus freien Stücken tat, ohne eine Gegenleistung dafür zu erwarten.

Von Dvorniak war schlau genug zu erkennen, dass sie beide Getriebene waren.

Getrieben von dem tiefen Wunsch, nein: der Besessenheit, Unsterblichkeit zu erlangen. Unvergessen, eingebrannt im kollektiven Bewusstsein in die Geschichtsbücher einzugehen.

Er hatte im Verlauf des Chats immer wieder versucht, mehr über den Bewunderer in Erfahrung zu bringen. Es war ihm nicht gelungen. Eine Bemerkung von ihm beschäftigte ihn seitdem pausenlos. Er, von Dvorniak, habe ihm die Augen geöffnet, den Stein ins Rollen gebracht. Erst durch ihn habe er sich seiner Ängste, Zweifel und Scham entledigen können und einen Weg gefunden, sich mitzuteilen.

Im Prinzip entsprach das seiner zutiefst empfundenen Überzeugung. In der Kunst war es unerlässlich, sich seiner Zweifel zu entledigen und den Mut zu haben, Tabus und Grenzen zu überschreiten. Immer noch befand er sich im Zwiespalt, ob er die Exposition der Leichen als grausame Abscheulichkeit betrachtete oder von ihr fasziniert war. Doch die Faszination überwog. Ein wenig fühlte er sich vom Bewunderer in die Rolle des Mitwissers, gar Mittäters, gezwungen. Er hatte tief in sich hineinzuhören versucht und erwartet, dass sich sein Gewissen dagegen sträuben würde. Ein gegenteiliges Gefühl hatte sich offenbart. Der zarte Keim eines Zweifels war von einem Gefühl des Triumphs zermalmt worden und hatte obsiegt.

Am Ende der Nacht war ein Plan gediehen, der ihm die Unsterblichkeit, die er sich erträumte, sichern würde.

Nie wieder würde er in Vergessenheit geraten!

Kapitel 40

Konstanz, Polizeipräsidium
Mittwoch

Hagedorn war ziellos durch die Gegend gefahren, bevor er sich beruhigt und entschlossen hatte, wieder ins Präsidium zurückzukehren. Er machte sich Vorwürfe, Nadine derart angegriffen zu haben. Es war anmaßend, und er stellte sich die Frage, weshalb er überhaupt noch ins Präsidium zurückkehren sollte. Weder war es sein Fall, noch war er in den aktiven Dienst zurückgekehrt. Seine Arbeit war getan. Er hatte ein, wenngleich nicht sehr zuverlässiges, aber doch annähernd gutes Täterprofil abgeliefert.

Nadine Adler stand enorm unter Druck. Niemand verstand das besser als er. Lange genug war er Teil dieses kranken Systems gewesen. Politik und Obrigkeit konnten die Ermittlungen nicht schnell genug gehen. Ständig wurde erwartet, dass man innerhalb kürzester Zeit einen Täter auf dem Silbertablett präsentierte. Die Medien machten es nicht leichter. Das Ränkespiel um Medienberichterstattung und Ermittlungserfolg entwickelte zumeist eine Eigendynamik, deren Druck letztlich auf den Schultern der Ermittler lastete. Profunde Ermittlungsarbeit brauchte eben ihre Zeit. Vieles konnte dabei schiefgehen. Beweise oder Indizien konnten falsch interpretiert, Zeugen beeinflusst oder Geständnisse forciert werden.

Falls Cornelius Dekker keine plausible Erklärung

würde abliefern können, wie seine Fingerabdrücke auf ein paar Akku-Lampen geraten waren, würde er der Verlierer in diesem perfiden Spiel sein. Klar, es sprach einiges gegen ihn. Dekker hatte die Fachkenntnis, die Möglichkeit, in seinen Bestattungsräumen ungestört arbeiten zu können, er lebte allein und konnte folglich nicht mit einem Alibi aufwarten. Aber was sollte sein Motiv gewesen sein? Die Konservierung und Ausstellung toter Menschen, um seine Arbeit als begnadeter Thanatopraktiker unter Beweis zu stellen? Würde er, wenn dem so wäre, die Leichen nicht für einen viel längeren Zeitraum konservieren?

Hagedorn rief sich das Gespräch mit Dekker in Erinnerung, als er sich dem Haupteingang zum Präsidium näherte.

Und dass Dekker Stickstoff und Kunstharz lagerte, bewies gar nichts.

Hagedorn schlüpfte gekonnt durch die Tür, als zwei uniformierte Kollegen heraustraten. Als er gerade den Lift nach unten beorderte, wurde er von Sascha Winkler, Kieferles begabtem Nachwuchs, abgepasst.

»Hallo, Falk!«, grüßte der ihn freudig. »Ich wurde heute zum Oberkommissar befördert und gebe gleich einen kleinen Umtrunk in der Kripo-Kantine. Für die Inspektion Kriminaltechnik, du weißt schon. Wäre schön, wenn du auch kommst.«

»Herzlichen Glückwunsch! Das freut mich sehr für dich.« Hagedorn warf einen raschen Blick auf seine Uhr. Da er ohnehin kein besonderes Verlangen verspürte, sich eine weitere Besprechung anzuhören, nickte er.

»Klar, ich komme gerne auf ein Bier mit.«

Winkler klatschte in die Hände. »Prima! Auf geht's.«

Kapitel 41

Präsidium, Besprechungsraum
Mittwoch, 17:00 Uhr

»Wo ist Hagedorn?«, raunte Bannert Adler zu.

»Keine Ahnung, Marius. Ist mir ehrlich gesagt auch scheißegal!«

Bannert hob die Augenbrauen und verkniff sich in Anbetracht der hineindrängenden Mitglieder der Soko weitere Nachfragen.

Routiniert wickelte Adler die einzelnen Einsatzbereiche ab, aus denen kaum Neuigkeiten berichtet wurden.

Herrgott! Warum muss immer alles so zäh laufen, fluchte sie stumm. Die Einzelverbindungsnachweise der Opfer ließen immer noch auf sich warten. Sie mussten endlich erfahren, wann die letzten Gespräche der Opfer stattgefunden hatten und ob es gemeinsame Kontaktpersonen gegeben hatte.

Adler beauftragte ein Team, sich um den Hinweis eines Mitarbeiters des Naturschutzbundes zu kümmern. Vor zwei Wochen hatte man im Ried einen toten Schwan aufgefunden, dem die Flügel fehlten. Möglicherweise ein Hinweis auf die Herkunft der an Garcia angebrachten Schwingen.

»Was ist los?«, erkundigte sich Bannert am Ende der Besprechung. »Du machst einen abwesenden Eindruck.«

Adler winkte ab. »Ach. Die Ermittlungen setzen mir

zu, und Jess drängt mich fortwährend, sie für ein halbes Jahr nach Myanmar zu begleiten.«

»Och, es gibt schlimmere Reiseziele«, feixte Bannert. »Wirst du sie begleiten?«

»Ich weiß es nicht, Marius. Im Moment stünde mir wirklich der Sinn danach.«

»Du wirst dich richtig entscheiden.« Er nickte ihr aufmunternd zu.

Zurück in seinem Büro, hatte sich Bannert über eine Stunde lang durch die neuesten Berichte und Zeugenaussagen gekämpft, ehe er sich in seinem Stuhl zurücklehnte und für einige Minuten die Augen schloss. Einige Zeugen meinten, sich an einen kleinen Lieferwagen zu erinnern, der kurz vor Mitternacht vor dem Haupteingang des Bahnhofs geparkt hatte. Was Typ, Farbe und Kennzeichen betraf, hätten die Aussagen unterschiedlicher nicht sein können. Getreu dem Motto »Drei Zeugen, vier Personenbeschreibungen«. Genau das machte den Personalbeweis in einer späteren Gerichtsverhandlung so verdammt schwer und bot den Verteidigern generell Angriffsfläche, Zeugenaussagen unglaubwürdig zu machen, bis sie am Ende das Papier nicht wert waren, auf dem sie protokolliert waren.

»Verdammt! Wieder eine Sackgasse!«

Bannert schob fluchend die Unterlagen beiseite und überlegte, ob er heute früher nach Hause gehen sollte. Die Sinnlosigkeit der vergangenen Besprechung, Falks Abwesenheit und das ständig anhaltende Pochen hinter den Schläfen hatten seine Laune auf unter null fallen lassen. Jule würde sich bestimmt freuen, wenn er zur Abwechslung mal früher nach Hause käme. Das Baby hielt sie ganz schön auf Trab. Vereinzelt schlief die Kleine zwar durch, aber die Regel war, dass sie um fünf Uhr erwachte und ab dann lautstark gewickelt, gefüttert und bespaßt zu werden verlangte. Die Aussicht auf einen kleinen Spaziergang mit ihrem Krawallkrümel, wie er Karina liebevoll nannte, und einen Eisbecher oder ein zünftiges Weißbier hoben merklich seine Laune. Für den Fall, dass jemand ihn dringend zu erreichen versuchte, richtete er an seinem Büroapparat die Rufumleitung auf sein privates Handy ein und fädelte das Pistolenholster aus dem Gürtel.

»Machst du Feierabend?«

Bannert fuhr auf. »Falk? Wo bist du denn gewesen?«

Hagedorn winkte desinteressiert ab. »Ich habe wohl kaum etwas Wichtiges verpasst, sonst hättest du mich angerufen, oder nicht?«

»Hast du was getrunken?«. Bannert sah ihn scharf an.

»Was?«

»Ich fragte, ob du Alkohol getrunken hast?«, wiederholte Bannert zusehends zorniger.

»Ich wüsste nicht, dass dich das etwas anginge«, blaffte Hagedorn.

Bannert griff zum Telefon und wählte eine vierstellige Nummer.

»Ja, Bannert hier. Schickst du mir bitte jemanden mit einem Alkomat nach oben?«

»Willst du mich jetzt einem Alkoholtest unterziehen?«, fuhr Hagedorn Bannert an.

»Aber klar. Du hast eine Alkoholfahne wie ein Brauereikutscher. Ich habe dir vor drei Tagen gesagt, dass …«

»Marius, du tickst nicht mehr richtig!«, zischte Hagedorn gepresst. »Ich werde garantiert nicht in dieses Gerät pusten. Das kannst du vergessen!«

»Dann lass es! Aber dann bist du raus, Falk. Das war's. Ich hab's dir gesagt. Meine Bedingung war eindeutig – kein Alkohol.«

»Leck mich, Marius!«, stieß Hagedorn aus, wendete den Rollstuhl und rollte davon.

Bannert hieb mit der Faust auf seinen Schreibtisch und brüllte ihm nach: »Du bist raus! Hast du gehört?«

Kapitel 42

Konstanz, Musikerviertel
Mittwoch

Kochend vor Wut war Hagedorn so schnell, wie es der Elektromotor seines Rollstuhls hergab, nach Hause gedüst. Dabei galt seine Wut weniger dem Umstand, dass Bannert ihn aus allen Ermittlungen auszuschließen gedachte, sondern vielmehr, dass er sich zum Moralapostel, zur Mutter Teresa der Alkoholabstinenz, aufplusterte. Was fiel dem eigentlich ein?

Sam kam ihm träge entgegengetrottet, als er die Haustür entriegelte.

»Du leidest unter der Hitze genauso wie ich, nicht wahr, mein Junge?« Hagedorn kraulte mit beiden Händen das Fell des alternden Golden Retriever, der ihm dankbar übers Gesicht leckte. Nachdem er einen Giftköder gefressen hatte und fast daran verendet wäre, war er nicht mehr derselbe. Eine Woche lang hatte die Tierärztin um das Leben des Hundes gerungen, und weitere zwei Monate hatte es gedauert, bis er wieder normale Kost zu sich nehmen und bei sich behalten konnte.

Hagedorn hatte sich damals geschworen, würde er den Verantwortlichen finden, der den Giftköder ausgelegt hatte, würde er ihm eigenhändig den Hals umdrehen. Bannert war ihm jedoch zuvorgekommen und hatte den Mann erschossen. Es hatte sich um den suspendierten SEK-Beamten gehandelt, gegen den er seinerzeit in einem Untersuchungsausschuss ausgesagt hatte. Er war daraufhin aus dem Polizeidienst entlassen worden.

Hagedorn würgte den sauren Kloß, den die Erinnerung wachrief, hinunter.

»Los! Runter jetzt!« Hagedorn schob Sam mit sanfter Gewalt von sich und rollte in die Küche, wo er den Wassernapf füllte. Für die abendliche Portion Trockenfutter war es noch zu früh. Seit damals strengten lange Spaziergänge, wie er und Sam sie früher oft unternommen hatten, das Tier zu sehr an. Während der Hitze des Tages wollte Sam ohnehin nicht raus. Erst mit Einbruch der Dunkelheit, wenn es kühler zu werden begann, erwachten seine Lebensgeister. Dann tollte er im Garten herum und jagte Fledermäusen oder Nachtfaltern hinterher. Letztere wurden im Anschluss genüsslich schmatzend verschlungen.

Er war unschlüssig, ob er sich einen Kaffee aus der Maschine lassen oder sich ein kühles Bier gönnen sollte.

»Jetzt erst recht!«, brummte Hagedorn und entkorkte eine Flasche Bier, die er kurzerhand aus dem Kühlfach gezogen hatte. Gluckernd nahm er einen großen Schluck daraus und hielt inne, als Sams Nackenhaare sich aufstellten.

»Was ist los, mein Großer?« Hagedorn glaubte durch die Schlitze der halb geschlossenen Jalousien einen Schatten vorbeihuschen zu sehen. Sam ließ ein kehliges Knurren erklingen.

»Verdammt, Bannert!«, maulte Hagedorn genervt. »Hau ab, Marius. Ich kann dich jetzt nicht ertragen«, brüllte er.

Der Schatten, unzweifelhaft ein Schemen, weigerte sich hartnäckig, seiner Aufforderung nachzukommen.

Hagedorn griff unter seinen Sitz und förderte den Teleskopschlagstock zutage, rollte eilig zur Terrassentür, schob den Vorhang zur Seite und ließ ihn mit einer geschmeidigen Bewegung des Handgelenks ausfahren, dann schob er das Türelement zurück.

»Du kapierst es wohl nicht anders?« Hagedorn hob den Stock schlagbereit über die Schulter. Sam stand zähnefletschend und knurrend neben ihm.

Ein spindeldürrer Kerl in kurzen Jeans und einem viel zu großen Rugby-Shirt fuhr auf dem Absatz herum und blickte ihn ertappt an. Eine Spiegelreflexkamera baumelte vor seiner Hühnerbrust.

»Ich bin freier Journalist. Herr Hagedorn, eine Frage!«, platzte der junge Mann heraus. »Was können Sie mir über die Leichenfunde in Konstanz sagen?«

Hagedorn ließ den Schlagstock sinken. »Nichts, du Schnösel, und jetzt mach dich vom Acker, bevor ich dich wegen Hausfriedensbruch belange.«

»Sie arbeiten für die hiesige Polizei? Glauben Sie, dass noch weitere Leichen gefunden werden?«

»Sam!«

Als hätten Sie es trainiert, fletschte Sam furchterregend die Lefzen und stieß ein bedrohliches Knurren aus.

»Wenn du nicht augenblicklich mein Grundstück verlässt, wird der Hund dich in handliche Fetzen zerreißen.«

Eingeschüchtert machte der Reporter einige Schritte rückwärts.

»Wird's bald!« Hagedorns Knurren klang ähnlich bedrohlich, wie das des Hundes, der immer noch mit aufgestellter Bürste neben ihm harrte.

Der junge Mann gab sich geschlagen und trat den Rückweg über das Gartentürchen an. Die Mühe, es zu öffnen, machte er sich nicht.

»Lass dich hier ja nicht mehr blicken«, blaffte Hagedorn ihm nach, als der Eindringling um die Hausecke verschwand.

Er wurde das Gefühl nicht los, dass er den Kerl schon einmal gesehen hatte. Nur wo? War das der Typ, der ihn vor der Pathologie mit einem Fernglas beobachtet hatte?

Egal! Er wollte sich im Augenblick darüber keine Gedanken machen.

»Komm! Wir machen uns etwas zu essen«, forderte er Sam auf, ihm zu folgen. »Ich habe Hunger.«

Kapitel 43

Konstanz, Präsidium
Donnerstag, 29. August, 07:25 Uhr

»Du hast was?« Adlers Stimme drohte sich zu überschlagen.

»Ich habe Falk rausgeschmissen«, wiederholte Bannert kleinlaut.

»Weil er nach Alkohol gerochen hat?«

»Und weil er einen Alkoholtest verweigert hat!«, versuchte Bannert sich zu erklären.

»Den muss er ja auch nicht machen. Oh Mann, Marius!« Adler fuhr sich in einer verzweifelten Geste durch die offenen Haare. »Soweit ich weiß, hat er gestern nur ein kleines Bier getrunken.«

»Wann? Wo?« Bannert verstand nicht.

»Sascha Winkler von der Kriminaltechnik hat gestern seine Beförderung zum Oberkommissar erhalten und hat in der Kripo-Kantine eine Lage Getränke ausgegeben. In seiner Feierlaune hat er sich ein wenig hinreißen lassen und verspritzte in Formel-1-Manier eine Flasche Sekt über die Kollegen. Da ich erst später dazukam, bin ich der Champagner-Dusche entgangen.«

»Kackscheiß«, entfuhr es Bannert. »Dann hat Falk deshalb …«

»Genau, deshalb hat er nach Alkohol gerochen«, beendete Adler seinen Satz.

»Das hätte sich doch einfach aus der Welt schaffen

lassen, wenn er in den Alkomat gepustet hätte«, versuchte Bannert sich erneut zu rechtfertigen.

»Wie würdest du denn reagieren?«, fragte Adler.

»Hm.« Bannert brummte verlegen. »Keine Ahnung. Vielleicht genauso.«

»Eben!« Adler war genervt, sich auch noch darum kümmern zu müssen. Presse und Staatsanwaltschaft riefen im Stundenrhythmus an und verlangten nach Informationen, die sie ihnen nicht geben konnte. Sie hatte sie einfach nicht. Und Hagedorn in dieser Phase der Ermittlungen zu verlieren, war ein Desaster. Ob er nun getrunken hatte oder nicht.

»Egal«, seufzte Adler. »Irgendwie müssen wir die Kuh vom Eis bekommen! Geh zu ihm, entschuldige dich und hol ihn zurück. Irgendwie!«

Bannert druckste. »Und du glaubst, dass ich ihn zur Rückkehr bewegen kann?«

Sie bedachte ihn mit einem zweifelnden Blick.

»Ich komme mit«, sagte sie knapp und warf einen raschen Blick auf die Uhr. »Aber wir müssen uns beeilen. Um halb zehn ist die Pressekonferenz.«

Bannert nickte erleichtert.

Marius Bannert hatte kein gutes Gefühl, als sie zehn Minuten später vor Hagedorns Tür standen. Sam würde bellen, wenn jemand an der Haustür klingelt.

»Warte! Ich versuche es über die Terrasse«, schlug Bannert vor und verschwand bereits um die Hausecke.

Bannert überstieg das niedrige Gartentürchen und betrat mit der Hand an der Waffe die Terrasse.

Auf dem Gartentisch stand ein Teller mit einem halb aufgegessenen Steak und eine zur Hälfte gefüllte Schüssel Tomatensalat, daneben ein benutztes Weinglas. Eklig schillernde Fliegen taten sich bereits gütlich an den Fleischresten.

»Was zum Teufel ist hier los?«, flüsterte Bannert und zog die Heckler & Koch aus dem Holster. Selbst wenn Hagedorn wieder in sein Verhaltensmuster der letzten Monate verfallen wäre, hätte er niemals Essensreste unaufgeräumt irgendwo stehen lassen.

Die Waffe im Anschlag, schob er die sich bauschende Gardine zur Seite und trat ins Haus.

»Falk? Sam?«, rief Bannert leise. Aus dem Obergeschoss glaubte er ein leises Winseln zu hören. Bannert checkte systematisch die unteren Räume und Nischen, bevor er langsam die Treppe emporzusteigen begann.

»Falk? Sam?«, wiederholte er verhalten. Wieder ein Winseln.

Aus dem Bad vernahm er Wasserrauschen.

Mach dich nicht verrückt, Marius! Wahrscheinlich steht er nur zu lange unter der Dusche, versuchte er sich selbst zu beruhigen.

Er warf einen raschen Blick in das Schlafzimmer und das gegenüberliegende Gästezimmer, ehe er sich der Badezimmertür zuwandte. Er hatte sich nicht getäuscht. Sams leises Winseln kam aus dem Bad und wurde durch das Rauschen der Dusche beinahe überlagert. Er trat einen Schritt auf die angelehnte Tür zu und stieß sie mit der Schuhspitze an. Irgendetwas blockierte die Tür, da sie nur einen schmalen Spalt aufschwang.

»Scheiße!«, entfuhr es Bannert, als er hineinspähte. »Fuck, Fuck, Fuck! Nein, Falk! Komm schon!« Bannert machte sich nicht die Mühe, die Waffe ins Holster zu stecken, ließ sie klappernd zu Boden fallen und warf sich mit der Schulter gegen die Tür. Knirschend brach etwas an dem Rollstuhl, der die Tür blockierte, aber er rutschte schabend über die Fliesen und gab sie schließlich frei.

»Nadiiiiine!«, brüllte er aus Leibeskräften.

Adler saß auf dem Mauervorsprung in Hagedorns Hauseingang, vor dem sie vor einem Jahr schon einmal auf ihn gewartet hatte. Sie kickte mit der Schuhspitze welke Blätter eines jämmerlich vernachlässigten Oleanders beiseite und verlor allmählich die Geduld. In fünfzehn Minuten müsste sie zurück im Präsidium sein. »Herrgott, was dauert denn da so lange?« Wahrscheinlich stritten die beiden, und Bannert hatte sie völlig vergessen. Adler erhob sich und schielte um die Hausecke, als sie Bannerts markerschütterndes Brüllen hörte. Keine Sekunde verlierend, rannte sie um die Ecke und sprang über den kniehohen Staketenzaun. Sie wusste, dass sie keine gute Schützin war, dennoch zog sie ihre Waffe, die sie in einem Lederholster am Rücken trug. Mit wenigen großen Schritten erreichte sie die Terrasse. Der Vorhang war halb zurückgeschoben und bauschte sich ihr entgegen.

»Nadiiine!« Erneut vernahm sie Bannerts Brüllen, das aus dem Obergeschoss kommen musste. Ohne zu zögern, stürmte sie die Treppe nach oben und fand Bannert über den leblosen Körper Hagedorns gebeugt.

»Schnell! Ruf einen Notarzt!«, japste Bannert.

Hagedorns nackter Körper lag verkrümmt zur Hälfte in der barrierefreien Dusche. Das Gesicht war totenblass, und aus einer Platzwunde an der Stirn sickerte Blut, das sich in Schlieren im Abfluss verlor. Schaumiges Erbrochenes rann ihm übers Kinn.

Bannert hatte ihn in eine stabile Seitenlage gebracht und den Kopf zur Seite gedreht. Flackernd starrten die halb geschlossenen Augen durch Nadine hindurch. Sam lag neben seinem Herrchen auf dem nassen Fliesenboden und sah Adler wachsam an.

Wie paralysiert betrachtete sie Hagedorns Körper, dessen muskulöse, behaarte Brust in so krassem Gegensatz zu seinen ausgemergelten Beinen stand.

»Nadine! Der Notarzt!«, riss Bannert sie aus ihrer Starre.

Sie steckte ihre Waffe ins Holster zurück und fingerte mit zitternden Händen ihr Handy aus der Gesäßtasche, wählte die Notrufnummer und beschrieb in wenigen Worten, wie sie Hagedorn aufgefunden hatten.

Kapitel 44

Konstanz, Altstadt
Donnerstag, 08:00 Uhr

Romuald von Dvorniak starrte hypnotisiert auf den dunklen Bildschirm, auf dem der weiße Cursor nervös blinkte. Der Bewunderer hatte sich seit mehreren Stunden nicht mehr gemeldet. Eine innere Unruhe hatte ihn erfasst, die allmählich in Wut überzugehen drohte. Er hasste Unzuverlässigkeit wie die Pest.

Die Holzbank, auf der er saß, quietschte im Rhythmus seiner nervös auf und ab wippenden Beine. Anfangs hatte er den Plan nicht gutgeheißen. Er wollte damit nichts zu tun haben, befürchtete, dass ihm allein das Wissen darum den ohnehin schon spärlichen Schlaf kosten könne. Der ungehobelte Kerl in seinem futuristisch aussehenden Rollstuhl hatte ihn zutiefst gekränkt. Die alte Wunde, die er längst geheilt glaubte, war erneut aufgerissen worden. Schwärend, nässend, wie eine brandige Stelle, begann sie sich auszubreiten, befiel seine Organe und fraß sich tief in sein Herz und seinen Verstand. Die Chance auf Unsterblichkeit wollte er sich von diesem Kerl auf keinen Fall nehmen lassen. Denn eine weitere würde es nicht geben. Gleich einem Ertrinkenden klammerte er sich an ein Stück modriges Treibholz, wohl wissend, dass ihm das nur einen flüchtigen Augenblick der Rettung versprach. Ein paar Tage nur.

Das hatte ihm der Bewunderer versprochen.

»Ich habe einen Pakt mit dem Teufel geschlossen«, dachte er verbittert. Zu einem lächerlich geringen Preis.

Ein zahnloses Lächeln umspielte seine Lippen. Die Apanage für seine Unsterblichkeit betrug nicht weniger als seine Seele, seinen Körper, sein Haus und die Ansprüche an seine unveröffentlichten Arbeiten. Das Wesentliche war besprochen, und mit dem Rest sollte der Bewunderer verfahren, wie ihm beliebte.

Er legte den Kopf in den Nacken und inhalierte mit geschlossenen Augen die morgendliche Sommerluft.

Sein letzter Sommer näherte sich unaufhaltsam dem Ende, dennoch lag keine Verbitterung in dieser Erkenntnis. Er freute sich darauf.

Mit seinem Ende würde eine spirituelle Auferstehung einhergehen, die sogar den Heiland vor Neid würde erblassen lassen.

Der Cursor auf dem schwarzen Hintergrund veränderte plötzlich seine Position.

the_admirer.com hatte den Chat betreten.

»Sind Sie da, Maître?«

Oh ja! Er war da!

Kapitel 45

Konstanz, Klinik, Notaufnahme
Donnerstag, 09:10 Uhr

Bannert tigerte, die Hände tief in die Hosentaschen vergraben, vor der Schiebetür des Schockraums auf und ab.

»Hör auf damit! Du machst mich irre!«, verlangte Adler.

Bannert schnaubte resigniert und ließ sich neben ihr auf einen mit Kunstleder bezogenen Zweisitzer fallen.

»Die ganze Misere ist allein meine Schuld.« Bannert knetete zerknirscht die Hände.

»So ein Unsinn«, widersprach Adler. »Wir wissen doch gar nicht, was passiert ist.«

»Klar wissen wir, was geschehen ist!«, widersprach Bannert vehement. »Er hat versucht, sich mit einer Überdosis Rohypnol aus dem Staub zu machen, weil ich ihn behandelt habe wie den letzten Dreck und ihn rauswerfen wollte.«

»Du wolltest nicht, du hast!«, bellte eine heisere Stimme aus einem Behandlungszimmer.

Bannert und Adler sprangen auf und schoben die Tür einen Spalt auf.

Hagedorn saß aufrecht auf einer Rolltrage und bedachte sie mit einem Kopfschütteln. Ein Monitor überwachte piepend seine Herzfrequenz.

Sein Gesicht war fahl, was die ohnehin markanten

Wangenknochen noch deutlicher hervorstechen ließ. Mit der Zungenspitze leckte er sich über die rissigen Lippen.

Bannert trat näher. »Falk, hör zu!«, druckste Bannert herum. »Ich habe gestern überreagiert«.

Hagedorn hatte die Hände im Schoß gefaltet und sah ihn erwartungsvoll an. Er dachte nicht im Traum daran, ihm die Entschuldigung, mit der Bannert offenbar rang, zu ersparen. Sollte er sich ruhig ein wenig abstrampeln.

»Na ja«, stotterte Bannert unbeholfen. »Es tut mir leid. Sehr leid sogar. Irgendwie fühle ich mich verantwortlich, dass du jetzt hier …«

Hagedorn ließ ein rostiges Lachen erklingen. »Aua!«, stöhnte er und hielt sich mit der Hand die linke Brustseite.

Bannerts Blick flackerte verständnislos zwischen Hagedorn und Adler hin und her.

»Du glaubst doch selbst nicht, was du da draußen von dir gegeben hast?«

»Dann hast du nicht versucht …?«

»Was? Versucht, mir das Leben zu nehmen?«, fiel Hagedorn ihm höhnisch ins Wort. Schlagartig verhärtete sich Hagedorns Miene. »Natürlich nicht, du eingebildeter Fatzke! Ein dummer Unfall hat mich an den Rollstuhl gefesselt, vor vierzehn Monaten hat man mir meine Tochter genommen, und du denkst ernsthaft, dass mich dein Rauswurf aus der Bahn werfen könnte? Vor vier Tagen hast du mir in meinem Garten eine Standpauke gehalten, die ich dir noch durchgehen ließ, aber maß dir nie wieder an, anzunehmen, meine Tochter könnte sich für mich schämen. Nie wieder! Hast du verstanden?« Hagedorn hob drohend den Zeigefinger in Bannerts Blickfeld. »Abgesehen davon habe ich gar keine Schlaftabletten zu Hause.«

»Könnten wir das zurückstellen?«, bat Adler, die zum

ersten Mal das Wort ergriff, seit sie den Schockraum betreten hatten. Sie trat näher an Hagedorns Rolltrage. »Was ist eigentlich passiert?«

Hagedorn schluckte schmerzverzerrt.

»Keine Ahnung«, krächzte er.

»Wie, du hast keine Ahnung!«, entgegnete Adler zweifelnd. »Ich glaube dir, dass du dir nicht das Leben nehmen wolltest. Aber du musst doch wissen, warum du in der Dusche das Bewusstsein verloren hast?«

»Ich weiß es wirklich nicht«, beharrte er achselzuckend.

Bannert schüttelte verwundert den Kopf. »Bist du gestürzt? Hast du etwas Verdorbenes gegessen? Vielleicht das Steak?«

»Marius! Ich sagte doch, ich weiß es nicht mehr.« Hagedorn strich sich über die bandagierte Stirn und überlegte. »Ich kann mich nur erinnern, dass ich mit Sam eine kurze Gassirunde durch den Lorettowald gedreht habe, mir danach ein Steak angebraten, ein wenig Tomatensalat angemacht habe und mit einem Glas Wein auf die Terrasse gegangen bin. Das Steak war gut, aber ich hatte keinen richtigen Appetit.«

»Und dann?«, drängte Adler.

Hagedorn kniff die Augen zusammen, als er murmelnd fortfuhr. »Ich wurde so müde, dass ich entschied, eine kalte Dusche zu nehmen. Genau. Ich bin nach oben, habe mich ausgezogen, bin unter die Dusche … was dann passiert ist, weiß ich nicht mehr.«

Bannert und Adler sahen einander besorgt an.

»Darf ich in dein Haus, um die Essensreste und die Weinflasche zu sichern?«, bat Bannert.

»Nett, dass du diesmal fragst«, frotzelte Hagedorn heiser. »Ich halte das zwar für unnötig, aber du hättest es ja ohnehin getan. Ach, und wenn du schon in mein

Haus gehst, bring mir ein paar Sachen zum Anziehen, mein Handy und den Klapprollstuhl vorbei.«

»Du bleibst erst einmal hier«, bestimmte Adler.

»Genau!«, sagte Bannert.

Hagedorn knurrte unverständlich, fügte sich aber.

»Eine Frage noch, Falk. Um welche Uhrzeit bist du nach oben gegangen, um zu duschen?«

Hagedorn bedachte Adler mit einem fragenden Blick. »Ich weiß nicht, so gegen neunzehn Uhr?«

»Das würde ja bedeuten, du hättest die ganze Nacht in der Dusche gelegen!«, stieß Adler überrascht aus.

»Das würde erklären, warum das Wasser schon kalt war, als ich es abgedreht habe«, fügte Bannert hinzu.

Hagedorn strich sich übers Gesicht. »Ehrlich, Leute, ich weiß es nicht. Vom Betreten des Badezimmers bis zu meinem Erwachen in der Notaufnahme fehlt mir jegliche Erinnerung.«

Zwei junge Krankenschwestern betraten in diesem Moment das Behandlungszimmer. Ihre Kasacks unterschieden sich farblich von denen des Personals der Notaufnahme.

»Guten Morgen, Herr Hagedorn! Wir hörten, dass es Ihnen besser geht«, ergriff eine der Schwestern das Wort. »Wir verlegen Sie jetzt auf die Station.«

Hagedorn starrte die Pflegerin verständnislos an.

»Sie bleiben wenigstens einen Tag zur Überwachung bei uns«, erklärte die Schwester freundlich. »Wir haben die ärztliche Anweisung, Sie …«

»Mir ist egal, wozu Sie angewiesen wurden. Bringen Sie mir einen Rollstuhl, damit ich hier verschwinden kann!«

»Falk, denkst du nicht, es wäre besser, dem ärztlichen

Rat zu folgen und dich durchchecken zu lassen?«, sagte Bannert beschwörend.

Die Schwestern lösten die Bremsen der Rolltrage.

»Ich werde auf keinen Fall hierbleiben«, beharrte Hagedorn stur.

Bannert schüttelte resigniert den Kopf, während Adler Hagedorn mit verschränkten Armen nur wortlos ansah.

»Was ist denn hier los?«, erkundigte sich eine Ärztin im mittleren Alter, die neugierig den Kopf zur Tür hereinstreckte.

»Der Patient weigert sich hierzubleiben. Dabei sollte er …«

»Der Patient möchte jetzt gehen«, fiel Hagedorn der Schwester ungehalten ins Wort. »Es geht mir gut!«, versicherte er an die Ärztin gewandt. »Wenn Sie mir einen Rollstuhl leihen, sind Sie mich innerhalb weniger Minuten los, und Sie haben keine weiteren Unannehmlichkeiten mit mir.«

Die Ärztin trat in den Raum und warf einen Blick auf den Herzmonitor über ihm. Dann zog sie eine kleine Stablampe aus der Brusttasche ihres Kittels und leuchtete ihm damit schmerzhaft in die Augen. Hagedorns Heterochromie schien sie zu verwirren. Ihr Blick flackerte unstet zwischen seinen verschiedenfarbigen Augen hin und her.

Grinsend kniff er abwechselnd die Augen zu. »Vielleicht fällt es Ihnen so leichter, sich auf eine Farbe zu konzentrieren. Kann ich dann gehen?«

»Na ja, eigentlich spricht nichts wirklich dagegen.« Die Ärztin warf Adler und Bannert einen ratsuchenden Blick zu, denn ihr war klar, dass es ein sinnloses Unterfangen sein würde, an Hagedorns Vernunft zu appellieren. »Wir müssen uns aber absichern, das verstehen Sie sicher?«, betonte die Ärztin. »Wenn Sie bestätigen, dass Sie die Klinik auf eigenen Wunsch …«

»Ja, ja«, knurrte Hagedorn ungehalten. »Geben Sie mir den Wisch, und ich unterschreibe.«

Kapitel 46

Konstanz, Musikerviertel
Am Abend zuvor.

Nachdem er den Kerl im Rollstuhl im Polizeigebäude hatte verschwinden sehen, war er davon ausgegangen, dass er sich länger darin aufhalten würde. Mittlerweile kannte er, dank des Maîtres, auch dessen Namen und Anschrift. Da er noch etwas zu erledigen hatte, war er erst eine Stunde später an dessen Haus angekommen. Die Rollläden waren geschlossen gewesen, und nichts hatte darauf hingedeutet, dass jemand zu Hause war. Die Terrassentür war nur nachlässig geschlossen, und es wäre ein Leichtes gewesen, sie zu öffnen und das Haus zu betreten, wenn nur der Hund nicht gewesen wäre. Zähnefletschend und knurrend hatte der ihn verbellt, so war ihm nichts anderes übrig geblieben, als sich in Geduld zu üben. Zum Glück hatte er nicht lange warten müssen. Hinter der Hecke eines Nachbarhauses verborgen, hatte er ihn nach Hause kommen sehen. Erst nachdem er auf der Terrasse eine kleine Flasche Bier getrunken und eine halbe Zigarette geraucht hatte, leinte er den Hund an und war mit ihm Richtung Lorettowald verschwunden. Offenbar hielt er es nicht für notwendig, die Terrassentür zu schließen. Nachlässig von dem Kerl, aber das war seine Chance gewesen. Eine bessere konnte es nicht gegeben.

Kaum dass Hagedorn mit dem Hund um die Ecke

verschwunden war, war er über den Zaun gesprungen und ins Haus geschlichen.

Es war angenehm kühl darin, als er sich im Erdgeschoss umgesehen hatte.

Am Treppenabsatz hatte er einige Sekunden verharrt und die Bilder an der Wand betrachtet. Die meisten davon zeigten eine attraktive schwarzhaarige Frau, die ungefähr im gleichen Alter war wie er selbst. Vielleicht ein wenig älter.

Er musste sich davon losreißen und hatte begonnen, sich in der Küche umzusehen. Zuerst hatte er sich nach anderen Möglichkeiten umgeschaut. Eine bereits angebrochene Flasche Wein im Kühlschrank schien ihm so gut wie jede andere Flüssigkeit. Den Kronkorken einer Bierflasche zu durchstechen, wäre zu auffällig gewesen. Mit dem Saum seines T-Shirts hatte er die halb geleerte Flasche des Roséweins entkorkt und die klare, geruchslose Flüssigkeit aus der Spritze, die er besorgt hatte, hineingeträufelt. Unsicher, wie viel davon die nötige Wirkung erzielen würde, hatte er sich entschieden, auf Nummer sicher zu gehen, und den gesamten Inhalt des Kolbens in die rosige Flüssigkeit gegeben. Er hatte noch zu wenig Erfahrung im Umgang mit dem Mittel, wusste aber, dass eine Überdosierung zu Atemlähmung und Herzstillstand führen konnten. Im Ergebnis war ihm das gleichgültig gewesen.

Ihm war bewusst, wie riskant es war, dass Hagedorn ausgerechnet heute keinen Wein trinken könnte.

Das Geräusch der sich öffnenden Haustür hatte ihn aufschrecken lassen.

Ihm war gerade so viel Zeit geblieben, die Flasche wieder zu verkorken, in den Kühlschrank zurückzustellen und durch die Terrassentür zu schlüpfen.

Offenbar hatte er ihn gesehen, da er kurz darauf etwas gebrüllt hatte, was gar nicht ihm zu gelten schien.

Offenbar hatte er ihn mit jemand anderem verwechselt.

Mit einem gefährlich aussehenden Schlagstock über dem Kopf war er auf die Terrasse gerollt, noch ehe er den Zaun hatte übersteigen können.

Zum Glück hatte er seine Kamera noch umhängen, ein Accessoire, das sich als sehr hilfreich erwiesen hatte.

Hagedorn hatte ihm den spontanen Einfall, sich als Reporter auszugeben, offenbar abgekauft.

Mit zitternden Knien hatte er den Zaun überstiegen, war hinter die gegenüberliegende Hecke geschlüpft und hatte dort gewartet.

Kapitel 47

Konstanz, Klinik
Donnerstag, 29. August, 09.30 Uhr

Hagedorn eines Besseren zu belehren, wäre sinnlos gewesen, weshalb Bannert seinem Drängen resigniert nachgegeben hatte und mit dem Wagen zum Eingang der Notaufnahme gefahren war. Zuvor hatte Hagedorn schriftlich erklärt, auf eigenes Risiko das Krankenhaus zu verlassen. Lediglich bekleidet mit einem Flügelhemd, darunter nackt, wie Gott ihn geschaffen hatte, hievte sich Hagedorn vom Rollstuhl auf den Beifahrersitz.

»Ich rufe dich an, sobald ich die Presseheinis abgewimmelt habe«, hatte Adler zu Bannert gesagt, bevor sie gereizt zum Präsidium zurückgelaufen war, um sich den dort wartenden Reportern zu stellen. Bannert beneidete sie nicht um die Aufgabe.

Bannert schob den Rollstuhl zurück in die Notaufnahme und entschuldigte sich mit wenigen Worten für das Verhalten seines Freundes.

»Weißt du, wie peinlich ungehobelt dein Verhalten war?«, hielt er Hagedorn vor, nachdem er auf dem Fahrersitz Platz genommen hatte.

Hagedorns Kommentar bestand aus einem gleichgültigen Achselzucken.

»Ich mag dich, Falk, aber manchmal machst du es den Menschen um dich herum wirklich nicht leicht.«

»Ja, ich habe dich auch lieb«, knurrte Hagedorn.

»Aber jetzt fahr endlich los! Und ich brauch dein Handy!«

Bannert reichte ihm das Smartphone, startete den Wagen und lauschte gespannt, wen Hagedorn wohl anrufen würde.

»Falk hier!«, meldete er sich knapp. »Darius, du musst mir einen Gefallen tun. Nutze bitte deine Kontakte beim Zentrum für Psychiatrie. Ich muss wissen, ob dort eine Cornelia Palmeri, eine Rena Kopatzke oder ein José Garcia in stationärer oder ambulanter Behandlung waren. Ja, es ist wichtig. Danke!«

Hagedorn legte auf.

»Wer ist Darius?«, fragte Bannert verwundert.

»Mein Teilhaber.«

»Dein was?« Bannert glaubte sich verhört zu haben.

»Darius Szegeny, mein Teilhaber. Erzähle ich dir später«, würgte er Bannert ab, während er eine weitere Nummer in das Handy zu tippen begann.

Die Nummer kannte Bannert. Die Nummer der Rechtsmedizin Freiburg. Bannert musste lächeln.

Hagedorn ließ sich zu Doktor Geermann durchstellen. Nach dem Austausch einiger Höflichkeitsfloskeln erkundigte er sich nach den Ergebnissen der toxikologischen Befunde. Die Tatsache, dass er die ganze Nacht bewusstlos in der Dusche gelegen hatte und nun mehr oder weniger nackt auf dem Weg von der Klinik nach Hause war, unterschlug er.

»Vielen Dank, Lara. Du hast mir sehr geholfen«, beendete Hagedorn das Gespräch und reichte Bannert das Telefon zurück.

»Du magst sie!«, stellte Bannert lächelnd fest.

Obwohl Hagedorn es nicht kommentierte, wusste Bannert, dass er ins Schwarze getroffen hatte.

Sie schien einen guten Einfluss auf Hagedorn zu haben. Er würde, so nahm Bannert sich vor, sie heute noch anrufen und ihr erzählen, was passiert war. Vielleicht konnte sie ihn dazu bewegen, sich einem gründlichen Gesundheitscheck zu unterziehen. Wenngleich Hagedorn das Geschehene herunterzuspielen versuchte, würde er im Labor untersuchen lassen, was er am Abend zuvor zu sich genommen hatte.

»Gestern Abend ist ein Pressefuzzi um mein Haus geschlichen«, sagte Hagedorn unvermittelt und zupfte an dem Flügelhemd, das nur bedingt seine Männlichkeit zu verdecken vermochte.

»Das sagst du mir erst jetzt?«, brauste Bannert auf.

»Reg dich ab, Marius! Der war ja nicht in meinem Haus. Ich habe ihn dabei erwischt, wie er mit der Kamera ums Haus geschlichen ist.«

»Was wollte er?«

»Was wohl«, schnaubte Hagedorn. »Details zu unserem Fall. Hat versucht mich auszuquetschen.«

»Wie hat der Kerl herausgefunden, wo du wohnst?«

»Das frage ich mich auch«, entgegnete Hagedorn.

»Wusstest du, wie die Medien den Fall aufziehen? Sie nennen es die Vernissage des Todes.«

»Habe ich gehört«, bestätigte Bannert.

Hagedorn warf ihm einen kritischen Seitenblick zu.

»Hast du der Presse Informationen gegeben?«, bohrte Hagedorn nach.

»Ich? Warum sollte ich so was tun?«, entrüstete sich Bannert.

»Vorgestern in dem Café in der Fußgängerzone? Du hattest den gleichen Ausdruck verwendet«, erinnerte Hagedorn.

»Nun ja. Der Ausdruck ist ja nicht so abwegig«, gab

Bannert zu bedenken. »Was ist es denn anderes als eine Vernissage?«

Während Bannert die Reste des Steaks, des Salats und die leere Weinflasche in Tüten verpackt hatte, war Hagedorn unter die Dusche gegangen. Sie hatten vereinbart, sich in einer Stunde in der Rheinperle, einem idyllisch gelegenen Restaurant an der Alten Rheinbrücke, zu treffen.

Sam war nicht von seiner Seite gewichen, als Hagedorn sich duschte, anzog und die feuchten Haare zu einem halben Pferdeschwanz zusammenband.

»Na, mein alter Junge?«, flüsterte Hagedorn, als Sam liebevoll seine Hand leckte. »Hast du dir Sorgen um mich gemacht?« Er strich ihm sanft über die Stirn. »Was hältst du davon, das Wochenende auf dem Hof bei Saskia zu verbringen?«

Sams Kopf fuhr hoch, und seine Rute verwirbelte aufgeregt die Luft. »Ja? Willst du auf den Hof?«

Sam quittierte das mit einem freudigen Wuff.

Er nahm das Handy vom Ladegerät und wählte die Nummer, die er bereits auswendig kannte. Saskia war eine der Tierarzthelferinnen, die Sam im vergangenen Jahr liebevoll aufgepäppelt hatten. Zusammen mit ihrem Mann betrieb sie einen Reiterhof. Sam hatte Saskia ins Herz geschlossen und genoss es, auf dem Hof herumzutollen.

Saskia würde in fünfzehn Minuten bei ihm sein und Sam über das Wochenende zu sich auf den Hof nehmen. Dankbar hatte Hagedorn das Gespräch beendet, als ein Brummen den Eingang einer Nachricht signalisierte.

»Ich wusste es«, triumphierte Hagedorn beim Lesen der Nachricht. Darius hatte schnell und gründlich gearbeitet.

In der Anlage befanden sich einige Dokumente, Auszüge aus Krankenakten, wie Hagedorn vermutete, die er später lesen würde. Er hatte jedoch eine Ahnung, was darin geschrieben stünde.

Warum tat er sich nur so schwer, den Fall zu durchschauen? Mit Darius' Nachricht glaubte er endlich eine Verbindung zwischen den Opfern herstellen zu können. Ihm war nur nicht klar, wie von Dvorniak in dieses Bild passte. Dass der alte Mann etwas verschwieg, war offenkundig. Er hoffte, dass Bannert die Internet- und Telefonüberwachung in die Wege geleitet hatte, die sie vielleicht ein Stück weiterbringen würde. Es war zum Verrücktwerden. Bildfetzen trieben durch seinen Verstand, die sich nicht zusammenfügen lassen wollten. Puzzleteile, die zwar die gleiche Farbe besaßen, aber in Form und Größe nicht zusammenzugehören schienen.

Mit den Handballen rieb er sich die Augen, als könnte er damit den trüben Beschlag einer blind gewordenen Scheibe verreiben. Die Platzwunde an der Stirn hatte wieder zu pochen begonnen, und er fühlte sich immer noch schwach und zittrig. Offenbar ließ die Wirkung des Novalgins nach, das sie ihm in der Notaufnahme verabreicht hatten. Er würde eine Aspirin nehmen, bevor Saskia eintraf. Später in der Rheinperle würde er sich eine leichte Mahlzeit gönnen.

Noch bevor es klingelte, hatte Sam Saskias Witterung aufgenommen. Freudig sprang er auf und rannte die Treppe hinunter. »Warte, mein Junge! Ich komme ja.«

Kapitel 48

Konstanz, Rheinperle
Donnerstag, Mittagszeit

Hagedorn hatte bereits ein großes Glas Apfelschorle geleert, als Bannert in Begleitung von Nadine Adler die Gartenterrasse der Rheinperle betrat.

»Hey, schön, euch zu sehen!«, begrüßte sie Hagedorn gut gelaunt.

Bannert schien immer noch ein schlechtes Gewissen zu haben, da er Hagedorns Blick auswich.

»Wie geht's dir?«, erkundigte sich Adler und ließ sich etwas zu achtlos in einen der Rattansessel fallen. Stöhnend zuckte sie zusammen und bog den Rücken durch. »Die Scheißpistole.«

»Geht mir gut«, entgegnete Hagedorn knapp.

Adler musterte ihn prüfend und sagte dann: »Das freut mich zu hören.« Dann sah sie sich verstohlen um, ehe sie unter die Bluse griff, die Pistole aus dem Holster zog und sie tief in ihrer Handtasche vergrub. »Ich vergesse das blöde Ding jedes Mal. Irgendwann bricht mir die Pistole noch mal das Rückgrat«, stöhnte sie und rieb sich den Steiß.

»Schönes Plätzchen«, bemerkte Bannert beiläufig, der sich neben Hagedorn an den Tisch gesellt hatte und nach der Getränkekarte griff.

Eine Kellnerin trat an ihren Tisch und nahm ihre Bestellung auf. Hagedorn rieb sich ungeduldig die Hände, als sie sich ihre Getränkewünsche auf einen Block notierte.

Nachdem die Kellnerin gegangen war, ergriff Hagedorn wieder das Wort. »Lasst uns über die Vernissage des Todes sprechen.«

Adlers Gesichtsausdruck war zu entnehmen, dass sie das lieber verschoben hätte. »Gönn mir doch auch mal eine Pause«, seufzte sie.

»Dafür haben wir keine Zeit«, mahnte er. »Wir haben keine Ahnung, wann oder wo die nächste Leiche auftaucht.«

Adler seufzte. »Der Einwand ist berechtigt.«

»Gut. Was ist mit Dekker?«, wollte Hagedorn wissen.

»Der Haftbefehl wurde nicht in Vollzug gesetzt.«

»Er ist nicht in U-Haft gegangen?« Für Bannert war die Information ebenfalls neu.

Adler schüttelte leise den Kopf. »Nein. Die Richterin sah keinen dringenden Tatverdacht, zumindest solange ungeklärt ist, wie seine Fingerabdrücke auf die Lampen gekommen sind und ob die Organe, die wir bei ihm gefunden haben, zu den Opfern passen. Sie hat ihn gegen eine Meldeauflage auf freien Fuß entlassen. Seinen Pass und Personalausweis hat man einbehalten, und er muss sich jeden Tag auf dem Polizeirevier zu einer bestimmten Uhrzeit persönlich vorstellen.«

Hagedorns setzte ein überhebliches Hab-ich-doch-gleich-gesagt-Grinsen auf.

»Sag jetzt nichts!«, erwiderte sie trotzig.

Hagedorn lachte auf und hob ergeben die Hände.

»Hast du von deinem Teilhaber schon eine Nachricht gekriegt?«, warf Bannert ein.

»Darauf wäre ich jetzt gekommen. Und bevor du weiterbohrst, Marius: Darius ist als Teilhaber in die Praxis mit eingestiegen. Er ist Ungar und war bis vor drei Monaten noch im Zentrum für Psychiatrie beschäftigt.«

»Ist doch prima!«, kommentierte Bannert, dessen Neugier damit befriedigt zu sein schien.

»Unsere drei Opfer …«, Hagedorn zeichnete imaginäre Gänsefüßchen in die Luft, »… waren Patienten im Zentrum für Psychiatrie.«

»Von Garcia wussten wir das ja schon«, warf Bannert schmollend ein.

»Das weiß ich! Aber nicht weswegen. Sie alle hatten mit mehr oder weniger heftigen depressiven Episoden zu kämpfen. Palmeri litt unter den traumatischen Folgen ihres Unfalls, Garcia unter seiner dominanten Mutter, und Kopatzke, nun, bei ihr war es vermutlich erblich bedingt.«

Adler lümmelte bequem im Rattansessel und horchte ebenso wie Bannert gebannt Hagedorns Ausführungen.

»Ich habe die Anamneseberichte bisher nur überflogen, aber alle drei hatten bereits mehrere Suizidversuche unternommen.«

Bannert legte die Stirn in Falten. »Ich kann dir nicht folgen.«

»Nicht?«, schmunzelte Hagedorn. »Wir haben drei tote Menschen und haben fast keine Hinweise auf einen gewaltsamen Tod. Was die Frage aufwirft, ob wir es hier überhaupt mit einem Gewaltverbrechen zu tun haben.« Hagedorn ließ das Gesagte wirken.

Adler und Bannert sahen einander verblüfft an.

»Du willst sagen, sie wurden gar nicht getötet?«, hakte Bannert nach.

»Wir sollten zumindest in Betracht ziehen, dass sie nicht durch fremde Hand gestorben sind.«

»Das ist doch absurd«, schnaubte Adler. »Wenn dem so wäre, hätte man ihre Leichen doch irgendwann stinkend in ihren Wohnungen oder sonst wo aufgefunden. Ein Arzt wäre hinzugezogen, die Polizei verständigt worden und man hätte Ermittlungen wegen eines nicht natürlichen Todes aufgenommen. Korrekt?«

»Korrekt!«, pflichteten Hagedorn und Bannert unisono bei.

Adler brachte sich in eine aufrechte Sitzhaltung und trank einen großen Schluck ihres Wassers. »Es läuft doch niemand durch die Gegend, sammelt Selbstmörder ein, konserviert sie und stellt sie in einer grausigen Vernissage aus.«

»Da pflichte ich dir bei«, entgegnete Hagedorn.

Bannert rieb sich nachdenklich übers Kinn. »Hm, begleitetes Sterben …?«

»Der Gedanke ist mir auch schon durch den Kopf geschossen, Marius.«

Adlers Blick wanderte verständnislos zwischen Hagedorn und Bannert hin und her.

»Es gibt sogenannte Final-Exit-Begleiter«, fuhr Hagedorn erklärend fort. »Wenn du beabsichtigst, deinem Leiden ein Ende zu bereiten, gehen Freitodbegleiter den letzten Weg mit dir.«

»In der Schweiz ist das zum Beispiel völlig legal«, stimmte Bannert zu. »Es soll sogar schon Reisebüros geben, die Sterbewilligen Reisen in die Schweiz ermöglichen. Nur um zu sterben.«

»Das ist doch pervers!«, stellte Adler entrüstet fest.

»Na ja, darüber lässt sich trefflich streiten«, monierte Hagedorn. »Stell dir vor, Nadine, du bist sterbenskrank, hast vielleicht nur noch wenige Wochen oder Monate zu leben. Würdest du nicht würdevoll sterben wollen, ehe dich die Schmerzen um den Verstand bringen und du nicht mehr in der Lage wärst, eine vernunftgetragene

Entscheidung zu treffen? Oder stell dir vor, du bist aufgrund einer Lähmung gar nicht mehr handlungsfähig.«

Adler rief sich die Leidenszeit ihres Vaters in Erinnerung, der vor drei Jahren an Bauchspeicheldrüsenkrebs gestorben war. »Dann vielleicht«, gestand sie ein. »Aber trifft das auf unsere Opfer denn zu?«, gab sie zu bedenken.

»Wohl eher nicht«, meinte Bannert. »Mal abgesehen von Palmeri, die offenbar gesund war und das ganze Leben noch vor sich hatte. Den beiden anderen wäre wegen ihrer Leiden kein allzu langes Leben beschieden gewesen. Garcia aufgrund seiner genetisch-bedingten Glasknochenkrankheit, und Rena Kopatzkes Körper war von Krebswucherungen durchsetzt.«

»Richtig! Aber handlungsfähig wären alle drei gewesen. Sie hätten keines Sterbegleiters bedurft, um Adieu zu sagen«, warf Hagedorn nachdenklich ein.

Ein Augenblick des Schweigens verging.

»Okay. Stellen wir das zurück«, schlug Hagedorn vor. »Läuft die Überwachung von Dvorniaks Telefon- und Internetanschluss schon?«, fuhr er an Bannert gewandt fort.

»Ja. Seit gestern Abend. War schwer genug, einen Gerichtsbeschluss dafür zu bekommen«, beklagte Bannert. »Du musst zugeben, dass die Verdachtslage gegen ihn mehr als dünn ist.«

»Ich weiß«, räumte Hagedorn ein. »Ich schwöre dir, der Kerl weiß irgendetwas. Es würde mich nicht wundern, wenn er mit dem Graveur in Kontakt stünde«.

»Dem Graveur?«, echote Bannert anerkennend. »Wie bist du denn auf den Namen gekommen?«

»Ist mir eben eingefallen.«

»Du meinst wegen der Schnitzereien, die er in die Leichen graviert hat?«, fragte Adler.

»Genau!« Hagedorn lächelte breit.

Bannert erhob sich. Hagedorn blickte ihn fragend an.

»Was hast du vor?«

Bannert zog sein Handy aus der Tasche. »Ich will mich erkundigen, ob die Überwachung schon irgendwas ergeben hat.«

Hagedorn hob zustimmend den Daumen, als Bannert in eine ruhige Ecke des Lokals verschwand.

»Glaubst du wirklich, dass Dvorniak mit dem Graveur unter einer Decke steckt?« Adler hatte die Arme auf dem Tisch aufgestützt und sah Hagedorn durchdringend an.

Er nickte bedächtig. »Ja, das glaube ich allerdings. Du erinnerst dich an das grobe Profil, das ich abgegeben habe? Psychologisch betrachtet passt es hundertprozentig auf ihn. Leider scheidet er aufgrund seiner körperlichen Gebrechen als derjenige aus, der die Leichen konserviert, geschweige denn aufgestellt haben kann. Das schafft er nicht, ausgeschlossen.«

Nadine Adler nickte bedächtig.

»Auch das Timing«, fuhr Hagedorn fort, »Es ist einfach zu perfekt. Um den Geburtstag Dvorniaks wird eine Ausstellung mit Leichen arrangiert, die seine Handschrift tragen und seiner Popularität einen ungeahnten Aufschwung verleihen. Nein! Das ist mir zu viel des Zufalls. Ich weiß nur noch nicht, wie Dvorniak da mit drinhängt.«

»Du meinst, ob er nur Nutznießer der Aktionen ist oder …«

»… der geistige Anstifter dahinter«, vollendete Hagedorn ihren Satz.

Bannert nahm seinen Platz wieder ein.

»Und?«, drängte Adler.

»Die Überwachung steht«, bestätigte Bannert, als er

an den Tisch zurückkehrte. »Er hat seit gestern Abend noch keine Telefonate geführt. Interessant ist allerdings, dass er offensichtlich einen geheimen Chat laufen hat.«

»Mit wem?« Hagedorn hob überrascht die Augenbrauen. »Erinnerst du dich, als er sagte, dass er sich mit dem Internet nicht auskennen würde?«

»Ja, ich erinnere mich. Die Kollegen im LKA konnten die IP-Adressen noch nicht zurückverfolgen.«

»Wäre interessant zu wissen, wer sich dahinter verbirgt«, sinnierte Hagedorn. Plötzlich hieb er sich mit der flachen Hand gegen die Stirn. »Aber natürlich!«

Adler und Bannert starrten ihn erwartungsvoll an.

»Von Dvorniak war Gastdozent an der Kunstfakultät der hiesigen Uni. Vielleicht kommen wir über seine Kursteilnehmer weiter«, spekulierte er.

»Auf jeden Fall einen Versuch wert«, stimmte ihm Bannert zu.

»Wie gehen wir vor?«, warf Adler in die Runde.

»Ich werde gleich in die Universität düsen«, schlug Hagedorn vor. »Marius, du klemmst dich bitte dahinter, dass die Spezialisten im LKA den unbekannten Chatpartner Dvorniaks identifizieren können.«

»Dann kümmere ich mich um einen entsprechenden Gerichtsbeschluss auf Informationsherausgabe, falls die Uni sich querstellen sollte.«

»Hervorragend«, lobte Hagedorn und lächelte zuversichtlich.

Kapitel 49

Universität Konstanz, Kunstfakultät
Donnerstag

Das Campusareal war weitläufig, sodass es ihn zwanzig Minuten gekostet hatte, sich zurechtzufinden. Zehn Jahre waren vergangen, seit er das letzte Mal hier gewesen war. Noch im aktiven Dienst als Fallanalytiker des LKA hatte er gelegentlich Vorträge vor Jura-Studenten halten müssen. Seine Vorgesetzten hatten entgegen all seiner Widerstände darauf bestanden, dass er mindestens einmal pro Semester als Gastdozent Juristen belehrte. Er sollte den angehenden Juristen die Möglichkeiten und Grenzen der kriminalistischen Fallanalyse aufzeigen.

Der Campusplan dirigierte ihn in das Gebäude H, in dem der kunstwissenschaftliche Fachbereich ansässig war. Mit Erstaunen nahm er zur Kenntnis, dass das gesamte Areal rollstuhlgerecht angelegt war. Treppenrampen und Aufzüge erleichterten ihm die Zugänge zu den Gebäuden.

So gut es ging bahnte er sich mit dem Rollstuhl den Weg durch umherwuselnde Studenten bis zum Sekretariat der Fakultät. Die Tür stand offen. Als er hineinspähte, glaubte er in das Kinderzimmer eines zehnjährigen Mädchens zu blicken. Er hatte angenommen, dass Diddl-Mäuse längst aus der Mode gekommen waren. Die Wände waren jedoch über und über mit Diddl-Karten, Postkarten mit Katzenmotiven und Uli-Stein-Cartoons gepflastert.

»Guten Tag! Mein Name ist Hagedorn. KriPo Konstanz«, stellte er sich der Sekretariatsmitarbeiterin vor, einer unglaublich beleibten Frau in einem gebatikten Sommerkleid. Sie hatte ihr zu ergrauen beginnendes langes Haar zu einem Dutt hochgesteckt. Vor ihrem gewaltigen Busen baumelte an einer giftgrünen Kordel eine Nana-Mouskouri-Brille. Das freundliche, pausbäckige Gesicht war mit feinen Äderchen durchzogen.

»Guten Tag! Wie kann ich Ihnen helfen?«, erkundigte sie sich mit hochrotem Kopf.

Sie hob die Brille vor die Augen und musterte ihn skeptisch.

»Ich berate als Psychologe und Fallanalytiker die hiesige Kripo«, fügte er angesichts ihres zweifelnden Ausdrucks hinzu.

»Schicker Rollstuhl«, lobte sie anerkennend. »War sicher sehr teuer!«

Hagedorn rieb Daumen und Zeigefinger. »Sehr teuer. Über dreißigtausend. Warum fragen Sie?«

»Ach, mein Mann«, seufzte sie. »Er hat Multiple Sklerose. Das wird ihm in absehbarer Zeit auch blühen«, sagte sie auf seinen Rollstuhl deutend. Tränen sammelten sich schimmernd in ihren Augen.

»Das tut mir leid. Bei mir war es ein Unfall.« Hagedorn hoffte, dass sie nicht weiter fragen würde. »Ich bin wegen eines Anliegens hier«, kam er ihr zuvor, als sie zu einer Frage ansetzen wollte.

Mit dem Zipfel eines Stofftaschentuchs wischte sie sich die Tränen aus den Augenwinkeln. »Ein Anliegen?«

»Ja. Trifft es zu, dass ein Romuald von Dvorniak als Gastdozent hier Kunststudenten unterrichtet?«

»Ohhhhh, Romuald von Dvorniak«, stöhnte sie augenrollend.

Hagedorn sah sie erwartungsvoll an.

»Oh ja. Den kennen wir hier alle.«

»Hört sich für mich an, als wäre er eher gefürchtet denn geachtet?« Obwohl er ihn nur kurz kennengelernt hatte, war Hagedorn keineswegs verwundert.

»Ein unmöglicher Mensch, wenn Sie mich fragen. Launisch, ungehobelt, respektlos.«

»Doziert er noch?«

»Nein, schon seit einiger Zeit nicht mehr. Lassen Sie mich nachdenken.« Sie zog die Stirn kraus. »Das muss im letzten oder vorletzten Semester gewesen sein. Wieso? Hat er was angestellt?«

»Nein!«, gab Hagedorn lachend zurück. »Es geht mir um seine Kursteilnehmer«, schwindelte er.

»Da müsste ich sie an unsere akademische Mitarbeiterin verweisen.« Ihr Finger glitt über eine Liste, die hinter ihr an einer gekorkten Pinnwand hing. »Ah, ja. Doktor Kowalczyk.« Sie tippte eine vierstellige Nummer auf dem Tastenfeld ihres Telefons und lauschte.

»Hallo, Dana! Hier ist ein Herr von der Kripo, der ein paar Fragen zu Dvorniak hat.« Die Antwort schien kurz zu sein. Sie legte auf und lächelte Hagedorn breit an. »Doktor Kowalczyk wird gleich hier sein.«

»Danke, Frau …«

»Claudia. Ich heiße Claudia.«

»Danke, Claudia«, bedankte er sich aufrichtig. »Ich hatte ehrlich gesagt mit weniger Hilfsbereitschaft gerechnet.«

»Ich mag Ihre Augen.«, Sie lächelte ihn mit gesenktem Kopf an. Das hatte ihm gerade noch gefehlt.

»Schönes Kleid, Claudia«, log er stattdessen. »Ich mag die Farben. Haben Sie das selbst gemacht?«

Kokett drehte sie sich hin und her. »Ja, finden Sie?«, sagte sie nicht ohne Stolz und noch röteren Wangen. »Seit mein Mann nicht mehr arbeiten kann … Ach, Sie wissen schon«, sagte sie seufzend. Sie ließ den Satz unbeendet und kämpfte erneut mit den Tränen.

Hagedorn verstand nur zu gut.

Im Korridor hinter ihm näherte sich das klackernde Geräusch hochhackiger Schuhe. Unweigerlich stellte sich bei ihm dabei das Bild einer attraktiven, gepflegten, langbeinigen Frau ein. Es war faszinierend, schoss es Hagedorn durch den Kopf, was Männer mit dem Geräusch assoziierten. Irgendwann, so nahm er sich vor, würde er sich näher mit diesem Phänomen beschäftigen. Wahrscheinlich war das nur ein Klischee, aber es schien etwas dran zu sein. Die Schritte verlangsamten sich, und eine schlanke, hochgewachsene Frau betrat Claudias Diddl-Refugium. Ein adretter Kurzhaarschnitt umrahmte herbe slawische Gesichtszüge. Der etwas hellere Haaransatz ließ vermuten, dass sie die Haare schwarz färbte. Leuchtend blaue Augen strahlten ihn an.

»Sie sind der Herr von der Kriminalpolizei?« Einzig ihr leicht gerolltes R ließ ihn vermuten, dass sie aus Polen, Tschechien oder der Slowakei stammen könnte.

»Falk Hagedorn«, stellte er sich ihr vor und reichte ihr die Hand.

»Sie sind Hagedorn?«, rief sie überrascht aus.

Verwirrt sah er zu ihr auf.

»Entschuldigen Sie, ich wollte nicht unhöflich sein. Darius Szegeny ist mein Lebensgefährte. Schön, Sie endlich persönlich kennenzulernen.«

Ihr Händedruck war herzlich und unerwartet kräftig.

»Wie kann ich Ihnen helfen?«

Sie bedeutete Hagedorn, ihr zu folgen, als das Telefon der Sekretärin zu läuten begann.

»Danke, Claudia«, formte er lautlos mit den Lippen und winkte zum Abschied.

Hagedorn war ihr zu einem Zimmer am Ende der Korridors gefolgt. Er hätte ein geräumigeres Büro erwartet.

»Die sind alle so klein«, sagte Kowalczyk, die Hagedorns Blick zu erraten schien.

»Also, wie kann ich Ihnen helfen? Übrigens …«, sie hob bedauernd die Arme, »… es tut mir leid, dass wir es in drei Monaten immer noch nicht geschafft haben, gemeinsam essen zu gehen. Darius betont so oft, wie glücklich er über seine Teilhabe an der Praxis ist.«

»Nicht schlimm.« Hagedorn winkte nonchalant ab. Die Erwähnung, dass er es vorgezogen hatte, sich die letzten Monate in seiner Behausung zu vergraben und sich zu besaufen, wäre vielleicht unangebracht gewesen. Er war sich nicht einmal mehr sicher, ob er nüchtern gewesen war, als er Darius die Teilhaberschaft angeboten hatte. Zumindest die Verträge, die ein Anwalt für sie aufgesetzt hatte, waren lupenrein.

Hagedorn kam gleich zum Punkt. »Romuald von Dvorniak. Seit wann doziert er nicht mehr?«,

»Seit letzten Oktober oder November. Nein, November«, korrigierte Dana Kowalczyk sich.

Sie ließ sich hinter ihrem Schreibtisch in den Bürosessel fallen und schlug die Beine übereinander.

»Darf ich fragen, weshalb er nicht mehr als Gastdozent tätig ist?«

»Sagen wir mal so … seine Ansichten und Lehren waren mit der Philosophie der hiesigen Fakultät nicht konform.«

Hagedorn ahnte, worauf Kowalczyk anspielte, und enthielt sich einer Nachfrage.

»Hat er alle Kurse unterrichtet, oder waren das nur spezielle?«

»Nein, das waren nur wenige, ganz spezielle Kurse. Wenn ich mich recht erinnere, waren die auch nicht sonderlich gut besucht. Höchstens zwei Dutzend Teilnehmer.«

Hagedorns Hoffnungen in Anbetracht einer überschaubaren Anzahl an Kursteilnehmer wuchsen.

»Würden Sie mir eine Liste der Kursteilnehmer zur Verfügung stellen?«

»Hm«, summte sie nachdenklich. »Ich weiß nicht, ob ich dazu befugt bin.«

Hagedorn verkrampfte sich. Jedes Mal dasselbe! Was glaubten die Menschen eigentlich, was die Polizei mit den Daten, die sie so erlangte, anzustellen gedachte. Bei jedem Online-Einkauf gaben Konsumenten mehr Daten preis, als die Polizei je erheben würde. Es ging hier um die Aufklärung eines Verbrechens und nicht um das Konsumverhalten irgendwelcher Studenten.

Hagedorn griff kurzerhand zu einem Bluff: »Wenn Sie es wünschen, habe ich innerhalb weniger Minuten eine richterliche Verfügung.«

Skeptisch taxierte Kowalczyk ihn einige Sekunden. »Ich denke, dass wir darauf verzichten können. Vorausgesetzt, ich kann mich auf Ihre Diskretion verlassen«, fügte sie augenzwinkernd hinzu.

Hagedorn presste die Lippen aufeinander und fuhr sich verschwörerisch mit Daumen und Zeigefinger über den Mund.

»Wenn Sie mir Ihre Karte geben, lasse ich Ihnen eine Liste erstellen und zumailen«, schlug Kowalczyk vor.

Hagedorn reichte ihr die Karte seiner Praxis. »Das wäre großartig. Würde es Ihnen große Umstände bereiten, mir die Liste heute noch zukommen zu lassen? Die Sache eilt etwas.«

Sie zuckte bedauernd mit den Achseln. »Ich will schauen, was ich tun kann«, versprach sie und ergänzte dann noch: »Von Dvorniak soll einige besonders talentierte Studenten gesondert gefördert haben. Zumindest munkelt man das auf dem Campus. Wenn dem so war, geschah das inoffiziell.«

Hagedorn dankte ihr mit einem ergebenen Nicken und betätigte den Joystick der Steuerung. Kowalczyk erhob sich und trat hinter dem Schreibtisch hervor.

»Was machen Sie eigentlich genau hier?«, fragte er. »Darius hat nur am Rande erwähnt, dass Sie an der Uni tätig sind.«

»Ich bin Kunsthistorikerin und arbeite an meiner Habilitation. Danach hoffe ich eine Professur zu bekommen.«

»Worüber schreiben Sie?«

»Ach.« Sie winkte verlegen ab. »Das wäre zu zeitraubend, Ihnen das zu erläutern. Bitte, verstehen Sie mich nicht falsch.«

»Ich würde es ohnehin nicht verstehen«, entgegnete Hagedorn schmunzelnd. »Korrigieren Sie mich, falls ich mich irre, aber es klang beinahe ein wenig bedauernd, als sie vorhin sagten, dass sich von Dvorniaks Lehren, na ja, nicht mit denen der Fakultät vertrugen.«

Kowalczyk nickte zustimmend. »Ich bedauere es auch sehr. Persönlich halte ich ihn für einen großartigen Künstler. Aber als Mensch ist er – wie soll ich es ausdrücken? – schwierig«, beendete sie ihren Satz nach einer kurzen Pause.

»Ich verstehe«, antwortete Hagedorn knapp. Er verstand nur zu gut, was sie meinte.

Versonnen sah Kowalczyk ihm nach, als er summend den Korridor hinauffuhr und das Gebäude verließ. Nachdenklich kehrte sie schließlich in ihr Büro zurück.

Kapitel 50

Irgendwo in Konstanz
Drei Wochen zuvor

Sie hatte viel darüber gelesen, und dennoch war sie sicher, die Erfahrung würde ganz anders sein, als in den Büchern beschrieben stand. Obwohl sie kein besonders gläubiger Mensch war, hatte sie die Existenz einer unsterblichen Seele nie verleugnet. Dass danach irgendetwas sein würde, Hölle, Nirwana oder das Paradies – wer wusste das schon so genau –, davon war sie überzeugt. Eine biologische Unsterblichkeit gab es nicht. Aber ließ sie sich nicht auf anderen Wegen bewerkstelligen? Der Weg, den sie zu gehen beschlossen hatte, würde ihr genau das garantieren. Unsterblichkeit!

Noch vor Wochen war sie fest entschlossen und von einer fiebrigen Erregung gepackt gewesen. Mit jeder Stunde, die vergangen war und dieser Tag näher rückte, verstärkte sich ihre Melancholie. Nein! Bedenken, das einzig Richtige, zumindest in ihrer Vorstellung, zu tun, kamen ihr nicht. War es Angst? Sie wusste es nicht. Eigentlich hatte sie sich darauf gefreut, den Tag herbeigesehnt. Und doch war es in seiner Endgültigkeit das Radikalste, was sie je getan hatte. Oh, sie hatte viele Fehler in der Vergangenheit begangen. Zu viele! Und es war ihr nie gelungen, der Vergangenheit zu entfliehen. *Entfliehen,* dachte sie bitter. Das klang, als hätte an irgendeinem Punkt irgendwann einmal eine zeitliche Diskrepanz zwischen Jetzt und Damals bestanden. Die hatte es nie gegeben.

Nein, die Vergangenheit hing an ihr wie ein parasitärer Organismus, der sie nach und nach aussaugte, ihr alle Kraft und Lebensenergie beraubte.

Sie lächelte in sich hinein, und sofort stellte sich eine innere Ruhe ein. Irgendwann war ihr klar geworden, dass es keinen Sinn machte, sich dagegen zu wehren. Sie erinnerte sich daran, wie es war, welche Ruhe und Frieden sie verspürt hatte, als sie den Weg erkannte und sich entschied, ihn auch zu beschreiten. Schon vor Jahren hatte sie ihn gehen wollen, doch beide Male hatte es ihr an Mut gefehlt. In ihrer Vorstellung war es wie mit einem lange gehegten Traum, den Jakobsweg bis an sein Ende nach Santiago de Compostela zu pilgern oder ein Buch zu schreiben. Viele redeten immer davon, dies oder jenes tun zu wollen. Sie unterschied sich darin nicht. Viel zu lange hatte sie alles nur vor sich hergeschoben, aufgeschoben. Wozu? Nun, da ihre Zeit ablief, gab es keinen Aufschub mehr.

Von einer tiefen Zufriedenheit erfüllt, glitt ihr Blick durch den Raum, den sie in den letzten Tagen immer und immer wieder entstaubt und gereinigt hatte, obwohl es für die Maßstäbe anderer vielleicht blitzsauber gewesen wäre. Alles war so, wie es sein sollte, alles an seinem Platz, der Boden gewischt, die Gardinen frisch gewaschen, die Fenster streifenfrei geputzt, nirgends lag auch nur das kleinste Staubkorn.

Sie war nicht allein. Das hätte sie nicht gewollt. Die beiden Männer, die ihr schweigend gegenübersaßen, hatte sie noch nie zuvor gesehen. Arrangiert hatte den heutigen Abend jemand anders. Eine Stimme, die sie nur vom Telefon kannte.

Eine verzerrte Stimme, die blechern, dennoch nicht unheimlich oder gar unfreundlich geklungen hatte.

Mit einem fast unmerklichen Nicken gab sie einem der Männer zu verstehen, dass sie bereit sei. Dieser warf seinem Begleiter einen kurzen Seitenblick zu, und beide erhoben sich von ihren Stühlen. Ruhig trat der offenbar ältere der beiden auf sie zu und zog ein Klettband aus seiner Hosentasche.

Obwohl sie genau wusste, was nun folgen würde, begann sich ein Kribbeln in ihr auszubreiten. Schon von Berufs wegen als Gesundheitspflegerin hatte sie sterbende Menschen begleitet und sich entsprechend vorbereitet. Sogar eine Inkontinenzeinlage hatte sie sich besorgt. Wenngleich unausweichlich, verabscheute sie die Vorstellung, sich einzunässen.

Ihre innere Unruhe wich, als der Mann ihr sacht über den Schädel mit den noch verbliebenen, abstehenden Fäden ihrer einstmals schwarzen Haarpracht strich, sie anlächelte und das Klettband um ihr Handgelenk legte, um es an der Armlehne des Stuhls zu fixieren. Ebenso verfuhr er mit dem anderen Handgelenk. Auf ihr Zeichen hin trat der Jüngere hinzu und stülpte ihr ausdruckslos den Beutel über den Kopf. Obwohl sie bemüht war, ruhig weiterzuatmen, begann die Folie sich augenblicklich zu beschlagen und ließ die beiden Männer zu undeutlichen Schemen verblassen.

Ihr Atem beschleunigte sich, und das Gas, das sie mit jedem Atemzug inhalierte und das ihre Lungen füllte, verursachte einen diffusen Druck im Kopf. Ein Bienenstocksummen stellte sich ein. Sollte es sich so anfühlen?

Wie eine künstliche Lunge schrumpelte und entfaltete sich der Beutel knisternd im Rhythmus ihrer Atemfrequenz.

Mit jedem Atemzug verringerte sich der Sauerstoffanteil. »Ich sollte doch langsam das Bewusstsein verlieren?«, ging es ihr durch den Kopf.

Gerade um zu verhindern, dass sie sich das Exit-Bag herunterreißen konnte, war es ihr Wunsch gewesen, dass man ihre Hände fixierte. Mittlerweile japste sie nach Luft. Ihr vernarbter, ausgemergelter Brustkorb hob und senkte sich vergeblich in dem Bemühen, Lebensatem in die Lungen zu pumpen.

»Das war so nicht richtig! So sollte sich das nicht anfühlen!«

Ihre Finger begannen sich krampfhaft um die hölzerne Armlehne zu krallen. Während sie gegen den Würgereiz anzukämpfen versuchte, irrte ihr Blick blinzelnd hinter der beschlagenen Folie durch den Raum, der sich auszudehnen und zu entrücken schien.

Die dunklen Umrisse der beiden Männer verharrten reglos, teilnahmslos.

Verzweifelt bewegte sie die fixierten Hände. Selbst wenn sie gewollt hätte, wäre ein Schrei unmöglich gewesen, da sich die Kehle schmerzhaft verkrampfte.

Dunkle Flecken und Blitze tanzten wie Irrlichter vor ihren Augen.

Sie sollte nichts spüren. Das hatte man ihr versprochen!

Das Helium sollte dafür sorgen, dass sie sanft dahindämmern würde, bis die Atmung aussetzte, das Gehirn nicht mehr mit Sauerstoff versorgt wurde und der Kreislauf zusammenbrach.

Zum ansteigenden Blutdruck gesellten sich brüllende, hämmernde Kopfschmerzen, wie sie sie noch nie zuvor erlebt hatte.

Ihre Atempausen wurde immer länger und gingen allmählich in Schnappatmung über. Nicht mehr lange, und sie würde das Bewusstsein verlieren. Wie sehr sie sich danach sehnte, auch wenn sie die Schmerzen ihrer krampfenden Muskeln schon nicht mehr wahrnahm. Ein letzter sinnloser Atemzug, und sie begrüßte die erhabene Dunkelheit, die sich ihrer bemächtigte. Sie spürte, wie sich ihre Blase entleerte.

Dann nichts mehr.

Kapitel 51

Konstanz – Bodenseeufer
Donnerstag, 29. August

Vereinzelt erntete er abschätzige Blicke, während er vor sich hin grummelnd im Zickzackkurs die Uferpromenade von der Schmugglerbucht herkommend in Richtung Stadtmitte hinauffuhr. Der Strom der Flanierenden war trotz der bedrohlich aufziehenden Gewitterfront ungebrochen.

Hagedorn hoffte, dass Doktor Kowalczyk ihm die Informationen, um die er sie gebeten hatte, schnell zuleiten würde. Es war mehr als ungewiss, ob die Teilnehmerliste von Dvorniaks Seminaren sie ein Stück weiterbrächte. Vielleicht befand er sich ja gänzlich auf dem Holzweg.

Tausende unbeantworteter Fragen schossen ihm durch den Kopf, aber jeder einzelne Gedanke hing wie ein Thrombus in seinen Hirnwindungen und schien jeglichen logischen Gedankenfluss zu verstopfen.

»Was entgeht mir?«, sagte er leiser, um weiteren missbilligenden Blicken zu entgehen. »Wo ist die Verbindung zwischen den Opfern, und welche Rolle spielt von Dvorniak in diesem Spiel?«

Cees Dekker, der junge Thanatopraktiker, hatte ihm bereits eine Antwort geliefert, nämlich dass die Leichen, so wie sie präpariert waren, nur für einen kurzen Zeitraum vor Verwesung geschützt sein würden. Nur warum? Fehlten dem oder den Tätern die technischen Mittel dazu?

Lag es am Wissen um die Konservierungstechniken, oder kam es dem Täter am Ende gar nicht auf eine langfristige Präparation an?

Klar musste er damit rechnen, dass die Exponate schnell entdeckt, entfernt und obduziert werden würden.

»Natürlich!«, rief Hagedorn aus und erntete abermals den kritischen Blick eines vorbeischlendernden älteren Paares, das unweigerlich den Bogen um ihn vergrößerte. »Das ergibt Sinn!«, fuhr er an sich selbst gewandt fort. »Es reicht, die Leichen für wenige Wochen zu konservieren, nur solange der Graveur braucht, die Körper zu modifizieren und mit den Schnitzereien zu verzieren.«

Die Kunstobjekte waren also nicht von langer Dauer. Mussten sie das denn sein? Die Bilder und kurze Videosequenzen der Exponate verbreiteten sich gerade viral im Internet. Sie waren mittlerweile zu einer Sensation geworden.

Aber da war noch etwas anderes. War es etwas aus Palmeris und Garcias Wohnungen? Nein, es war in Garcias Wohnung gewesen. Normalerweise vergaß er nie ein Detail einer Ermittlung. Aber dieses musste so flüchtig gewesen sein, dass er es nur unterbewusst wahrgenommen hatte. Und dennoch fühlte er, dass es bedeutsam sein könnte.

»Egal!«, schnaubte er resigniert. Er fühlte sich, als wäre er in einen Raum geeilt und hätte, dort angekommen, vergessen, was er hier beabsichtigte. Nicht selten half es ihm, an den Ursprungsort zurückkehren und zu hoffen, dass es ihm wieder in den Sinn kam. Garcias Wohnung war versiegelt, aber er hatte immer noch die Wohnungsschlüssel in seiner Tasche. Vielleicht würde er, nachdem er in der Praxis gewesen war, in dessen Wohnung vorbeisehen.

Hagedorn überflog die beiden Seiten, die der Drucker am Empfang seiner Praxis ausgespuckt hatte. Von Dvorniaks Teilnehmerliste der Kurse der vergangenen fünf Jahre war überschaubar. Kowalczyk hatte dreiundsechzig Namen mit Geburtsdaten und Adressen in einer Excel-Tabelle aufgelistet. Was daraus nicht hervorging, waren die Namen derer, die von Dvorniak angeblich besonders gefördert haben sollte. Rasch überflog er die Liste und war sich sicher, dass keiner der Namen in ihrem Ermittlungsverfahren je aufgetaucht war. Er hatte die Mail mit der Liste aber auch bereits an Bannert und Adler weitergeleitet.

»Hallo, Falk!«, erklang eine nasale Stimme hinter ihm.

»Hallo, Darius!«, erwiderte Falk den Gruß seines Teilhabers, der eben aus seinem Büro getreten war. Jetzt, da er Dana Kowalczyk kennengelernt hatte, begann Hagedorn sich ernsthaft zu fragen, wie es diesem unscheinbaren, blassen Kerl, der ihr höchstens bis zur Nasenspitze reichte, gelungen war, sie zu erobern. In seiner Vorstellung war sie bislang optisch der gleiche nerdige Typ gewesen wie Darius. Doch während Darius, der ständig etwas gebeugt und verschüchtert daherkam, in der vierten Liga spielte, war Dana Kowalczyk unbestritten Champions League. Hagedorn wusste, dass er klischeehaft dachte. In seinem Job als Fallanalytiker waren Stereotypen arbeitshypothetisch einfach unvermeidlich.

Die Liebe schlägt zuweilen seltsame Kapriolen, dachte Hagedorn.

Aber nicht der Optik oder seines oft kniefälligen Verhaltens wegen hatte sich Hagedorn für Darius als Teilhaber in seiner Praxis entschieden.

Seine brillanten Abschlüsse, seine außerordentlichen Referenzen und sein empathisches Gespür für seine Patienten hatten den Ausschlag gegeben. Das, seine exzellenten Verbindungen zu diversen psychiatrischen Therapieeinrichtungen und die Summe von fünfzigtausend Euro in bar, für die Darius bereit war, sich in die Praxis einzukaufen. Keine überzogene Summe. Nicht selten mussten junge Ärzte oder Psychologen weitaus tiefer in die Tasche greifen, um in eine Gemeinschaftspraxis zu investieren. Kosten und Einnahmen wurden hälftig geteilt, und Darius schien kein Problem damit zu haben, als Hagedorn ihn wissen ließ, dass er nur zehn bis fünfzehn Praxisstunden pro Woche absolvieren würde. Warum solle ihn das auch stören, hatte Darius beim Vertragsabschluss gewitzelt, schließlich profitiere er von Falks beachtlichem Patientenstamm.

»Meine Mail mit den Patientenakten hast du bekommen?«, erkundigte sich Darius schüchtern.

»Sind angekommen. Vielen Dank dafür!«

»Darf ich fragen, wofür du die Informationen brauchst?«, fragte er vorsichtig.

Nach kurzem Zögern befand Hagedorn, dass Darius dafür, dass er vertrauliche Patienteninformationen beschafft hatte, eine plausible Erklärung verdient hatte. Das war er ihm schuldig.

»Du hast von den Leichen gehört, die in der Stadt aufgefunden wurden?«

»Na logo! Wer hat das nicht!« Darius verzog das Gesicht, als hätte er an einer Zitrone gelutscht. »Das ist doch pervers.«

»Na ja, psychologisch nicht sehr fundiert, Herr Kollege, aber im Wesentlichen ist es das«, grinste Hagedorn.

»Ich suche immer noch nach den Gemeinsamkeiten und Verbindungen zwischen den Opfern«, erklärte er.

»Ich verstehe.« Darius nickte bedächtig. »Deshalb deine Anfrage, ob alle drei Patienten im Zentrum für Psychiatrie gewesen waren.«

»Du hast dir die Patientenakten angesehen?«, vermutete Hagedorn.

»Hm«, brummte Darius. »Hab ich. Ich hatte mir schon gedacht, dass es um die aufgefundenen Leichen gehen könnte.«

»Mich würde deine fachliche Expertise dazu interessieren.«

Darius grinste über das ganze Gesicht. »Gerne! Vielleicht bei einem Abendessen?«

»Klar!«, bestätigte Hagedorn.

»Ist es in Ordnung, wenn ich Dana mitbringe?«

»Herzlich gern!«, schwindelte er, obwohl es ihm lieber gewesen wäre, mit Darius allein die Krankenberichte der Toten zu diskutieren. »Heute Abend? Acht Uhr im Brauhaus?«

»Wunderbar!«, rief Darius strahlend aus. »Ich reserviere uns einen Tisch.«

Kapitel 52

Polizeipräsidium
Donnerstag

Rasch warf Hagedorn einen Blick auf die Uhr im Eingangsbereich des Präsidiums. Er war länger in der Praxis geblieben, als er beabsichtigt hatte. Eigentlich ließ er sich ungern so überrumpeln, aber das gemeinsame Abendessen mit dem Teilhaber seiner Praxis und seiner Lebensgefährtin war längst überfällig gewesen. Er würde damit seiner gesellschaftlichen Verpflichtung nachkommen und nebenbei die Einschätzung und den unvoreingenommenen Blick eines externen Psychologen bekommen. Hagedorn erhoffte sich dadurch neue Impulse.

Kurz vor sechs. Die allermeisten aus der Soko würden bereits zu Hause sein, bei Bannert und Adler war er sich ziemlich sicher, sie noch anzutreffen. Er drückte den Anforderungsknopf für den Lift und warf einen sorgenvollen Blick in den Himmel. Die Gewitterfront hatte sich in der letzten Stunde massiv verdichtet und war wie eine schwarze, bedrohliche Walze über den Bodensee herangerollt. Die grau-schwarzen Gewitterwolken verdüsterten den Himmel über Konstanz derart, dass die Dämmerungsautomatik aktiviert wurde und die Straßenlaternen flackernd aufzuflammen begannen. Die gelegentlichen Wärmegewitter am Bodensee waren völlig anders, als er sie aus der Stuttgarter Gegend gewohnt war.

Ob es nun das bedrohliche Grollen eines herannahenden Donners war oder die unzähligen Blitze, wenn sie wie glühende Lichtschwerter herniederfuhren und die Wasseroberfläche des Bodensees scheinbar zum Brodeln brachten.

Er liebte es, auf der Terrasse sitzend, diese spektakulären Naturschauspiele zu bewundern. Bei einer der letzten Gelegenheiten im Mai hatte unweit des Ufers ein Blitz mit dem Donnerhall eines gewaltigen Kanonengeschützes ins Wasser eingeschlagen. Der Schalldruck hatte die Fensterscheiben und Gläser in seiner Vitrine zum Erzittern gebracht. Seine Ohren hatten zwei Tage danach noch geklingelt.

Seufzend glitt er in den Fahrstuhl. Viel lieber würde er jetzt auf seiner Terrasse das bevorstehende Naturspektakel bewundern. Am liebsten zusammen mit Lara. Bei einer guten Flasche Wein, eng aneinandergeschmiegt und eingewickelt in eine leichte Wolldecke.

Im Beamtentempo glitt die Tür des Fahrstuhls zurück, und er rollte aus der Kabine. Hagedorn näherte sich Adlers Büro. Der herrische Ton einer männlichen Stimme schien hart mit Nadine Adler ins Gericht zu gehen, ohne dass Hagedorn verstanden hätte, worum es dabei ging. Lediglich einzelne Wortfetzen drangen durch die geschlossene Bürotür.

Bei »himmelschreiender Inkompetenz, Gurkentruppe und Totalversagen« riss Hagedorns Geduldsfaden, der ohnehin nicht sehr ergiebig war, und er stürmte in Adlers Büro.

Hagedorn hatte erwartet, einen von Adlers Vorgesetzten anzutreffen, doch diesen Mann hatte er im Leben noch nicht gesehen.

Bei dessen Anblick konnte sich Hagedorn ein Schmunzeln nicht verkneifen. Dessen sonores Timbre stand in völligem Widerspruch zu seiner Erscheinung.

Sein taumelnder, watschelnder Gang erinnerte ihn sofort an Danny DeVito in einer seiner Paraderollen als der Pinguin, Batmans Gegenspieler und einer von Gothams Unterweltkönigen.

Aufgeregt vor Adlers Schreibtisch auf und ab watschelnd, endete dessen Tirade abrupt, als er Hagedorn gewahr wurde.

»Wer sind Sie denn?«, blaffte der Pinguin.

»Das ist Falk Hagedorn«, fiel ihm Adler ins Wort, die ihre Stimme wiedergefunden hatte. »Er ist Fallanalytiker in unserem Team.«

Die Hände in die fleischigen Hüften gestemmt, ließ er ein verächtliches Schnauben erklingen. »Aha! Fallanalytiker.«

»Falk, das ist Oberstaatsanwalt Fechter von der Staatsanwaltschaft Konstanz.«

»Leitender Oberstaatsanwalt«, korrigierte Fechter pikiert.

»Wenig erfreut!«, sagte Hagedorn knapp, was Fechters Gesicht puterrot anlaufen ließ.

»Sie haben Nerven, Mann. Platzen in unsere Besprechung und werden dann auch noch frech. Hat man Ihnen nicht Manieren und Respekt beigebracht?«

»Meinen Respekt muss man sich verdienen, Herr Fechter. Und so wie Sie eben mit Frau Kriminaloberrätin Adler gesprochen haben, dürfte sich das äußerst schwierig gestalten.«

Fechter ignorierte Hagedorn und fuhr an Nadine Adler gewandt fort: »Also, wann kann ich mit konkreten Ermittlungsergebnissen rechnen?«

»Dann, wenn der oder die Täter evident überführt wurden!«, fuhr Hagedorn dazwischen.

»Mit Ihnen habe ich nicht geredet!« Fechter warf Hagedorn einen vernichtenden Blick zu, der angesichts seiner Gestalt schon beinahe ulkig wirkte.

Mit der unbeirrbaren Gleichmütigkeit eines Faultiers hob und senkte Hagedorn die Achseln. »Sagen Sie mir, Herr Fechter, wieso machen Sie eigentlich so einen Druck?«

»Das muss ich Ihnen nicht erklären«, fauchte Fechter. »Es ist einfach nicht hinnehmbar, dass ein offenbar Irrer durch Konstanz marschiert, Menschen tötet und zur Schau stellt. Haben Sie mal an die Menschen gedacht, die hier leben?«

»Klar, und erst die vielen Touristen, die ausbleiben könnten«, gab sich Hagedorn gespielt empört. »Wenn er sie denn tötet«, fuhr er fort, als Fechter sich gerade aufblies, um Adler erneut verbal zu torpedieren.

Fechters Luft entwich wie aus einem löchrigen Blasebalg. »Wie meinen Sie das?«

»So, wie ich es sage. Im Augenblick liegen uns keine Obduktionsergebnisse vor, die belegen würden, dass die drei bisher aufgefundenen Leichen eines gewaltsamen Todes gestorben sind.«

Fechters Blick spielte Pingpong zwischen Adler und Hagedorn.

»Wieso bisher?« Fechter tänzelte unruhig auf der Stelle.

Meine Güte, ist der Kerl begriffsstutzig, dachte Hagedorn und warf Adler einen vielsagenden Blick zu.

»Bisher wurden drei Leichen gefunden. Mag sein, dass es unser Täter dabei bewenden lässt, aber ich will nicht ausschließen, dass wir in den nächsten Tagen noch weitere Exponate auffinden werden.«

Fechter hatte wieder begonnen, vor Adlers Schreibtisch auf und ab zu watscheln.

»Das klingt mir zu abstrus«, nörgelte Fechter. »Solange ich keine Gewissheit habe, wie die Opfer zu Tode kamen, muss ich von einem Tötungsdelikt ausgehen. Wie sonst sollte ich die strafprozessualen Eskapaden Ihrer Truppe rechtfertigen?«

Adler bedachte ihn mit Unschuldsmiene.

»Sie wissen genau, was ich meine, Frau Adler! Sagen Sie mir wenigstens, dass ich mich wegen der Telefonüberwachungsmaßnahme bei diesem Sveniak …«

»Von Dvorniak«, fiel ihm Hagedorn ein weiteres Mal ins Wort.

»… meinetwegen, von Dvorniak, nicht umsonst mit dem Ermittlungsrichter angelegt habe?«

Eine berechtigte Frage, wie Hagedorn fand. Eine der Fragen, derentwegen er hergekommen war.

»Sind noch nicht ausgewertet!«, entgegnete Nadine Adler knapp.

»Wie soll ich das verstehen, noch nicht ausgewertet?« Fechter verfiel wieder in seinen Watschelgang.

»Der Mann surft total viel im Internet, das sind ungeheure Datenmengen. Meine Leute brauchen Tage, um die Daten zu analysieren.«

Hagedorn neigte sich zur Seite und zupfte grinsend seine verschwitzte Hose aus der Gesäßfalte. Hatte Adler den leitenden Oberstaatsanwalt eben eiskalt belogen?

»Herr Fechter«, begann Hagedorn jovial. »Jeder in dieser Sonderkommission gibt sein Bestes. Alle arbeiten mit Hochdruck, um den oder die Täter dingfest zu machen, das versichere ich Ihnen. Wir werden jeden unserer Schritte mit Ihnen absprechen und Sie über alle Neuerungen in dem Fall umgehend unterrichten.«

Nadine Adler unterdrückte krampfhaft einen Lachanfall.

Aus Hagedorns Mund klang das so aufrichtig wie das Wahlversprechen eines Politikers, zumindest das zuletzt Gesagte.

Zu ihrer beider Überraschung schien Fechter sich damit zufriedenzugeben.

»Nun gut! Ich wünsche Ihnen und mir viel Erfolg.«

Fechter empfahl sich und watschelte, ohne Hagedorn eines weiteren Blickes zu würdigen, aus Adlers Büro.

»Ich wusste gar nicht, dass du so schleimen kannst«, kicherte Adler.

»Und ich nicht, dass du so schamlos lügen kannst«, konterte Hagedorn. »Also, wie sieht es wirklich aus mit der Telefonüberwachung?«

Adler schüttelte resigniert den Kopf. »Nichts, von Dvorniak war seit gestern nicht mehr online. Hat auch keine Telefonate geführt. Zumindest keine von dem uns bekannten Anschluss.«

»Fuck verdammt!«, fluchte Hagedorn. »Gibt es sonst irgendwas Neues? Wo ist eigentlich Bannert?«

»Der hat sich den Nachmittag freigenommen. Ich glaube, der Haussegen hängt schief.«

Hagedorn nickte verständig. »Was seine miese Laune erklären würde.«

»Und zu deiner ersten Frage. Nein, nicht viel Neues.«

Hagedorn zog sich das Haargummi heraus und schüttelte die Haare auf. »Und das wenige?«

»Was?«

»Du sagtest, nicht viel Neues. Was sind dann die wenigen Nachrichten?«

»Ach so!« Adler musste sich erst sammeln. »Ich hatte einige Leute auf Hinweise verendeter oder getöteter Schwäne angesetzt. Tatsächlich hat uns der Naturschutzbund Bodensee mitgeteilt, dass auf der Insel Reichenau der Kadaver eines flügellosen Schwans aufgefunden wurde. Offenbar war ihm das Genick gebrochen worden. Dem Grad der Verwesung nach muss er dort schon einige Wochen gelegen haben.«

»Irgendwelche Spuren?«, hakte Hagedorn nach.

»Hm!« Adler brummte zustimmend und blätterte durch die Seiten eines Spurensicherungsberichts, den sie aus einem Stapel Unterlagen klaubte. »Hier! In der Nähe des Fundortes wurden Reifenspuren gesichert. Ziemlich runtergefahren, da die Profilzeichnung nicht sehr eindrücklich war. Kieferle meinte, dass die Reifen zu einem Lieferwagen gehören könnten.«

Hagedorn rief sich die Protokolle der Zeugenvernehmungen ins Gedächtnis. »Waren da nicht zwei Zeugen, die am Bahnhof einen alten Lieferwagen gesehen haben wollen, kurz bevor die Statue auf dem Balkon des Glockenturms aufgestellt wurde?«

»Richtig!«, bestätigte Adler. »Ich habe die Reifenabdrücke schon ans LKA zur Analyse schicken lassen. Eine Anfrage über das Kraftfahrbundesamt bezüglich älterer Lieferwägen mit Konstanzer Zulassungskennzeichen läuft bereits.«

Hagedorn hob anerkennend den Daumen. »Sonst noch etwas?«

»Ja«, entgegnete Adler kleinlaut. Hagedorn horchte auf. »Du hattest mal wieder recht!«

»Womit?«

»Mit Cornelius Dekker. Auf den LED-Strahlern waren zwar unzweifelhaft seine Fingerabdrücke, aber keinerlei Spuren von ihm am letzten Leichenfundort. Keine DNA, keine Fasern. Nichts! Und die Organe aus seinem Kühlhaus konnten keiner der Leichen zugeordnet werden.«

»Wusste ich's doch!«, antwortete Hagedorn ohne die geringste Spur von Schadenfreude. »Und wie sind seine Fingerabdrücke auf die Lampen gekommen?«

Adler beugte sich vor, stützte die Ellbogen auf den Schenkeln ab und massierte sich mit den Handballen die Schläfen.

»Die Strahler, so konnten wir nachvollziehen, wurden in einem hiesigen Baumarkt gekauft. Möglich, dass Dekker sie dort in den Händen hatte und danach in den Karton zurücklegte. Zumindest naheliegend, da noch eine Vielzahl anderer Abdrücke darauf zu finden waren.«

»Was ist los, Nadine?« Hagedorn rollte näher zu ihr heran und betrachtete sie sorgenvoll.

Als sie zu ihm aufsah, kullerten ihr Tränen über die Wangen.

»Ich schaffe das nicht, Falk!«

Er nahm ihre Hände in die seinen und sah ihr tief in die Augen.

»Ich habe nicht die geringsten Zweifel, dass du das schaffst.«

Sie rang sichtlich damit, nicht auf der Stelle laut loszuheulen wie ein kleines Kind. »Ich weiß nicht, ob ich dem Druck noch weiter gewachsen bin«, sagte sie leise und mit belegter Stimme.

Hagedorn legte den Kopf schief und sah sie eindringlich an.

»Es ist doch nicht nur das Verfahren, oder?« Ihr Blick sagte ihm, dass er richtiglag mit seiner Vermutung.

»Nein! Ja! Auch, Herrgott noch mal. Jess muss für die US-Army für ein Jahr nach Myanmar auf den Stützpunkt Nampong. Sie möchte, dass ich sie begleite. Seit Wochen halte ich sie mit einer Entscheidung hin.«

»Bis wann braucht sie eine endgültige Entscheidung?«

»In zwei Tagen. Am Sonntag geht ihr Flug von der Ramstein Airbase.«

Kapitel 53

Irgendwo in Konstanz
Drei Wochen zuvor

Tote Menschen aufzubereiten war eine Sache, sie sterben zu sehen eine völlig andere.

Rena Kopatzke war jämmerlich erstickt. Das Bild ihres sich in Todeskrämpfen windenden und zitternden Körpers hatte sich für alle Zeit unauslöschlich in sein Gedächtnis gebrannt. Und das Schlimmste war, dass er es verbockt hatte. Das Heliumgas hätte genau das verhindern sollen. Beim Überstülpen der Exit-Bag war offenbar zu viel Gas entwichen. Er war nicht sorgsam genug gewesen.

Bei Garcia war es einfach gewesen. Das Blut war langsam, aber stetig aus ihm herausgesickert. Er hatte weder gekrampft noch sich in Agonie gewunden. Nach zehn Minuten hatte er einfach die Augen geschlossen und sein Leben mit einem letzten röchelnden Atemzug beendet. Und Palmeri hatte bereits drei Minuten nach der Propofolinjektion aufgehört zu atmen. Eine saubere Sache!

Angewidert schüttelte er sich und wandte sich wieder der vor ihnen liegenden Aufgabe zu. Sie hatten sie ausgezogen und ihre Sachen geradewegs in einen schwarzen, reißfesten Müllsack gesteckt. Langsam betrachtete er den ausgemergelten toten Körper und schnalzte genervt mit der Zunge.

Kopfschüttelnd war sein Blick auf ihre Handgelenke gerichtet.

»Na toll«, murmelte er. »Sieh dir den Mist an«.

Neben ihm erklang ein missbilligendes Brummen. »Ärgerlich, aber nicht zu ändern.«

Den ausgezehrten Körper aufzubereiten, war schon Arbeit genug, nun kam erschwerend hinzu, dass sich die Kopatzke im Todeskampf die Handgelenke wund gescheuert hatte. Nicht sehr schlimm, dennoch würde es zusätzliche Mühe bedeuten, die Blutergüsse und Hautdefekte zu beseitigen und zu reparieren. Das Zeitfenster war ohnehin nicht sehr groß. Er würde schnell arbeiten müssen. Vorsichtig, um der Toten nicht noch weitere Beschädigungen zuzufügen, wickelten sie Rena Kopatzkes nackten Körper in die Luftpolsterfolie, die sie eigens dafür besorgt hatten. Die Folie und der Müllsack mit ihren Kleidern würden mit allem anderen, was potenzielle Spurenträger sein könnten, im Ofen der Werkstatt verheizt werden.

»Fertig?«

Zustimmend nickten sie einander zu, zählten auf drei und hoben den Leichnam zugleich an und schafften ihn fort.

Kapitel 54

Konstanz, Musikerviertel
Donnerstag, 29. August

Nachdem sie sich noch eine Zeit lang über Nadines Zerrissenheit und ihre Befürchtung, Jess für immer zu verlieren, unterhalten hatten, war Hagedorn zu seinem Haus gefahren. Es war ihm nicht gelungen, Adlers Bedenken gänzlich zu zerstreuen, zumal bei allem, was sie ihm über ihre Frau erzählt hatte, tatsächlich die Gefahr bestand, sie zu verlieren. Beide waren starke Frauen, die für ihren Job lebten. Adler vielleicht mit etwas weniger Euphorie und Herzblut als Jess.

Nadine hatte ihn angefleht. »Sag mir, was ich tun soll! Soll ich meinen Job an den Nagel hängen und Jessica nach Myanmar begleiten?«

Hagedorn hatte angeführt, dass es vielleicht gar nicht nötig sei, ihren Job an den Nagel zu hängen, wie Adler es ausgedrückt hatte. Sein Vorschlag, sich für ein Jahr ohne Bezüge beurlauben zu lassen, hatte ihre Tränen versiegen lassen.

»Du meinst, ich müsste gar nicht kündigen?«, hatte sie gefragt.

»Pfft, nein, natürlich nicht. Und du könntest, falls es nicht funktioniert, jederzeit zurückkommen.«

Gedankenverloren erreichte er sein Häuschen und

stoppte abrupt, als er sah, dass jemand unter dem Vordach auf ihn wartete.

Irgendwie schien das zur Gewohnheit zu werden. Erst als er sich dem Hauseingang näherte, erkannte er, wer dort stand.

»Lara!«, rief er erstaunt aus. »Was machst du denn hier?«

Lara Geermann saß auf der gemauerten Umfassung, hatte die Arme vor der Brust verschränkt, die Beine übereinandergeschlagen und wippte ungeduldig mit dem Fuß.

»Deinem Gesichtsausdruck nach zu urteilen, stattest du mir keinen Höflichkeitsbesuch ab«, mutmaßte Hagedorn schief grinsend, als er sie erreicht hatte.

»Hagedorn, du sturer Bock!« Ihre Augen blitzten angriffslustig.

»Aha«, murrte Hagedorn lang gezogen. »Marius hat gepetzt!«

»Völlig richtig!«, schnaubte Geermann. »Ich habe meinen Ohren nicht getraut, als er mir erzählt hat, was passiert ist.«

Hagedorn fuhr kommentarlos die kurze Rampe hinauf und schloss die Haustür auf.

»Was ist? Kommst du herein?«

Lara Geermann bückte sich nach einer kleinen Reisetasche und stapfte ihm wütend hinterher.

»Wirklich, Falk. Du solltest das nicht auf die leichte Schulter nehmen«, sagte sie versöhnlicher, als er ihr in die Küche vorausgerollt war.

Hagedorn deutete eine beschwichtigende Geste an, entkorkte zischend eine Flasche Bier und trank gluckernd einige große Schlucke.

»Spiel das nicht herunter!«, zischte sie mit erhobenem Zeigefinger.

Hagedorn rollte die Bierflasche zwischen den Handflächen und sah sie amüsiert an. Geermann schleuderte ihre Reisetasche in eine Ecke und trat einen Schritt auf ihn zu. »Du hast die ganze Nacht besinnungslos im Bad gelegen!«, sagte sie wütend. »Das ist nicht witzig!«

»Du bist anbetungswürdig, wenn du in Rage bist«, bemerkte er trocken.

»Lass das!«, blaffte Geermann. Doch als sie die vertikale Falte bemerkte, die sich zwischen Hagedorns Augenbrauen bildete, besann sie sich, dass es ihr nicht zustand, so mit ihm zu sprechen.

Hagedorn legte den Kopf schief und sah sie durchdringend an.

»Worüber regst du dich eigentlich so auf?«

Geermann stand mit den Händen in die Hüften gestemmt vor ihm und taxierte ihn grimmig. Unvermittelt riss sie ihm die Bierflasche aus der Hand und setzte sie sich an die Lippen.

Hagedorn schielte an ihr vorbei auf die zerknautschte Reisetasche, die sie in die Ecke geschleudert hatte.

»Bleibst du?«, fragte er knapp.

»Weiß – ich – noch – nicht«, antwortete sie zwischen leisen Rülpsern, als sie die Flasche geleert hatte. »Ehrlich, Falk. Es gibt Menschen, die sich um dich sorgen.« Sie stellte die leere Flasche auf die Anrichte.

»Ach ja? Wer denn?«

»Ja, du blöder Esel! Ich mache mir Sorgen um dich.«

Ehe Hagedorn etwas darauf erwidern konnte, beugte sich Geermann zu ihm hinab und küsste ihn. Zaghaft zuerst, da sie unsicher schien, ob er den Kuss erwidern würde.

Und das tat Hagedorn. Er zog sie sanft zu sich auf den Schoß, den Arm um ihre Taille geschlungen, eine Hand in ihrem Nacken.

»Wow!«, seufzte sie, als er sich nach endlosen Sekunden von ihr löste und sie anlächelte. Geermann schlug die Augen auf. Ihr Blick flatterte unstet zwischen seinen heterochromen Augen hin her.

Dann grinste sie frech, griff hinter sich und ließ ihre Hand in seinen Schritt gleiten.

»Habe ich mir das doch nicht eingebildet.«

Hagedorn deutete an sich hinunter, als er sagte: »Kamasutrische Verrenkungen sind nicht mehr drin, aber der Rest funktioniert einwandfrei«, feixte Hagedorn.

»Ich hatte gehofft, dass du das sagen würdest.« Sie küsste ihm über die Stirn und Wangen. »Lass uns nach oben gehen«, hauchte sie ihm in Ohr. Dann küsste sie ihn leidenschaftlich.

Kapitel 55

Die Werkstatt – zwei Wochen früher

Träge rührte er mit der Eisenstange in dem Laugenfass. Die Gedärme und Organe, die sie darin entsorgt hatten, waren nur mehr eine zähe, gallertartige Masse, die die Natronlauge im Laufe der vergangenen Wochen zersetzt hatte.

Dumpf drang seine Stimme unter der Gasmaske hervor, die ihn vor den Dämpfen schützte.

»Das kannst du vergessen, mein Freund! Niemand steigt jetzt aus der Sache aus.«

Sorgfältig deckelte er das Fass zu und legte den Spannring darum.

»Ich kann das nicht mehr«, kam es wimmernd aus einer Ecke der Werkstatt.

»Hättest du besser aufgepasst, wäre die Alte nicht so jämmerlich krepiert. Du hast es verbockt, und nun leb damit.«

Er zog sich die Gasmaske über die Stirn und rieb sich mit dem Ärmel den Schweiß aus dem Gesicht. Wütend pfefferte er die Maske auf die Werkbank und ließ sich schwer auf einen Drehstuhl sinken, dessen Polster löchrig und fadenscheinig war.

»Ist alles vorbereitet?«, erkundigte er sich. »Hey, ich rede mit dir!«, brüllte er, als er keine Antwort bekam.

Erschrocken fuhr der andere zusammen und richtete sich kerzengerade auf seinem Stuhl auf. »Was?«

»Hast du alles vorbereitet?«

»Na klar! Alles ist bereit!«, antwortete er monoton und ließ den Blick hektisch durch die Werkstatt fahren, als wollte er sich des Gesagten noch einmal versichern.

Die Wannen, Zuber und Bottiche, die überall herumstanden, wirkten im Dämmerlicht wie unheilvolle Edelstahlungetüme. Die Kette des Flaschenzuges baumelte quietschend hin und her.

Ein glücklicher Zufall hatte ihm die Werkstatt, im Grunde eine alte Scheune, beschert. Sie gehörte der alten Liebermann. Fünfundneunzig, tattrig und schlecht zu Fuß, hatte er sie vor ein paar Monaten nach einem Frühlingsfest der jüdischen Gemeinde nach Hause gefahren. Er hatte mit Glauben und Spiritualität absolut nichts am Hut. Zum Fest war er eigentlich nur gegangen, um einer Kommilitonin zu gefallen, die er flachlegen wollte.

Die strenggläubige alte Frau lebte auf einem kleinen, etwas außerhalb gelegenen Gehöft, das sie viele Jahrzehnte mit ihrem Mann bewirtschaftet hatte, als sie gleich nach Kriegsende wieder nach Deutschland zurückgekehrt waren. Den Liebermanns und einigen anderen in Konstanz lebenden Juden war damals die Flucht in die Schweiz gelungen, bevor die eidgenössischen Grenzer 1940 begonnen hatten, rigoros alle Juden am Schlagbaum abzuweisen. »Juden seien keine politischen Flüchtlinge«, so die Schweizer Behörden damals.

Die Liebermanns waren einfache Leute, die sehr bescheiden gelebt hatten. Reich konnte sie der Hof ohnehin nicht gemacht haben. Ein paar Rinder, Schafe, Ziegen und Hühner, so hatte ihm die Liebermann einmal erzählt, waren ihr gesamter Stolz, und mehr hätten sie zum Auskommen nicht gebraucht.

Aviel Liebermann war der einzige Schochet weit und

breit gewesen, der streng nach den jüdischen Gesetzen schächtete. Sein Fleisch sei immer makellos und koscher gewesen, hatte ihm die Liebermann voller Stolz erzählt. »*Baruch Hashem*, muss mein lieber Aviel diese ganzen unsäglichen Diskussionen über rituelle Schlachtungen nicht mehr miterleben«, hatte die Liebermann einmal gesagt.

Koscher hin oder her, er aß ohnehin kein Fleisch, was die alte Liebermann überhaupt nicht verstehen konnte. Manchmal glaubte er, dass sie nicht mehr ganz richtig im Kopf war. Obwohl er ihr ein Dutzend Mal seinen Namen genannt hatte, erfand sie ebenso oft neue Namen für ihn. Bachja, Berek, Baruch, Benaja waren noch die harmlosesten Abwandlungen. Die Liebermann verlangte eine lächerlich geringe Monatsmiete für die Scheune, stellte keine Fragen und ließ ihm seine Ruhe. Dafür sollte sie ihn doch nennen, wie sie wollte. Hauptsache, sie konnten ungestört darin arbeiten.

»Du kannst jetzt nicht aussteigen. Nicht so kurz vor dem Finale«, gab er zu bedenken.

Der schmächtige Kerl sah ihn aus verquollenen Augen an.

»Sorry, Mann!«, fuhr er versöhnlicher fort. »Ich wollte dich nicht anbrüllen.«

Mechanisch nickte sein Gegenüber. Die Mundwinkel verzogen sich zu einem flatternden Lächeln. »Schon gut«, entgegnete dieser leise. »Wir ziehen das durch.«

Kapitel 56

Konstanz, Musikerviertel
Freitag, 30. August

Ihr Liebesspiel war ihm ungelenk und unbeholfen vorgekommen. Als er damals mit fünfzehn mit der zwei Jahre älteren Claudia seine Jungfräulichkeit verlor, hatte er sich genauso gefühlt.

Erst nach dem zweiten und dritten Mal war seine Aufregung verflogen. Danach waren sie erschöpft eingeschlafen. Hagedorn konnte sich nicht mehr erinnern, wann er zuletzt so tief und traumlos geschlafen hatte. Ein Blick auf die Uhr verriet ihm, dass es zwar nur vier Stunden gewesen waren, aber er fühlte sich frisch und ausgeruht wie seit Langem nicht mehr. Umständlich, um sie nicht zu wecken, wand er sich aus ihrer Umarmung. Irgendwie hatte sie ihre Beine über und unter den seinen verknotet. Mit beiden Händen zog er sein linkes Bein vorsichtig unter den ihren hervor, robbte sich an die Bettkante und brachte sich in eine sitzende Position. Überall im Zimmer lagen ihre Klamotten verstreut. Schnell gab er es auf, im Halbdunkel nach seinen Kleidern fischen zu wollen. Die Boxershorts und das T-Shirt mussten genügen. Fast wäre er beim Versuch seinen Rollstuhl heranzuziehen, von der Bettkante gerutscht. Im Eifer des Gefechts musste er weiter weggerollt sein, als er ihn für gewöhnlich neben dem Bett abzustellen pflegte.

Versonnen lächelnd betrachtete er Laras nackten, fast makellosen Körper.

In der kurzen Verschnaufpause, die sie ihm zugebilligt hatte, war ihm der farbliche Unterschied eines ihrer Füße aufgefallen, als sie sich eng an ihn geschmiegt hatte.

»Vorfußprothese«, hatte sie die Beantwortung seiner Frage vorweggenommen. Sie sei zwölf gewesen, als ihr Pferd gescheut und sie abgeworfen habe. Das Tier sei völlig panisch gewesen und habe ihr mit den beschlagenen Hufen den linken Fuß zertrümmert. »War nichts mehr zu retten«, hatte sie nüchtern das Thema beendet. Hagedorn wusste aus eigener Erfahrung, wie nervig es sein konnte, wenn die Leute es ganz genau wissen wollten, weshalb er es respektierte, dass Lara nicht weiter darauf eingehen wollte. Die Prothese war jedenfalls erlesene Handwerkskunst. Abgesehen davon, dass Lara sicher darin ging, harmonierte die Farbe des Silikons perfekt mit der Farbe ihrer Haut und fiel erst auf den zweiten Blick oder gar nicht auf.

Das Gestänge seines in die Jahre gekommenen Klapprollstuhls knarrte, als er sich hineinhob, die Reifen anstieß und aus dem Schlafzimmer rollte.

Hagedorn war froh, dass Sam ein paar Tage versorgt war. Er hätte es nicht verstanden, wenn er nicht ins Schlafzimmer gedurft hätte. Das Futter hätte er zwar angerührt, aber ansonsten sein Herrchen für mindestens drei Tage mit Nichtachtung und Gleichgültigkeit bestraft. Und dennoch fehlte er ihm. Vor etwas mehr als einem Jahr noch wäre es ihm vollkommen absurd vorgekommen, sich einen Hund zuzulegen. Nun, diese Entscheidung hatte ihm Karina abgenommen, als sie ihm ihren Hund mehr oder weniger aufgezwungen hatte, wenn sie beruflich unterwegs war und vor der Kamera stand.

Jetzt war Sam das Einzige, was ihm von ihr geblieben war, außer der Erinnerung an sie, die mehr und mehr zu verblassen drohte, sosehr er sich auch dagegen wehrte. Manchmal ertappte er sich dabei, wie er an ihren Kleidern roch, die im Schrank im Gästezimmer hingen. Dann glaubte er ihren Duft wahrzunehmen, was natürlich völliger Quatsch war. Ihre Sachen hatten längst den Geruch der Pressspanplatten, des billigen Furniers und des Leims des Schranks angenommen, den er vor dem Umzug bei Ikea gekauft und mühselig in stundenlanger Arbeit zusammengezimmert hatte. Das Versprechen, sich bei dem schwedischen Möbelhersteller über die unzureichenden Aufbauanleitungen zu beschweren und den Verfassern ebenjener Anleitungen Krätze und Inkontinenz zu wünschen, war er sich schuldig geblieben.

Obwohl das stroboskopische Wetterleuchten oft ein untrügliches Zeichen war, war das erwartete Gewitter ausgeblieben. Über dem Bodensee galten andere Gesetzmäßigkeiten.

Leise zog er die Schlafzimmertür ins Schloss und fuhr mit dem Treppenlift nach unten, unschlüssig, was er dort tun sollte. Es war immer noch besser, als neben Lara zu liegen und ihr beim Schlafen zuzusehen.

Ich könnte mich daran gewöhnen, ging es ihm durch den Kopf. Er hatte nicht mehr daran geglaubt, überhaupt jemals wieder zu derartigen Gefühlen imstande zu sein. Lara hatte etwas in ihm geweckt, was er bereits seit langer Zeit tot geglaubt hatte, besonders nachdem ihm Karina genommen worden war.

Ob sie wohl ebenso empfand wie er? Zumindest hatte er, als sie miteinander schliefen, nicht den Eindruck, als wäre er nur ein One-Night-Stand für sie. Nein, da war mehr! Das bildete er sich nicht nur ein.

Mit einer Dose Sprite in seinem Schoß und einer Zigarette, die er sich hinters Ohr geklemmt hatte, rollte er über die Terrasse in die Nacht, der Uferpromenade entgegen.

Kapitel 57

Konstanz Altstadt
Einige Stunden zuvor

Keuchend ließ sich von Dvorniak in seinen alten Sessel plumpsen. Seine Reisetasche und die anderen Sachen würde er später auspacken. Erst würde er sich ausruhen und wieder zu Atem kommen. Obwohl ihn die Reise nur nach Zürich geführt hatte, war sie ihm unendlich beschwerlich erschienen. Wie er es hasste, alt zu sein. War es nicht Joachim Fuchsberger, der einmal gesagt hatte, alt werden ist nichts für Feiglinge? Er wusste es nicht mehr, aber zutreffend war es in jedem Fall.

Als sein Atem sich beruhigt hatte, erhob er sich mühsam und schlurfte mit schweren Schritten in die Küche. Er schwenkte den Kessel, sich vergewissernd, dass noch genug Wasser darin war, und schob ihn auf den Herd. Eine Tasse Tee mit einem ordentlichen Schluck Rum würde seine Lebensgeister wieder auf Vordermann bringen. Unschlüssig starrte er in das Teekästchen, das mehr als zwanzig Sorten Tee enthielt. Wenn er es recht bedachte, spielte es eigentlich keine Rolle, welche Sorte er nahm. Der Rum würde den Geschmack ohnehin überdecken. Er griff nach einer Tasse aus dem Abtropfgestell und steckte, da er sich nicht entscheiden konnte, einen Beutel irgendeiner Kräutermischung hinein, dann goss er die Tasse bis zur Hälfte mit dem achtzigprozentigen Stroh Rum auf, der mit anderem Hochprozentigem im

Spülenschrank hinter dem Mülleimer verborgen gestanden hatte.

Bis das Wasser kochte, würde es einige Minuten dauern. Neugierig, ob vom Bewunderer neue Nachrichten eingegangen waren, klappte er den Laptop auf und ließ ihn hochfahren, was in Anbetracht der veralteten Prozessorleistung weitere quälende Minuten dauern würde.

Das wimmernde Zwitschern des Lüfters wurde zunehmend nerviger. Schon bald würde das alte Gerät mit all dem Rest seiner Habseligkeiten auf dem Müll landen oder, das hoffte er inständig, auf irgendeiner Auktion verhökert werden. Von Dvorniak sah sich in dem völlig überladenen Raum um. Jahrzehntelang hatte sich darin nichts verändert. Bis gestern war ihm alles angenehm und vertraut gewesen. Doch nun fühlte er sich plötzlich fremd und deplatziert. Nicht dass ihm an irgendetwas in dem Haus besonders gelegen wäre, aber nun gehörte nichts mehr davon ihm. Weder die abgenutzten Möbel, die unzähligen Bücher noch der Tand und Unrat, der sich über die Jahre angesammelt hatte. Selbst sein Hinterteil war von dem fadenscheinigen, schäbigen Sessel, in dem er saß, nur noch geduldet. Dafür hatte er gestern gesorgt. Das Aufwendigste war die Räumung seines Schließfachs in der Schweizer Bank gewesen. Das Innenleben barg einige seiner Bilder. Nicht die besten, wie er fand, dennoch ein gutes Dutzend Arbeiten, die er gemalt hatte, nachdem die Kunstkritiker und die Öffentlichkeit ihn zerrissen hatten. Keine Galerie, geschweige denn private Kunstsammler wollten sich danach noch mit ihm einlassen. Selbst die Galeristen, die vor dieser Zeit seine Arbeiten ausgestellt hatten, hatten ihn fallen lassen wie eine heiße Kartoffel. Schnell waren seine Bilder und Skulpturen aus den Ausstellungsräumen verschwunden gewesen.

Als wären sie wertlose Schundromane, hatte man seine Arbeiten für Kupfergeld an naive oder hoffnungslos optimistische Kunstsammler verramscht.

Ein zynisches Lächeln umspielte seine Mundwinkel, als der Teekessel pfiff und er sich mühsam aus dem Sessel quälte.

»Das könnte sich bald ändern«, sagte er leise, als er das dampfende Rum-Tee-Gemisch mit beiden Händen zum Sessel zurückbalancierte.

Der Laptop war bereit. Vorsichtig stellte er die heiße Tasse auf den Beistelltisch neben sich und rief sein Mailprogramm auf.

Zwei neue Nachrichten des Bewunderers.

Kapitel 58

Konstanz, Uferpromenade
Freitag, in den frühen Morgenstunden

»Hey, Digger, schau mal, wen wir da haben!«

Hagedorn hatte die beiden Gestalten, die sich ihm näherten, nicht bemerkt.

»Alter, jetzt bist du so was von fällig!« Der schmächtigere der beiden rieb sich kämpferisch die Fäuste, von denen eine bandagiert war.

Erst eine Straßenlaterne erhellte die Gesichter, als sie sich dem Lichtkegel näherten.

Hagedorn verringerte die Geschwindigkeit des Elektrorollstuhls, kniff die Augen zusammen und erkannte in den beiden Halbstarken Jay und Silent Bob, wie er sie nannte, die vor weniger als einer Woche einer jungen Frau im Herosépark an die Wäsche wollten. Damals hatte er das Überraschungsmoment auf seiner Seite, und sie hatten den Krüppel gehörig unterschätzt. Hagedorn nahm nicht an, dass sie den Fehler ein zweites Mal begehen würden.

»Sieh mal an! Jay und Silent Bob«, schnaubte Hagedorn verächtlich, als sie ihre Schritte beschleunigten und auf ihn zuhielten.

»Wer?«, fragte der schmächtige Jay dümmlich.

»Hat die Missgeburt uns gerade beleidigt?« Silent Bob, dessen rechter Unterarm bis zum Ellbogen eingegipst war, knuffte seinem Kumpel lachend in die Seite.

Hagedorn war die Unsicherheit in dessen Lachen nicht entgangen.

»Warum bin ich Idiot nicht zu Hause geblieben?«, tadelte er sich knurrend.

Er sollte jetzt neben Lara liegen und nicht mitten in der Nacht auf zwei testosterongesteuerte Idioten treffen, die glaubten, ihre Minderwertigkeitskomplexe an ihm aufpolieren zu müssen.

Hagedorn hatte seinen Rollstuhl längst angehalten. Rasch zog er den Beckengurt enger, griff nach dem Schlagstock an der Beinstütze und drückte den Knopf, der für die vertikale Ausrichtung seines Stuhls verantwortlich war.

»Soll ich dir den anderen Arm auch noch brechen?«, fuhr Hagedorn an Bob gewandt fort, als sein Stuhl ihn vollständig aufgerichtet hatte. Jay war der Verschlagenere, Brutalere von beiden. Diesen Ausdruck in den Augen hatte er schon hundertfach gesehen. Den Blick einer gequälten, vernarbten Seele, die seit frühester Kindheit nichts anderes als körperliche und seelische Misshandlung kannte.

»Verpassen wir dem Wichser eine Abreibung«, zischte Jay und ließ seine Hand in die Hosentasche gleiten.

»Das würde ich sein lassen …«, drohte Hagedorn und ließ den Schlagstock ausfahren. »… wenn du dich die nächsten Wochen nicht von Brei ernähren möchtest.«

Bob trat unsicher einen Schritt zurück.

»Komm schon, Alter, lass den Krüppel. Ich hab heut keinen Bock auf Stress!«

Im Gegensatz zu Bob machte Hagedorns Größe und Statur keinen Eindruck auf Jay.

Jay fuhr herum. »Chill mal, Bro. Der Wichser hat's verdient! Hat mir den Daumen gebrochen und dir den Arm. Schon vergessen?«, zischte Jay.

»Trotzdem, Gio! Lass uns lieber abchecken, ob die anderen schon am Forum sind.«

Hagedorn hatte sich also nicht getäuscht. Silent Bob war der vernünftigere der beiden.

»Hör auf deinen Bro, Gio«, sagte Hagedorn ruhig und ließ den Schlagstock langsam sinken.

»Is' mir egal, was du machst, Bro, ich stech den Wichser jetzt ab!« Jays Augen hatten sich zu Schlitzen verengt. Seine Hand fuhr aus der Hosentasche, und eine Klinge schnappte klickend aus dem Messerheft.

»Komm schon, Alter! Lass den Scheiß!« Silent Bob tänzelte unruhig von einem Bein auf das andere.

Hagedorn hob den Schlagstock erneut, bereit, ihm dem Jungen, wenn es sein musste, über den Schädel zu ziehen. Er dachte nicht daran, sich hier und heute ein Messer in den Bauch stechen zu lassen.

»Gio, Alter, komm schon! Du hast schon genug Ärger am Hacken.«

»Du dreckiger Scheißkrüppel«, zischte Jay hinter zusammengepressten Zähnen hervor. Er hob das Messer und kam bedrohlich auf Hagedorn zu.

Hagedorns Körper straffte sich. Jeder Muskel seines Oberkörpers war gespannt. Er würde es dem Jungen so schwer wie möglich machen. Ein Rückzug war ausgeschlossen, so blieb ihm nur die Flucht nach vorn.

Den linken Arm hielt er abwehrbereit ausgestreckt, um die Messerattacke abzuwehren, den rechten schlagbereit über der Schulter angewinkelt, um einen Gegenangriff auszuführen.

»Scheiße, Alter! Die Bullen!«, rief Silent Bob. Er nahm die Beine in die Hand und rannte ein Stück die Seestraße hinunter, als sich das Scheinwerferlicht eines Autos näherte. Dann schlug er sich in die Büsche.

Mit einer raschen Bewegung schleuderte Jay das Messer in den See und stolperte seinem flüchtenden Kumpel hinterher.

Hagedorn wandte den Kopf und blinzelte gegen das Fernlicht an, dass ihm die Augen tränen ließ.

Ein Streifenwagen hielt auf ihn zu.

»Euch schickt der Himmel«, seufzte er, als der Passat neben ihm hielt.

Kapitel 59

Konstanz – Altstadt

Die Mails des Bewunderers waren kurz und nüchtern gehalten. Die erste enthielt nur zwei Sätze: Wir sind vorbereitet! Sind Sie es auch?

Die zweite enthielt eine Telefonnummer mit der Anweisung, diese um genau zwei Uhr anzurufen. Das wäre das erste Mal, dass von Dvorniak persönlich mit dem Bewunderer reden würde.

In Anbetracht des bevorstehenden Telefonates sah er keine Veranlassung, auf die erste Mail zu antworten. Selbstverständlich war er vorbereitet! Nichts anderes hatte er die letzten vierundzwanzig Stunden getan.

Seine Gelenke schmerzten heute stärker denn je. Ungewöhnlich stark. Am schlimmsten waren sie bei nasskalter Wetterlage oder wenn sich Schnee ankündigte. Vorsichtig ballte er die Finger zur Faust und öffnete sie langsam wieder, was die Fingergelenke knacken ließ. Bald wäre er auch die Schmerzen los.

Er hatte noch zehn Minuten, trotzdem überschlug er, ob die Zeit und die Kraft reichten, um sich eine weitere Tasse seiner teuflischen Mischung aufzubrühen.

Ächzend erhob er sich aus dem Sessel und wäre beinahe gestürzt. Vielleicht wäre er gut beraten, den Tee mit weniger Stroh Rum aufzupeppen.

Das Wasser im Kessel war noch heiß.

Er war es leid, Entscheidungen zu treffen, weshalb er

blindlings einen Beutel Tee aus dem Holzkästchen angelte und heißes Wasser in die Tasse goss, als plötzlich sein Handy klingelte. Erschrocken fuhr er zusammen.

Scheppernd stellte er die Rumflasche zur Seite und versuchte fluchend mit einem Lappen der Rumpfütze Herr zu werden, die sich um die Tasse gebildet hatte und, der Schwerkraft folgend, auf den Boden zu tropfen begann.

Zitternd griff er nach dem Telefon. Die Rufnummer des Anrufers war unterdrückt.

»Ja!«, blaffte er ins Telefon.

Sekundenlang hörte er nichts außer rasselnden Atemgeräuschen, die keines natürlichen Ursprungs waren.

»Maître?«, drang es blechern an sein Ohr. Die Stimme war technisch verzerrt. Vermutlich hörten sich die Atemgeräusche deshalb so seltsam an, mutmaßte von Dvorniak.

Obwohl er eine Ahnung hatte, fragte er leise: »Wer ist da?«

»Ihr größter Fan«, antwortete die Stimme.

Unsicher, ob sich jemand einen üblen Scherz mit ihm erlaubte, nahm er das Telefon vom Ohr. Der Bewunderer hätte sich niemals so gemeldet.

»Hier spricht der Bewunderer«, drang es verzerrt, aber deutlich aus dem Hörer.

»Ich dachte, ich sollte Sie anrufen?«, fragte von Dvorniak irritiert.

»Es haben sich, nun ja, ein paar unvorhergesehene Dinge ereignet, die ein wenig Flexibilität erfordern. Deshalb habe ich Sie angerufen. Ich bitte Sie um Verständnis, Maître.«

»Was für unvorhergesehene Dinge?«, wollte er wissen.

»Nichts, was sie beunruhigen müsste.«

»Verdammt noch mal! Ich will wissen, was das für Dinge sind«, beharrte er.

Der Bewunderer zögerte. Wieder dieses unnatürliche Atemgeräusch.

»Hagedorn hat gestern an der Kunstfakultät Erkundigungen über Sie eingeholt.«

»Was für Erkundigungen?«, fragte von Dvorniak.

Erneut ließ sich der Bewunderer Zeit mit der Antwort.

»Und er hat eine Liste Ihrer Kursteilnehmer angefordert.«

Von Dvorniak verstand nicht. »Was haben meine Kursteilnehmer damit zu tun?«

»Nichts!«, versicherte ihm der Bewunderer. »Es ändert nichts an unserer Absprache.«

»Das hoffe ich!« Mit festerer Stimme fuhr er fort: »Es wäre für mich inakzeptabel, wenn sich am Zeitplan etwas ändern würde.«

»Keine Sorge! Es wird alles so ablaufen, wie Sie es gewünscht haben.«

Von Dvorniak schlurfte mit der Tasse zurück ins Wohnzimmer und ließ sich in seinem Sessel nieder.

»Konnten Sie alles erledigen, worum ich Sie gebeten habe?«, erkundigte sich die Roboterstimme.

»Zweifeln Sie an mir?«

»Keineswegs!«

»Die Bilder werden morgen mit einer Spedition angeliefert. Ich werde sie mit allem anderen in meinem Atelier deponieren.«

»Sehr gut!«

»Ich verlasse mich darauf, dass Sie sich an ihren Teil des Deals halten«, insistierte von Dvorniak.

»Sie können sich auf mich verlassen«, bekräftigte der Bewunderer.

»Das will ich Ihnen auch raten.«

Am anderen Ende der Leitung herrschte kurzes Schweigen.

»Was wollen Sie damit andeuten?«, schnarrte es in sein Ohr.

»Dass ich Vorsorge getragen habe, sollte nicht alles im Detail so laufen, wie wir es besprochen haben. Oder dieser Widerling Hagedorn mir dazwischenfunken!«

»Es wird alles wie geplant durchgeführt. Sie können mir vertrauen. Und Hagedorn lassen Sie mein Problem sein.«

Von Dvorniak glaubte die Verärgerung in der Stimme des Bewunderers zu hören.

»Dann gibt es weiter nichts zu besprechen. Nicht wahr?«

»Nein, Maître. Haben Sie mein Päckchen erhalten?«

»Ist gestern Morgen angekommen«, bestätigte von Dvorniak.

»Sehr gut! Leben Sie wohl!«

Es gab eine leise Rückkopplung, als der Bewunderer die Verbindung beendete und er minutenlang das Display des Handys betrachtete.

»Leben Sie wohl!« Ja, das würde er, aber auf eine andere Art.

Von Dvorniak lächelte.

Kapitel 60

Konstanz, Uferpromenade
Freitag, 03:20 Uhr

»Guten Morgen, Herr Hagedorn! Können Sie schon wieder nicht schlafen?«, erkundigte sich die junge Beamtin, die ihm durch die geöffnete Seitenscheibe zulächelte. Obwohl er ihren Namen nicht kannte, war sie ihm vertraut. Sie waren sich das ein oder andere Mal in der Stadt begegnet, wenn er mit Sam durch die Nacht streifte, was die vergangenen Monate regelmäßig der Fall gewesen war.

Ihrem männlichen Kollegen, der auf dem Fahrersitz saß, war er noch nicht begegnet. Ein junger Kerl, höchstens zwanzig, nickte ihm freundlich zu.

»Ihr seid ausnahmsweise zur richtigen Zeit am richtigen Ort«, zog er sie grinsend auf.

»Wieso? Was ist passiert?«, fragte sie besorgt.

»Ach, zwei Typen, junge Kerle, wollten mir vorhin ans Leder.«

»Wie sahen sie aus?«, erkundigte sich die Beamtin.

»Einer war ein Hänfling. Klein, schmächtig, dunkle kurze Haare. Der andere nannte ihn Gio.«

»Wie sah der andere aus?«, ergriff der Fahrer zum ersten Mal das Wort.

Hagedorns Sitz fuhr sirrend in seine normale Position zurück. »Etwas größer und deutlich kräftiger als der Hänfling.«

Hagedorn strich sich seitlich durch die Haare. »Er hatte so einen Sidecut. Nennt man das so, wenn die Haare seitlich ausrasiert sind?«

Die junge Beamtin schenkte ihrem Kollegen einen vielsagenden Blick.

»Giovanni di Massimiliano! So heißt der Kleinere. Der andere dürfte sein Sidekick Tufan Altas sein.«

»Sein Sidekick?« Hagedorn zog eine Grimasse.

»Ja. Wo Gio ist, ist Tufan nicht weit. Die beiden machen uns ständig Ärger. Gehören beide zu einer Gang, die glauben, in der Stadt die großen Macker raushängen zu müssen. Das sind Kleinkriminelle. Sachbeschädigungen, Diebstähle, Pkw-Aufbrüche und Verstöße gegen das Betäubungsmittelgesetz.«

»Haben die ein eigenes Revier?«

»Oh ja«, meldete sich der junge Uniformierte vom Fahrersitz zu Wort. »Ihr Ghetto, wie sie es nennen, ist der gesamte Bereich im Industriegebiet, das Bodenseeforum bis hoch zum Heroséepark.«

Hagedorn bedankte sich.

»Wollen Sie die beiden anzeigen?«, fragte die junge Beamtin halbherzig, offenbar nur, um ihrer Amtspflicht Genüge zu tun.

»Nein, schon gut!«

»Dann streifen wir mal weiter«, sagte die Beamtin grinsend und hieb mit der flachen Hand gegen das Außenblech der Karosserie.

»Viel Erfolg!« Hagedorn winkte flüchtig zum Abschied.

»Wo bist du denn gewesen?« Laras Blick war eine Mischung aus Vorwurf und ehrlicher Sorge.

Hagedorn war es nicht gewohnt, jemandem Rechenschaft über seine Gewohnheiten abzulegen. Es musste für sie sehr befremdlich wirken, dass er mitten in der Nacht das Haus verließ, um einfach durch die Gegend zu fahren.

Lara hatte sich ein Glas Eistee eingeschenkt und saß, nur im Schlüpfer und eingewickelt in das Leintuch aus seinem Bett, in einem der Loungesessel. Ihr Handy lag neben ihr.

»Es tut mir leid. Ich wollte dich nicht beunruhigen.«

Hagedorn deutete auf ihr Smartphone. »Wolltest du eine Vermisstenanzeige aufgeben?«

»Hör auf! Das ist nicht witzig. Ich habe mir wirklich Sorgen gemacht.«

Hagedorn beugte sich nach vorne und ergriff ihre Hände.

»Noch mal, es tut mir leid. Seit einem Jahr kann ich nicht mehr durchschlafen.«

»Du musst dich nicht rechtfertigen«, unterbrach ihn Lara.

»Das ist keine Rechtfertigung, aber ich finde, du hast eine Erklärung verdient.«

Sie lächelte gequält. »Du musst mir auch nichts erklären.«

»Seit … seit …«, begann er stotternd.

»Seit Karinas Tod, ich weiß.« Sie nahm sein Gesicht in ihre Hände und küsste ihn lange und zärtlich.

»Würde es dir etwas ausmachen, wenn ich wieder ins Bett gehe?«, fragte sie, als sie sich von ihm löste. »Ich muss morgen nach Freiburg zurück.«

»Natürlich nicht.«

Hagedorn sah ihr nach, wie sie mit federnden Schritten die Treppe erklomm und mit wehendem Leintuch im Schlafzimmer verschwand.

In diesem Augenblick hätte er sie vom Fleck weg geheiratet.

Sein einstiger Schwur, nie im Leben wieder zu heiraten, bröckelte plötzlich. So vieles war damals zerbrochen, als Karinas Mutter ihn für einen windigen Geschäftsmann verlassen und ihn mit Karina hatte sitzen lassen. Wochenlang wusste er oft nicht, wie es weitergehen sollte, wie er die Belastung Beruf, Studium und Vaterrolle meistern sollte. Im ersten Schritt hatte er das Psychologie-Studium geschmissen, was ihm damals sehr schwergefallen war. Im zweiten hatte er das Gespräch mit seinen Vorgesetzten gesucht, die sich überraschenderweise verständnisvoller zeigten, als er erwartet hatte. Man hatte ihm zu Hause einen Arbeitsplatz eingerichtet, von dem aus er viele seiner Fälle bearbeiten konnte. Und dann die Scheidung, die ihn eine ordentliche Stange Geld gekostet hatte. Dem Angebot seines Anwalts, ihr eine Abfindung zu zahlen, wenn sie im Gegenzug auf die Hälfte des Hauses und Unterhaltszahlungen verzichte, konnte seine Ex-Frau nicht widerstehen. Trotzdem musste er das Haus bis an die Grenze beleihen, um ein Darlehen zu bekommen. Seinerzeit hatte er sich und Karina geschworen, nie wieder zu heiraten.

Komisch, dass er bei Laras Anblick plötzlich anders darüber dachte.

Er leerte Laras Eistee in einem Zug und rollte ins Wohnzimmer.

»Scheiße!«, entfuhr es ihm fluchend, und er hieb sich gegen die Stirn. Er hatte das gemeinsame Abendessen mit Darius und Dana völlig vergessen. »Shit!«

Eilig tippte er eine entschuldigende Nachricht an die Handynummer seines Partners und hoffte, dass er nicht zu eingeschnappt sein würde. Nun, es war nicht zu ändern. Alles, was ihn die ganze Woche über beschäftigt hatte, war schlagartig verblasst, als er Lara wartend vor seiner Haustür erblickt hatte.

Nachdem er die Bluetooth-Verbindung zwischen seinem Laptop und dem völlig überdimensionierten 65-Zoll-Fernseher hergestellt hatte, begann er die digitalisierte Fallakte, die Adler ihm auf einem USB-Stick zur Verfügung gestellt hatte, zu zerlegen. Hagedorn hatte seine eigene Herangehensweise, sein eigenes System, seine eigene Art, die Dinge zu sehen. Dann rief er alle Tatortbilder und Aufnahmen aus den Wohnungen der Opfer auf und ließ sie sich auf dem OLED-Flatscreen anzeigen.

Er klickte sich durch die Bilddateien, die er bereits ein halbes Dutzend Mal als Ausdrucke angesehen hatte. Er glaubte alle Details in seinem Gedächtnis gespeichert zu haben, und doch fielen ihm Einzelheiten auf, die er vergessen oder bei den ersten Malen übersehen hatte. Bei einem Bild hielt er inne. Länger, als er es bei den anderen Aufnahmen getan hatte. Es zeigte eine Küche mit in die Jahre gekommenen Einbaumöbeln und Geräten. José Garcias Küche. Hagedorn legte den Kopf schief und versuchte sich auf einen Punkt der Aufnahme zu konzentrieren. Soweit es die Zoom-Funktion seines Bildprogramms zuließ, vergrößerte er die Aufnahme.

»Fuck verdammt!«, fluchte er. Selbst wenn er sich die Aufnahmen noch Stunden anschauen würde, wüsste er nicht, wonach er suchen sollte.

Frustriert schaltete er den Fernseher aus und klappte das Laptop zu. Es hatte damit zu tun, was er in Garcias Wohnung gesehen oder nicht gesehen hatte. Er kam einfach nicht drauf, und das fuchste ihn.

Zurückgelehnt, die Augen geschlossen, rief er sich die Details des Falles ins Gedächtnis, als das Brummen seines Telefons ihn zusammenfahren ließ.

»Hagedorn«, meldete er sich.

»Wagner, vom Polizeirevier.«

Hagedorn erkannte die Stimme der jungen Streifenbeamtin, mit der er vor einer Stunde gesprochen hatte.

»Wir haben die beiden Kleinganoven auf dem Revier. Ich dachte, das könnte Sie interessieren.«

»Was haben sie angestellt?«, erkundigte sich Hagedorn mäßig interessiert.

»Wir haben sie zufällig kontrolliert. Beide hatten eine kleine Menge Gras dabei.«

»Aha!«, kommentierte Hagedorn knapp.

»Sie sind sicher, dass Sie keine Anzeige erstatten wollen? Wir lassen die beiden sonst wieder laufen.«

»Ja, ja. Lassen Sie sie laufen.«

»Ihre Entscheidung.« Die Beamtin wirkte enttäuscht.

»Warten Sie!« Hagedorn dachte einen Augenblick nach. »Halten Sie sie noch eine halbe Stunde fest. Ich will mich mit ihnen unterhalten.«

Wagner pustete hörbar ins Telefon. »Sie können gerne ihr Glück versuchen, aber erfahrungsgemäß reden die nicht mit der Polizei.«

Kapitel 61

Konstanz, Polizeirevier
Freitag, kurz nach 05:00 Uhr

Um Lara nicht zu wecken, hatte er aus dem Wäschekorb eine bereits getragene Jeans herausgekramt und Lara eine handschriftliche Nachricht an der Kaffeemaschine hinterlassen, ehe er sich angezogen hatte und in der morgendlichen Kühle zum Polizeirevier gefahren war.

»Ich rede nicht mit Bullen«, hatte Gio süffisant lächelnd gesagt, bevor Hagedorn sich überhaupt vorstellen und erklären konnte, dass er genau das nicht mehr war. Ein Bulle.

Es wäre Zeitverschwendung gewesen, aus dem Jungen etwas Nützliches herauszubekommen.

Hagedorn rollte ins Nachbarbüro, wo Tufan, den Kopf an die Wand gelehnt, vorgab zu schlafen.

»Hallo, Tufan«, sagte Hagedorn und nickte dem jungen Beamten zu, der den Streifenwagen gefahren hatte. Offenbar hatte man ihn verdonnert, Tufan zu bewachen, bis er eintreffen würde.

Tufan öffnete die Augen einen Spaltbreit. »Ach, der Krüppel!«, schnaubte er verächtlich. Die Kette der Handschließe rasselte hinter Tufans Rücken.

»Genau der. Können wir uns unterhalten?«

»Ich wüsste nicht worüber«, fauchte Tufan.

»Nun, vielleicht darüber, dass ich euch mit einer Anzeige ganz schöne Schwierigkeiten bereiten könnte.« Hagedorn sah ihn streng an.

Tufans Coolness schwand, und er sah Hagedorn fragend an.

»Was hältst du davon, dich vor einem Jugendgericht wegen versuchter Vergewaltigung und versuchter gefährlicher Körperverletzung zu verantworten? Hm? Wie würde es dir gefallen, die nächsten, sagen wir zwei bis drei Jahre in Jugendarrest zu verbringen?«

»Alter, was willst du von mir?«

Hagedorn legte die Hände in den Schoß. Er hatte Tufan so weit.

»Die Rheinpromenade ist dein Ghetto?«

»Richtig, Mann! Das ist unser Stadtteil«, erwiderte Tufan stolz.

Hagedorn interessierten die vorpubertären Revierkämpfe des Jungen nicht, weshalb er darauf nicht einzugehen gedachte.

»Ihr seid dort jede Nacht unterwegs?«

Tufans Blick flackerte unsicher. »Ja, wieso?«

»Auch am Montag?«

Tufan rutschte unruhig auf seinem Stuhl hin und her, als Hagedorns Blick ihn durchbohrte.

»Was geht dich das an, Alter?«

»Seid ihr am Montagmorgen in der Nähe des Bodenseeforums gewesen?«, wiederholte Hagedorn eindringlicher.

Tufan wich Hagedorns Blick aus und fixierte den Jahreskalender einer Polizeigewerkschaft, den jemand schief an die Wand gepinnt hatte.

»Du warst also dort?«

Tufan kaute nervös auf der Wange herum.

Hagedorn war sich nun sicher, dass der Junge etwas

beobachtet hatte, an jenem Morgen, als der tote Körper Cornelia Palmeris vor dem Forum platziert worden war.

»Wenn du mir erzählst, was du gesehen hast, verspreche ich dir, auf eine Anzeige zu verzichten und dich und deinen Kumpel da drüben in Ruhe zu lassen. Deal?«

»Fuck, Alter! Wir haben mit dem Scheiß nichts zu tun«, sprudelte es aus Tufan heraus. »Da war ein alter, klappriger Lieferwagen. Aus dem haben irgendwelche Typen was ausgeladen. Wir haben nicht gesehen, was es war, ehrlich, Alter.«

Wenn du noch einmal Alter sagst, dreh ich dir den Hals um, dachte Hagedorn. »Was waren das für Typen?«, fuhr er stattdessen fort.

»Zwei Typen und eine Frau.«

Hagedorn richtete sich überrascht auf. »Bist du sicher, dass eine Frau dabei war?«

Tufan nickte eifrig. »Ich schwör, Alter!«

Gleich mach ich ihn kalt! Hagedorn hatte alle Mühe, sich zu beherrschen.

»Wie sahen sie aus, Tufan? Beschreib sie mir!«

»Boah, Mann!«

Zumindest nicht Alter. »Versuch's!«, forderte Hagedorn ihn auf.

»Die beiden Typen waren so groß wie ich. Die Frau ein wenig größer.«

»Wie groß bist du?«, fragte Hagedorn, um sich ein besseres Bild machen zu können.

»Eins siebzig.«

»Gut! Konntest du ihre Gesichter erkennen?«

»Nee, die haben Hoodies angehabt.«

»Woher weißt du dann, dass es eine Frau war?«

»Weil die Alte einen geilen Arsch hatte. Die hat sich mal gebückt und …«

»Ja, schon gut!« Hagedorn verzichtete liebend gerne auf Tufans pubertäre Fantasien.

»Kannst du mir etwas zu dem Lieferwagen sagen?«, bohrte Hagedorn weiter.

»Nee. Ich weiß nicht mal, ob da überhaupt ein Kennzeichen dran war.«

Was durchaus Sinn ergäbe, ging es Hagedorn durch den Kopf. Keiner der Zeugen vom Bahnhof konnte sich an ein Nummernschild erinnern. Wenn man nicht darauf fokussiert war, würde einem das Fehlen der Schilder vermutlich nicht auffallen. Man konnte sich dann einfach nicht an das Kennzeichen erinnern. Schlicht weil keines angebracht war.

»Was ist dann passiert?«, drängte er Tufan.

»Die haben das komische Gebilde da aufgestellt und sind weggefahren. Warte! Ich glaube, die haben das Ding noch fotografiert. Genau! Erst dann sind sie weggefahren.«

»Und was habt ihr getan?«

»Na, was schon? Wir sind da hin. Wir wollten wissen, was das Gesindel in unserem Revier abgeladen hat. Das geht einfach nicht, Alter. Checkst du, oder?«

Schon wieder, grummelte Hagedorn innerlich.

»Ja, gecheckt«, bestätigte Hagedorn. Mehr würde ihm Tufan nicht sagen können. »Du hast mir wirklich geholfen«, bedankte sich Hagedorn bei dem Jungen.

»Danke. Ihr könnt sie laufen lassen«, sagte er an den jungen Beamten gerichtet, wendete und rollte aus dem Büro. »Grüße die Kollegin Wagner von mir.«

»Werde ich«, rief ihm der junge Beamte hinterher.

Kapitel 62

Konstanz, Hafenstraße

Die Nacht war angenehm. Immer noch warm, aber die schweißtreibende Schwüle hatte nachgelassen. Auf allen Radiosendern war vor schweren Gewittern in der Bodenseeregion gewarnt worden. Falls es welche gab, dann mussten sich die Wolken, die sich vor Einbruch der Dämmerung aufgetürmt hatten, schon über den Alpen entleert haben.

Von Dvorniak saß auf der Kaimauer und ließ die Beine ins Wasser baumeln. Eine leichte Brise wehte ihm um die Nase, die würzige Seeluft herantrug. Mit geschlossenen Augen sog er sie in sich auf. »Sonderbar« dachte er. Irgendwie schien er die letzten Tage alles intensiver wahrzunehmen als in den Jahren davor. Oder er erlebte alles bewusster. Selbst der Duft verblühter Algen und verrottender Saiblinge, die vereinzelt ans Ufer geschwemmt wurden, kam ihm plötzlich nicht mehr so abstoßend vor. Im Gegenteil, er genoss ihn regelrecht.

Dem Siechtum, dem er die letzten Jahre anheimgefallen war, war eine Leichtigkeit und Unbeschwertheit gewichen, wie er es sich nie hätte träumen lassen.

Sein ganzes Leben war der Kunst gewidmet, bestrebt, das Vergängliche in Stein, Marmor oder auf Leinwand zu bannen und ihm Unsterblichkeit zu verleihen. Aber Kunst war kein Selbstzweck, zumindest nach seiner Fasson.

Jeder Künstler strebt nach der eigenen Unvergänglichkeit, will sich ein Denkmal setzen. Wer etwas anderes behauptete, war nicht aufrichtig.

Von Dvorniak schüttelte den Kopf und lachte gallig. »Memento mori – bedenke, dass du sterben wirst.« Anderen mochte der Gedanke an die eigene Vergänglichkeit nicht so schlimm erscheinen, oder sie setzten sich damit einfach nicht auseinander. Die Menschen neigten dazu, den Gedanken ans Sterben in eine dunkle, muffige, von Spinnweben durchzogene Ecke ihres Bewusstseins zu verbannen, wo es dann vor sich hin gammelte, bis einen der Tod ereilte. Wenn Gevatter Tod so gnädig war, einem ein paar Monate Aufschub zu gewähren, damit man die Kiste hervorkramen und sich damit auseinandersetzen konnte. Nein, man sprach nicht darüber – basta!

Plötzlich kamen ihm seine einleitenden Fragen in den Sinn, mit denen er jede seiner Vorlesungen zu eröffnen pflegte. Warum er gerade jetzt daran denken musste, wusste er nicht. Was ist Kunst? Was macht Kunst aus? Er hob darauf ab, dass Aktionskunst keine Kunst sei. Nicht für ihn. Er hatte auch nie einen Hehl daraus gemacht, dass er diese Kunstform zutiefst verabscheute.

Den jungen Künstlern lag heute offenbar nichts mehr daran, Kunst für die Ewigkeit zu erschaffen oder sich selbst ein Denkmal zu setzen. Ja, es ärgerte ihn, dass zeitgenössische Künstler mehr denn je die Vergänglichkeit der Kunst zelebrierten, den Augenblick lebten, egal wie lange ihre Kunst überdauerte. Kunstgebilde aus Sand und Eis, die manchmal nur wenige Tage, in einigen Fällen nur Stunden oder Minuten überdauerten.

Irgendwo hatte er einmal gelesen, dass die vergänglichsten Dinge den dauerhaftesten Eindruck hinterlassen würden. So einzigartig kreativ und künstlerisch brillant die Vernissage des Todes auch sein mochte, war sie eben genau das.

Schnöde Aktionskunst! In jedem Fall war die Vernissage spektakulär und eindrücklich, selbst wenn sie nur für den Moment war.

Von Dvorniak zog die Nase hoch und spie ins Wasser, ehe er sich mühsam aufrappelte.

Vielleicht, so ging es ihm durch den Kopf, hatte die Kowalczyk recht damit, als sie ihm vorwarf, ein altertümliches Relikt zu sein, dessen antiquierte Ansichten mit den modernen Lehren einer Kunstfakultät nicht mehr in Einklang zu bringen seien. Er mochte Dana Kowalczyk nicht. Eine arrogante Schnepfe, die glaubte, Ahnung von Kunst zu haben. Und das nur, weil sie in Kunstgeschichte promoviert hatte. Zuerst hatte es ihn unsäglich gekränkt, als sie ihn gefeuert hatte, aber dann hatte er sich damit abgefunden. Die Kowalczyk hatte es charmanter formuliert, aber im Grunde kam es auf dasselbe raus.

Schlurfend ging er die Hafenstraße hinunter, als der Morgen zu dämmern begann. Sein letzter Morgen.

Kapitel 63

Konstanz
Freitag, Morgendämmerung

Ziellos war Hagedorn durch die Gegend gefahren, bis er letztlich auf der Fußgängerbrücke, einem seiner Lieblingsplätze, gelandet war und rauchend auf den Rhein hinabblickte. Tufans Aussage ging ihm nicht aus dem Kopf, weshalb er nicht nach Hause gefahren war. Die Möglichkeit, dass mehrere an den Taten beteiligt waren, hatten sie in Betracht gezogen. Das Profil, das er Nadine und Bannert geliefert hatte, war schwammig gewesen, viel zu unkonkret. Mit Tufans Beobachtung, dass es zwei Männer und eine Frau waren, die die Ballerina aufgestellt hatten, war es nahezu unbrauchbar geworden. Die Tatmotivation musste eine andere sein. Es war sehr unwahrscheinlich, dass drei Personen solche Taten aus exakt denselben Motiven begingen. Ungerechtigkeit, Rache oder Hass, den mehrere Personen zum Beispiel einem gemeinsamen Peiniger entgegenbrachten, konnten ein kollektives Handeln begünstigen.

Ein schlechtes Gewissen überkam ihn, als er Laras Nachricht las, die brummend auf seinem Handy einging. In wenigen Sätzen schrieb sie ihm, dass sie sich auf den Weg nach Freiburg gemacht hatte, den Abend sehr genossen habe und eine baldige Wiederholung dringend angezeigt sei. Die Nachricht war mit etlichen Zwinkersmileys und Kussmündern verziert. Auch er habe die

Stunden mit ihr sehr genossen, und er würde sie so bald wie möglich wiedersehen wollen, tippte er und sendete die Nachricht mit ebenso vielen Smileys zurück.

Lächelnd ertappte er sich bei dem Gedanken, wie es wohl wäre, wenn sie mit ihrer fünfzehnjährigen Tochter Zoé bei ihm einzöge. Schließlich hatte er mit pubertierenden Teenagerinnen schon hinreichend Erfahrung. Zoé konnte unmöglich so zickig sein wie Karina seinerzeit. »Idiot!«, brummte er. Es war viel zu früh, um sich solche Gedanken zu gestatten. Zum einen kannten sie sich kaum, zum anderen würde sie sicher nicht alle Zelte in Freiburg abbrechen und Zoé aus ihrem gewohnten Umfeld zerren wollen. »Langsam, Falk!«, mahnte er sich. »Alles zu seiner Zeit! Du weißt nicht einmal, ob sie überhaupt eine Beziehung möchte.« Er nahm sich vor, es bei ihrem nächsten Treffen in Erfahrung zu bringen.

Der Elektromotor setzte sich summend in Bewegung, als er den Rollstuhl auf der Stelle wendete. Einer seiner Lieblingsbäcker lag auf dem Weg zum Polizeipräsidium. Da es keinen Grund gab, nach Hause zu fahren, und ihm der Magen knurrte, würde er dort haltmachen, sich einen XXL-Becher Cappuccino und etwas zu essen mitnehmen. Er wählte die mittlere der drei Geschwindigkeitsoptionen im Bedien-Panel seines Rollis und fuhr die leicht abschüssige Brücke Richtung Herosépark hinunter. Einige Radfahrer und Fußgänger, die ihm entgegenkamen, nickten ihm freundlich zu. In den vergangenen Monaten hatten die Leute eher angewidert zur Seite gesehen und waren ihm weitläufig aus dem Weg gegangen. Bannerts Vergleich mit einem abgefuckten Penner hatte er ihm nicht verübelt, da es der Wahrheit entsprochen hatte.

Er hatte sich furchtbar gehen lassen. Sein Aussehen war ihm völlig gleichgültig geworden.

Hagedorn war nie ein Mensch gewesen, der sich darum scherte, was andere über ihn dachten oder von ihm hielten. Dennoch tat es gut, in die Gesichter der an ihm vorbeigehenden Menschen zu schauen, die ihn mit einem Lächeln oder einem Kopfnicken statt mit einem verächtlichen Naserümpfen bedachten.

Die Bäckerei war bereits gut besucht, als er dort eintraf. Geduldig wartete Hagedorn, bis ihm der bestellte Cappuccino to go, zwei mit Salami und Käse belegte Brötchen und fünf Butterbrezeln gereicht wurden. Zwei ältere Frauen unterhielten sich angeregt hinter ihm. Nur mit halbem Ohr war er ihrer hitzigen Debatte gefolgt. Eine der beiden schien sich schrecklich über die Art und Weise irgendeiner Ausstellung zu echauffieren.

»Grenzwertig, skurril, geschmacks- und pietätlos wie ein, wie ein …« Die Frau suchte nach dem passenden Wort.

»Du meinst so was wie eine Freakshow?«, versuchte ihre Gesprächspartnerin zu helfen.

»Nicht das Wort, das ich gesucht habe …, aber ja, wie eine Freakshow.«

Hagedorn glaubte, dass die beiden Frauen die Vorfälle der vergangenen Tage in Konstanz diskutierten. Und das Wort, das die Dame suchte, war ein Panoptikum. Hagedorn kramte aus einem Seitenfach seines Rollstuhls eine zusammengeknüllte Nylontasche, reichte sie der Verkäuferin und ließ sich die Backwaren darin verstauen, nahm den großen Pappbecher entgegen, den er zwischen die Beine stellte und verließ die Bäckerei.

Draußen angekommen, zögerte er, rotierte auf der Stelle und wandte sich den beiden wartenden Frauen zu.

»Entschuldigen Sie, wenn ich so uncharmant Ihr Gespräch unterbreche«, sagte er mit einem umso charmanteren Lächeln. »Ich habe Teile Ihrer Unterhaltung gerade mitbekommen«, gestand er offen. »Sie haben sich sicher über die Leichenfunde hier in der Stadt, die Vernissage des Todes, wie sie die Medien nennen, unterhalten?«

Die beiden Frauen sahen ihn verblüfft an. »Oh nein, junger Mann«, ergriff eine der beiden das Wort. »Unser Seniorenkreis war vergangenes Wochenende in der Körperweltenausstellung in Luzern.«

Plötzlich fiel es ihm wie Schuppen von den Augen. Er wendete den Rollstuhl und rief den Frauen seinen Dank über die Schulter zu. Dann düste er, was der Motor hergab, zum Präsidium.

Kapitel 64

Konstanz, Altstadt

Der UPS-Fahrer war überpünktlich gewesen. Zehn Minuten vor der vereinbarten Zeit war der Sprinter um die Ecke gebogen. Der dunkelhäutige Fahrer hatte sich zunächst etwas geziert, ihm beim Ausladen der Fracht behilflich zu sein. Als von Dvorniak ihm jedoch die schriftliche Auftragsbestätigung der UPS-Zentrale unter die Nase gehalten hatte, ließ er sich erweichen die sechsundzwanzig Pakete ins Haus zu tragen. Wo er sie abstellte, war von Dvorniak egal.

»Dort, wo Platz ist«, hatte er den Fahrer angewiesen. Er steckte Arim, wie der Fahrer sich vorgestellt hatte, ein für seine Verhältnisse fürstliches Trinkgeld zu. Breit grinsend hatte Arim die fünfzig Euro in die Brusttasche seines Poloshirts gesteckt, war auf den Fahrersitz des Lieferwagens geklettert und mit durchdrehenden Reifen davongefahren.

Die Kopie des Lieferscheins legte er achtlos auf einen der vielen Zeitungsstapel, die sich im Wohnzimmer türmten. Dann ließ er sich in den Sessel fallen. Die Kartonagen standen nun überall. Im Flur, im Wohnzimmer, in der Küche. Egal, das sollte ihn nicht mehr kümmern. Jemand würde dafür sorgen, dass das Zeug abgeholt würde. Schon sehr bald.

Die wirklich wichtigen Dinge hatte er fein säuberlich auf dem Beistelltisch, der neben seinem schäbigen Sessel stand, auf den Laptop gelegt. Ein brauner Din-A4-Umschlag. Ordentlich verklebt und mit seinem Namen versehen.

Seine Handschrift war krakelig geworden. Es schmerzte ihn ebenso sehr, einen Kugelschreiber zu halten, wie es ihm Schmerzen bereitete, einen Pinsel zu führen. Einen Meißel konnte er seit vielen Jahren schon nicht mehr halten. Diese verfluchte Arthritis!

Er hoffte, was vor ihm lag, selbst bewerkstelligen zu können. Sicher, er hätte die angebotene Hilfe annehmen können, was ihm jedoch völlig abwegig erschien. Nie hatte er jemanden um Hilfe gebeten. Niemals. Zumindest nicht, seit er der Pubertät entwachsen war, seiner Familie den Rücken gekehrt und Polen verlassen hatte.

Ein flüchtiger Blick zur Uhr entlockte ihm einen tiefen Seufzer. »Zeit, sich vorzubereiten, Romuald«, sagte er leise. Seit drei Tagen hatte er keine feste Nahrung mehr zu sich genommen, und das wenige, was er trank, bestand im Wesentlichen aus seiner teuflischen Rum-Tee-Mischung. Nein, er war nicht betrunken, aber doch beschwipst genug, dass eine gewisse Heiterkeit sein Begleiter geworden war. Was noch wichtiger war, der Alkohol nahm ihm die Angst. Nicht die Angst vor dem, was danach kommen würde, sondern vor dem, wie es sein würde. Der Bewunderer hatte versucht, ihm die Angst zu nehmen. Nun, das war ihm nur teilweise gelungen.

Fahrig griff er hinter sich und beförderte das kleine Rosenholzetui zutage, das er vor einer Stunde aus dem Kühlschrank genommen und in die Ritze der Lehne gesteckt hatte. Das Etui war fein gearbeitet und besaß an der Vorderseite einen fein ziselierten Messingverschluss.

Ursprünglich war es für die Aufbewahrung hochwertiger Schreibgeräte gedacht. Der Bewunderer hatte es stilvoll zweckentfremdet.

Von Dvorniak drückte auf den Verschluss und öffnete vorsichtig den Deckel der polierten Schatulle. Eine milchig ölige Substanz schwappte im Kolben hin und her. Eine Nadel mit einer orangefarbenen Schutzkappe war auf die Kanüle aufgesteckt. Mit zittrigen Fingern strich er über die Spritze, bevor er sie mit Zeigefinger und Daumen behutsam aus dem Samt-Inlay hob und lange betrachtete.

Kapitel 65

Konstanz, Polizeipräsidium
Freitag, kurz vor 07:00 Uhr

Schwer atmend, als hätte er einen Spurt hinter sich, war Hagedorn im Präsidium angekommen. Er rechnete nicht damit, um diese Uhrzeit schon Leute aus der Sonderkommission anzutreffen. Umso überraschter war er, als er aus dem Fahrstuhl rollte. In einigen Büros leuchteten die Computermonitore, und es wurde geschäftig auf Tastaturen geklappert.

»Hey, Falk!«, grüßte ihn Bannert, der mit einem Stapel ausgedruckter Papierseiten auf ihn zuschlenderte. Er wirkte übernächtigt. Die Haare waren mit ein wenig Wasser halbherzig gebändigt worden, und auf den Wangen zeichneten sich die dunklen Schatten nachwachsender Bartstoppeln ab.

»Du siehst aus, als hättest du im Büro geschlafen!«, riet Hagedorn.

Bannert verzog das Gesicht, ohne auf seine Bemerkung einzugehen.

»Oha!«, sagte Hagedorn nur und folgte Bannert, der bereits den Gang zu seinem Büro hinuntereilte.

»Was ist los?«, wollte Hagedorn wissen, als er die Tür zu Bannerts Büro ins Schloss schob.

»Nichts«, antwortete Bannert ausweichend und gab vor, sich auf die Ausdrucke zu konzentrieren, die er vor sich liegen hatte.

»Marius!«, forderte Hagedorn scharf.

Bannert stieß sich vom Schreibtisch ab und lehnte sich im Sessel zurück.

»Wir haben uns gestritten«, begann Bannert zu erzählen.

»Hat Jule dich rausgeworfen?«, erkundigte sich Hagedorn.

»Nicht direkt. Wir fanden es nur vernünftiger, wenn wir uns ein paar Tage aus dem Weg gehen.«

Hagedorn nickte verständnisvoll und wartete darauf, dass Bannert fortfahren würde.

»Jule wirft mir vor, zu viel zu arbeiten und zu selten zu Hause zu sein.«

»Der Vorwurf ist ja auch nicht unbegründet.« Hagedorn lächelte süffisant.

»Hey, auf wessen Seite stehst du eigentlich?«, blaffte Bannert.

»Auf niemandes Seite.«

Hagedorn spielte mit dem Steuerungshebel, was sein elektrisches Rollmonster nervös vor- und zurückruckeln ließ wie einen Dragster vor einem Beschleunigungsrennen.

»Ist Nadine schon da?«

»Ja. Ist kurz vor dir gekommen.« Bannert schob den Papierstapel auf die Seite und erhob sich.

»Ich brauche dringend Urlaub«, stöhnte Bannert, als sie sich Adlers Büro näherten.

»Hm«, stimmte Hagedorn brummend zu. »Täte dir vielleicht gut!«

Nadine Adler saß an ihrem Schreibtisch und tippte auf der Tastatur ihres PC. Sie trug eine Kombination aus einer schwarzen Leggins in Lederoptik und einer hellblauen sommerlichen Tunika.

Die langen dunkelblonden Haare hatte sie zu einem locker zusammengedrehten Dutt hochgesteckt, die Augen waren gerötet.

Hagedorn entging Bannerts fragender Blick nicht. Er würde sich hüten, ihr gestriges Gespräch zu erwähnen. Sie würde ihn schon ins Vertrauen ziehen, wenn sie es für angebracht hielt.

Adler sah von ihrer Arbeit auf und begrüßte sie mit einem gequälten Lächeln.

»Sie ist um fünf Uhr abgeflogen«, begann sie unvermittelt mit tränenerstickter Stimme.

Bannert verstand gar nichts.

»Jessica, ihre Frau«, fügte Hagedorn erklärend hinzu.

»Ich weiß«, zischte Bannert Hagedorn ungehalten an. An Adler gewandt sagte er: »Du hast erwähnt, dass sie nach Asien müsse und dich gebeten hat, sie zu begleiten. Ich wusste nur nicht, dass sie schon so bald fliegt.«

»Sollte Jess nicht erst am Sonntag abdüsen?«, fragte Hagedorn verblüfft.

»Das dachte ich auch«, entgegnete Adler schniefend.

Sie tupfte sich mit einem Kleenex Tränen aus den Augenwinkeln, wobei sie sehr darauf achtete, die Wimperntusche nicht zu verwischen.

Hagedorns züngelnde Geduldslunte näherte sich langsam ihrem Ende. »Ich will ja nicht unsensibel sein, aber könnten wir die persönlichen Probleme für eine Weile zurückstellen?«

Adler richtete sich kerzengerade auf, knüllte das Kleenex zusammen und warf es zielsicher in den zwei Meter entfernt stehenden Mülleimer. »Du hast recht! Lass uns arbeiten.«

»Wir lagen falsch«, begann Hagedorn sogleich.

Adler sah ihn überfordert an, während Bannert abwesend an einem Daumennagel knibbelte.

»Wie meinst du das, wir lagen falsch?«, echote Adler.

»Ich lag falsch«, korrigierte Hagedorn. »Meine Grundannahme, was den oder die Täter und deren Motivlage anbelangt. Bei all meinen Betrachtungen habe ich eine Frage völlig außer Acht gelassen. Nämlich – wer profitiert davon?«

»Wer sollte denn davon profitieren?« Adler verstand nicht, worauf er hinauswollte. »Hast du nicht gesagt, dass von Dvorniak am ehesten von der Vernissage des Todes profitiert? Gott, jetzt benutze ich diesen unsäglichen Ausdruck schon selbst«, fügte sie kopfschüttelnd hinzu.

»Richtig! Das hatte ich gesagt. Was seine phönixgleiche Popularität angeht, trifft das auch zu.«

»Wer hätte denn noch einen Vorteil von dem makabren Schauspiel?«, fragte Adler.

»Das weiß ich eben noch nicht. Aber ich kenne jemanden, der es wissen könnte.«

Adler nickte zustimmend. »Dann kümmerst du dich darum?«

»Mach ich!«

Einen Moment herrschte Schweigen zwischen ihnen.

»Übrigens, ich habe mich heute Nacht auf dem Revier mit einem Möchtegerngangster unterhalten, der in der Nacht zum Montag mit seiner Gang in der Nähe des Bodenseeforums gewesen ist.«

Bannert sah verblüfft auf. »Was machst du denn nachts auf dem Revier?«, fragte Bannert irritiert.

»Spielt doch jetzt keine Rolle.«, Hagedorn fuchtelte dabei mit den Händen in der Luft herum. »Aber schön, dass du wieder mitmachst!«, frotzelte er.

»Idiot!«, raunte Bannert.

»Jedenfalls hat der junge Kerl mir erzählt, dass er drei Leute beobachtet hat, die die Tiefkühl-Ballerina aus einem weißen Lieferwagen geladen und aufgestellt haben. Jetzt wird es interessant.« Hagedorn wartete, bis er sich ihrer Aufmerksamkeit sicher war. »Es soll eine Frau dabei gewesen sein.«

Bannert brummte unbeeindruckt. »Zwei Männer und eine Frau also?«

»Das überrascht dich gar nicht?« Hagedorn wirkte beinahe enttäuscht.

»Mich überrascht derzeit gar nichts mehr«, entgegnete Bannert gleichmütig mit den Schultern zuckend.

Adler hieb sich auf die Schenkel und wirkte jetzt zuversichtlicher. »Das sind gute Neuigkeiten. Dann haben wir jetzt einen brauchbaren Ansatz.«

»Hat das LKA schon was zu Dvorniaks Chats im Darknet?«, erkundigte sich Hagedorn.

»Ja und nein«, antwortete Adler. »Die IT-Spezialisten konnten den Chat lokalisieren. Aber man kann sich dort nicht einfach so einloggen. Dazu bedarf es der Einladung des Administrators. Oder Dvorniaks Zugangsdaten.«

»Fuck!«, fluchte Hagedorn. »Telefon?«

»Mehrere Anrufe von Prepaidnummern, die, wie es aussieht, jeweils nur einmal benutzt wurden und nicht rückverfolgbar sind«, ergänzte Bannert.

»Wir sollten von Dvorniak herholen«, schlug Hagedorn vor.

»Ich schwöre, dass der Mistkerl mehr weiß, als er uns das letzte Mal weismachen wollte. Und ich würde ihn zu gerne durch die Mangel drehen.«

Adler war nicht überzeugt und warf Bannert einen zweifelnden Blick zu.

»Falk hat recht«, stimmte er ihm zu.

»Haben wir denn eine Rechtsgrundlage, ihn hierherzuschleifen?«

Bannert rieb sich schabend über die Bartstoppeln. »Ich denke schon, Nadine. Er treibt sich nachweislich in einem Darknet-Chat herum, der mit den Tätern in Verbindung stehen könnte. Auf jeden Fall hätten wir einen Anfangsverdacht für eine Strafvereitelung oder die Nichtanzeige geplanter Straftaten. Ich teile Falks Vermutung. Irgendetwas verschweigt er uns.«

»Also gut!« Adler griff zum Telefon und bat darum, eine Streife zu Dvorniaks Anschrift zu schicken und ihn aufs Präsidium bringen zu lassen. Sie gab die Adresse durch, bedankte sich und legte auf.

»Weiter?« Adler kritzelte Notizen auf ein Blatt Papier.

»Wir sollten uns dahinterklemmen, wie und wo die Täter die Leichen aufbereiten«, schlug Hagedorn vor. »So etwas machst du nicht im Keller oder dem Dachboden deines Wohnblocks. Dazu bedarf es der Abgeschiedenheit und Ungestörtheit. Ein altes Fabrikgebäude, eine Gewerbeanlage, Schlachterei, Bauernhof, et cetera«, zählte Hagedorn auf. »Fällt euch dazu etwas ein?«

Bannert und Adler schüttelten unisono den Kopf. »Wir könnten bei den Stromanbietern anfragen, ob es im Landkreis ungewöhnlich auffällige Stromspitzen vereinzelter Haushalte gibt«, schlug Adler spontan vor.

»Darum kümmere ich mich«, bot Bannert sich an. »Ich würde es aber auf die übrigen, sagen wir, vier Landkreise ausweiten?«

Adler nickte zustimmend. »Klingt vernünftig.«

»Und«, fuhr Bannert fort, »ich würde ein paar Leute auf die Lieferanten von Flüssigstickstoff ansetzen, ob es in den letzten Wochen oder Monaten größere Bestellungen von Privatpersonen oder Kleinbetrieben gegeben hat.«

»Und Großgebinde Epoxidharz«, ergänzte Hagedorn.

»Brillant!«, bemerkte Adler.

Hagedorn fingerte ein Haargummi aus der Brusttasche seines Hemds, klemmte es sich zwischen die Lippen und begann mit beiden Händen die Haare nach hinten zu streichen.

»Möglicherweise habe ich die Verbindung zwischen unseren Opfern gefunden«, nuschelte er, während er versuchte, einen halbwegs ansehnlichen Pferdeschwanz zu binden.

»Gibt es überhaupt eine?«, zweifelte Bannert murrend.

»Herrgott, bist du destruktiv heute Morgen!«, schnaubte Hagedorn. »Ja, die gibt es. Aber ich muss das noch abklären.«

»Bist du endlich fertig?« Bannert warf Hagedorn einen genervten Blick zu.

»Alter, gleich, Mann!«, versuchte Hagedorn Tufans Ghetto-Slang zu imitieren.

»Nicht witzig«, kommentierte Bannert. »Komm zum Punkt und hör auf, uns ständig auf die Folter zu spannen. Das nervt, Alter!«

Hagedorn lachte herzhaft auf.

»Ist nur eine Ahnung, aber ich bin sicher, dass es mit dem Plastinarium in Heidelberg zu tun hat.«

»Was immer dieses Plasti-Dings sein soll«, maulte Bannert.

»Marius!« Adlers Tonfall hatte einen mahnenden Tonfall angenommen.

Ergeben hob Bannert die Hände. »Schon gut! Sorry! War 'ne Scheißnacht.«

»Ach?« Adler sah ihn verständnislos an. »Was ist dieses Plastinarium?«, wandte sie sich fragend Hagedorn zu.

Hagedorn lag in den letzten Zügen mit seinem Pferdeschwanz.

»Das Plastinarium ist die Werkstatt, die Fabrik, wenn du so willst, des Körperweltengründers Gunther von Hagens. Dort werden alle Leichen plastiniert, die später in den weltweiten Ausstellungen landen.«

»Ich verstehe den Zusammenhang immer noch nicht«, moserte Bannert noch übellauniger.

»Ich verwette ein Abendessen im Ophelia, dass alle drei Opfer auf die Spenderliste des Plastinariums Heidelberg wollten«, fuhr Hagedorn fort.

»Quatsch!« murrte Bannert. »Ich habe schon davon gehört, dass du deinen Körper nach deinem Tod einer medizinischen Fakultät überlassen kannst. Aber …«

»Doch, sicher!«, fiel ihm Hagedorn ins Wort. »Ich habe gelesen, dass von Hagens' Plastinarium in Heidelberg bereits über siebzehntausend Körperspender auf der Liste hat. Allein aus Deutschland.«

»Das ist doch ein Scherz?« Adler schüttelte ungläubig den Kopf.

»Das ist, wie gesagt, nur eine vage Vermutung«, gab Hagedorn zu bedenken.

Adler fügte ihrer Liste eine weitere Notiz hinzu. »Soll ich bei Fechter ein Auskunftsersuchen beantragen?«

Hagedorn überlegte. »Nein, lass es mich erst auf meine Art versuchen. Wenn die sich in Heidelberg querstellen, können wir das immer noch in Erwägung ziehen.«

»Ich will keine Zeit verlieren«, widersprach Adler. »Ich werde den Antrag stellen. Ich kenne Fechter, das dauert Stunden, bis wir die Verfügung bekommen. Bis dahin versuch du, ob du was herausbekommst«, schlug sie vor.

Hagedorn nickte zustimmend.

»Sonst noch was?«, wollte Adler wissen.

Bannert sah mit geschürzten Lippen von Hagedorn zu Adler.

»Nö!«, antwortete er einsilbig. »Äh, doch! Eine Sache noch.« Er sah nun Hagedorn direkt an. »Das Labor hat weder in deinem Essen noch im Weinglas Rückstände eines Giftes finden können.«

»Das ist doch großartig!«

»Findest du?«

»Ich box dir gleich auf die Nase, wenn du nicht endlich eine bessere Laune an den Tag legst.« Hagedorn drohte mit der geballten Faust.

»Für die Laboranten ist es schwierig, eine Substanz nachzuweisen, wenn sie nicht wissen, wonach sie suchen sollen. Dass sie nichts gefunden haben, bedeutet nicht, dass du aus dem Schneider bist. Du solltest dich dringend einem medizinischen Check unterziehen. Aber du machst ja ohnehin, was du willst.«

»Danke noch mal, dass du mich bei Lara verpetzt hast. War übrigens ein netter Abend.«

»Arschloch!«, zischte Bannert, erhob sich und stapfte wütend aus Adlers Büro.

Adler tippte entnervt mit dem Kugelschreiber auf ihren Schreibblock. »Ihr beiden geht mir tierisch auf die Nerven. Los, raus, und kümmere dich um Dvorniak und die Infos aus dem Plastinarium.«

»Yes, M'am!«, grinste Hagedorn und grüßte militärisch.

»Raus jetzt!«

Kapitel 66

Konstanz, Altstadt

Hagedorn hatte sich mit der Streife, die Adler zur Unterstützung angefordert hatte, abgestimmt und war zu Dvorniaks Haus vorausgefahren.

Die Temperaturen waren trotz des ausgebliebenen Unwetters merklich gefallen. Der Himmel war wolkenverhangen an diesem Morgen. Auf dem Bahnhofsboulevard begannen die ersten Cafés und Souvenirshops ihre Tische einzudecken und ihm ihre Postkartenständer in den Weg zu schieben, um die er zwischen all den Frühaufsteher-Touristen und Berufspendlern herumdeichseln musste.

Fluchend wechselte er auf die andere Straßenseite, was ihm der Fahrer eines Kleinlasters mit wildem Hupen und Gestikulieren dankte.

»Fahr doch einfach an mir vorbei, du Idiot!«, brüllte Hagedorn und wedelte mit erhobenem Mittelfinger über die Schulter hinweg.

Obwohl Hagedorn den etwas längeren Weg durch die Fußgängerzone nahm, stand er fünf Minuten später vor Dvorniaks Haus. Bereits zum zweiten Mal in dieser Woche.

Langsam näherte er sich der maroden Haustür und erkannte, dass sie einen Spalt offen stand.

Ungewöhnlich, dachte er und klopfte dagegen. Einige kleine Lacksplitter lösten sich und rieselten zu Boden.

»Herr von Dvorniak?«, rief er und schob die Tür etwas weiter auf. »Hallo? Sind Sie zu Hause?«, rief er deutlich lauter.

Hagedorn lehnte sich in seinem Rollstuhl nach vorn, schob die Tür zur Gänze auf, bis sie an der Wand anstieß, und fuhr dann ruckelnd über die Schwelle.

»Herr von Dvorniak? Ich bin's. Falk Hagedorn. Sind Sie da?«

Im Haus war es merklich kühler als draußen. Muffig-modriger Geruch, wie er alten Häusern anhaftete, schlug ihm entgegen. Bei seinem ersten Besuch hatte er ihn in dieser Intensität gar nicht wahrgenommen. Aber noch etwas anderes lag in der Luft. Der Geruch von Alter und Krankheit.

Langsam ließ er den Rollstuhl den engen Flur hinabgleiten, in die Richtung, in der Dvorniaks Wohnstube und Küche lagen.

»Scheiße!«, entfuhr es ihm, als er den Durchgang zum Wohnzimmer erreicht hatte.

Von Dvorniaks ausgemergelter Körper lag rücklings auf dem Fußboden, die Gliedmaßen seltsam verrenkt. Eine urinfleckige, viel zu weit gewordene Unterhose bedeckte nur dürftig sein schrumpeliges Glied.

Hagedorn stürzte in den Raum, riss die Klettbänder seines Hüftgurtes und die Beinhalterungen auf und ließ sich neben Dvorniak aus dem Rollstuhl gleiten. Blut quoll aus dessen Mund und hatte eine Pfütze um seinen kahlen Schädel gebildet, die ihn wie ein dunkler Heiligenschein umgab.

Hagedorn musste sich einen Augenblick die Erste-Hilfe-Maßnahmen ins Gedächtnis rufen, die er vor Jahren zuletzt hatte anwenden müssen.

Auf einen Arm gestützt, beugte er sich über den alten Mann und hielt das Ohr über dessen Mund.

Der Brustkorb hob und senkte sich kaum merklich. Leise gurgelnde Atemgeräusche wichen einem heiseren Röcheln. Dann setzte die Atmung aus.

»Stirb mir jetzt ja nicht, du alter Zausel! Nicht bevor du mir ein paar Fragen beantwortet hast«, knurrte Hagedorn.

Er öffnete Dvorniaks Lippen. Außer dem vielen Blut und Speichel, die sich im Mund angesammelt hatten, blockierte irgendetwas seine Atemwege. Hagedorn zögerte nicht lange und fuhr mit dem Zeigefinger durch dessen Mundraum. Er fühlte etwas. Mit Daumen und Zeigefinger förderte er es zutage. Erst hielt er es für ein Stück unzerkauten Fleisches, an dem sich Dvorniak verschluckt hatte.

Sein Herz stellte für einige Schläge seinen Dienst ein, als er das schleimige, glibberige Ding genauer betrachtete. Was er mit spitzen Fingern vor seinen Augen hielt, war Dvorniaks Zunge. »Fuck verdammt!«, fluchte Hagedorn und ließ das blutige Fleisch neben Dvorniak zu Boden fallen, ehe er seine Position änderte und einhändig dessen Brust zu komprimieren begann.

»Herr von Dvorniak, Herr Hagedorn?«, rief jemand von draußen, von dem Hagedorn annahm, dass es einer der Streifenbeamten waren.

»Hey, hierher! Schnell! Und ruft einen Notarzt. Beeilung!«

Kapitel 67

Die Werkstatt

»Scheiße! Fuck, Maaaaann! Fuck! Fuck! Fuck!«, brüllte er und tigerte aufgebracht in der Werkstatt hin und her.

»Hey, Mann! Komm wieder runter! Dieses Mal war es ja nicht deine Schuld!«

»Hast du gesehen, wie der alte Mann gezappelt hat? Was für üble Krämpfe er hatte?«

»Ich sagte, du sollst dich wieder beruhigen.« Er stieß ihm hart gegen die Brust. »Hilf mir lieber, die Kartons auszuladen, anstatt hier rumzurennen wie ein kopfloses Huhn.«

»Aber …«

»Nichts aber …« Er packte ihn am Kragen und schüttelte ihn, sodass dessen Zähne klappernd aufeinanderschlugen. »Ich schwör dir, ich hau dir eine in die Fresse, wenn du dich nicht auf der Stelle beruhigst, mit mir nach draußen kommst und mir hilfst, die Scheißkartons reinzubringen. Danach kannst du flennen, solange du willst.«

Tränen rannen über das Gesicht des jungen Mannes, dessen Blick sich irgendwo in der Werkstatt verlor.

Er nickte apathisch. »Schon gut! Laden wir die Sachen aus«.

Kapitel 68

Polizeipräsidium

Seine Finger tippten ungeduldig auf der Tischplatte. Nachdem er aus von Dvorniaks Haus zurückgekehrt war und sich gereinigt hatte, machte er sich daran, einige Telefonate zu führen.

Herrgott noch eins, fluchte Hagedorn in Gedanken. Er hatte sich mit einer gewaltigen Porzellantasse voll Kaffee in eines der freien Büros zurückgezogen, um in Ruhe zu telefonieren.

»Ich weiß, dass Sie an den Datenschutz gebunden sind«, redete er geduldig auf die Frau am anderen Ende der Leitung ein. »Und es ist lobenswert, dass Sie die Privatsphäre Ihrer Spender schützen. Es wäre nur … Nein, verdammt! Sie hören mir jetzt zu!« Seine Geduldslunte war endgültig abgebrannt. »Mein Name ist Falk Hagedorn. Ich bin Psychologe und arbeite für die Kriminalpolizei Konstanz. Wir ermitteln in einem Serienmord. Ich will von Ihnen weder die Namen noch persönliche Daten irgendwelcher Spender, ich möchte lediglich wissen, ob die drei Personen, die ich Ihnen genannt habe, in Ihrer Spenderkartei waren. Ein einfaches Ja oder Nein genügt mir. Natürlich brauche ich diese Information, sonst würde ich nicht danach fragen!« *Dumme Kuh,* schob er in Gedanken hinterher.

Hagedorn schüttelte fassungslos den Kopf. »Und eines sage ich Ihnen. Wenn durch Ihre Sturheit weitere

Menschen zu Schaden kommen, werde ich Sie persönlich dafür zur Verantwortung ziehen.«

Hagedorn rieb sich die Nase und lauschte. »Richtig! Cornelia Palmeri, José Garcia und Rena Kopatzke.« Es dauerte einen Moment, in dem Hagedorn im Hintergrund das Klappern einer Tastatur vernahm. »Ach! Das ist ja interessant. Danke!«

Hagedorn knallte den Hörer in die Station. »Dieser gottverdammte Datenschutz«, fluchte er.

Ein Anruf stand noch aus. Die Nummer musste irgendwo in seinen Kontakten gespeichert sein. Seiner Faulheit war es zu verdanken, dass er erst das halbe Register seines Handys durchscrollen musste, bis er die Nummer endlich gefunden hatte. Er sollte sich dringend abgewöhnen, die Kontakte mit mehr oder weniger charmanten Spitznamen, skurrilen Abkürzungen oder Eigenschaften zu speichern, die er den Personen zuschrieb. Wen oder was er suchte, fand er unter dem Eintrag »Lord Helmchen«. Richtig hieß der Mann Günter Schatz. Im Rahmen eines Ermittlungsverfahrens gegen eine Kunstfälscherbande, das schon viele Jahre zurücklag, hatte er mit dem Mann zu tun gehabt. Damals war Schatz als Kunstsachverständiger hinzugezogen worden. Zu ihrem ersten Treffen war Günter mit einem Erwachsenendreirad gekommen, auf dem Kopf eine Art Skaterhelm. Günter hatte Hagedorns Schmunzeln grinsend erwidert und gemeint, er wisse, dass er mit dem Helm wie Lord Helmchen aus der *Star Wars*-Persiflage *Spaceballs* aussähe. Erst viel später hatte Hagedorn erfahren, dass Günter Epileptiker war und der Helm dem Schutz seines Schädels und dem brillanten Geist darin diente.

Günter Schatz dürfte damals schon an die siebzig gewesen sein. Plötzlich war Hagedorn unsicher, ob er ihn wirklich anrufen sollte. Vielleicht lebte er schon gar nicht mehr?

Er tippte auf die Nummer im Display und wartete. Nach dem fünften Klingeln meldete sich eine raue Stimme.

»Hallo, Günter! Falk hier!«

Kapitel 69

Die Werkstatt

Schäumend vor Wut stapfte sie durch die Werkstatt und kickte alles, was ihr in die Quere kam, durch die Gegend. Leere Harzkanister flogen wie Geschosse durch die Luft. Die beiden jungen Männer zogen den Kopf ein, um nicht getroffen zu werden.

»Ihr seid solche Idioten!«, brüllte sie und kickte einen weiteren Kanister davon, der in hohem Bogen durch den Raum segelte und polternd in einer dunklen Ecke verschwand.

»Euch ist schon klar, dass uns das letzte und bedeutendste Exponat verloren gegangen ist?«

»Gibt es keinen anderen Weg, an seinen Leichnam zu kommen?«, meldete sich einer der jungen Männer kleinlaut zu Wort.

»Woher willst du denn wissen, ob er schon tot ist?«, blaffte sie ihn an.

Er hob überfordert die Arme und ließ sie wieder sinken.

»Also! Dann halt einfach deine Klappe, wenn du es nicht weißt!«

Ihr Blick irrte fahrig durch die Werkstatt. »Wo sind die Sachen? Habt ihr sie nicht hergebracht?«

»Sind im Lieferwagen«, antwortete er, während der kleinere nur eifrig mit dem Kopf nickte.

»Immerhin!«

»Sollen wir das Zeug ausladen?«

»Nein, du Idiot! Ich schicke dir später eine Nachricht mit einer Adresse. Dort bringst du die Sachen hin. Kapiert?«

»Hm, Hab's kapiert«, brummte er zustimmend.

»Bekommst du das hin, ohne es wieder zu verbocken?«, fragte sie spöttisch.

Genervt verdrehte er die Augen, woraufhin sie blitzschnell einen Schritt auf ihn zutrat und ihm eine schallende Ohrfeige verpasste. Funkelnder Zorn trat ihm in die Augen, während er sich die brennende Wange rieb. Für einen Augenblick schien er zu überlegen, ob er die Ohrfeige erwidern sollte.

»Denk nicht mal dran!«, zischte sie, seine Gedanken erratend.

Ertappt blickte er zu Boden. »Wie geht's jetzt weiter?«

»Das lasse ich euch noch wissen«, sagte sie knapp.

»Und der Maître?«, meldete sich der kleinere der beiden Männer erstmals zu Wort.

Sie schielte an dem größeren vorbei und bedachte ihn mit einem Blick, der zu sagen schien »Der kann ja sprechen!«.

»Der Maître?«, wiederholte sie leise. »Ich werde mich darum kümmern«, versprach sie nach einer kurzen Pause. »Bis dahin schafft ihr hier Ordnung. Und leert endlich das Fass aus, das stinkt erbärmlich.«

Naserümpfend deutete sie auf das Laugenfass an der Wand, in dem sich langsam die organischen Abfälle zersetzten.

Ihr Ton wurde sanfter, und sie strich dem jungen Mann über die Wange, auf der sich die fünf Finger ihrer Hand deutlich abzuzeichnen begannen. »Macht hier sauber, beseitigt alle Spuren. Ich melde mich, sobald ich weiß, wie wir mit dem Maître verfahren. Okay?«

»Okay!«, murmelte der junge Mann.

Sie hauchte ihm einen Kuss auf die Stirn und wandte sich zum Gehen. »Ich habe es mir anders überlegt. Wenn ihr aufgeräumt habt, ladet die Sachen aus dem Transporter und bringt sie hier herein.«

Ohne eine Antwort abzuwarten, verließ sie die Werkstatt, stieg ins Auto und fuhr mit durchdrehenden Reifen vom Hof.

Kapitel 70

Polizeipräsidium
Freitag, später Vormittag

»Los komm, Falk!«, forderte Bannert gehetzt, der die Bürotür so heftig aufgestoßen hatte, dass Hagedorn erschrocken zusammenfuhr und sein Handy in den Schoß fallen ließ.

»Was ist denn los?«, wollte Hagedorn wissen.

»Neue Infos zu Dvorniak! Nadine wird im Lageraum gleich eine Besprechung abhalten«, rief Bannert über die Schulter hinweg.

Hagedorn steckte sein Handy in die Brusttasche, stieß den Steuerhebel an und folgte Bannert, der mit ausladenden Schritten bereits das Ende des Flurs erreicht hatte.

Als er wenige Sekunden nach Bannert in den Raum rollte, herrschte hektische Betriebsamkeit. Einige der etwa zwei Dutzend Anwesenden sortierten und verteilten Computerausdrucke, andere wiederum sprachen hektisch in ihre Smartphones, unterhielten sich aufgeregt mit ihren Sitznachbarn oder starrten einfach nur gebannt auf ihre Chefin, die an der Stirnseite des Lageraums telefonierend auf und ab tigerte.

Hagedorn sah auf die Digitaluhr über dem Türsturz, deren Anzeige gerade auf neun Uhr sprang. Er dachte an Lara und hoffte, dass sie gut in Freiburg angekommen war. Er hatte die leise Hoffnung gehegt, dass sie ihm nach ihrer Ankunft eine kurze Nachricht schicken würde. Vielleicht würde er ihr nachher schreiben.

»Guten Morgen alle zusammen!«, begann Adler, als sie ihr Smartphone auf die Tischplatte gleiten ließ.

»Für alle, die es noch nicht wissen: Ich habe heute Morgen eine Streife beauftragt, Romuald von Dvorniak aufzusuchen und zur Vernehmung hierherzubringen. Falk wollte bei der Festnahme dabei sein und traf dort ein paar Minuten früher ein. Falk und die Kollegen vom Streifendienst haben von Dvorniak leblos in seinem Wohnzimmer liegend aufgefunden.«

Ein Raunen machte die Runde.

»Lebt er noch?«, fragten einige.

»Noch! Die Intensivmedizinerin, mit der ich eben telefoniert habe, meinte, dass die nächsten Stunden entscheidend sein würden. Sie persönlich gehe aber davon aus, dass er den Tag nicht überleben wird. Von Dvorniaks Organe versagen nach und nach, und er hat mehrere Knochenbrüche.«

»Weiß man, was passiert ist?«, erkundigte sich Bannert.

»Nun, schwer zu sagen«, warf Adler ein und sah Hilfe suchend zu Hagedorn.

»Dvorniak hatte eine Spritze in seiner Armbeuge stecken. Was in der Spritze war, ist nicht bekannt«, erklärte Hagedorn. »Der Notarzt vor Ort konnte nur spekulieren. Mutmaßlich Ketamin oder Propofol.«

»Karsten!« Adler wandte sich Kieferle, dem Leiter der Kriminaltechnik, zu. »Ich will, dass du mit zwei Teams an die Arbeit gehst. Spurensicherung im Haus und an Dvorniak selbst.«

Kieferle nickte und notierte sich die Namen einiger Kollegen, die er an den Tatort und in die Klinik zu schicken gedachte.

»Alle, die nichts wirklich Dringenderes zu tun haben, will ich vor Ort haben! Ausnahmslos!«

Hagedorn hatte Adler selten so bestimmt erlebt.

»Führt eine Nachbarschaftsbefragung durch! Findet Zeugen!«, forderte sie. »Sind im Laufe der letzten vierundzwanzig Stunden Personen bei Dvorniak ein oder aus gegangen? Wurden verdächtige Fahrzeuge oder Personen im Umkreis gesehen? Wenn er das Haus verlassen hat, will ich wissen, wann, wohin und vor allem mit wem!«

Kieferle erhob sich und empfahl sich mit einem Nicken, das Adler gequält lächelnd erwiderte.

»IT! Ihr holt Dvorniaks Laptop, Router, Handy, einfach alles, was uns Aufschluss über seine möglichen Kontakte geben könnte.«

Zwei Beamte, deren Bekanntschaft Hagedorn noch nicht gemacht hatte, aber der IT-Forensik zuordnete, nickten bestätigend und verließen wie Kieferle vor ihnen den Lageraum.

»Mirjam«, sie sprach eine junge Beamtin an, »bring bitte alles über Dvorniak in Erfahrung. Geh meinetwegen zurück bis in seine Kindheit.«

Die angesprochene Beamtin machte sich eifrig Notizen.

»Weiter! Referat Öffentlichkeitsarbeit«, fuhr Adler fort und sah die Pressereferentin direkt an. »Ich will im Radio und den Printmedien einen Zeugenaufruf. Postet das auch auf den Social-Media-Plattformen.«

Adler sah, die Hände auf die Tischplatte gestützt, in die Runde. »Fragen? Keine? An die Arbeit!«

Adler deutete mit dem Zeigefinger auf Hagedorn und Bannert, schnippte mit Mittelfinger und Daumen und bedeutete ihnen, ihr zu folgen.

»Ist von Dvorniak vernehmungsfähig?«, erkundigte sich Bannert, sobald sie in Adlers Büro ungestört waren.

»Nein, ist er nicht«, antwortete sie und ließ sich schwer in ihren Bürosessel fallen.

Bannert nickte verständig. »Wird nicht mehr aus dem Koma erwachen, nehme ich an.«

»Wenn's nur das wäre«, seufzte Hagedorn. »Ich habe das vorhin nicht erwähnt, aber Dvorniak hat keine Zunge mehr.«

»Wie bitte? Wieso hast du das nicht in der Besprechung erwähnt?«

»Die anderen sollen jetzt keine Zeit verlieren und ihre Arbeit machen. Es reicht, wenn ich die Details erst mal mit euch bespreche. Außerdem will ich nicht, dass etwas an die Presse durchsickert.«

Bannert ließ sich auf einen der drei gepolsterten Biedermeierstühle sinken, die Adler vom Flohmarkt zusammengeramscht hatte. »Wieso fehlt die Zunge?«

»Er hat sie sich abgebissen«, stellte Hagedorn fest.

Adler ließ den Kopf kreisen, was knackende Laute verursachte. »Was ist deine Vermutung, Falk?«

»Nun«, er knetete nachdenklich das Ohrläppchen, »jemand hat ihm eine Spritze mit Propofol gesetzt oder er sie sich selbst, hat dabei die Vene verfehlt oder durchstochen. Das Propofol hat paravenös dadurch nicht die sedierende Wirkung entfalten können, die Dvorniak oder der Täter beabsichtigt hatte. Die Folge waren heftige Krampfanfälle, die sowohl die Frakturen als auch die abgebissene Zunge erklären würden.«

»Denkst du denn, dass er sich die Spritze selbst gesetzt hat?«, fragte Adler mit zurückgelehntem Kopf.

»Ja, das denke ich.«

»Ich auch«, stimmte Bannert zu. »Warten wir die Spurensicherung ab«, schlug er vor.

Adler hob den Kopf und schielte auf das Display, als ihr Apparat klingelte. »Shit, der Staatsanwalt«, fluchte sie murmelnd.

Sie verringerte die Lautstärke, ließ es aber klingeln. »Ich rufe ihn später zurück. Habt ihr was herausbekommen?«

Sie tauschten einen Blick, und Hagedorn bedeutete Bannert, zuerst zu berichten.

»Die Energieversorger waren überraschend kooperativ«, begann Bannert. »Um es kurz zu machen, es kommen in den vier Landkreisen einige Objekte oder Haushalte infrage, die seit einigen Monaten exorbitant steigende Energiekosten zu verzeichnen haben. Das kann unterschiedliche, ganz legitime Ursachen haben«, gab Bannert zu bedenken. »Heute Nachmittag haben wir eine Liste der Objekte. Einen Teil davon möchte ich durch den Streifendienst überprüfen lassen. Einen entsprechenden Auftrag habe ich per Mail bereits an die Reviere gesteuert.«

»Sehr gut. Was ist mit den Kunstharzbestellungen?«

»Geduld, Nadine.« Bannert blätterte durch sein Notizbuch. »Ich hatte angenommen, dass Kunstharze dem Grundstoffüberwachungsgesetz unterliegen. Mein Fehler! Kunstharze wie Resin sind frei verkäuflich. Das Zeug kann man sogar bei Amazon in Zehn-Liter-Kanistern bestellen«, fügte Bannert mit einem verständnislosen Kopfschütteln hinzu. »Entsprechende Anfragen an Hersteller, Großlieferanten, auch Online-Händler, sind verschickt.«

Bannert klappte sein Notizbuch zu. »Jetzt heißt es abwarten!«

Gerade als Hagedorn sich straffte, wurde die Tür zu Adlers Büro aufgerissen.

»Warum gehen Sie nicht ans Telefon?«

Der Pinguin! Beinahe wäre es Hagedorn herausgerutscht.

Staatsanwalt Fechter trat entschlossen in den Raum, sofern man überhaupt entschlossen watscheln konnte.

Die Hände trotzig in die Hüfte gestemmt, baute er sich vor Adlers Schreibtisch auf. »Wieso muss ich aus den Medien erfahren, dass unser Hauptverdächtiger in der Klinik um sein Leben ringt?«

»Guten Morgen, Herr Fechter«, grüßte Adler, um Zeit zu gewinnen. Mit einer Geste bot sie ihm an, Platz zu nehmen. »Sie haben selbstverständlich recht. Ich hätte Sie informieren sollen.«

Der Staatsanwalt ließ sich ungelenk auf einem der freien Stühle nieder, der unter seinem Gewicht bedrohlich knarzte. Er wackelte skeptisch mit dem Hintern, als wollte er sich der Tragfähigkeit des Stuhls versichern. Erst nach dieser Belastungsprobe fühlte sich Fechter bemüßigt, Hagedorn und Bannert mit einem knappen Kopfnicken zu begrüßen, wobei sich die Augen beim Anblick Hagedorns zu Schlitzen verengten.

Hagedorn schmunzelte innerlich. Offenbar war ihm ihre erste Begegnung noch präsent.

»Wir haben erst vor …« Adler warf einen Blick auf ihre Armbanduhr. »… vierzig Minuten Kenntnis von Dvorniaks Zustand bekommen. Ich hatte eine Streife beauftragt, ihn zur Vernehmung hierherbringen zu lassen. Herr Hagedorn fand ihn komatös in seinem Wohnzimmer.«

»Wovon müssen wir ausgehen?«, fragte Fechter ohne Umschweife.

Hagedorn räusperte sich, was wie ein kehliges Knurren klang. »Von einem wohlgeplanten Selbstmord, würde ich sagen.«

Fechter bedachte ihn mit einem abschätzigen Blick.

»Wie kommen Sie nur auf solch einen Unsinn? Ich habe die Information, dass Dvorniak mehrere Knochenbrüche haben soll. Wenn er nicht vom Münster gesprungen ist, wie soll er sich selbst derartige Verletzungen zugefügt haben?«

Hagedorn nickte zustimmend. »Ich würde Sie gerne an unserer Einschätzung teilhaben lassen. Dazu muss ich aber ein wenig ausholen.« Hagedorn machte eine Pause.

»Na schön. Klären Sie mich auf«, antwortete Fechter großmütig, der einzusehen schien, dass an Hagedorn kein Weg vorbeiführte. Er zupfte an einem Hosenbein und überschlug die Beine.

»Wie ich Ihnen schon gestern zu erklären versucht habe, gehen wir nicht davon aus, dass Palmeri, Garcia und Kopatzke von fremder Hand ins Jenseits befördert wurden. Dafür gibt es keine Hinweise.« Hagedorn schüttelte entschieden den Kopf. »Kennen Sie die *Körperwelten* von Gunther von Hagens?«, fuhr er fort.

Fechter hob überrascht die Augenbrauen. »Natürlich! Gut besucht und rechtlich sehr umstritten, wenngleich ich noch keine davon gesehen habe. Läuft da nicht gerade eine Ausstellung in der Schweiz?«

»Richtig!«, bestätigte Hagedorn. »Ist Ihnen auch bekannt, dass das Plastinarium, von Hagens' Heidelberger Institut, in dem die Leichen plastiniert werden, über siebzehntausend Spendenwillige in seiner Kartei führt, die sich auf diese Weise verewigen möchten? Nun, unwichtig«, fuhr Hagedorn fort ohne Fechters Antwort abzuwarten. »Ich hatte vor nicht ganz einer Stunde ein interessantes Telefonat mit dem Plastinarium. Sowohl Garcia wie auch Palmeri und Kopatzke wollten sich als Körperspender dem Plastinarium nach ihrem Tod zur

Verfügung stellen, wurden aber aus unterschiedlichen Gründen abgelehnt.«

Fechter hob die Augenbrauen. »Warum wurden sie abgelehnt?«

»Ganz sicher bin ich mir nicht. Garcia vermutlich wegen seiner körperlichen Entstellungen«, fuhr Hagedorn fort. »Körperwelten, so die Dame am Telefon, arbeite seriös. Ich nehme an, man will sich nicht dem Ruf ausgesetzt sehen, man würde missgebildete Menschen als Kuriositäten wie in einem Panoptikum ausstellen, um den Voyeurismus oder die Sensationslust der Menschen zu befriedigen.«

»Ja, klar!«, kommentierte Bannert sarkastisch.

»Und die anderen beiden?«, drängte Fechter.

»Bei Rena Kopatzke ist es nicht ganz durchsichtig. Sie hatte aufgrund ihres Krebsleidens nur noch wenige Wochen oder Monate zu leben. Cornelia Palmeri hatte ihr Leben jedoch noch vor sich. Alle drei wollten frühzeitig aus dem Leben scheiden. Sie und wir alle hier wissen, dass ein Suizid niemals als natürlich bescheinigter Tod durchgehen würde. Das Plastinarium akzeptiert nur Leichen, die eines natürlichen Todes gestorben sind.«

Fechter nickte verständig. »Ich kann ja noch nachvollziehen, dass jemand seinen Körper der medizinischen Forschung zur Verfügung stellt, nachdem er das Zeitliche gesegnet hat. Aber was um Himmels willen bewegt jemanden dazu, sich ausstopfen und in einer Ausstellung begaffen zu lassen?«

Hagedorn konnte sich eines Schmunzelns nicht erwehren. Vielleicht war der Pinguin doch nicht so übel, ging es ihm durch den Kopf.

»Dafür gibt es viele Gründe, oftmals ganz pragmatische«, gab Hagedorn zu bedenken. »Vielfach sind einfach keine Angehörigen da, die sich um eine Bestattung, geschweige denn um die Grabpflege kümmern könnten. Andere können oder wollen sich die Kosten einer Bestattung nicht aufbürden, Angst vor der Bestattung an sich, die mit dem Tod einhergehende Verwesung und Zersetzung des Körpers«, zählte Hagedorn auf.

»Und den meisten Spendern dürfte das Streben nach Unsterblichkeit und der Reiz der öffentlichen Ausstellung gemein sein.«

»Du glaubst, dass unsere drei Toten aus denselben Motiven gehandelt haben?«, schaltete sich Adler erstmals wieder ein.

»Ja, genau das glaube ich.«

Eine Minute lang herrschte Schweigen in Adlers Büro.

»Nun zu Dvorniak«, unterbrach Hagedorn die Stille. »Dvorniak ist Künstler und ein pathologischer Narzisst. Vor vielen Jahren hat er sich zu etwas hinreißen lassen, was ihn seine Popularität als gefeierter Künstler gekostet hat. Dass er mit der Präparation und Ausstellung unserer Toten etwas zu tun hat, schließe ich aus. Aaaaber«, sagte Hagedorn gedehnt, »er erkannte darin seine große Chance. Die Chance, wieder bekannt zu werden und wie ein Phönix aus der erkalteten Asche aufzusteigen. Nachdem wir wissen, dass er mit einem Unbekannten in einem Chat in Kontakt zu stehen scheint, wage ich zu behaupten, dass es darum ging, von Dvorniak zur Unsterblichkeit zu verhelfen.«

Hagedorn hatte einen Punkt an der Wand fixiert und schien mit sich selbst zu resümieren. »Schwer erkrankt und beeinträchtigt durch seine Arthritis, seine Lungen, die wie ein alter Dampfkessel aus dem letzten Loch pfeifen, seines trostlosen Lebens ohnehin überdrüssig, beschließt er, seinem Leben selbst ein Ende zu setzen und sich wie die anderen spektakulär in Szene setzen zu lassen. Wie ich ihn einschätze, hat er dafür bestimmte Bedingungen ausgehandelt.«

»Was für Bedingungen?«, hakte Fechter nach.

Hagedorn erwachte aus seiner Trance. »Du erinnerst dich an unser Gespräch?«, fragte er an Adler gewandt.

Adler nickte zustimmend. »Du stelltest die Frage in den Raum, wer von der Vernissage des Todes profitiert.«

Fechter wurde hellhörig. Der Stuhl, auf dem er saß, knarzte verächtlich. »Sie meinen, jemand profitiert von der makabren Ausstellung?«

»Zweifellos! Ob es nun die Künstler sind, die sich durch die Vernissage des Todes einen Namen machen wollen, oder irgendein Galerist, der vor vielen Jahren Bilder von Dvorniak gekauft hat, die nun als Ladenhüter im Keller verstauben. Irgendjemand profitiert immer.«

»Nicht von der Hand zu weisen«, dachte Fechter laut. »Nehmen wir an, es ist so, wie Sie sagen, dass Dvorniak seinen Abgang akribisch geplant und mit den, nennen wir sie Akteure, einen Deal ausgehandelt hat, der seine Popularität noch weiter steigert: Wie könnte der aussehen?«

Fragende Blicke machten die Runde.

»Das weiß ich nicht«, gestand Hagedorn. »Kunst ist nicht mein Metier, deshalb habe ich heute Morgen einen Sachverständigen angerufen, mit dem ich beim LKA einmal zu tun hatte. Ein komischer alter Kauz, aber immer noch brillant. Sein Name ist Lord … Günter Schatz. Der Kunstmarkt, so Schatz, habe sich radikal verändert. So gebe es neoliberale Strömungen, die vielen glauben machen wollen, dass mit Kunst das schnelle Geld zu machen sei. Quasi Kunst als Spekulationsobjekt. Schatz meinte, dass dies völliger Humbug sei. Finanzkräftige Sammler investierten in die Gemälde bekannter Meister hauptsächlich als Geldanlage, da sie kaum an Wert verlieren. Tote Meister wohlgemerkt. Wer die Werke junger, noch unbekannter Künstler hortet und darauf spekuliert, deren Wert könne quecksilbrig in die Höhe schnellen, wird oft enttäuscht. Das Gleiche gelte auch für noch lebende bekannte Künstler. Mit den Werken von Dvorniaks verhielte es sich wie mit einer zu hoch gehandelten Aktie. Schatz meinte, dass kaum anzunehmen sei, dass seine alten Werke wieder bedeutend an Wert zulegen würden.« Hagedorn zuckte mit den Achseln. »Das ist zumindest seine Einschätzung«, schloss er.

»Soll das heißen, dass wir uns jetzt auf alle Galeristen und Sammler stürzen, die irgendwann mal einen Schinken von Dvorniak erworben haben? Das kann ja lustig werden!« Bannert stöhnte.

Fechter schüttelte den Kopf, was sein Doppelkinn zum Erzittern brachte. »Das wird, denke ich, nicht nötig sein. Zumal sich vermutlich gar nicht nachvollziehen lässt, wer im Besitz seiner Gemälde oder Skulpturen ist. Zumindest ist mir kein Register bekannt, wo das verzeichnet wäre.«

Bannert wirkte sogleich entspannter. »Wie machen wir jetzt weiter?«, erkundigte er sich nörgelig.

»Du gar nicht, Marius«, fuhr Adler ihm dazwischen. »Du nimmst den Rest des Tages frei. Ich will dich frühestens am Montag wieder hier sehen!«

»Aber …«

»Nichts aber! Wir kommen auch mal ohne dich zurecht.«

Bannert nickte beleidigt und verließ wortlos Adlers Büro.

Hagedorn wartete nur darauf, dass er trotzig mit der Tür knallen würde, was er Gott sei Dank nicht tat.

»Oha!«, entfuhr es dem Pinguin.

Kapitel 71

Irgendwo außerhalb von Konstanz
Zur selben Zeit

Wütend hatte sie das Lenkrad ihres Wagens mit den Fäusten malträtiert. Ein Wunder, dass der Airbag nicht ausgelöst wurde. Nachdem sie von der Werkstatt weggefahren war, hatte sie den Wagen auf einen Feldweg gelenkt. Sie musste sich erst abreagieren. Die Augen geschlossen, die schmerzenden Knöchel massierend, überlegte sie ihre nächsten Schritte. Dass von Dvorniak zumindest kurzfristig als Exponat nicht mehr zur Verfügung stand, war bedauerlich. Drauf geschissen! Es hätte die Vernissage des Todes, sie schmunzelte bei der Bezeichnung, zwar perfekt gemacht und wäre ihren Zwecken mehr als dienlich gewesen, aber es war nun nicht mehr zu ändern.

Van Gogh hatte sich das halbe Ohr abgeschnitten und von Dvorniak sich die Zunge abgebissen. Sie müsste es nur mit einer dramatischen Geschichte würzen, und voilà – war nicht alles irgendwie nur eine Frage des richtigen Marketings?

Nervös kaute sie auf der Unterlippe, während sie abzuwägen versuchte, was sinnvoller, profitabler wäre. Sie ging davon aus, dass der alte Meister den Tag nicht überstehen würde.

Vielleicht könnte sie mit einer dramatischen Geschichte um seinen Gesundheitszustand die Stimmung in der Szene noch ein wenig anheizen.

Die beiden Jungs hatten von Dvorniaks Verlust am meisten bedauert. Im doppelten Sinn.

Sein Tod wäre unvermeidlich gewesen. Der Gedanke dahinzusiechen war ihm zuwider, weshalb er es vorzog, den Tag und die Umstände seines Todes selbst zu bestimmten. Was sie jedoch noch härter traf, war der Umstand, dass sie ihn nicht mehr der Welt präsentieren, ihm kein Denkmal mehr setzen konnten. Eines, das ihm würdig gewesen wäre.

Von Dvorniak war ihr herzlich egal. Sie verfolgte einen anderen Plan. Einen Plan, auf den sie eigentlich erst der Junge gebracht hatte.

Vor acht Monaten war sie auf dem Weg zu einer Vorlesung in ihn gerannt, als sie durch die Gänge hetzte. Charmant lächelnd hatte er ihr geholfen, die Unterlagen aufzusammeln, die ihr dabei aus den Händen geglitten waren. Obwohl sie ihn noch nie im diesem Kurs gesehen hatte, musste er sich hineingeschlichen haben, da er kurz danach in einer der ersten Reihen gesessen und sie mit einer schamlosen Lüsternheit betrachtet hatte, die keine Zweifel daran ließ, woran er dachte.

Entgegen all ihrer Prinzipien hatte sie sich nach der Vorlesung von ihm auf einen Kaffee einladen lassen. Eine halbe Stunde später waren sie in seiner Studentenbude gelandet. Mit seiner leidenschaftlichen, ungestümen Art und seiner jugendlichen Ausdauer hatte sie geglaubt, er würde sie um den Verstand vögeln. Was eine einmalige Sache hätte bleiben sollen, war für sie zu einem angenehmen Arrangement avanciert. Immer wenn ihr nach einem guten Fick war, schickte sie ihm eine kurze Textnachricht. Obwohl er beteuerte, dass es nur um

Sex ging, war ihr von Anfang an klar gewesen, dass er mehr für sie empfand, als er bereit war zuzugeben. Nach dem Sex plapperte er immer wie ein kleines, überdrehtes Kind.

Davon, wie er früh seine Leidenschaft für Kunst entdeckt hatte, selbst anfing, die ersten Bilder zu malen, sowie von seiner Begeisterung für den Bildhauer und Maler Romuald von Dvorniak.

Es war viel mehr als Begeisterung.

Auch seine Schwärmerei für sie wusste sie zu nutzen. Wenn er nur nicht so stur wäre und mit seinen eigenmächtigen Handlungen ihren Plan aufs Spiel setzen würde!

Kapitel 72

Konstanz, Altstadt, Brauhaus
Zur Mittagszeit

»Ich habe mich über Sie erkundigt, Hagedorn«, sagte Fechter, nachdem er einen großen Schluck seiner Apfelschorle genommen hatte.

»Dann ist Ihnen bestimmt mein unvergleichlicher Charme, mein Esprit und nicht zu vergessen mein feinsinniger Humor zu Ohren gekommen?«, feixte Hagedorn.

»Man hat mir geflüstert, dass Sie ein Arschloch seien. Ein eloquentes Arschloch«, konterte Fechter mit einem Lächeln.

»Autsch! Das tut weh.« Hagedorn griff sich mit übertriebener Dramatik an die Brust.

»Aber man sagt auch«, fuhr Fechter fort, »dass sie ein brillanter Profiler seien.«

»Ich hasse diese Bezeichnung. Ehrlich!« Hagedorn führte das Weizenglas zum Mund, leerte es in einem Zug bis zur Hälfte und rülpste herzhaft.

»Ah, das tut gut«, knurrte er.

Obwohl der Himmel den gesamten Morgen über bedeckt war, ließ die Hitze nur allmählich nach. Hagedorn kannte niemanden, der sich im Augenblick nichts sehnlicher wünschte als ein reinigendes Gewitter, das die Temperaturen endlich fallen ließ.

»Wie komme ich eigentlich zu der Ehre, von Ihnen

zum Essen eingeladen zu werden?«, fragte er den Pinguin. »Wollen Sie Pluspunkte sammeln?«

Fechter lächelte vieldeutig und machte dabei eine wegwischende Handbewegung. »Eigentlich kann ich Sie nicht ausstehen, Hagedorn. Sie sind arrogant, anmaßend, aufgeblasen und borniert.«

»Nun, mir scheint, dass Sie in mir einen ebenbürtigen Gegner gefunden haben.«

»Touché«, bemerkte Fechter anerkennend. »Der Fall ist äußerst interessant, finden Sie nicht?«

»Doch, ist er!«, gestand Hagedorn.

»Ich hoffe sehr, dass ich sie nicht von wichtigen Ermittlungen abhalte.«

»Tun Sie nicht!«, beruhigte er Fechter. »Bis die Spurensicherung fertig ist und die Background-Ermittlungen zu Dvorniak und sonstigen Abklärungen beendet sind, kann ich sowieso nichts tun.«

Fechter sah sich verstohlen in der Gartenwirtschaft des Brauhauses um und senkte dann verschwörerisch die Stimme.

»Was dachten Sie, als Sie am Montagmorgen die tiefgekühlte Leiche der jungen Frau – wie war doch gleich ihr Name? – entdeckt haben?«

»Ihr Name war Palmeri, Cornelia Palmeri.« Hagedorn kratzte sich am Kinn. »Hm, was ich gedacht habe?« Er hatte sich darüber noch keine tieferen Gedanken gemacht. »Wenn ich ehrlich sein soll, hat mich ihr Anblick fasziniert.«

Fechter nickte. »Verstehe!«

»Wenn man davon absieht, dass es sich um den toten Körper eines Menschen handelt, war die Darstellung ästhetisch sehr ansprechend, beinahe erotisch.«

»Sie halten das also für Kunst?«, fragte Fechter mit hochgezogenen Augenbrauen.

»Das habe ich nicht gesagt!«, widersprach Hagedorn entschieden. »Kunst liegt letztlich immer im Auge des Betrachters. Die Frage ist vielmehr, was darf Kunst und was nicht? Wo sind die Grenzen des guten Geschmacks erreicht oder ethische überschritten? Persönlich kann auch ich den *Körperwelten* nichts abgewinnen. Diese Form der Darstellung toter Menschen hat für mich weder einen künstlerischen noch medizinischen Aspekt.«

»Ich verstehe, was Sie meinen«, entgegnete Fechter nachdenklich. »Sehen Sie, Herr Hagedorn, ich stehe vor einem juristischen Dilemma.«

Hagedorn nahm einen weiteren Schluck seines Weizenbiers, ohne den Staatsanwalt dabei aus den Augen zu lassen.

»Wenn sich bewahrheitet, was Sie und Adlers Team annehmen, dass die drei Menschen nicht durch fremde Hand zu Tode gekommen sind, stehe ich mit leeren Händen da.«

Hagedorn ahnte, worauf er hinauswollte.

»Leichen auszustellen, ist nicht strafbar. Sofern sie zuvor nicht gestohlen oder ausgegraben wurden«, schränkte er sofort ein. »Moralisch und ethisch verwerflich, aber eben nicht strafbar.«

»Und sie keiner ärztlichen Leichenschau zuzuführen oder die Beurkundung des Todes zu veranlassen, lediglich eine Ordnungswidrigkeit. Ich weiß!«, ergänzte Hagedorn, nahm einen weiteren Schluck und wischte sich mit dem Handrücken den Bierschaum von der Oberlippe. »Vielleicht irren wir uns«, versuchte er Fechter zu beschwichtigen, wenngleich er nicht daran glaubte.

»Lara … Doktor Geermann, hat an den Leichen keinerlei Hinweise auf eine Fremdeinwirkung finden können, die toxikologischen Befunde waren ebenfalls nicht eindeutig, und ich habe keinen Grund, an ihren Fähigkeiten zu zweifeln.«

Fechter nickte behäbig, während er ein rundes Schnupftabakdöschen aus seiner Westentasche zog, dessen Aufmachung ebenso dekadent wirkte wie sein exklusiver Maßanzug. Er öffnete den Deckel, griff mit Daumen und Zeigefinger eine Brise heraus und schnupfte sie zu Hagedorns Erstaunen, ohne Spuren an der Nase zu hinterlassen. Eine schreckliche Angewohnheit, wie Hagedorn fand. Na gut, Rauchen war auch nicht besser!

Fechter nieste herzhaft. »Ich will für uns alle hoffen, dass wir die Subjekte, die für diese Sauerei verantwortlich sind, bald überführen.«

Kapitel 73

Polizeipräsidium

Da Hagedorn keine Eile hatte – die nächste Zusammenkunft der Soko war von Adler auf zwei Uhr terminiert worden – beschloss er, zu von Dvorniaks Haus zu fahren, um zu sehen, wie weit Kieferles Team mit der Spurensicherung sein würde. Seinen Gedanken nachhängend, fuhr er langsam durch die Fußgängerzone, von Dvorniaks Adresse entgegen.

Fechter war ein intelligenter, doch durch und durch dekadenter und äußerst kauziger Typ. Aber im Prinzip waren sie sich gar nicht so unähnlich.

Optisch ein Zwilling Danny DeVitos, besaß er Geist und Witz. Eigenschaften, die Hagedorn an einem Menschen sehr zu schätzen wusste.

Fechter konnte die Esseneinladung ganz bestimmt als Ermittlungskosten verbuchen lassen, dennoch hatte Hagedorn einen bescheidenen gemischten Salat mit Zanderfilet gewählt. Mit einer süffisanten Andeutung auf seine Leibesfülle hatte Fechter sich für selbiges entschieden. Während des Essens hatten sie sich angenehm unterhalten. Der Staatsanwalt hatte ihm zu erklären versucht, dass er in dem Verfahren enorm unter dem Druck der Öffentlichkeit und des Generalstaatsanwalts stehe und bei ihrem ersten Treffen möglicherweise ein falscher Eindruck entstanden sei, was quasi einer Entschuldigung gleichkam. Wie erwartet hatte sich Fechter nach dem Begleichen der Rechnung einen Bewirtungsbeleg auf die Staatsanwaltschaft Konstanz ausstellen lassen und war in sein Büro zurückgeeilt.

Dicke Freunde würden sie wohl nie werden, aber die anfängliche Abneigung und Feindseligkeit war gegenseitigem Respekt gewichen.

Enttäuscht stellte er fest, dass er niemanden mehr antraf, als er an von Dvorniaks Haus ankam. An der Haustür waren mehrere polizeiliche Klebesiegel angebracht worden, wie sie bei der Beschlagnahme eines Tatorts üblich waren. Rückstände von Rußpulver auf dem verwitterten Türblatt und der Klinke deuteten darauf hin, dass die Kriminaltechniker Fingerspuren gesichert hatten.

Hagedorn war gespannt zu erfahren, ob die Spurensicherung Erfolg gehabt hatte, zumal seine Abdrücke mit Sicherheit auf dem Türblatt zu finden waren.

Unentschlossen stand er vor Dvorniaks Haus und ließ seinen Blick über die Fassaden der umliegenden Mehrfamilienhäuser streifen.

Die Wohnanlage, vermutlich irgendwann in den Siebzigern erbaut, schien in der jüngeren Vergangenheit aufwendig saniert worden zu sein. Fenster, Balkongeländer, Putz und Anstrich erstrahlten in sorgsam aufeinander abgestimmten Farben. Die Balkone wirkten gepflegt und aufgeräumt, wenngleich nur wenige bepflanzt waren. Ein im Hochparterre gelegener Balkon stach ihm besonders ins Auge. Trotz der sengenden Hitze der vergangenen Wochen blühten in den Geländerkästen Chrysanthemen und Geranien in den schönsten Farben.

In diesem Moment trat eine ältere Frau heraus und beäugte ihn kritisch, während sie vorgab, verwelkte Blätter aus ihrer Blütenpracht zu zupfen.

»Wie schaffen Sie es nur, dass Ihre Pflanzen diese

Bruthitze überstehen?«, fragte Hagedorn lächelnd, als er sich ihrem Balkon näherte. »Die sind ja traumhaft schön!«

»Mein Geheimrezept aus reifem Kompost, Hornspänen und Hornmehl lässt sie so schön gedeihen«, antwortete die alte Dame stolz, bis sie sich besann und ihn erneut mit zusammengekniffenen Augen kritisch zu durchleuchten begann.

»Ich nehme nicht an, dass sie mir die genaue Zusammensetzung Ihrer Mixtur verraten«, gab Hagedorn immer noch freundlich lächelnd zurück.

In ihrem Blick spiegelte sich Unentschlossenheit, ob der Kerl da im Rollstuhl unter ihrem Balkon nun ein Senioren mordender Todesengel war oder man ihm über den Weg trauen konnte.

Hagedorn deutete zu von Dvorniaks Haus. »Kennen Sie den Mann, der in dem Haus wohnt?«

»Na ja, kennen ist zu viel gesagt«, antwortete die alte Dame ausweichend. »Ein komischer Kauz, der zu niemandem hier in der Nachbarschaft Kontakt haben will. Wer sind Sie überhaupt?«

Hagedorn mochte ihre direkte Art. »Ich arbeite als Berater für die hiesige Kriminalpolizei. Mein Name ist Falk Hagedorn.«

Sie hob den Kopf, was einem wachsamen »Aha« am nächsten kam. »Ja, die Polizei war heute Morgen schon hier und hat alle hier im Haus befragt. Ist dem Mann was passiert?«

»Nichts Dramatisches«, log er. »Wurden Sie auch befragt?«

»Nööö«, antwortete sie gedehnt. »Ich war schon sehr früh außer Haus. Bei meiner Fußpflegerin.«

»Ist Ihnen in den letzten Tagen etwas Außergewöhnliches aufgefallen?«

Unschlüssig zuckte sie mit den Achseln.

»Hm, außergewöhnlich?« Sie überlegte. »Als ich aus dem Haus ging, stand vor der Bruchbude ein Lieferwagen.«

»Ein Lieferwagen?«, echote Hagedorn. »Welche Farbe hatte der?«

»Ach wissen Sie, so genau habe ich darauf nicht geachtet. Hell glaube ich.«

»Sind Ihnen Personen aufgefallen?«, bohrte Hagedorn weiter.

»Lieber Herr Falk!« Sie bedachte ihn mit einem vorwurfsvollen Blick. »Ich bin alt, und meine Augen sind nicht mehr das, was sie einmal waren. Außerdem kommen diese Lieferdienste ja zu den unmöglichsten Zeiten. Kann schon sein, dass da jemand war.« Sie begann erneut verwelktes Blattwerk aus den Geranien zu zupfen. »Doch! Wenn ich mich recht entsinne, waren da tatsächlich zwei junge Männer.« Ihre Miene erhellte sich. »Und die haben Kartons in den Lieferwagen geladen. Kurz danach kamen die Polizei und ein Krankenwagen. Können die jungen Männer nur um ein paar Minuten verpasst haben.«

»Darf ich Sie nach Ihrem Namen fragen?«

»Perl, Lieselotte Perl.«

»Frau Perl, Sie haben mir wirklich sehr geholfen«, bedankte sich Hagedorn. »Ich würde Ihnen gerne einen Beamten schicken, der mit Ihnen eine Zeichnung der jungen Männer erstellt. Wissen Sie, was ein Phantombild ist?«

»Junger Mann, ich bin alt, aber nicht blöd! Selbstverständlich weiß ich, was ein Phantombild ist. Ich schaue regelmäßig *Tatort*«, entgegnete sie pikiert.

Hagedorn machte eine entschuldigende Geste. »Junge Männer? Was ist in Ihren Augen jung?«, erkundigte er sich in Anbetracht der Tatsache, dass sie ihn ebenso betitelt hatte.

»Keine fünfundzwanzig! Denke ich zumindest«, schränkte sie ein.

»Nochmals herzlichen Dank, Frau Perl.«

Hagedorn wendete den Rollstuhl, schlug den Weg Richtung Fußgängerzone ein und fingerte sein Mobiltelefon aus der Brusttasche.

Kapitel 74

Die Werkstatt

»Die Ohrfeige hat gesessen«, zog der Kleinere seinen Freund auf.

»Halt's Maul und hilf mir mit dem Fass«, entgegnete der andere mürrisch.

»Wo willst du das Zeug ausleeren?«

»Wir bringen es hinter die Scheune und kippen es auf den Kompost der alten Liebermann.«

»Schnallt die Alte das nicht?«

»Quatsch! Die war seit Monaten nicht mehr dort.«

Mit einer Sackkarre fuhren sie das Metallfass hinter das Gebäude und kippten den glibberigen, stinkigen Inhalt auf den alten Misthaufen.

Zehn Minuten später kehrten sie schweißtriefend in die Werkstatt zurück.

»Jiri, du bist so ein Arschloch!«, schimpfte er. »Die Hose kann ich wegschmeißen.« Er deutete auf die Spritzer an seinen Hosenbeinen, wo die Lauge bereits die Farbe auszubleichen begann.

»Tut mir leid. Ich bin abgerutscht.«

Er schlüpfte aus der Jeans, knüllte sie zusammen und stopfte sie in einen Müllsack, den sie später mit den anderen verbrennen würden.

Barfuß, nur mit T-Shirt und Boxershorts bekleidet, verschwand er in einer Ecke und ging vor einem Kühlschrank in die Knie.

»Hey, Benny! Bringst du mir eine Cola mit?«

Als sie die Scheune bezogen und das Gerümpel beiseitegeräumt hatten, befand sich unter all dem Unrat auch ein alter Kühlschrank. Da sie sich nie die Mühe gemacht hatten, das alte Ding zu reinigen, taugte er nur dazu, ein paar Dosen Cola und Bier kalt zu stellen.

»Ganz schön tough, deine Lady«, bemerkte Jiri, als er geschmeidig die Dose auffing, die Benny ihm zuwarf.

»Noch mal! Sie ist nicht meine Lady«, brummte er und öffnete zischend den Verschluss der Bierdose.

»Ist mir auch egal. Wie geht's jetzt weiter?«, erkundigte sich Jiri, riss die Dose auf und schlürfte den herausschießenden Cola-Schaum.

»Du hast gehört, was sie gesagt hat. Wir machen die Werkstatt sauber, packen alles zusammen und veranstalten heute Abend hinter der Scheune ein Höllenfeuer.«

Jiri begann leise zu weinen.

»Was ist denn nun schon wieder?«, stöhnte Benny und rollte mit den Augen. Jiris Stimmungsschwankungen in den letzten Tagen gingen ihm auf die Nerven.

»Der Meister. Was ist jetzt mit dem Meister?«, schluchzte Jiri. Ein Rotzfaden baumelte aus einem der Nasenlöcher.

»Was soll mit ihm sein?«, entgegnete sein Gegenüber schnaubend. »Er liegt in der Klinik und wird den heutigen Tag nicht überleben. Die Scheiße ist, dass wir nicht an ihn herankommen, um seinen letzten Wunsch zu erfüllen. So wie er ausgesehen hat, wäre es eh schwierig gewesen, das Projekt so umzusetzen, wie er es gewünscht hat.«

Jiri beruhigte sich etwas und schnäuzte sich die Nase. »Hast du gesehen, dass er sich die Zunge abgebissen hat?«

»Ja, habe ich. Echt scheiße!«

»Ich verstehe nicht, dass er sich von uns nicht helfen lassen wollte!«

»Jiri, hör auf damit! Es war seine Entscheidung, sein Wunsch, und wir hatten das zu respektieren.«

Gluckernd nahm er mehrere große Schlucke aus der Bierdose, ehe er seinen Freund eindringlich ansah. »Schau, Jiri. Ich weiß nicht, ob es ihr gelingt, irgendwie an seinen Leichnam zu kommen. Selbst wenn nicht, was spielt es für eine Rolle, hm?«

Jiri nickte freudlos.

»Wir haben den Namen Romuald von Dvorniak und seine Werke wieder aufleben lassen. Wenn er gehen muss, wird er in aller Munde sein, du wirst sehen! Die Medien werden weltweit darüber berichten. Über ihn und über unsere Vernissage.«

Er deutete hinter sich, wo die Kartonagen an die Wand gelehnt standen. »Galeristen und Sammler werden sich um seine Werke streiten, man wird sie bei Auktionen für horrende Summen versteigern, und nicht nur das …« Er packte seinen Freund an den Schultern und schüttelte ihn sanft. »… auch uns wird man nicht mehr vergessen. Was wir geschaffen haben, ist einzigartig, mein Freund. Ich schwöre dir, an unsere Namen wird man sich bis in alle Ewigkeit erinnern. Auf ewig verknüpft mit der Vernissage des Todes.« Ein verträumtes Lächeln umspielte die Lippen. »Das ist es doch, was wir für uns und den Meister wollten?«

Jiri nickte zuversichtlicher als noch vor wenigen Minuten.

»Du hast recht!«, grinste er gequält. »Uns wird man tatsächlich nicht mehr vergessen.«

Kapitel 75

Polizeipräsidium

Kurz bevor er das Präsidiumsgebäude erreicht hatte, rief Lara ihn an.

»Hey, Frau Doktor! Wo bist du?«

»Noch in Freiburg. Schrecklich viel Arbeit«, stöhnte Geermann.

Hagedorn wusste nicht so recht, was er sagen sollte. Alles, was ihm auf der Zunge lag, kam ihm zu pathetisch, zu schnulzig vor.

»Irgendwie fehlst du mir!«, drang es leise an sein Ohr.

Hagedorn lachte. »Irgendwie?«

»Ja, irgendwie.« Sie kicherte am anderen Ende der Leitung.

»Wann sehe ich dich wieder? Du fehlst mir nämlich auch. Und nicht irgendwie. Du fehlst mir tatsächlich.«

Sie schwieg einige Sekunden. »Ich will schauen, ob ich mich heute Abend freimachen und Zoé bei einer Freundin unterbringen kann. Am späten Nachmittag könnte ich in Konstanz sein, und wenn du möchtest …« Sie zögerte.

»Es wäre schön, mit dir das Wochenende zu verbringen«, beendete Hagedorn ihren Satz.

»Sicher?«

»Oh ja, ganz sicher!«, lachte Hagedorn.

»Dann bis heute Nachmittag«, verabschiedete sich

Geermann knapp, und Hagedorn glaubte das schmatzende Geräusch eines Kusses gehört zu haben.

Versonnen lächelnd steckte er sein Handy in die Brusttasche zurück.

»Hallo, Herr Hagedorn!«, ertönte eine angenehme Stimme hinter ihm, als er auf den Eingang zusteuerte.

»Frau Kowalczyk? Welch angenehme Überraschung!«

»Dana, bitte nennen Sie mich Dana!«

»Nur wenn Sie mich Falk nennen!«

Dana Kowalczyks lange Beine steckten in einer hautengen blau-schwarzen Laufhose. Darüber trug sie ein pinkfarbenes Top mit dem Swoosh eines bekannten Sportartikelherstellers.

»Ist es nicht etwas zu schwül, um zu laufen?«, erkundigte er sich.

»Nein, nein! Geht schon«, entgegnete sie mit einem charmanten Lächeln.

Erneut wunderte ihn, wie zum Teufel es Darius gelungen war, diese Frau für sich einzunehmen.

»Ich bin auf dem Weg in den Lorettowald. Da ist es um die Zeit etwas kühler, und die Wege dort sind ideal zum Joggen.«

»Da muss ich dir zustimmen. Die Wege dort sind wirklich klasse.«

»Stimmt es, was ich gehört habe, dass Romuald von Dvorniak im Krankenhaus liegt?«

»Da hast du richtig gehört. Darf ich fragen, wie du davon erfahren hast?«

»Wie?«, rief sie erstaunt aus. »Die einschlägigen Künstlerforen überschlagen sich mit der Neuigkeit. Romuald von Dvorniak ist nicht irgendein Künstler. Wahrscheinlich ist er einer der bedeutendsten Künstler unserer Zeit. Wie geht es ihm denn?«

Hagedorn hob überfragt die Schultern. »Ich weiß es nicht! Ehrlich. Und wenn, dann dürfte ich es dir nicht sagen«, fügte er entschuldigend hinzu.

Dana Kowalczyk tänzelte in Läufermanier von einem Bein auf das andere. »Na gut! Hoffen wir das Beste für ihn.« Sie wünschte ihm einen schönen Tag und trabte in einem zügigen Tempo davon.

Als er in der zweiten Etage ankam, war es ungewöhnlich ruhig auf den Gängen. Summend glitt sein Rollstuhl den Flur entlang Richtung Adlers Büro. Wo waren denn alle?

Die Büros waren ebenso wie Adlers Arbeitsplatz verwaist. Es war zehn Minuten vor zwei. Er war überpünktlich. Nachdem er eine scharfe Kehre vollzogen und den Gang zurückgefahren war, hörte er aus dem großen Besprechungsraum gedämpft Adlers Stimme. Ohne anzuklopfen, öffnete er und fuhr in den Raum. Adler nickte ihm zu, ohne ihre Rede zu unterbrechen.

»Und nun zum Wesentlichen«, fuhr sie fort.

Hagedorn sah, dass Fechter per Videostream zugeschaltet war. Offenbar sah Fechter über die 360-Grad-Konferenzraumkamera auch die Teilnehmer, denn er glaubte ein Lächeln über Fechters Gesicht huschen zu sehen, als er auf eine freie Stelle am Tisch zuhielt.

»Die Netzbetreiber haben uns auf ein Ersuchen von Marius hin eine Liste mit etwa vierzig Gebäuden übersandt, die in den letzten Monaten einen eklatant höheren Stromverbrauch verzeichneten. Wir bekommen Unterstützung vom Streifendienst und von einem Einsatzzug der Bereitschaftspolizei, um die Gebäude und Anlagen zu überprüfen. Da es in der Kürze der Zeit unmöglich ist, alle zu checken, habe ich die interessantesten favorisiert und den Teamleitern für die betreffenden Objekte schon zugemailt.«

Hagedorn stellte sich die Frage, wie Nadine mit der Belastung und dem Stress der letzten Tage sowie der Trennung von ihrer Frau zurechtkam. Zumindest äußerlich wirkte sie souverän.

»Ich übergebe das Wort nun an Mirjam Reiser, unserem Neuzugang«, fuhr Nadine fort und nickte der jungen Beamtin ermutigend zu, die Hagedorn vom ersten Leichenfundort am Bodenseeforum her kannte. Allerdings hatte sie am Montag noch in einer Uniform gesteckt. Verdammt, war das erst fünf Tage her?

Unsicher blickte die Aufgerufene in die Runde, dann auf ihre Notizen.

»Frau Adler hatte mich beauftragt, einen kompletten Background-Check von Romuald von Dvorniak vorzunehmen. Sein Personagramm liegt vor euch auf dem Tisch. Ich erspare mir Details zu seinen Daten und komme gleich zum Wesentlichen.«

Hagedorn hörte der Beamtin aufmerksam zu, die mit jedem Wort sicherer wirkte.

»Von Dvorniak war in den letzten Tagen sehr rührig«, fuhr sie fort. »Nach mehreren Terminen mit der Stadtverwaltung, dem Grundbuchamt und diversen Banken hat er am Donnerstag eine Reise nach Zürich unternommen. Was genau er in Zürich gemacht hat, konnte ich leider nicht in Erfahrung bringen. Tatsache ist, dass er bereits vor zwei Tagen sein Haus notariell einer Kunststiftung vermacht zu haben scheint. Die Stiftung ist nach dem, was ich über sie in Erfahrung bringen konnte, seriös. Am Donnerstagmorgen hat er seine Konten aufgelöst, anscheinend auch alle …«

»Was hast du über Familienangehörige in Erfahrung

bringen können?«, unterbrach sie Hagedorn, wofür er einige böse Blicke erntete.

Mirjam Reiser studierte die vor ihr liegenden Unterlagen, ehe sie fortfuhr. »Dvorniak war zwar nie verheiratet, unterhielt aber eine mehrjährige Beziehung zu einer Polin namens Bogdana, ehe er im Alter von vierundzwanzig 1971 sein Heimatland verließ. Seine Eltern sind seit vielen Jahren tot, keine lebenden Geschwister, aber …« Sie zögerte. »Aus der Beziehung mit Bogdana ist laut den Familienregistern, die mir übersandt wurden, eine Tochter hervorgegangen. Ihr Name war Florentyna. Sie starb vor fünf Jahren. Florentyna hat 1989, mit siebzehn Jahren, eine Tochter zur Welt gebracht. Sie könnte möglicherweise seine Enkelin sein. Das konnte ich noch nicht genau klären. Ihr Name soll …« Sie blätterte nervös durch den Stapel Papier vor ihr. »… Dana K-o-w-a-l…«

Hagedorn sog scharf die Luft ein. »Dana Kowalczyk?«

Adlers Kopf fuhr herum, und sie sah Hagedorn überrascht an. »Du kennst die Frau?«

»Wir müssen reden!«, entgegnete Hagedorn knapp und rollte ohne ein weiteres Wort aus dem Besprechungsraum.

Kapitel 76

Präsidium

»Was soll ich deiner Ansicht nach jetzt tun?« Adler stand mit geschlossenen Augen am Fenster und hatte die Stirn gegen das kühle Glas gepresst, als sie sich ein paar Minuten später in ihrem Büro trafen.

»Die Uni hat mir gerade bestätigt, dass sich Kowalczyks Dissertation zu großen Teilen mit den Werken Dvorniaks befasste. Ihre Doktorarbeit wird man uns zur Verfügung stellen.«

Adler nickte. »Gut!«

»Als ich sie vor dem Gebäude traf, hatte ich das Gefühl, dass sie mich über seinen Zustand aushorchen wollte. Falls sie es weiß, wieso hat sie mir bei unserem ersten Treffen vor ein paar Tagen verschwiegen, dass sie seine Enkelin ist?«

»Keine Ahnung«, entgegnete Adler müde, als der Apparat auf ihrem Schreibtisch leise zu klingeln begann. Offenbar hatte sie die reduzierte Lautstärke seit dem Morgen nicht wieder erhöht.

»Allein die Tatsache, dass sie seine Enkelin ist und eine Doktorarbeit über ihn verfasst hat, begründet noch keinen dringenden Tatverdacht gegen Kowalczyk.«

»Ich würde sie dennoch befragen«, schlug Hagedorn vor.

Schwerfällig wendete sie sich vom Fenster ab.

»Was!«, bellte sie ins Telefon. »Wer? Dekker? Ist gut, wir kümmern uns darum. Danke!«

Hagedorn sah sie mit hochgezogenen Brauen an. »Cees Dekker ist hier?«

»Er hat nach dir gefragt. Würdest du …?«

»Klar, ruh dich ein wenig aus.«

Nachdem Adler zwei Kollegen des Teams mit der Festnahme und Vernehmung Dana Kowalczyks beauftragt hatte, rollte Hagedorn eine Minute später aus dem Lift und näherte sich dem Empfang. Hinter der Panzerglasscheibe saß ein uniformierter Beamter mit Walrossbart, der mit einem Kopfnicken auf einen jungen Mann deutete.

Cornelius Dekker hockte schüchtern auf einem der Metallstühle im Wartebereich. Er hatte die Hände im Schoß gefaltet und knibbelte nervös am Daumennagel.

»Cees? Was kann ich für dich tun?«, fragte Hagedorn, als er ihn erreichte.

»Hallo, Herr Hagedorn«, grüßte Dekker mit dünner Stimme. Zögerlich sah er sich um. »Können wir uns irgendwo unterhalten?«

»Lass uns nach draußen gehen«, schlug Hagedorn vor. »Ich kann verstehen, wenn du dich hier nicht wohlfühlst.«

Nachdem sie das Gebäude verlassen hatten und einige Schritte gegangen waren, stoppte Hagedorn und sah Dekker an.

»Weswegen wolltest du mich sprechen, Cees?«

»Nun ja …« Dekker druckste verlegen herum. »Ich wollte mich bei Ihnen bedanken.«

»Bedanken? Wofür?«

»Dafür, dass Sie neulich so nett zu mir waren und

mir geholfen haben. Ohne Sie wäre ich vermutlich in U-Haft gegangen.«

»Oh, das war weniger mein Verdienst«, entgegnete Hagedorn lächelnd. »Mir war klar, dass du damit nichts zu tun haben kannst. Zum Glück hat die Untersuchungsrichterin das auch so gesehen.«

Dekker nickte. »Trotzdem, danke!«

»Du hast nicht zufällig eine Erklärung dafür, wie deine Fingerabdrücke auf die beiden Fluter gekommen sind, die Frau Adler am Mittwoch erwähnt hat?«

»Ich war letzte Woche im Baumarkt und habe mir solche Strahler angesehen. Beruflich bin ich öfter in den Aussegnungshallen in der Region unterwegs. Die Beleuchtung dort ist mies. Deswegen wollte ich mir ein paar handliche Strahler zulegen.«

»War das in einem der großen Märkte im Industriegebiet?«, erkundigte sich Hagedorn.

»Nein. Kesslers Baumarkt. Ich unterstütze lieber die kleinen Märkte. Schon aus Prinzip!«

»Sehr löblich! Weißt du, ob der Kassenbereich videoüberwacht ist?«

Dekker lachte auf. »Nein, ganz bestimmt nicht. Ist ein kleiner Familienbetrieb.«

»Verflucht!«

Dekker sah ihn bedauernd an. »Ich weiß nicht, ob es wichtig ist …«

Hagedorn horchte auf. »Los raus damit. Alles könnte wichtig sein«, drängte er.

»Vor ein paar Monaten ist eine Frau in meinem Institut aufgetaucht und hat sonderbare Fragen über meine Arbeit gestellt.«

Hagedorn sah erwartungsvoll zu dem jungen Mann auf. »Komm schon, lass dir nicht jedes Wort aus der Nase ziehen!«

»Wie lange ich für die Konservierung eines Körpers brauche, mit welchen Chemikalien ich arbeite und solche Sachen.«

»Würdest du uns helfen, ein Phantombild der Frau anfertigen zu lassen?«

Dekker zupfte unschlüssig an seiner Krawatte. »Ich weiß nicht. Ihre Kollegen haben sich in meinem Institut wie die Vandalen aufgeführt, als sie es durchsucht haben.«

Hagedorn nickte verständnisvoll. »Ich verstehe! Du hast allen Grund, sauer zu sein.«

Der junge Mann schien nachzudenken und gab sich dann einen Ruck. »Okay! Ich mach's! Wann?«

»Jetzt! Komm mit!«

Hagedorn war Dekker durch die weitläufigen Gänge des Polizeigebäudes vorausgefahren und hatte ihn einem Kollegen der Kriminaltechnik übergeben, der mit Dekker ein softwaregestütztes 3-D-Phantombild erstellte.

Hagedorn rang dem Beamten das Versprechen ab, dass er ihm das Ergebnis und auch das der Zeugin Perl via Mail würde zukommen lassen.

Im Hinausgehen stopfte er den Stapel Computerausdrucke, den Adler ihm auf dem Schreibtisch seines Interimsbüros hinterlassen hatte, in das Seitenfach seines Rollis. Die oben aufliegende Notiz, dass sie in einer Stunde zurück sei, entsorgte er im Papiereimer. Das erste Mal seit über einer Woche wehte eine kühle Brise über den See, weshalb er sich entschloss, in die Seestraße unweit des Präsidiums zu fahren und am Ufer die Unterlagen zu studieren.

Auf dem Weg dorthin käme er an einem Kiosk vorbei, an dem er sich einen Coffee to go oder eine eisgekühlte Cola mitnehmen würde.

Lara würde nicht vor siebzehn Uhr in Konstanz sein. Drei lange Stunden noch. Er konnte es kaum erwarten, sie in die Arme zu schließen.

Kapitel 77

Hörnle-Bad
Freitag, früher Nachmittag

»Sie hat wahnsinnige Fortschritte gemacht«, stellte Marius lächelnd fest, als er Karina Obstbrei von der Backe wischte. Schmatzend verlangte das Mädchen nach mehr.

Jule hatte die Beine übereinandergeschlagen und betrachtete liebevoll, wie Bannert einen weiteren Löffel in den erwartungsvoll geöffneten Mund ihrer Tochter schaufelte.

Dennoch entging Bannert der Ausdruck in Jules Augen nicht. Eine Mischung aus Vorwurf und Wehmut lag darin.

»Was soll ich denn deiner Meinung nach machen?«

Jule schwieg, während er den Blick über die Terrasse des Kiosks und die Liegewiese des Hörnle-Bades schweifen ließ.

In Baden-Württemberg waren die Sommerferien noch nicht zu Ende, und so war es nicht verwunderlich, dass Hunderte Menschen Handtuch an Handtuch, dicht gedrängt, unbeschwert die sommerliche Hitze genossen. Jule und Marius hatten ihre Badesachen im Gepäcknetz des Kinderwagens verstaut. Sie würden sich später getrennt im See abkühlen.

»Es geht mir doch gar nicht um mich«, sagte Jule leise. »Aber du verpasst so vieles von Karina.« Jule nahm einen Schluck ihres Wassers und schüttelte plötzlich den

Kopf. »Nein, ist nicht wahr!«, korrigierte sie. »Es geht auch um mich. Weißt du, ich bin den ganzen Tag allein. Nicht genug, dass du den ganzen Tag weg bist, rufen sie dich nachts auch noch an.«

»Komm schon, Jule. Das ist nicht fair. Du weißt, wie es in unserem Job läuft. Außerdem, wie oft wurde ich in den letzten Tagen …«

»Ach«, schnaubte Jule. »Es geht doch gar nicht um den aktuellen Fall. Ich rede von den vergangenen Fällen, den letzten sechs, acht Monaten.«

Bannert nickte. Die Ermittlungen in der Vernissage des Todes liefen erst wenige Tage, und doch wusste er, was Jule meinte.

»Das war mit ein Grund, warum ich mich ins Funk- und Lagezentrum habe versetzen lassen.«

»Und der Schichtdienst ist besser? Willst du das damit sagen?«

Marius schob einen weiteren Löffel Obstbrei zwischen Karinas Lippen.

»Besser vielleicht nicht, aber auf jeden Fall geregelter«, gab Jule zu bedenken.

Marius verneinte kopfschüttelnd. »Wäre der Schichtdienst für mich eine Option, hätte ich schon lange zum Kriminaldauerdienst oder zum FLZ wechseln können. Weder das eine noch das andere wäre eine Alternative für mich, das weißt du.«

Karina wandte trotzig das Gesicht ab, als Marius ihr einen weiteren Löffel Brei füttern wollte.

»Soll ich wieder in den Führungsstab zurück?«, fragte er unsicher und säuberte mit einem Feuchttuch Karinas Mundwinkel.

Jules gleichgültiges Schulterzucken stellte Bannerts Geduld auf eine harte Probe, und er spürte Zorn in sich aufsteigen. Sie wollten in Ruhe darüber reden, aber Jule machte es ihm nicht gerade leicht.

Karina reckte ihm die Arme entgegen. Für ihre sechs Monate konnte sie schon recht gut sitzen, wenngleich sie es in ihrem Kinderwagen nicht sehr gerne tat. Marius schnallte sie ab und hob sie hoch über sich, was ihr ein Glucksen entlockte.

»Nicht so wild, Marius! Sonst spuckt sie alles wieder aus.«

Bannert setzte sich Karina auf den Schoß und küsste sie zärtlich auf den Kopf.

»Ich rede mit Adler. Sobald dieser Fall abgeschlossen ist, nehme ich Urlaub und feiere die angefallenen Überstunden ab. Okay?«

»Okay!« Jules Mine erhellte sich. »Glaubst du, wir können ein paar Tage wegfahren? Einfach mal raus?«

»Versprochen! Und …«

Jule sah ihn erwartungsvoll an.

»… dann machen wir uns Gedanken, ob ich drei Monate Elternzeit in Anspruch nehme.«

Jule beugte sich ihm entgegen und küsste ihn zärtlich auf die Wange. »Oh, das wäre wunderbar!«

»Aber bis dahin, also bis der Fall abgeschlossen ist, bitte ich dich um Geduld.«

»Ich werde mir Mühe geben«, versprach Jule und küsste ihn auf den Mund.

Kapitel 78

Intensivstation

Die diensthabende Anästhesistin der Intensivstation hatte Nadine Adler versprochen, sie anzurufen, sollte sich am Zustand Dvorniaks etwas ändern. Aufgrund Hagedorns Beschreibung, in welchem Zustand er Dvorniak aufgefunden hatte, hegte sie wenig Hoffnung, dass er noch einmal erwachte. Und doch hatte die Ärztin sie um kurz vor zwei Uhr angerufen und ihr mitgeteilt, dass der Patient aus dem Koma erwacht sei, wenig orientiert zwar, aber auf Ansprache reagiere.

Adler hatte hastig ihre Waffe und das Diktiergerät eingesteckt und war sofort in die Klinik geeilt.

Eine junge Ärztin mit indisch-pakistanischem Einschlag empfing sie an der Stationsschleuse. Das Namensschild auf ihrem grünen Kasack wies sie als Assistenzärztin S. Veluppillai aus.

»Sein Zustand ist immer noch sehr kritisch«, eröffnete sie Adler. »Er atmet im Augenblick zwar selbstständig, aber wir halten ihn intubiert.«

»Sprechen kann er ohne Zunge ohnehin nicht!«, stellte Adler nüchtern fest.

»Ähm, nein.«

»Nun, das macht nichts. Vielleicht kann er wenigstens auf einfache Ja- oder Nein-Fragen antworten.«

Der Ärztin schien etwas auf dem Herzen zu liegen.

»Gibt es noch etwas?«, fragte Adler.

»Bitte bleiben Sie nicht länger als fünf Minuten bei ihm«, bat die Ärztin eindringlich.

Adler nickte resigniert. In fünf Minuten würde sie Dvorniak kaum brauchbare Informationen entlocken können.

»Seine Werte sind schlecht. Nieren und Leber versagen und vergiften seinen Körper. Da wir in nächster Zeit mit einem Multiorganversagen rechnen, wird er nur noch palliativ versorgt.«

»Sie denken, er wird in den nächsten Stunden sterben?«

Doktor Veluppillai nickte bestimmt. »Ganz sicher. Es grenzt an ein Wunder, dass er überhaupt noch mal das Bewusstsein erlangt hat. Ich bringe Sie jetzt zu ihm. Fünf Minuten! Ja?«

»Versprochen!«

Von Dvorniaks Anblick war mitleiderregend. Nackt, wie Gott ihn schuf, lag er da. Lediglich das blau-weiße Moltontuch, das locker über seinem Becken lag, verbarg den Intimbereich. Zwischen den Beinen schlängelte sich ein Katheterschlauch hervor, aus dem blutiger Urin in einen Plastikbeutel tropfte, der in einer Halterung am Bett hing. Eine Phalanx aus Überwachungs- und Beatmungsgeräten und mehreren Infusionsständern umgab ihn.

Adler konnte seine Größe nur schwer abschätzen. In jedem Fall war er kleiner als sie mit ihren eins sechsundsiebzig, mochte aber nur einen Bruchteil ihres Körpergewichts auf die Waage bringen.

Am Brustkorb zeichnete sich jede Rippe deutlich ab, und im Bereich des Brustbeins, das hatte er Hagedorns Herz-Druck-Massage zu verdanken, prangte ein handtellergroßes Hämatom. Sein linker Arm sowie das rechte

Schienbein waren mit Luftkammerschienen stabilisiert. Zwischen seinen rissigen Lippen steckte ein Larynx-Tubus. Von Dvorniaks Augenlider flackerten, der Gesichtsausdruck wirkte gequält.

Das Bild ihres im Sterben liegenden Vaters vor Augen, näherte sie sich zögernd dem Häufchen Elend.

»Mein Name ist Nadine Adler«, begann sie mit dünner Stimme. »Ich bin von der Kripo Konstanz. Können Sie mich verstehen, Herr von Dvorniak?«

Sekundenlang flatterten seine Augenlider, ehe sie sich einen Spaltbreit öffneten.

»Würden Sie mir ein paar Fragen beantworten?«

Es schien von Dvorniak alle Kraft zu kosten, Adler anzusehen. Die glasigen Augen wandten sich ihr jedoch zu.

Adler konnte nicht ermessen, ob er sie wahrnahm, geschweige denn verstand, was sie sagte.

»Haben Sie sich das selbst angetan?«

Von Dvorniaks Lider schlossen sich für eine Sekunde, was Adler einem Ja gleichsetzte.

»Warum haben Sie es getan?«, fragte sie weiter, ehe sie sich besann, dass er darauf nicht würde antworten können.

Konzentriere dich!, ermahnte sie sich in Gedanken.

»Haben Sie mit der Vernissage des Todes etwas zu tun?«

Wieder keine Reaktion.

»Standen Sie mit den Leuten, die dafür verantwortlich sind, in Verbindung?«

Von Dvorniak bestätigte mit einem Lidschlag.

Verdammt! Sie konnte ihn nicht fragen, wer der oder die Initiatoren der Vernissage waren.

»Wir konnten auf Ihrem Laptop eine E-Mail sichern,

dessen Absender ein the_admirer.com war. Kennen Sie den Absender?«

Von Dvorniaks Augen blieben geöffnet.

»Du würdest es mir ohnehin nicht verraten«, murmelte sie mehr zu sich selbst. Bildete sie sich das ein, oder umspielte ein Lächeln Dvorniaks spröde Lippen?

»Habe ich recht? Sie würden es mir nicht sagen, oder?«

Langsam schlossen und öffneten sich von Dvorniaks Augenlider.

Wie Hagedorn und Bannert richtig vermutet hatten, stand Dvorniak mit den Akteuren der Vernissage in Kontakt. Damit, dass er es so freimütig zugeben würde, hatte Adler nicht gerechnet, was sie für einen Moment aus dem Konzept brachte.

»Sollten Sie das letzte Exponat sein, oder sind noch andere geplant?«

Von Dvorniaks Augenlider begannen erneut unkontrolliert zu flackern, als der Herzmonitor über seinem Bett laut zu hupen begann.

Doktor Veluppillai und mehrere Intensivschwestern stürmten in den Raum. Instinktiv wich Adler einige Schritte vom Bett zurück.

Eine der Schwestern quittierte den Alarm, und sogleich verstummte der Hupton. Doktor Veluppillai überprüfte die EKG-Anschlüsse und leuchtete mit einem Penlight in von Dvorniaks Augen.

Das rhythmische Piepen verlangsamte sich, bis aus dem immer kürzer werdenden Stakkato ein dauerhaft anhaltender Pfeifton geworden war.

Dieses Geräusch hörte Adler nicht zum ersten Mal. Sie konnte das Zittern der Hände kaum verbergen. Von Dvorniak war tot.

Kapitel 79

Konstanz, Musikerviertel, Seestraße

Hagedorn brütete seit einer Stunde über den Tabellen und Listen, die Adler oder jemand anders aus ihrem Team ausgedruckt hatte.

Zum Leidwesen des Kellners hatte er sich auf der Terrasse des Ophelia, einem der besten Restaurants am Konstanzer Seeufer, an einem Vierertisch breitgemacht. Steve, so hatten ihn einige Gäste gerufen, bedachte ihn mit missbilligenden Blicken, jedes Mal, wenn er an ihm vorbeieilte. Überall auf dem Tisch lagen die Ausdrucke ausgebreitet, die er mit Kartenständern, Aschenbechern der angrenzenden Tische und allem, was er bei sich führte, beschwert hatte, um sie vor dem aufgekommenen Wind zu schützen. Sogar die Stühle neben sich hatte er in Beschlag genommen.

Die Tatsache, dass Hagedorn für sich und Lara ab neunzehn Uhr einen Tisch reserviert hatte, schien Steve ebenfalls nicht zu beschwichtigen. Als Hagedorn ihn um einem Textmarker bat, war er gänzlich in Ungnade gefallen.

»Latte macchiato, der Herr!«, näselte Steve kurz darauf pikiert, als er sein bereits drittes Glas vor ihm abstellen wollte.

»Sorry«, murmelte Hagedorn, räumte einen Stapel Papier beiseite und nahm sich vor, mit einem großzügigen Trinkgeld bei Steve Abbitte zu leisten.

Der Kellner wandte sich wortlos ab, um andernorts unkomplizierteren Gäste überschwänglich und zuvorkommend ihre Wünsche zu erfüllen.

»Nadine?«, meldete sich Hagedorn, als Adlers Nummer auf dem Display ihren eingehenden Anruf anzeigte.

»Dvorniak ist tot!«

»Hm«, brummte Hagedorn. »Damit war zu rechnen.«

»Ich bin noch in der Klinik.«

Hagedorn verstand nicht. »Wieso bist du in der Klinik?«, wollte er wissen.

»Dvorniak war wach!«

»Ach! Hast du was aus ihm herausbekommen?«

»Nicht viel!«, entgegnete sie niedergeschlagen. »Du hattest recht mit deiner Annahme, dass er in Kontakt stand zum Graveur, zu den Akteuren, zu wem auch immer zum Teufel!«

»Glaubst du, er kannte sie?«

»Da bin ich mir nicht sicher. Und wenn, hätte er es mir nicht verraten.«

»Okay! Was anderes: Ich schicke dir gleich zwei Bilder rüber. In den Tabellen sind zwei Namen, die mir bei der Durchsicht der Teilnehmerlisten von Dvorniaks Kursen, der Zulassungslisten, Handydaten und der Empfängerlisten der Kunstharze aufgefallen sind. Die Namen tauchen öfter auf. Lass die beiden festnehmen oder zur Fahndung ausschreiben und versuch so viel wie möglich über sie in Erfahrung zu bringen.«

»Wer sind die zwei?«

»Ein Jiri Kosta, Erasmus-Student aus Polen. Der andere heißt Benjamin Kohen.«

»Wird veranlasst!«, bestätigte Adler nach einer kurzen Pause.

»Gut! Ach, Nadine! Ihr müsst der Kowalczyk habhaft werden. Dringend!«

»Auch das!«

»Stimmt was nicht?«, fragte Hagedorn irritiert.

»Nein, alles bestens.«

Hagedorn überging ihre offenkundige Lüge. »Wie weit seid ihr mit den Abklärungen der Stromverbraucher?«

»Laufen bereits, wobei die Teams der Bereitschaftspolizei sich erst auf die größeren Objekte konzentrieren.«

Hagedorn beendete das Gespräch und begann die Unterlagen zusammenzuraffen. Lara würde in einer halben Stunde in Konstanz eintreffen, und er konnte es kaum erwarten.

Kapitel 80

Polizeipräsidium
Freitag, Nachmittag

»Was für ein Scheißfall!«, fluchte Adler, pfefferte ihre Tasche in eine Ecke, streifte sich die Pumps von den Füßen und ließ sich schwer in ihren Schreibtischsessel fallen, ehe sie ihr Handy entsperrte und Hagedorns Nachrichten abrief.

Prinzipiell war es strikt verboten, private Messengerdienste für dienstliche Zwecke zu nutzen, und schon gar nicht durften Dokumente mit dienstlichen Inhalten auf privaten E-Mail-Accounts hin- und hergeschickt werden. Die Polizei hinkte, was das betraf, den technischen Entwicklungen permanent hinterher. Bewusst hatte sie sich darüber hinweggesetzt und schon am Montagmorgen eine WhatsApp-Gruppe für die Soko eingerichtet. Es erleichterte ihr die Steuerung wichtiger Informationen oder die kurzfristige Einberufung von Team-Meetings. Stirnrunzelnd ging sie die Liste der Teammitglieder durch und überlegte, wen sie auf die Abklärung von Hagedorns Hinweisen ansetzen konnte. Jeder Einzelne hatte sein Stundenpensum bereits weit überschritten. Schon aus Fürsorgegründen war sie es ihren Leuten schuldig, ihnen die nötigen Ruhephasen zu gönnen, dennoch würde es sich nicht vermeiden lassen, mindestens sechs um ihr wohlverdientes Wochenende zu bringen. Sie tippte die Namen derer an, die sie aufgrund ihres Familienstandes in Betracht zog, und berief sie für eine Besprechung ein.

»In fünfzehn Minuten in meinem Büro! Danke!«, sendete Adler an den Teilnehmerkreis.

Jess schien immer noch sauer zu sein. Adler hatte gehofft, dass sie ihr zumindest eine kurze Nachricht senden würde, in der Jess sie wissen ließ, dass sie gut in Myanmar gelandet war. Es war ein böser Streit gewesen, und Adler bedauerte zutiefst, dass sie zerstritten auseinandergegangen waren. Jessicas Vorwurf, sie im Ungewissen darüber gelassen zu haben, wie sie sich entschieden hatte, war berechtigt. Sie wusste doch selbst nicht, was sie wollte. Nein, das war nicht korrekt! Sie wusste sehr genau, was sie wollte, jedoch mangelte es ihr am Mut, diesen Schritt auch zu gehen.

Jess hatte nie ein Geheimnis daraus gemacht, dass sie irgendwann ein Kind haben wollte. Schon vor der Hochzeit hatten sie es thematisiert, aber offengelassen, ob nun durch eine künstliche Befruchtung oder Adoption. Adler war ja nicht generell gegen ein Kind, hatte jedoch größte Bedenken, ob ihre Jobs die besten Voraussetzungen für eine Elternschaft waren. Jess hatte ihr vorgeworfen, engstirnig und eindimensional zu denken.

»Du fehlst mir, Jess«, flüsterte Adler beim Betrachten eines der Bilder, die sie auf ihrem Handy gespeichert hatte, und wischte sich die Tränen aus den Augen.

Sie schnäuzte sich die Nase und schlüpfte in ihre Pumps. In wenigen Minuten würde die Besprechung stattfinden.

Mirjam Reiser traf als Erste ein. Eines der ersten Dinge, die Adler vor ein paar Tagen bei ihrer Rückkehr vom Bodenseeforum veranlasst hatte, war die Anforderung von Reisers Bewerbungen zur Kripo.

Karsten Kieferle hatte keine Einwände, sie zur Kripo zu holen, schlug jedoch vor, sie erst ein paar Monate Ermittlungserfahrung sammeln zu lassen, bevor er sie in der Kriminaltechnik unter seine Fittiche nehmen würde. Es hatte Adlers ganze Überredungskunst gekostet, damit der Revierleiter Reiser ziehen ließ. Miri war überglücklich gewesen und versprach, ihr Bestes zu geben.

Eine kleine Kostprobe hatte Adler schon in der letzten Besprechung bekommen.

»Das war übrigens gute Arbeit gestern«, lobte sie Reiser.

»Danke schön«, brachte die junge Beamtin schüchtern hervor.

Nach und nach trudelten die anderen fünf Mitglieder ihres Teams herein.

»Hallo«, warf Adler zur Begrüßung in die Runde. »Es tut mir wirklich sehr leid, dass ich euch den Freitagnachmittag und vielleicht auch das Wochenende verderben muss«, fuhr sie entschuldigend fort.

Adler reichte Mirjam einen Stapel Ausdrucke, die sie an die Kollegen weiterreichte, nachdem sie ein geheftetes Exemplar für sich selbst beiseitegelegt hatte.

»Hagedorn hat uns möglicherweise die entscheidenden Hinweise auf die Täter geliefert.«

Adler deutete auf die Notizen, die nun alle in Händen hielten. »Falk hat die Namen markiert. Jiri Kosta und Benjamin Kohen. Irgendwie scheinen sie mit Dvorniak in Verbindung zu stehen. Auf Kosta ist ein alter weißer Ford Transit zugelassen. Für mich mehr als nur Zufall.«

Einhelliges Nicken machte die Runde.

»In Zweier-Teams werden wir uns um die Jungs

kümmern.« Sie deutete auf zwei Kollegen. »Ihr beiden sucht nach Kosta. Ihr nach Kohen«, sagte sie auf die anderen beiden deutend. »Mirjam und ich werden die Festnahme Dana Kowalczyks vornehmen.«

»Wie sollen wir vorgehen?«, erkundigte sich Karsten Kieferle, der einer der ›Auserwählten‹ war.

»Nehmt sie vorläufig fest, bringt sie her und dreht sie durch die Mangel. Die Haftfrage kläre ich später mit Fechter. Wenn ihr sie zu Hause nicht antrefft, schreibt sie zur Fahndung aus. Ich will sie hier haben! Heute noch!«

Als alle den Raum verlassen hatten, griff sie zum Telefonhörer und wählte Fechters Nummer.

Kapitel 81

Konstanz, Musikerviertel

Pünktlich um siebzehn Uhr war ihr Golf in die Einfahrt gebogen. Lara war ihm wie eine verliebte Teenagerin um den Hals gefallen, als er ihr entgegengerollt war.

»Ich habe mich so auf dich gefreut«, hatte sie ihm atemlos ins Ohr gehaucht, nachdem sie sich wenig später geliebt hatten.

»Wo ist eigentlich Sam?«, fragte sie, als sie sich von ihm löste.

»Sam ist bei einer Tierarzthelferin, die einen Reiterhof betreibt. Am Sonntag muss ich ihn wieder abholen, sonst erkennt er mich am Ende gar nicht mehr wieder«, sagte er.

Hagedorn schlug Lara einen Spaziergang vor dem Abendessen vor, den sie gerne annahm. Dass er sie ins Ophelia ausführen würde, sollte eine Überraschung sein, weshalb er es ihr verschwieg. Ebenso den wahren Grund für den Spaziergang. Hagedorn hatte auf der Liste, die die Stromlieferanten übersandt hatten, einen kleinen Bauernhof ausgemacht, der nicht weit entfernt war. Lara sollte nicht den Eindruck bekommen, dass er dienstliche Belange über die ihren stellen würde, dennoch, so fand er, könnte es nicht schaden, im Vorbeigehen einen Blick auf den Hof zu werfen.

Wenngleich er nicht damit rechnete, dort etwas Verdächtiges auszumachen. Er lag abgelegen. Nur eine alte

Frau lebte den Eintragungen des Melderegisters zufolge dort.

Falls sie den Hof noch bewirtschaftete, wäre es nicht ungewöhnlich, dass zur Erntezeit der Strombedarf zunahm.

Zwanzig Minuten, nachdem sie Händchen haltend den Lorettowald durchquert und den Fähranleger passiert hatten, hielt Lara plötzlich inne.

»Wow! Atemberaubend, dieser Ausblick!«

Lara löste sich aus seinem Griff, bestieg einen kleinen Felsen am Wegrand und bestaunte den Blick auf die Insel Mainau.

»Warst du schon einmal dort?«, fragte er sie.

»Nein!«

»Dann lass uns doch morgen der Insel einen Besuch abstatten«, schlug er vor.

»Gern!«, antwortete sie strahlend.

Hagedorn deutete auf das kleine, heruntergekommene Gehöft, das auf einer kleinen Anhöhe lag. »Würde es dir etwas ausmachen, wenn ich mir den Hof dort oben ansehe?« Hagedorn gab sich Mühe, den treudoofen Blick Sams zu imitieren, wenn der nach einem Leckerli bettelte. »Ich bin ganz schnell wieder bei dir!«

»Nein, schon gut!«, gab sie lachend zurück. »Geh nur. Ich genieße hier so lange die Aussicht.«

Knirschend drehten die Räder auf dem Kies, als Hagedorn wendete, den Weg Richtung Hof einschlug und beschleunigte.

Zwei Minuten später hatte er den Innenhof des Anwesens erreicht. Seeseitig gelegen befand sich ein Wirtschaftsgebäude, dem sich ein winziger Wohnbereich anschloss.

Unter einer uralten Ulme rosteten wahrscheinlich seit Jahrzehnten ein Traktor und ein Ackergerät vor sich hin.

Hier wurde schon lange nichts mehr bewirtschaftet. So viel stand fest. Sträucher, Bäume und Gras schlugen sich unkontrolliert Bahn, einzig der Zugang zum Haus schien von Zeit zu Zeit notdürftig von wild wuchernden Ranken und Pflanzen befreit zu werden.

Eine Scheune am Ende des Gevierts erregte Hagedorns Aufmerksamkeit. Da ihm bis jetzt niemand Beachtung geschenkt hatte, hielt er es für unverfänglich, sich der Scheune zu nähern und sie einem genaueren Blick zu unterziehen.

Einige Bretter schienen erst in jüngster Vergangenheit erneuert worden zu sein. Das vielleicht acht mal fünf Meter messende Gebäude war fensterlos. Eine Oberleitung verband die Scheune mit dem Wohnhaus und versorgte es offenbar mit Strom.

Hagedorns Rollstuhl hielt knirschend auf das Schiebetor der Scheune zu, das an Rollen in einer rostigen Führungsschiene unter dem Dachbalken hing.

Sofort fiel ihm das Schloss auf, mit dem das Tor gesichert war. Ein nahezu brandneues, hochpreisiges Bügelschloss, das ganz und gar nicht zum verwahrlosten Rest des Gehöftes passte.

Er beugte sich vor und presste die Stirn gegen das verwitterte Holz, in der Hoffnung, einen Blick ins Innere der Scheune werfen zu können. Er schloss die Augen, als ihm durch die Ritzen der Bretter ein Duft in die Nase kroch, den er schon oft gerochen hatte. Ein Duftakkord, der sich aus Stroh, Dünge- und Lösungsmitteln, alter Farbe und Schmierfett zusammensetzte. Eine Note schlug jedoch deutlich hervor. Der Geruch von Formalin.

Hagedorn war sich sicher, die Werkstatt des Graveurs gefunden zu haben.

Das schwere Bügelschloss betrachtend, zog er sein Smartphone aus der Brusttasche und schoss einige Bilder des Scheunentores.

Doch als er den Bildschirm sperren und das Gerät wieder einstecken wollte, sah er den Eingang einer E-Mail, die von einem Postfach der Kriminaltechnik versandt worden war.

Rasch überflog er den Inhalt der Mail. Der Kriminaltechniker teilte mit, dass die Phantombilderstellung sowohl mit Cees Dekker als auch der Zeugin Perl abgeschlossen sei. Das Ergebnis befinde sich im Anhang.

Hagedorn tippte auf die angefügte Bilddatei, die sich langsam zu öffnen begann.

Fassungslos starrte Hagedorn auf das computergenerierte Phantombild auf dem Display seines Handys.

»Völlig unmöglich!«, murmelte er, dann traf ihn etwas hart an der Schläfe.

Kapitel 82

Vernehmungsraum, Polizeipräsidium Konstanz
Freitag, 17:15 Uhr

Lange sah Kieferle Dana Kowalczyk in die Augen.

»Sie wollen mir also allen Ernstes weismachen, nicht gewusst zu haben, dass sie von Dvorniaks Enkelin sind?«

Während Mirjam sich im Türrahmen stehend im Hintergrund hielt, lehnte Karsten Kieferle mit vor der Brust verschränkten Armen seitlich an der Wand

Mirjam hätte sich die Vernehmung Kowalczyks vielleicht zugetraut, hatte es aber vorgezogen, einen erfahrenen Beamten dabeizuhaben. Zumal die Möglichkeit bestand, dass die Kowalczyk sie aufgrund ihres jungen Alters nicht ernst nehmen könnte. Es war Kieferle und seinem Team nicht gelungen, Kosta festzunehmen, weshalb sie mit Fechters Einverständnis eine internationale Fahndung nach ihm rausgegeben hatten. Nach Kohen wurde ebenfalls gefahndet. Kieferle war gerne bereit, sie zu unterstützen, zumindest was eine erste Befragung Kowalczyks anging. Für eine umfassende Vernehmung blieb ihnen heute keine Zeit.

Dana Kowalczyk sah trotz ihres noch feuchten Haares großartig aus. Offenbar war sie gerade aus der Dusche gekommen, als sie in ihrer Wohnung eingetroffen waren, ihr die vorläufige Festnahme erklärt und sie ins Präsidium gebracht hatten.

Die Beine übereinandergeschlagen, die Arme trotzig vor der Brust verschränkt, pendelte ihr Blick provokant zwischen Mirjam Reiser und Karsten Kieferle hin und her.

»Ich verstehe immer noch nicht, weshalb ich eigentlich hier bin«, sagte sie mit einem süffisanten Lächeln.

»Dann will ich Ihnen das gerne noch einmal erläutern, Frau Kowalczyk.«

Kieferle stieß sich von der Wand ab und nahm auf einem der Stühle ihr gegenüber Platz. Mirjam bewunderte Kieferles Gelassenheit, als er, die Unterarme auf die Schenkel gestützt, die Finger ineinander verschränkte und im Plauderton fortfuhr.

»Irgendein kranker Spinner stellt im Stadtgebiet Leichen aus, die irgendetwas mit Romuald von Dvorniak zu tun haben, in irgendeinem Zusammenhang oder irgendeiner Verbindung zu ihm zu stehen scheinen.«

»Und was habe ich damit zu tun?«

»Nun«, fuhr Kieferle fort, »Sie haben eine Doktorarbeit über Ihren Großvater verfasst ...«

»Er ist nicht mein Großvater. Wie oft soll ich Ihnen das noch sagen!«

»... und haben das meinem Kollegen Hagedorn gegenüber verschwiegen. Von Dvorniak hat sogar für Ihre Fakultät als Gastdozent gearbeitet. Sie scheinen ihren Großvater ja sehr für seine Kunst bewundert zu haben. Und dann treffen Sie zufällig vor ein paar Stunden Hagedorn vor dem Präsidium und versuchen ihn über den Zustand Ihres Großvaters auszuhorchen. Wir fragen uns nun, ob sie Ihren Großvater zu decken versuchen, oder ...«

»Was?«, blaffte Kowalczyk, die mittlerweile ihre gleichgültige Haltung aufgegeben hatte und nervös auf dem Stuhl hin- und herzurutschen begann.

»… oder selbst in die Sache verstrickt sind«, beendete Kieferle den Satz.

»Das ist doch Unsinn!«, schnaubte Dana Kowalczyk. »Und von Dvorniak ist nicht mein Großvater.«

Kieferle wandte sich Reiser zu und nickte auffordernd.

»Der Name Ihrer Mutter ist Florentyna?«, begann Reiser.

Kowalczyk nickte. »Das ist richtig.«

»Nach meinen Recherchen hatte Romuald von Dvorniak eine mehrjährige Beziehung oder ein Verhältnis zu einer Frau namens Bogdana. Warum Sie diese Beziehung geheim hielten, ist nicht bekannt. Bogdana gebar 1972 eine Tochter – Florentyna. Im Geburtsregister war vermerkt: *Vater unbekannt.* Dürfte damals nicht sehr leicht für sie gewesen sein«, mutmaßte Reiser, ehe sie fortfuhr.

»Von Dvorniak dürfte von seiner Tochter, nach dem, was wir bisher wissen, nichts gewusst haben.«

Dana Kowalczyk nickte verhalten. »Ich hatte keine Ahnung. Das müssen Sie mir glauben. Meine Mutter kannte ihren Vater nicht, wusste nicht einmal seinen Namen. Den hat meine Großmutter, Gott hab sie selig, mit ins Grab genommen.«

Reiser warf einen kurzen Blick zu Kieferle.

»Ich glaube Ihnen, dass Sie nicht wussten, dass er Ihr Großvater ist. Wir haben in den offiziellen Geburtsregistern ebenfalls nichts gefunden. Letztlich war es ein mittlerweile pensionierter polnischer Polizist, der Ihre Großmutter sehr gut kannte und vom Verhältnis ihrer Großmutter Bogdana mit von Dvorniak wusste.«

»Wo waren Sie in der Nacht von Montag auf Dienstag?« Kieferle übernahm wieder.

»Hören Sie, ich habe mit alldem nichts zu tun.« Kowalczyk fuhr sich nervös mit den Händen durch die Haare. »Es stimmt, ich habe meine Promotionsarbeit über Romuald von Dvorniak geschrieben, ich war sogar sehr stolz, ihn als Gastdozent an der Kunstfakultät zu haben, und es tat mir unendlich leid, dass er als Künstler und Dozent so sehr verkannt wurde. Von Dvorniaks Ansichten über Kunst waren mit dem modernen Verständnis und Lehren einer Kunstfakultät nicht mehr vereinbar. Deswegen hatte mir der Dekan letzten Oktober die Pistole auf die Brust gesetzt und mich mehr oder weniger gezwungen, den Vertrag mit von Dvorniak aufzukündigen.« Ihr Blick flackerte unstet zwischen Reiser und Kieferle. »Als Künstler habe ich ihn verehrt, und natürlich war ich betroffen, als ich davon erfuhr, dass er in der Klinik liegt.«

»Wo waren Sie in der Nacht von Montag auf Dienstag, Frau Kowalczyk?«, wiederholte Kieferle seine Frage etwas schärfer.

»Ich war auf einem Kunst-Symposium in Amberg.«

Kieferle lächelte leise. »Sie lügen! Es ist ein Leichtes für uns, das zu überprüfen, das ist Ihnen schon klar?«

Tränen sammelten sich in Kowalczyks Augen. »Wenn ich es Ihnen sage, behandeln Sie es dann vertraulich?«

»Kommt darauf an«, antwortete Kieferle, ein Grinsen unterdrückend. Er schien zu ahnen, was sie gleich gestehen würde.

»Ich war in einem Hotel in Friedrichshafen. Bis Dienstag gegen elf Uhr.«

»Nicht allein, wie ich vermute?«

»Nein, ich war die ganze Nacht mit einem Mann zusammen«, gestand sie kleinmütig.

»Wie ist sein Name?«

»Das werde ich Ihnen nicht sagen!«, entgegnete sie trotzig.

Kieferle richtete sich auf und deutete ein gleichgültiges Schulterzucken an. »Wie Sie wollen. Bis wir Ihre Angaben überprüft haben, bleiben Sie ohnehin in unserem Gewahrsam. Und sollte sich Ihr Alibi in Luft auflösen, werde ich beim Staatsanwalt Ihre Haft anregen. Sie wären gut beraten, uns für die gesamte Woche ein lückenloses Alibi zu präsentieren. Und machen Sie sich Gedanken, ob Ihnen die Namen Jiri Kosta und Benjamin Kohen etwas sagen.«

Kieferle erhob sich, nickte Reiser zu, und beide verließen das Vernehmungszimmer.

Kapitel 83

Die Werkstatt

Hagedorns Schläfen pochten, als hämmerte ein böser Kobold im rhythmischen Gleichklang seines Herzens erbarmungslos mit einer Spitzhacke von innen gegen den Schädelknochen. Er fürchtete sich davor, die Augenlider zu heben, weshalb er tief und ruhig zu atmen versuchte, ehe er blinzelnd die Augen öffnete. Es war nicht so schlimm, wie er erwartet hatte. Gedämpft drang Tageslicht durch die Ritzen. Staub tanzte in den Sonnenstreifen.

Langsam hob er den Kopf. Er saß nicht mehr in seinem Rollstuhl. Wie zum Teufel war er auf diesen Stuhl gekommen? Etwas Warmes, Klebriges rann ihm die Schläfe hinab. Als er die Stelle befühlen wollte, bemerkt Hagedorn, dass seine Hände fixiert waren. Die Arme seitlich ausgestreckt, war das Seil unterhalb der Sitzfläche durchgeführt und straff an den Handgelenken zusammengebunden. An einer gegenüberliegenden Wand hingen an einem rostigen Fleischerhaken mehrere Kälberseile aus Sisal, wie sie früher häufig benutzt worden waren. Er befühlte das Seil, das schmerzhaft in seine Handgelenke zu schneiden begann, und war sich sicher, mit einem davon gefesselt worden zu sein.

Das Pochen in den Schläfen klang allmählich ab und wich einem unangenehmen Brummen.

Hagedorn begann sich in der Scheune umzusehen.

Zu seiner Rechten reihten sich mehrere Edelstahlwannen und Tröge, die genügend Platz boten, eine Kuh darin zu zerlegen.

Darüber pendelte träge der Haken eines Flaschenzuges. Mehrere metallene Fässer, deren Aufschrift er nicht entziffern konnte, standen in einer Reihe an der Wand. Zu seiner Linken erkannte er eine hölzerne Werkbank, auf der mehrere große Tiegel Formalinpaste übereinandergestapelt waren. Daneben ein Gerät, das er noch nie zuvor gesehen hatte. Es besaß die Größe einer Haushaltsfritteuse. Ein Schlauch ging daraus hervor, der in einem gefährlich aussehenden spitzen Metalldorn endete. Das mussten der Trokar und die Hydropumpe sein, die Cees Dekker erwähnt hatte.

Gleich daneben steckten in einem Ständer aus Holz ein halbes Dutzend Beitel. Das Schnitzwerkzeug des Graveurs. Damit musste er die Verzierungen in die Leichen geschnitten haben. Aber wer von den beiden jungen Männern war der Graveur? Kohen oder Kosta? Welcher von ihnen besaß dieses Geschick, oder waren sie beide derart talentiert? Hagedorn schauderte bei der Vorstellung, dass die Leichen genau hier bearbeitet wurden.

Ihm genau gegenüber befand sich ein rollbarer Kryobehälter aus mattiertem Edelstahl, dessen verblasstes Piktogramm ein Fassungsvermögen von eintausend Litern Flüssigstickstoff deklarierte. Daneben stand sein Rollstuhl.

Hagedorn zerrte an den Fesseln, als das Scheunentor langsam zurückgeschoben wurde. Das einfallende Licht entzündete ein Feuerwerk hinter seiner Stirn, das er krampfhaft wegzublinzeln versuchte.

»Du bist wach«, sagte sie tonlos, trat in die Scheune und schloss das Tor hinter sich.

»Warum, Lara?« Hagedorn würgte den galligen Kloß, der ihm im Hals steckte, hinunter. »Steckst du hinter dieser ganzen Scheiße?«

Lara ging ungerührt an ihm vorbei. Sie beugte sich über ihre kleine Handtasche, die auf dem Sitz seines Rollstuhls lag und begann darin herumzukramen.

»Sag es mir!«, brüllte er. »Wie steckst du in dieser Sache drin?«

Als sie sich wieder aufrichtete und sich ihm zuwandte, hielt sie eine kleine, brünierte Walther in der Hand.

Hagedorn versteifte sich. »Willst du mich jetzt erschießen, Lara?«, sagte er leise.

Sie hatte den Kopf gesenkt und flüsterte Unverständliches vor sich hin, die Pistole mit beiden Händen an ihre Brust gedrückt.

Hagedorn ruckelte an seinen Fesseln, deren Fasern seine Handgelenke aufrieben. »Du hast mit dem Tod dieser Menschen und auch mit dem Tod Dvorniaks doch gar nichts zu tun. Du hast noch nichts getan, was sich nicht aus der Welt schaffen ließe«, versuchte er es eindringlicher.

Tränen standen ihr in den Augen, als sie langsam den Kopf hob und ihn ansah.

»So einfach ist das nicht«, zischte sie. »Nicht mehr!«

»Was hast du getan?«, fragte er ungläubig.

»Das spielt jetzt keine Rolle mehr.« Ihr Blick huschte unstet über den Boden, als würde sie einem wuselnden Insekt folgen.

Hagedorn zerriss es das Herz. Wie konnte er sich nur so in ihr getäuscht haben?

Hagedorn erschrak, als das Tor sich plötzlich zu öffnen begann. Lara fuhr mit erhobener Pistole herum und legte auf den Umriss an, der sich im Lichtspalt abzuzeichnen begann.

»Ben! Du bist spät!« Lara senkte die Waffe, als der junge Mann auf sie zutrat, ihre Hüfte umfasste und sie küsste.

Obwohl sie den Kuss nur halbherzig erwiderte, wäre Hagedorn dem Kerl am liebsten an die Gurgel gesprungen.

»Ist Jiri noch nicht da?«, fragte er und bedachte Hagedorn mit einem abschätzigen Blick.

»Nein. Ich dachte, er kommt mit dir?«, erwiderte Lara vorwurfsvoll.

Der junge Mann trat einige Schritte auf Hagedorn zu. »Du bist schuld, dass wir dem Maître kein Denkmal mehr setzen können!«, spie er Hagedorn entgegen.

»Wohl eher dir selbst!«, entgegnete Hagedorn spitz und fing sich dafür einen Fausthieb ein. Hagedorns Unterlippe sprang auf, und ein blutiger Speichelfaden rann ihm aus dem Mundwinkel.

»Hör auf damit!«, forderte Lara den jungen Mann auf.

Hagedorn spie ihm einen blutigen Klumpen vor die Füße. »Du bist Benjamin Kohen, nehme ich an?«

»Ich soll damit aufhören?« Aufgebracht wandte er sich Lara zu. »Dem Scheißkerl haben wir doch zu verdanken, dass wir die Arbeit nicht vollenden können.«

Hagedorn fuhr sich mit der Zungenspitze über die aufgeplatzte Lippe und sah zu Benjamin Kohen auf. Trotz der hageren Größe wirkte er kein bisschen schlaksig. Man sah es ihm nicht an, aber sein Schlag war kräftig, und er hatte gesessen.

Einige Strähnen seiner fettig wirkenden schwarzen Haare fielen tief in sein blasses Gesicht.

Eine kleine, verblasste Narbe zog sich über den Rücken der griechischen Nase. Die eng stehenden, dunklen Augen blickten hasserfüllt auf ihn hernieder.

Fieberhaft überlegte Hagedorn, wo er Benjamin schon begegnet sein mochte. Dann fiel es ihm ein. Benjamin Kohen hatte in der ersten Reihe hinter dem Absperrband am Sankt Stephansplatz gestanden, wo der in Harz eingegossene Zwergenengel aufgefunden worden war. Hagedorn erinnerte sich nur deshalb an ihn, weil er die umstehenden Gaffer um einen Kopf überragt hatte.

»Du warst an der Stephanskirche, dem Fundort! Oder sollte ich Ausstellungsort sagen? Habe ich recht?«

Benjamin Kohen lächelte nur.

»Und du bist es auch gewesen, der in meinem Haus war und mir etwas ins Essen getan hat?«, riet Hagedorn.

»In den Wein, um genau zu sein!«

»War ich euch im Weg? Zu dicht auf den Fersen?«

Kohen schnaubte verächtlich. »Leider ja! Ich dachte, wir hätten mehr Zeit«, fuhr Kohen beinahe flüsternd fort. »Ich hätte dich gerne als krönenden Abschluss der Vernissage der Welt präsentiert.«

»Oh, das ist aber sehr schmeichelhaft von dir!« Hagedorn schnaubte ebenso verächtlich.

»Genau durch diese Scheißaktion hast du doch alles erst aufs Spiel gesetzt, Ben!«, schrie Lara vorwurfsvoll. »Es sollte nie jemand zu Schaden kommen, das musst du mir glauben, Falk.«

Hagedorn sah sie durchdringend an. Es hätte nicht weniger schmerzhaft sein können, wenn sie ihm mit einem Schuhlöffel das Herz herausgeschält hätte. »Dir glauben? Wie kann ich das noch?«

Lara sah betroffen zu Boden, die Pistole in den Händen knetend.

Hagedorns Blick pendelte zwischen Benjamin und Lara hin und her. Wenn ihm nicht bald etwas einfiele, würde die Sache böse für ihn ausgehen. Das wozu Lara vielleicht nicht in der Lage war, würde Benjamin ganz bestimmt beenden. Irgendwo brummte ein Handy, vermutlich sein eigenes.

»Was ist das?« Benjamin fuhr herum und versuchte die Herkunft des Geräusches auszumachen. »Hast du sein Handy nicht ausgeschaltet?«, fuhr er Lara scharf an.

»Ich konnte den Bildschirm nicht entsperren«, giftete sie zurück.

»Sag mal! Bist du irre? Die Bullen können sein Handy orten!«

Benjamin stürmte zum Rollstuhl und fand Hagedorns Handy unter ihrer Tasche, in dem Moment als das Brummen aufhörte. Dann ging er damit zur Werkbank und hieb wie ein Wahnsinniger mit einem Holzhammer auf das Gerät ein. »So macht man das!«, bemerkte er zornig und warf Lara die Bruchstücke vor die Füße.

Sie stieß sie mit der Schuhspitze beiseite und versuchte ihn zu beruhigen: »Es gibt keinen Grund, warum sie ihn orten sollten. Du bist total paranoid, Ben!«

Lara ging einen Schritt auf Benjamin zu und senkte die Stimme. »Habt ihr die Sachen weggebracht?«

»Natürlich!«, erwiderte er mit einem leisen Lächeln und strich ihr über die Wange. »Alles gut! Mach dir keine Gedanken!«

Hagedorn versuchte der Unterhaltung zu lauschen, konnte sich aber keinen Reim darauf machen. *Was für Sachen?*

»Hat sie dir gesagt, dass sie mit mir schläft?«, unterbrach er ihr Tuscheln.

Lara zuckte zusammen.

Vielleicht war es die gänzlich falsche Strategie, ging es Hagedorn durch den Kopf. Aber er musste etwas tun. Und wenn er sie nur gegeneinander aufbrachte.

»Sag mir, dass das nicht wahr ist?« Benjamins heiseres Flüstern wirkte bedrohlich. »Du wolltest ihn doch nur aushorchen und an der kurzen Leine halten, bis wir fertig sind, und nicht mit ihm ficken.«

»Ben, hör zu!«, begann sie stotternd.

»Oh, du miese Schlampe!«, spie er aus und schob sie von sich.

»Offenbar hat sie dich genauso benutzt wie mich.« Hagedorn grinste provozierend. »Sie hat jemanden gebraucht für die Drecksarbeit. Jemanden wie dich! Tja, sieht so aus, als hätten wir beide ausgedient«.

»Halt die Fresse, du Scheißkrüppel!«

In Kohens Augen funkelte blanker Hass. Blitzschnell trat er auf Lara zu, entriss ihr die Pistole und zielte damit in Hagedorns Gesicht.

Instinktiv wich Hagedorn mit dem Oberkörper zurück.

»Hast du jetzt immer noch eine große Fresse, du …!«

Benjamin ließ die Pistole tiefer sinken und drückte ab. Lara stieß einen spitzen Schrei aus. Der Schussknall war ohrenbetäubend.

Die Hände gegen die Ohren gepresst, stand Lara starr hinter Benjamin. »Hör auf! Hör auf!«, schrie sie ihn an.

Hagedorn sah verwirrt an sich hinunter.

Er spürte einen leichten Schmerz, konnte ihn aber nicht lokalisieren, bis er das Blut sah, das unterhalb seines linken Knies das Hosenbein dunkelrot einzufärben begann.

»Soll ich weitermachen?«

Hagedorn riss an seinen Fesseln und glaubte zu spüren, dass einzelne Fasern zu reißen begannen. Dann brach ein zweiter Schuss los. Dieses Mal spürte er, wie die Kugel in sein Fleisch fuhr. Heiß und scharf durchdrang das Projektil den Oberschenkel. Hagedorn brüllte auf.

»Du verdammter kleiner Pisser«, keuchte Hagedorn.

Benjamin hob die Waffe leicht an und zielte jetzt auf Hagedorns Brustkorb.

»Hör endlich auf!«, flehte Lara.

Sie löste sich plötzlich aus ihrer Erstarrung, stürmte auf ihn zu und hieb mit den Fäusten auf Benjamins Rücken ein. Als er sich umdrehte, trafen ihn ihre wilden Schläge an Brust und Gesicht.

Die Schmerzen trieben Hagedorn Tränen in die Augen, weshalb er nur verschwommen wahrnahm, dass sie sich um die Pistole zu rangeln schienen. Irgendwie gelang es Benjamin ihre Hände abzuschütteln, er holte aus und schlug ihr den Lauf der Waffe gegen die Schläfe. Benommen taumelte sie rückwärts, knallte hart gegen den Kryobehälter und sank daran zu Boden.

»Wenn ich es mir genau überlege, brauche ich dich nicht mehr. Von Dvorniaks Name ist in der Künstlerwelt wieder in aller Munde und bald auch meiner und Jiris. Wir haben die Bilder, also wozu brauche ich dich?« Sein Gesicht war zu einer teuflisch grinsenden Fratze geworden. Zeitlupenartig hob er die Pistole und zielte damit auf Laras Stirn.

Kapitel 84

Polizeipräsidium

»Verdammt, wieso geht er nicht ans Telefon?«, schimpfte Adler genervt. »Vor ein paar Minuten hat es noch geklingelt, und jetzt geht nur noch die Mailbox an.« Achtlos pfefferte sie ihr Handy auf die Schreibtischplatte.

»Vielleicht hat Falk sein Handy ausgeschaltet, oder der Akku ist leer«, gab Mirjam Reiser zu bedenken, die in Adlers Plauderecke mit übereinandergeschlagenen Beinen an einer Tasse Tee nippte.

»Möglich!«, stimmte Adler ihr zu. »Wie weit bist du mit der Kowalczyk?«

»Die sagt nicht viel. Ihr Alibi für Montag habe ich überprüft. Ist wasserdicht.«

Nadine Adler sah die junge Kollegin fragend an. »War sie nicht angeblich auf einer Tagung?«

»Nein. Das hat sie ihren Lebensgefährten glauben machen wollen. Anscheinend vögelt sie fremd«, fügte Reiser an. »Sie hat die Nacht von Sonntag auf Montag in einem Hotel in Meersburg verbracht. Und dort war sie nicht allein.«

»Kann uns egal sein.« Adler schüttelte verständnislos den Kopf. »Aber wenn sie ein Alibi hat, scheidet sie wohl aus. Wir lassen sie trotzdem noch ein paar Stunden in der Zelle schmoren. Hat noch keinem geschadet.«

»Übrigens«, schob Reiser nach, »will die Kowalczyk

nicht gewusst haben, dass sie von Dvorniaks Enkelin ist.«

»Glaubst du ihr das?«, fragte Adler, während sie das Passwort eingab und damit die Sperre ihres Rechners aufhob.

»So überrascht, wie sie war, bin ich versucht, ihr das abzukaufen!« erwiderte Reiser.

»Okay! Wo sind eigentlich die anderen?«, erkundigte sich Adler, während sie auf das Starten ihres Mailprogramms wartete.

»Roman und Karsten haben Kohen überprüft, konnten ihn aber weder an der Uni noch zu Hause antreffen. Sie schreiben ihn gerade zur Fahndung aus. Sascha und Rainer sind auf dem Weg nach Lindau.«

»Was machen die denn in Lindau?«, rief Adler überrascht aus.

»Eine Streife der Bundespolizei hat vor der österreichischen Grenze einen weißen Lieferwagen angehalten. Möglicherweise ist unser gesuchter Jiri Kosta der Fahrer. Diesbezüglich habe ich noch keine Bestätigung.«

»Gut!« Adler nickte und klickte durch die ungelesenen Mails, als sie plötzlich innehielt und sich erschrocken die Hand auf den Mund presste.

»Verdammter Dreck!«, stieß sie aus.

Reiser stellte ihre Tasse beiseite und eilte um Adlers Schreibtisch herum.

»Scheiße!«, flüsterte sie, als sie das Bild auf dem Bildschirm erblickte.

Adler griff nach ihrem Handy und wählte eine Nummer aus ihrer Favoritenliste.

»Hallo, Marius! Nadine hier! Ich brauche dich, es gibt ein Problem!«

Kapitel 85

Die Werkstatt

Lara sah ihr Gegenüber geringschätzig an.

»Leg gefälligst die Pistole weg, du Idiot!«, verlangte sie.

Der Lauf der Waffe in Benjamins Hand zielte erbarmungslos auf ihre Stirn.

»Daran bist du selbst schuld«, presste er hervor. »Du hättest mich nicht bescheißen dürfen!«

»Und das bestimmst du, mit wem ich schlafe, was?«

Mit beiden Händen umklammerte er nun die kleine Pistole und krümmte langsam den Zeigefinger am Abzug.

»Mach's gut, Lara!«

Ein Ruck ging durch Benjamins Körper, begleitet von einem ungläubigen Seufzer. Mit vor Fassungslosigkeit geweiteten Augen starrte er auf den rasiermesserscharfen Metalldorn, der aus seiner Brust herausragte. Der Trokar, das Instrument, mit dem er die letzten Wochen und Monate unter Jiris Anleitung zu arbeiten gelernt hatte, steckte in seinem Herzen, hatte es durchbohrt. Tiefrotes Herzblut troff aus der Hohlöffnung des Instruments und tropfte platschend zu Boden. Als Benjamins erschlaffender Körper in die Knie brach, löste sich der Schuss.

Hagedorn war mit blutig geschundenen Handgelenken

vom Stuhl gerutscht, als es ihm gelungen war, das über die Jahre spröde gewordene Seil zu zerreißen, nach dem Trokar auf der Werkbank zu tasten und ihn mit einem gezielten Wurf durch Benjamin Kohens Brust zu treiben. Er hatte nicht damit gerechnet, ihn tödlich damit zu treffen, und noch weniger, dass Kohen mit dem vierzig Zentimeter langen Stahldorn in der Brust noch in der Lage sein würde, einen Schuss auf Lara abzufeuern.

Das Projektil durchschlug nur wenige Zentimeter neben Laras Kopf den Druckbehälter mit dem Flüssigstickstoff.

Durch den Überdruck, der in dem Behälter herrschte, barst das Einschussloch, aus dem sich nun ein armdicker Strahl flüssigen Stickstoffs über Lara zu ergießen begann, der sie in einer nebligen Wolke diffundierenden Gases einhüllte und vollständig Hagedorns Sicht entzog.

»Laraaaaa!«, schrie Hagedorn entsetzt auf und wich zurück. Pflaumengroße Tropfen des Stickstoffs tanzten wild, wie Wassertropfen auf einer heißen Herdplatte, zischelnd und dampfend über den warmen Estrichboden auf ihn zu.

Ihre spitzen Schmerzensschreie gellten durch die Scheune und wären so wie die Pistolenschüsse noch in einiger Entfernung zu hören.

Verzweifelt versuchte sie rückwärtskriechend dem unaufhörlich aus dem Behälter schießenden Strahl flüssigen Eises zu entkommen. Zischend und dampfend ergoss sich die Flüssigkeit über ihre Beine, wo sie den Stoff ihrer Sommerhose erstarren ließ, die nackte Haut darunter verbrannte.

Wo das auf minus 196 Grad Celsius verflüssigte Gas auf ihre Haut traf, bildeten sich dunkle, brandige Blasen.

Unter unsäglichen Schmerzen schob sich Lara stöhnend und keuchend von dem Behälter weg, der sich, je mehr sie ihr Bein, das sich in einer der Rollen verfangen hatte, darunter hervorzuziehen versuchte, langsam zu neigen begann.

Hagedorn konnte Lara in dem Nebel, der sie umgab, kaum ausmachen. Dann hörte er das Krachen, als der Behälter zur Seite kippte und irgendetwas knirschend zertrümmerte.

»Lara! Hörst du mich?«

Auf dem Bauch liegend schnippte er mit wischenden Handbewegungen einzelne zischelnde Tropfen beiseite und zog sich auf den Unterarmen vorwärts. Dorthin, wo er Lara vermutete, als sich aus dem Nebel plötzlich ein Arm löste.

»Lara!« Hagedorn griff nach ihrer Hand und zog, so fest er konnte.

»Nein! Nein, Lara!«, stöhnte er.

Ihr rechtes Bein fehlte. Es war unterhalb der Hüfte einfach abgebrochen. Halb gefrorene Muskelfasern, zerrissene Haut und Blutgefäße ragten aus dem Stumpf hervor. Sie blutete nicht.

Die Finger der rechten Hand waren zur eisigen Kralle erstarrt, das rechte Auge trüb und blind.

Schnalzend öffneten sich die Lippen und gaben den Blick auf die Zunge frei, die an der Spitze schwarz verfärbt war.

Hagedorn konnte kaum fassen, dass sie noch am Leben war.

»Lara! Hörst du mich?«

Ihre Augen schienen ihn zu suchen, erkannten ihn jedoch nicht.

»Falk«, keuchte sie. »Ich habe … ich habe das nicht für mich getan …«, drang es rasselnd aus ihrer Kehle.

Das warme Blut, das durch ihren Körper zirkulierte, erreichte die erfrorenen Stellen und begann die durch die eisige Kälte kauterisierte Hauptschlagader in ihrem Bein zu tauen.

Langsam begann aus dem Stumpf zähflüssiges Blut zu sickern. Hagedorn sah sich Hilfe suchend nach etwas um, mit dem er die Blutung hätte stoppen können.

Behutsam legte er die Hand auf ihre Stirn, die wie die linke Gesichtshälfte weitgehendst unverbrannt geblieben war.

»Lara«, hauchte er ihr ins Ohr. »Hörst du mich?« Seine Augen füllten sich mit Tränen.

»Ich weiß nicht, wie ich dir helfen soll«, fuhr er mit belegter Stimmte fort. »Die Arterie in deinem Bein öffnet sich immer weiter.«

Fast unmerklich nickte sie und gab ihm zu verstehen, dass sie verstand.

Mehr noch als ihm schien ihr klar zu sein, dass er es nicht würde verhindern können, dass sie hier in der alten Scheune verblutete. Und diese Ohnmacht machte ihn rasend vor Wut.

Laras Lippen bewegten sich und formten lautlose Worte.

Hagedorn beugte sich über sie und brachte sein Ohr nahe an ihren Mund.

»Was? Was willst du mir sagen?«

Heiße Tränen kullerten über ihre Wangen, während er ihren Worten lauschte. Ihren letzten.

Als Adler, Bannert und Reiser, begleitet von einem Transportfahrzeug einer Gruppe Bereitschaftspolizisten und eines Rettungswagens, mit blockierenden Rädern vor der Scheune zum Stehen kamen, saß Hagedorn mit nacktem Oberkörper an die Bretterwand gelehnt. Er hatte die Augen geschlossen, und der Druckverband, den er notdürftig aus seinem Hemd um den Oberschenkel geschlungen hatte, war durchgeblutet.

Bannert stürmte auf ihn zu. Für einen Augenblick glaubte Adler, Hagedorn habe nicht überlebt. Doch dann schlug er die Augen auf.

Trotz der immer noch drückenden Hitze erschauderte sie beim Anblick seiner ausdruckslosen, leeren Augen.

Epilog

Zwei Wochen später

»Wie meinst du das, er hat geheult? Du nimmst mich doch auf den Arm!« Mirjam Reiser kicherte und knuffte Sascha Winkler keck in die Seite.

»So wie ich es sage, und ich nehme dich bestimmt nicht auf den Arm«, widersprach Sascha. »Der Fahndungsstreife der BuPoli war Jiri nur aufgefallen, weil er hinter dem Lenkrad gesessen und geheult hatte wie ein Schlosshund.«

»Das ist eine Scheißidee!«, protestiert Bannert lautstark inmitten einer Kollegengruppe. »Ich geh in keine Körperweltenausstellung! Schon gar nicht als Ziel eines Betriebsausflugs. Und mit euch schon zweimal nicht.« Bannert hob lachend sein Glas und stieß reihum mit der Gruppe an.

Hagedorn hatte sich unauffällig in eine Ecke des Unterdecks zurückgezogen, nippte lustlos an seinem Bier und ließ seinen Blick durch die Runde schweifen. Einige von ihnen waren ihm mittlerweile sehr vertraut und ans Herz gewachsen. Von den meisten kannte er nicht einmal die Namen, und doch hatte er in den letzten zehn Tagen durch diese Menschen eine Anteilnahme und Unterstützung erfahren, die dem Gefüge einer Familie am nächsten kam.

Als er die einzelnen Grüppchen beobachtete, riss ihn eine sonore Stimme aus seinen Gedanken.

»Darf ich?«

Hagedorn machte eine einladende Geste, woraufhin Fechter sich auf einem Stuhl neben ihm niederließ.

»Ich sehe, Sie haben sich gut erholt!«, stellte der Staatsanwalt fest und schwenkte sein Rotweinglas gegen das Licht haltend.

»Hm. Ich danke Ihnen für die Genesungswünsche, die Sie mir in die Klinik haben schicken lassen.«

»Herzlich gern!« Fechter deutete eine Verbeugung an. »Wann hat man Sie entlassen?«

»Vorgestern!«

»War ihr Rollstuhl eigentlich noch zu retten?«

Hagedorn war überrascht, dass Fechter zu wissen schien, dass der Flüssigstickstoff Teile des Sitzes und die Bereifung stark in Mitleidenschaft gezogen hatte.

»Kommt vermutlich nächste Woche aus der Werkstatt zurück.«

Fechter nickte zustimmend. »Gut! Das freut mich sehr für Sie!«

Hagedorn wandte sich in seinem Sitz Fechter zu. »Herr Fechter, Sie sind ein ebenso lausiger Small-Talker wie ich«, sagte er zwinkernd. »Was wollen Sie?«

»Nun ja«, druckste der Staatsanwalt herum. »Vielleicht ist das nicht der richtige Zeitpunkt …«

»Herr Fechter«, drängte Hagedorn. »Raus damit!«

»Jiri Kosta hat nach seiner Festnahme ein umfassendes Geständnis abgelegt. Wie er Benjamin Kohen in einem der Kurse von Dvorniaks kennenlernte, er von ihm rekrutiert und überzeugt wurde, die Leichen aufzubereiten, Teil des Vernissage-Projektes zu werden. Auch dass er vor dem Kunststudium bei seinem Vater im Bestattungsinstitut das Thanatopraxiehandwerk erlernt hatte. Nur über die Motive, die Doktor Geermann angetrieben hatten, wollte oder konnte er keine Auskunft geben.«

Hagedorn sah ihn schweigend an.

»Ich verstehe, wenn Sie darüber noch nicht reden wollen.«

»Nein, schon gut.« Hagedorn rieb sich die Nasenspitze.

»Lara … Doktor Geermann hatte eine sehr aggressive Form von Leukämie und nur noch wenige Monate zu leben. Von ihrem Vater hatte sie einige Bilder von Dvorniak geerbt, die, wie Sie wissen, bis vor ein paar Wochen die Leinwand nicht wert waren, worauf sie gepinselt waren. Erst durch Kohen inspiriert, hatten sie den Plan geschmiedet, eine spektakuläre Ausstellung zu kreieren, die an die Arbeiten Dvorniaks erinnern sollte. Zum einen sollte es eine Hommage an Dvorniak sein, zum anderen wollten sie so den Wert seiner Werke in die Höhe treiben. Von Dvorniak sah in der Möglichkeit, selbst zum Exponat zu werden, seine Chance, Unsterblichkeit zu erlangen, und bot Doktor Geermann, sie war übrigens teilweise der Absender der Mails des Bewunderers, die Übereignung all seiner Werke an. Für Lara eröffnete sich dadurch die Möglichkeit, ihrer Tochter ein sorgenfreies Leben zu ermöglichen. Durch die Eigenmächtigkeit Kohens ist dann alles aus dem Ruder gelaufen. Aber den Rest kennen Sie ja«, schloss Hagedorn.

Fechter nickte. »Jiri Kosta hat das bestätigt. Die Bilder sollten für fast 2,5 Millionen Euro an einen Kunstsammler nach Sankt Petersburg gehen. Wir haben die Bilder natürlich sichergestellt. Sie werden nun an verschiedene Museen übergeben. Wir fanden, niemand sollte aus der Vernissage des Todes Kapital schlagen können.«

»Das werden Sie wohl kaum verhindern«, erwiderte Hagedorn. »Wobei ich mir nicht im Klaren darüber bin, ob die Bilder nicht von Rechts wegen Laras Tochter zustünden.«

Fechter schlürfte einen Schluck seines Weines, ließ ihn im Mund kreisen, schluckte und verzog angewidert das Gesicht.

»Mag sein, steht aber auf einem anderen Blatt Papier. Was ich nicht verstehe: Als Rechtsmedizinerin hat sie doch nicht so schlecht verdient?«

»Stimmt schon!«, schnaubte Hagedorn. »Die Scheidung hat sie wohl alles gekostet. Das haben die Finanzermittlungen ergeben. Sie war restlos überschuldet, da sie ihren Ex-Mann auszahlen und ihm Unterhaltszahlungen leisten musste. Ihre Tochter hätte tatsächlich nur Schulden geerbt.«

»Dann war ich vielleicht etwas voreilig mit der Beschlagnahmung der Bilder!«, räumte Fechter kleinlaut ein.

»Was ist eigentlich bei der Obduktion der Hof-Besitzerin herausgekommen?«, erkundigte sich Hagedorn.

»Ah, die alte Frau Liebermann!« Fechter nippte erneut an seinem Rotwein, stellte das Glas naserümpfend auf einen Tisch neben sich und schob es weit von sich. »Hirnblutung nach Schädel-Hirn-Trauma. Wahrscheinlich ein Treppensturz. Ob man ihr allerdings die Treppe hinuntergeholfen hat …«, Fechter imitierte eine Stoßbewegung, »… konnte der Rechtsmediziner nicht mit Gewissheit sagen.«

Wie genau die alte Frau ums Leben gekommen war, würde ungeklärt bleiben. Nichts anderes hatte Hagedorn in den letzten Tagen beschäftigt, als er untätig im Krankenhaus gelegen hatte.

Lara war, als er die Werkstatt entdeckt und sie das Phantombild auf Hagedorns Handy gesehen hatte, in Panik geraten. Aber warum sollte sie die alte Frau die Treppen hinuntergestoßen haben? Das wäre Benjamin Kohen zuzutrauen gewesen. Um seine Spuren zu verwischen, hätte es jedoch nur wenig Sinn ergeben, die alte Frau zu beseitigen. Hagedorn behielt seinen Verdacht für sich.

Hagedorn und Fechter saßen einige Minuten schweigend nebeneinander und beobachteten die Leute, die in kleineren und größeren Gruppen zusammenstanden und sich angeregt unterhielten.

»Und nun?«, unterbrach Hagedorn ihr Schweigen.

Fechter erhob sich und sah auf Hagedorn hinunter. »Ich habe das Verfahren gegen Jiri Kosta wegen Störung der Totenruhe und all der anderen Nebensächlichkeiten eingestellt, da er sehr kooperativ war und noch keinerlei Vorstrafen aufzuweisen hatte. Wie ich schon sagte, stehe ich mit leeren Händen da«, fügte er mit einem schiefen Grinsen hinzu.

»In Doktor Geermanns Wagen haben ihre Kollegen Unterlagen sichergestellt, die sehr aufschlussreich waren. Palmeri, Garcia, Kopatzke und von Dvorniak hatten notariell beglaubigte Körperspenderverfügungen, die klar definierten, was nach ihrem Tod mit ihnen zu geschehen habe. Ich kann nicht mal dem Notar ans Bein pinkeln, der die Verträge aufgesetzt hat. Apropos pinkeln!« Fechter empfahl sich mit einem Augenzwinkern.

Hagedorn sah Fechter nachdenklich hinterher, als dieser sich watschelnd einen Weg durch die Menge bahnte.

»Alles klar bei dir?«, drang Adlers Stimme durch das Stimmengewirr an sein Ohr. Irritiert schaute er auf und sah sie neben sich stehen, ein Glas Sekt-Orange in der Hand haltend.

»Geht's dir gut?«, fragte sie und ließ sich auf dem Stuhl nieder, auf dem Fechter gerade noch gesessen hatte.

»Ja, geht schon. Danke!«, entgegnete er mit einem gezwungenen Lächeln. »Du lässt dir deinen Ausstand wirklich was kosten«, fuhr er nach einer kurzen Pause fort.

Adler lachte herzhaft auf. »Ja! War nicht billig, das Ausflugsschiff zu chartern, aber das war es mir wert. Wer weiß, wann ich wieder im Land bin.«

»Bist du sicher, dass du deinen Entschluss zu kündigen nicht irgendwann bereuen wirst?« Hagedorn taxierte sie prüfend.

»Hm, ich denke nicht. Weißt du, ich konnte mich viel zu lange nicht entscheiden, was ich eigentlich will, was mir wirklich wichtig ist. Jess und ich wollen uns in dem Jahr in Myanmar darüber klar werden, ob wir ein Kind adoptieren werden oder nicht.«

Adler lächelte versonnen.

Er griff nach ihrer Hand und legte sie in die seine. »Du wirst bestimmt eine spitzenmäßige Mama«.

Hagedorn war völlig überrascht, als sie den Kopf auf seine Schulter sinken ließ.

»Ich danke dir«, erwiderte sie mit tränenerstickter Stimme.

Zärtlich küsste er sie auf die Stirn.

»Wann fliegst du?«, erkundigte er sich, als sie den Kopf hob und sich mit einem Taschentuch Tränen aus den Augenwinkeln tupfte.

»Mein Flug geht morgen früh um sieben.«

»Hm«, brummte er. »Dann werden wir uns eine ganze Weile nicht sehen.«

»Quatsch!« Sie boxte ihm gegen den Oberarm. »Wir werden mindestens einmal pro Woche skypen. Ich muss doch wissen, wie es dir geht!« Erneut begannen Tränen in ihren Augen zu schimmern. Sie räusperte sich und schluckte die Tränen hinunter. »Du entschuldigst mich?

Ich muss mich noch ein wenig unter die Leute mischen. Außerdem, wenn das noch gefühlsduseliger wird, fange ich noch an zu heulen. Und dann kann ich nicht mehr aufhören. Ich kenne mich«.

Nadine Adler beugte sich zu ihm hinunter und drückte ihm einen Kuss auf die Wange.

Im Weggehen formten ihre Lippen lautlos: »Ich hab dich lieb!«

Hagedorn nickte ihr versonnen hinterher, während er sein Glas leerte. In weniger als fünfzehn Minuten würde das Schiff im Konstanzer Hafen anlegen. Adlers Mannschaft ginge von Bord und würde sich mehr oder weniger tränenreich von ihr verabschieden und ihr alles Gute wünschen. Und dann? In wenigen Tagen würde alles wieder seinen gewohnten Gang gehen, ein neuer Leiter oder eine neue Leiterin des Kriminalkommissariats würde gefunden, und er wäre wieder in der Praxis. Darius war am Boden zerstört gewesen, als er von Danas Seitensprung erfahren hatte, weshalb er sich fast Tag und Nacht in der Praxis einigelte und arbeitete.

Er beschloss, dasselbe zu tun. Arbeiten, sich ablenken und versuchen, nicht zu straucheln. Im metaphorischen Sinne natürlich. Auf eines jedoch freute er sich besonders. Bannert und Jule hatten ihn für den Abend im Anschluss an Nadines Abschiedsfahrt zum Essen eingeladen. Er würde das allererste Mal das Mädchen sehen, dessen Patenschaft er übernommen hatte. Sie im Arm halten. Sein Patenkind. Seine kleine Karina.

ENDE

Nachwort / Danksagung

Geschätzte Leserinnen und Leser,

vor einigen Monaten bin ich zufällig über einen Artikel über Gunther von Hagens und seine Körperweltenausstellung gestolpert.

Ist es unmoralisch, mit Leichen Kunst zu machen? Ist das noch Kunst? Wem gehört eigentlich eine Leiche? Welchen rechtlichen Status hat ein/e Verstorbene(r)? Darf man eine Leiche plastinieren? Solche und ähnliche Fragen haben mich beschäftigt und letztlich zu dieser Geschichte inspiriert.

Die Menschen sind von jeher, was den Tod betrifft, von einer morbiden Faszination ergriffen, wenngleich der Umgang mit Tod und Leichen von den meisten tabuisiert wird.

Von Berufs wegen habe ich fast täglich mit toten Menschen zu tun. Auch muss sich die Kriminalpolizei zunehmend mit Fällen des begleiteten Sterbens auseinandersetzen.

Die Totenfürsorge obliegt in aller Regel den Angehörigen. Was aber, wenn keine Angehörigen da sind? Ist eine Leiche wie eine Sache zu behandeln?

Bei meinen Nachforschungen zu diesem Buch musste ich feststellen, dass es hierzu eine erschreckend ausdifferenzierte und divergente Rechtsprechung gibt. Ist eine Leiche eine Sache?

Ein klares Jein!

Juristisch wird das sehr kontrovers diskutiert. Während die einen die Ansicht vertreten, eine Leiche könne keine bloße Sache sein, da die Menschenwürde über den Tod hinaus wirke, vertreten andere die Meinung, eine Leiche sei eine Sache, die aber nicht eigentumsfähig sei.

Dem geneigten Leser will ich das gerne näher erläutern. Sonst blättern Sie einfach weiter.

Leichen unterliegen den Bestattungsgesetzen und Bestattungsverordnungen der Bundesländer. Ob Verstorbene konserviert oder einbalsamiert werden dürfen, ist abhängig von der Art der Bestattung und lokaler Bestimmungen.

Vor ihrer Bestattung dürfen Verstorbene (nur) zu wissenschaftlichen Zwecken an ein anatomisches Institut übergeben werden. Weitere Details regeln die Bestattungsverordnungen der Länder.

So untersagt z. B. § 13 BestattVO Baden-Württemberg explizit die Ausstellung von Leichen.

Für die Rechtsfrage, ob eine Leiche präpariert (plastiniert) und ausgestellt werden darf, müssen also zwei Voraussetzungen erfüllt sein.

1. Die Präparation muss durch ein anatomisches Institut erfolgen.
2. Eine Ausnahmegenehmigung gem. § 13 BestattVO muss vorliegen.

Ob Ausstellungen wie *Körperwelten* tatsächlich die Anforderungen an ein anatomisches Institut erfüllen, ist umstritten. Der Verwaltungsgerichtshof Mannheim (VGH) kam in einem Urteil vom 29. 11. 2005 zu dem Ergebnis, dass es sich bei der Ausstellungsbetreiberin (*Körperwelten*) um ein anatomisches Institut handle.

Mich hat natürlich die Strafbarkeit meiner handelnden Personen, wie Sie sie in KALTE KÖRPER kennengelernt haben, besonders interessiert.

Um es kurz zu machen! Sofern der Verstorbene einer Präparation und öffentlicher Ausstellung seiner Leiche zugestimmt hat, liegt keine Strafbarkeit vor.

Ich danke an dieser Stelle Frau Oberstaatsanwältin Fritschi und Herrn Staatsanwalt Pschorr von der Staatsanwaltschaft Konstanz für ihre Auskunftsfreudigkeit, als ich sie mit meinen Fragen belästigt habe.

Im Rahmen meiner Recherchen durfte ich einen jungen Mann kennenlernen, dem ich besonders danken möchte: Patrick Friedrichson, einem Bestatter und Thanatopraktiker, der mir Einblicke in seine Arbeit gewährte und mir die Möglichkeit gab, der Einbalsamierung eines Verstorbenen beizuwohnen und mit Hand anzulegen. Der Dienst, den du und deine Berufskollegen täglich den Toten und den Hinterbliebenen mit so viel Hingabe angedeihen lassen, hat meine größte Hochachtung und Respekt. Die Thanatopraxie, die ästhetische, hygienische und kosmetische Aufbereitung machen eine Aufbahrung, besonders nach traumatischen Einflüssen wie Gewalteinwirkung oder Suizid, erst möglich und sind für viele Trauernde wichtiger Bestandteil der Abschiednahme und der Bewältigung ihrer Trauer. Herzlichen Dank, Patrick! (https://www.friedrichson-bestattungen.de)

Dr. med. Michael Bentele, der mir in medizinischen Fragen wie schon in den vorangegangenen Hagedorn-Fällen beratend zur Seite stand. Auch dir, lieber Michael, herzlichen Dank.

Ohne meine Familie könnte ich nicht schreiben. Oft schwer genug Beruf, Alltag und Schriftstellerei unter einen Hut bringend, danke ich meiner Familie für ihre Geduld und Nachsicht, wenn ich, wieder einmal im Schreibmodus, geistesabwesend und entrückt Löcher in die Luft starre. Danke, Bernadette! Ich liebe dich!

Nicht zuletzt gilt meine Dankbarkeit meinen Lektoren Rebecca Schaarschmidt und Uwe Voehl für ihre großartige redaktionelle Überarbeitung, dem gesamten be-Team des Lübbe Verlags und der Agentur Gerald Drews für das in mich gesetzte Vertrauen, ohne die Sie, liebe Leserinnen und Leser, dieses Buch nicht in Händen hielten.

Lesejury